Randolph Kühn
Ein Kampf um Energiesklaven

Erdbevölkerung, Wirtschaft und Energieverbrauch wachsen – und wegen des Entropiegesetzes steigen die Emissionen. Die Biosphäre wird instabil, und ein Dunkles Zeitalter droht. Frauen und Männer aus Europa, den Amerikas, Russland und Japan formen ein internationales Parteienbündnis. Sie wollen die Last der Steuern und Abgaben von der menschlichen Arbeit auf die Energie verlagern, um den Konflikt zwischen Umweltschutz und Wirtschaftswachstum zu entschärfen und die Kluft zwischen Arm und Reich zu verringern. Trotz publizistischer Intrigen, die zwei führende Paare des Parteienbündnisses in den kolumbianischen Bürgerkrieg verwickeln, gewinnen die Reformer bei Wahlen Einfluss und Macht. Sie steuern die Wirtschaft um und unterstützen nach heftigem Streit die Erschließung einer neuen Energiequelle. Im Wettlauf mit einem Tsunami und Marschflugkörpern aus einem Terroristen-Schiff gelingt an Japans Pazifikküste der erste Schritt zur Überwindung der Grenzen des Wachstums.

Randolph Kühn ist das Pseudonym eines Autors, der seinen Traum von einer besseren Welt als eine Geschichte von Liebe, neuen Ideen, politischen Kämpfen und Abenteuern in den Wirren der Sozial- und Klimakrise erzählt. Die Personen dieses Wissenschaftsthrillers sind fiktiv. Ihr Handeln wird von aktuellen Forschungsergebnissen zu Energie, Umwelt und Wirtschaftswachstum motiviert.

Randolph Kühn

Ein Kampf um Energiesklaven

Bibliographische Information der Deutschen
Nationalbibliothek:
Die Deutsche Nationalbibliothek verzeichnet diese
Publikation
in der Deutschen Nationalbibliografie; detaillierte
bibliografische
Daten sind im Internet über http://dnb.dnb.de
abrufbar.

ISBN: 9783755716815

Ein Kampf um Energiesklaven" ist eine stark überarbeitete Version von
„
„Die Schwingen der Freiheit", Randolph Kühn, BoD, 2017

Eure alten Männer werden träumen,
und Eure jungen Männer haben Visionen.
Das Buch Joël, Kap. 3, Vers 1

Inhaltsverzeichnis

Kapitel 1

Klostersee

„Glänzende Oberfläche – innen Müll", knurrte Gregor Sanders und feuerte die Zeitschrift ins Gebüsch.
„Hola, Schatz", lachte Britta und kniff ihn in den mittleren Ring, der sich neuerdings zwischen Rippen und Hüfte vordrängte, „seit wann so zornig auf Dein Leibblatt?"
„Das mein' ich doch nicht, 's is nur die dämliche Reklame, schau her."
Er angelte das Magazin aus dem Ginsterstrauch und hielt ihr die Hochglanz-Anzeige mit dem Party-Mädchen vor die Nase: „Verschaff Dir Respekt. Zeig Deine starke Seite. Das neue Super-Handy M66 wird Dich mit seinem markanten Design und seinen Dynamic Lights durch die Nacht begleiten. Spür die Kraft der Evolution. Be inspired."
Sie verdrehte die Augen: „Ich versteh' Dich nicht. Immer wieder ärgerst Du Dich mit Wonne über Werbung. Nimm den Schwachsinn einfach nicht mehr wahr. An mir läuft das schon lange ab. Jetzt machst Du wieder Dein finsteres Gesicht, und dabei ist der Tag so schön."

Sie stand auf und streckte sich. Er schaute von unten zu ihr hoch, lächelte und entspannte. Der Tag war wirklich schön, besonders mit ihr, wie sie so dastand in der Sonne: straffe Figur, nahtlos braun vor dem blauen See, an dessen fernem Nordende sich die schiefergedeckten Barockkuppeln des Klosters über die hohen, tiefgrünen Weiden hoben. Sie waren jetzt 19 Jahre miteinander verheiratet, und noch immer war sie so schön wie in jenen Tagen, als sie sich am Strand von Viña del Mar kennengelernt und ineinander verliebt hatten.

„Du hast ja recht. Aber das Werbegeschrei hämmert's mir so ins Gemüt, in welche Sackgasse wir alle rennen. Drum reg' ich mich immer wieder auf. Doch jetzt Schluss mit Sich-Ärgern." Er sprang auf die Füße und nahm ihre Hand: „Komm, wir schwimmen."

Drei Tritte die Böschung hinunter, und sie warfen sich ins warme Wasser. „Heute ist der See besonders klar. Schau, wie unsere Ringe unter Wasser in der Sonne blitzen."

„Ja", lachte er, „und besonders schön ist es, nur die Ringe anzuhaben."

Sie küssten sich und schwammen in langen, gleichmäßigen Zügen aus der Badebucht mit den Gummibooten der fröhlich lachenden und plantschenden Kinder hinaus auf die weite, schimmernde Seefläche. Sonne, Mensch, Natur, und das herrliche Gefühl der Freiheit beim Gleiten durch das Wasser.

„Ich hab's", rief er plötzlich.

„Was hast Du? Wieder 'ne Idee, wie man Werbung sabotieren könnte?", neckte sie.

„Ach was. Ich habe den Namen für unser Projekt: Die Schwingen der Freiheit."

„Kannst Du gar nicht abschalten? Und was für ein Projektname: Die Schwingen der Freiheit." Sie dehnte die letzten Worte, und dann spöttisch: „Klingt ziemlich nach Rosamunde Pilcher."

„Du bist gemein. Meinen schönen Namen gleich in den Schmonzetten-Topf zu schmeißen." Er schwamm auf sie zu, fasste sie um die Taille, stemmte sie halb aus dem See und warf sie rückwärts ins Wasser. Weitere Angriffe wehrte sie lachend mit Fußfontänen ab. Schließlich tauchte er unter, kam neben ihr wieder hoch, zog sie an sich, und ihre Lippen verschmolzen. Sie sanken unter die Wasseroberfläche, ließen sich los, tauchten prustend wieder auf.

„Da vorn ist's flacher." Ihre Augen blitzten, sie ergriff seine Hand und schwamm in Richtung Ufer bis er stehen konnte. Dann umschlang sie ihn.

Später, auf der Heimfahrt, fragte Britta: „Ist es Dir ernst mit dem Projektnamen?"

„Ja, warum nicht?"

„Also, ich will mich ja nicht wiederholen...."

„Ooch", grinste er, „wir können ja noch mal alles wiederholen."

„Pass auf die Straße auf", rief sie und schob seine Hand von ihrem Schenkel, „jetzt wird Auto gefahren."

„Oder auch nicht", erwiderte er, zog den Wagen durch die beiden letzten Kurven, die auf die Höhe führten, und bog in den Parkplatz ein.

„He Greg, was soll das?", protestierte sie.

„Du hast wieder angefangen mit dem Projekt. Jetzt spinnen wir's weiter."

„Ach so. Und wo willst Du hin?"

„Auf die Bank am Hang, vor dem Trockenrasengebiet."

Sie kannte ihren Mann. Wenn er entspannt war und dann eine Idee hatte, war er schwer zu bremsen. Außerdem liebte sie die Bank über dem Fluss. Jetzt, Ende Juni, würde es erst in drei Stunden dunkel werden, da konnten sie nochmal in Ruhe über die Pläne reden, mit denen sie nach ihrer Guatemala-Reise Gregor geimpft hatte, die seitdem in seinem Kopf spukten und inzwischen weit gediehen waren. Die Kinder waren heute nicht mitgekommen. Sie hatten sich mit Freunden verabredet, bei denen sie auch übernachten würden. Also spielte es keine Rolle, wann sie heimkämen.

„Also gut", entschied sie „gehen wir. Und schließ den Wagen ab."

Nach 15 flott gegangenen Minuten gab der Kiefernwald den Blick frei auf eine der schönsten unbekannten Landschaften Deutschlands.

Steil fällt der Hang über mehr als 100 Meter zum Fluss hinunter. Oben mit Schlehdorn, Hartriegel und niedrigen Kiefern bewachsen, zwischen denen der Diptam blüht, trägt er Rebstöcke im unteren Drittel, deren Grün heraufleuchtet. Am Fuß des Steilabfalls läuft die Straße parallel zum Fluß, der von Norden kommend sich in weitem Bogen nach Westen schwingt. Jenseits des Flusses steigen Dörfer, Gärten und Felder in langen Wellen zu den Waldbergen am Horizont auf, denen die Sonne entgegensinkt und das Land mit goldenem Licht überschüttet. Rechts schimmert der Klostersee, auf dessen Uferweg noch winzige, braune Gestalten wandeln.

Sie setzen sich auf die Bank. Sie legt ihren Kopf an seine Schulter. „Wir leben hier in unserem Land auf einer Insel der Seligen, und die wenigsten wissen es", flüstert sie.

„Und wie lange noch?", fragt er in die Landschaft. Unten auf dem Fluß begegnen sich zwei Frachtkähne.

„Du meinst also, du hättest den richtigen Namen für unser Projekt", eröffnet sie schließlich das Gespräch, von dem sie weiß, dass es lange dauern wird.

„Ich glaube schon. Und der richtige Name ist wichtig, um die richtigen Verbündeten zu gewinnen. Aber wem sage ich das. Schließlich hast Du ja die Idee von deiner Frauen-Tour mitgebracht."

Sie denken beide zurück an den Januar vor zwei Jahren: Er, wie er auf ein Fax oder eine E-Mail von ihr gewartet hatte, sie an ihre Reise durch Guatemala mit Adelgard, Carol und Carmen. Kennengelernt hatten sich die vier Frauen bei einem Besuch des deutsch-guatemaltekischen Stipendienwerks „Maiskorn" in Guatemala-Stadt, das jungen Frauen und Männern aus der Maya-Bevölkerung des Landes schulische und universitäre Ausbildung finanziert und sie zugleich zum Einsatz für ihre Stammesgenossen nach erfolgreichem sozialen Aufstieg motiviert.

Adelgard Hambach und Britta waren seit ihrer Zusammenarbeit in einem chilenischen Sozialprojekt miteinander befreundet. Nach Deutschland zurückgekehrt gehörten sie zu den ersten Unterstützern von „Maiskorn". Nunmehr hatten sie das Werk vor Ort persönlich kennenlernen wollen. Carmen Mendoza aus Kolumbien promovierte bei Carol Hull an der University of Syracuse, N.Y., über Bildung und Entwicklung in Lateinamerika. Bei ihren Internet-Recherchen waren die beiden auf das Stipendienwerk gestoßen und hatten mit dessen Leitung per E-Mail eine Dokumentation seiner Arbeit verabredet. Nach den Videoaufnahmen des Lebens und Lernens der Stipendiaten in der Hauptstadt hatten sie Besuche der Dörfer geplant, aus denen die Schülerinnen und Schüler von „Maiskorn" stammen. Nach dem ersten gemeinsamen Abendessen hatten sie Britta und Adelgard gefragt, ob sie nicht Lust hätten, sie auf ihrer Reise durch das Land zu begleiten.

Die „Vier Mädels Tour", wie sie es nannten, war zu einem unvergesslichen Erlebnis geworden. Und mehr noch als die Naturschönheiten Guatemalas und der Ausgrabungsstätten großartiger Tempelanlagen im Dschungel hatte die Frauen beeindruckt, mit welcher Herzlichkeit und Gastfreundschaft sie von den Dorfbewohnern aufgenommen worden waren. Diese waren fast alle schlecht bezahlte Lohnarbeiter für weiße Großgrundbesitzer. Auch wenn sie nebenbei noch dürftige kleine Landparzellen bewirtschafteten, hatten sie doch nur das Nötigste zum Leben. Aber sie hatten darauf bestanden, die „Wohltäter ihrer Kinder", wie sie alle Unterstützer von „Maiskorn" nannten, auf das für ihre Verhältnisse Üppigste zu bewirten. Besonders Carmen hatte das sehr nachdenklich gemacht. Als Tochter eines Besitzers großer Zuckerrohrplantagen im kolumbianischen Valle del Cauca hatte sie bisher nur das gute Leben der sehr reichen, wenn auch nur schmalen lateinamerikanischen Oberschicht gekannt.

Am vorletzten Abend ihrer gemeinsamen Reise, auf der Terrasse ihrer Herberge am Atitlan See, hatten die vier Frauen lange über die Ungleichheit der Lebenschancen auf der Welt gesprochen. Am Schluss war die Frage geblieben: „Wie kann man das Grundproblem wirtschaftlicher Entwicklung – ausreichende Produktion und gerechte Verteilung – angehen?" Bescheiden mussten sie sich mit der Verabredung: „Denken wir darüber nach, und bleiben wir in Kontakt." Dann hatten sie geschwiegen und sich verzaubern lassen vom silbern glänzenden See im Licht des Vollmonds über dem Vulkan.

Die Sanders redeten nochmals so ausführlich über diese Dinge wie damals nach Brittas Rückkehr. *Ausreichende Produktion und gerechte Verteilung.* Das traf genau den Kern des Problems, das ihn umtrieb, seit ungelöste Sozial- und Umweltprobleme Deutschland in einen Dauerkrisenzustand versetzt hatten. Ihm ging nicht mehr aus dem Kopf, was sie damals gesagt hatte: „Man müsste ein großes, internationales Projekt aufziehen, das die technischen, wirtschaftlichen, ökologischen, sozialen, machtpolitischen und psychologischen Aspekte von Wachstum und Gerechtigkeit global untersucht und dann das als richtig Erkannte politisch durchsetzen hilft." Das nannten sie kurz „Unser Projekt". Und weil sie wussten, dass die Leute zu 80 Prozent aus dem Bauch heraus entscheiden und es deshalb ganz wesentlich auf die Verpackung ankommt, hatten sie während der zweijährigen Vorbereitung auf die Petersberg-Konferenz im September immer wieder nach einem Namen für das Projekt gesucht, das auf der Konferenz angeschoben werden sollte. Alle bisherigen Vorschläge, die sie noch einmal durchsprachen, waren entweder zu allgemein und abgegriffen oder zu speziell und trocken.

Britta blickte hinüber zum Klostersee. Ein Reiher segelte über das dunkel gewordene Wasser. In der Höhe kreiste ein Bussard mit weit ausgebreiteten Schwingen, und über den dämmernden Himmel zogen die Jets die schlanken Pinselstriche ihrer Kondensstreifen, denen eine untergegangene Sonne noch ihr goldenes Leuchten lieh. „Die Schwingen der Freiheit", sinnierte sie halblaut, „vielleicht doch nicht so schlecht." Sie lächelten sich an, standen auf und gingen zum Auto.

„Eine Fahrt durch die Waschstraße würde dem Wagen auch nicht schaden", bemerkte Britta beim Einsteigen auf dem Parkplatz. „Ach, das hat noch Zeit. Außerdem soll es nächste Woche regnen. Das reicht", meinte Gregor. Doch die Vogelgrüße auf der Frontscheibe verlangten eine Sofortmaßnahme, die er mit dem Rest aus ihrer Mineralwasserflasche und dem Scheuerschwamm fürs Grobe erledigte.

Als er mit einem Papiertuch gerade nachwischte, bog ein Mietwagen in den Parkplatz ein und hielt hinter ihnen. Zwei freundlich lächelnde, schwarzhaarige, junge Männer stiegen aus und baten in gebrochenem Deutsch um Auskunft über den kürzesten Weg in die Kreisstadt mit dem Zementwerk und der Moschee. Sie seien Omar aus Bagdad und Hassan aus Riad und am Nachmittag auf dem Flughafen Frankfurt eingetroffen. Auf dem Weg nach München wollten sie den Onkel von Hassan besuchen. Er sei der Imam der islamischen Gemeinde, aus der viele in dem Zementwerk arbeiteten.

„Gregor, lass uns den beiden den Weg zeigen", schlug Britta vor. „Die Gemeinde kennen wir doch seit ihrem Tag der Offenen Tür. Das waren alles nette Leute. Und so groß ist der Umweg für uns ja nicht."

Nach der Ankunft bei der Moschee mitten im Industriegebiet bedankten sich die beiden Araber vielmals für den Lotsendienst. Sie erzählten noch, dass Omar in München eine Stelle als Fertigungsingenieur in der Magnetschwebebahn-Produktion antreten wolle. Auch sein Freund Hassan könne als Elektroniktechniker dort arbeiten – allerdings habe er auch ein attraktives Angebot aus den USA. Man müsse sehen. Auf jeden Fall würden sie sich jetzt dank der freundlichen Hilfe in Deutschland schon nicht mehr so fremd fühlen. Während der Heimfahrt dachten Britta und Gregor zurück an ihre Zeit in Chile und wie ihnen damals freundliche Fremde geholfen hatten, schnell heimisch zu werden. Während die Lichtbalken der Autoscheinwerfer durch die Kurven der nächtlichen Straße schwenkten, sinnierte Gregor: „Wie Omar und Hassan wohl zurecht kommen werden?"

Viele Jahre später würden er und die beiden Araber – ohne voneinander zu wissen – eingebunden sein in das Drama, das im großen Umbruch des 21. Jahrhunderts die Besiedlung des Weltraums zur Energiegewinnung für die Erde einleiten sollte.

Kapitel 2

Petersberg

ÖKONOMISCHES FORUM
BETTER ECONOMICS – BETTER WORLD
MEILLEURE ECONOMIE – MEILLEUR MONDE
MEJOR ECONOMIA – MEJOR MUNDO
MIGLIORE ECONOMIA – MIGLIORE MONDO
LUTSCHSCHAJA EKONOMIKA – LUTSCHSCHIJ MIR
BESSERE ÖKONOMIE – BESSERE WELT

verkündete ein Transparent über dem Eingang zum Kongresszentrum auf dem Petersberg. Die Konferenzteilnehmer waren nach der Eröffnungssitzung ins Freie getreten und kommentierten mit Kaffeebechern in der Hand die Eröffnungsreden. Durch das offizielle Englisch flatterten auch Sätze in den anderen Sprachen des Transparents.

Zuerst hatte Alfred Stahl von der Werner-und-Elfriede-Holtzmann-Stiftung erklärt, dass die Stiftung die Konferenz organisiert und finanziert hat, weil das Stiftungsmitglied Frau Adelgard Hambach sie von der Wichtigkeit der Thematik überzeugt habe. Leider habe sich Frau Hambach aus familiären Gründen für längere Zeit nach Chile verabschie-

den müssen und könne deshalb an der Konferenz
nicht teilnehmen. Anschließend war Gregor Sanders,
der Vorsitzende des Organisationskomitees, erfreulich
kurz auf die Vorgeschichte und das Programm der
Konferenz eingegangen und hatte sie dann vor dem
Beginn der ersten Arbeitssitzung noch einmal für 15
Minuten auf die Aussichtsterrasse entlassen mit ihrem herrlichen Blick auf das Rheintal und die schon
leicht herbstlich bunten Wälder auf seinen Hängen.
Im Nordwesten, wo das Tal in die Ebene überging,
ahnte man Bonn.

2.1   Energiesklaven

Die Glocke rief ins Plenum. Den ersten Plenarvortrag
hielt Frederick Greenbam von der Manchester School
of Social Sciences über das Thema: „Der Zusammenbruch des Sozialismus und die Krise des Kapitalismus". Seine Großeltern hatten noch 1939 den damals
einjährigen Friedrich Grünbaum aus Wien über Un-
garn nach England retten können. Die Eltern waren
von den Nazis nach Theresienstadt deportiert worden – nie mehr hatte er von ihnen gehört. Im ersten
Semester seines Studiums der Geschichte und Politischen Ökonomie war er in die kommunistische Partei Englands eingetreten. Die Niederschlagung des
Ungarn-Aufstands hatte er noch als historische Notwendigkeit im Kampf gegen den Faschismus akzeptiert. Doch als die Truppen des Warschauer-Paktes
den Prager-Frühling liquidierten, auf den er wie viele
seiner Altersgenossen große Hoffnungen gesetzt hatte, verließ er die Partei. Seine Dissertation über die
Messung wirtschaftlicher Ungleichheit erregte inter-

national großes Aufsehen, seine Methode fand unter dem Stichwort „Greenbam-Koeffizient" bald Eingang in die Lehrbücher der empirischen Sozialforschung, und mit 32 Jahren wurde er an die Manchester School of Social Sciences berufen. Trotz vieler Angebote von auswärts war er Manchester treu geblieben: In der Stadt, von der die hässliche Spielart des Kapitalismus ihren Namen bezogen hatte, war es reizvoll, dagegen zu arbeiten. Außerdem hatte er in dem seit 25 Jahren laufenden Großforschungsprojekt „Die Entwicklung der wirtschaftlichen Ungleichheit in den OECD-Ländern" ein großes Team um sich versammelt, dem Verpflanzen nicht gut getan hätte.

„Mit dem Fall der Berliner Mauer begann der Niedergang des Kapitalismus", waren seine Eröffnungsworte. Bald alarmierte er durch die jüngsten Forschungsergebnisse auch diejenigen im Saal, die vor der Konferenz noch nichts davon gehört hatten: Während in den letzten Jahren vor der Auflösung des Ostblocks und dem Zusammenbruch der Sowjetunion der „Greenbam-Koeffizient" in den marktwirtschaftlichen Demokratien zwischen 20 und 30 gelegen hatte und das Einkommen der reichsten Zehn-Prozent der Haushalte etwa so groß war wie das der unteren Fünfzig-Prozent, lag der „Greenbam-Koeffizient" jetzt durchweg bei 40, und die reichsten Fünf-Prozent bezogen so viel wie die Gesamtzahl aller Haushalte der unteren Siebzig-Prozent. Die Zahl der Personen mit einem Vermögen von mindestens einer Million Dollar war in 2002, dem letzten statistisch erfassten Jahr, weltweit um 3,6 Prozent gestiegen. Robustes Wachstum fand nur noch in der Luxus-Produktion statt, während seit zehn Jahren das Wirtschaftswachstum insgesamt bei lediglich zwei Prozent lag. Dabei schrumpfte der Mittelstand stetig, und nur der Beschäftigungssektor der niedrigen, schlecht bezahlten kleinen Dienste expandierte. Die Verhältnisse näherten sich immer mehr denen in den alten Oligarchien Lateinamerikas und den neuen Oligarchien Russlands an. Greenbam stellte die These auf, dass nach dem Wegfall des konkurrierenden, theoretisch egalitären Gesellschaftsmodells des Sozialismus der Kapitalismus in seine überwunden geglaubten Frühformen zurückfiele und die Greenbam-Koeffizienten aller Länder im Laufe der Zeit gegen die russischen und brasilianischen Werte konvergieren würden. Dass die Deutschen bei der Lastenverteilung nach der Wiedervereinigung so ziemlich alles falsch gemacht hatten, was man falsch machen konnte und dadurch ihre bis dahin vorbildliche Soziale Marktwirtschaft gerade dann diskreditierten, als andere Länder sich danach auszurichten begannen, vermerkte Greenbam mit besonderem Bedauern. Er schloss mit einem tief-pessimistischen Ausblick auf eine Welt, in der eine kleine Schicht international agierender Oligarchen Marktwirtschaft und Demokratie faktisch außer Kraft setzten und hinter einer Fassade, auf der fügsame Medien die Illusion von „Freiheit und Wettbewerb" in schreienden Farben immer wieder neu plakatierten, die Weltwirtschaft lenkten. In den Industrieländern könnten die Leute durch Sport- und Spielshows und das Surfen im Internet noch eine Zeitlang ruhig gestellt werden, aber wenn ein sparsamerer Umgang mit Ressourcen unvermeidlich würde, erwarte er das Aufbrechen bewaffneter Verteilungskämpfe unter ideologisch-religiösen Mäntelchen.

Nach teils höflichem, teils lebhaftem Beifall kam es zu heftigen Diskussionen. Niemand bestritt die

Fakten. Dafür war Greenbams Autorität zu groß. Aber stimmten seine Schlussfolgerungen, und was waren die Ursachen für die Entwicklung?

Als nach 20 Minuten Gregor Sanders die Diskussion beenden wollte, gab es Proteste. Viele hatten noch Wortmeldungen und wollten ihren Beitrag unbedingt loswerden.

„Also gut", schlug Sanders vor „wir können noch zehn Minuten länger diskutieren, wenn wir die Kaffeepause vor dem nächsten Vortrag auf fünf Minuten verkürzen."

Das wirkte wie immer. Eine deutliche Mehrheit war bei der Abstimmung für Schluss der Debatte, und man ging in die Kaffeepause. Für danach war im Konferenzprogramm der Vortrag „Energie und Ökonomie" mit dem Referenten Jan van Oisterhuiz vom Physikalisch-Chemischen Laboratorium der Rijksuniversiteit Utrecht angekündigt.

„Ich muss ihnen leider mitteilen, dass Jan van Oisterhuiz vor vier Tagen auf der Rückfahrt von einer Konferenz in Siena einen Herzinfarkt erlitten hat und auf der Intensivstation in Lugano liegt", eröffnete Gregor Sanders, sichtlich bewegt, die nächste Sitzung. „Auf der Siena-Konferenz vor zwei Jahren hatte ich Jan kennengelernt, und es sind nicht zuletzt die Arbeiten seiner Gruppe, die unsere Konferenz hier angeregt haben. Ich bin seinem Mitarbeiter, Helmut Eschenbach, sehr dankbar, dass er sich kurzfristig bereit erklärt hat, Jans Vortrag zu übernehmen. Er hat in Mannheim Betriebswirtschaft und in Rochester Physik studiert. Anschließend ist er nach Utrecht in die Energieforschungsgruppe von Jan van Oisterhuiz gegangen. Mit seinen dort angefertigten Arbeiten hat er voriges Jahr in der wirtschaftswissenschaftlichen Fakultät der Universität Karlsruhe promoviert. Dorthin hat Jan ja gute Kontakte. Herr Eschenbach forscht z.Zt. im Utrechter Zweig des niederländisch-deutschen Instituts für Interdisziplinäre Studien und wird heute über seine Arbeiten mit Jan van Oisterhuiz berichten. Helmut, Du hast das Wort."

„Danke, Gregor." Eschenbach räusperte sich kurz und fuhr dann fort: „Nachdem ich vorgestern erfahren hatte, dass ich an diesem wunderschönen Konferenzort nicht nur spannende Vorträge von klugen Leuten hören darf, sondern auch selbst arbeiten muss, habe ich mich natürlich als Erstes gefragt: Wie präsentiere ich am besten die ökonomischen Ketzereien, mit denen wir uns in Utrecht beschäftigen? Jan macht ja seine Vorträge immer erst auf den letzten Drücker. Von ihm konnte ich nichts übernehmen. Da habe ich mir gedacht: Das Publikum soll's entscheiden, nachdem es die wirtschaftliche Entwicklung gesehen hat, die wir verstehen wollen."

Auf der Leinwand hinter ihm erschienen Kurven des Wirtschaftswachstums in mehreren Industrieländern: für jedes Land eine schwarze, als „empirisch" bezeichnete Kurve und eine rote, mit „theoretisch" beschriftete Kurve. Für alle Länder wichen die jeweiligen Kurvenpaare nur wenig voneinander ab, auch nicht in Zeiten schwerer Wirtschaftskrisen.

„Und nun", sprach Eschenbach, „haben Sie die Wahl: Zwischen der mathematischen Herleitung unserer Ergebnisse, oder ihrer anschaulichen Präsentation und Interpretation."

Differentialgleichungen, Integrale und Funktionen füllten die Leinwand. Jede Formel kurz vergrößernd gab Eschenbach einen schnellen, rein optischen Überblick über das Material. Das Publikum stöhnte auf. Eschenbach schmunzelte: „Ist Folgendes besser verdaulich?"

Der Projektor wirft ein Video auf die Leinwand. Es zeigt einen großen, roten Roboter, der das rechte Ende einer Balkenwaage in die Höhe hebt. Die dort befestigte Waagschale enthält einen kleinen Quader mit der Inschrift „5%". Dabei zucken gelbe Blitze durch ein transparentes Stromkabel, das den Roboter mit einer Steckdose im Boden verbindet. Auf der anderen Seite, unter dem tief geneigten linken Ende der Waagebalkens, kniet ein kleines, grünes Menschlein und drückt, angestrengt zitternd, gegen die dortige Waagschale, die einen großen Quader mit der Inschrift „65%" enthält. [1] Über den Quadern blinkt das Wort „Kostenanteil". Unter der Steckdose steht „44%", und unter dem Menschlein steht „19%". Zwischen diesen beiden Zahlen blinkt „Produktionsmacht".

Eschenbach richtete seinen Laserpointer auf den großen linken Quader über dem zitternden Menschlein und erklärte: „In Industrieländern entfallen ca. 65% der Gesamtkosten für die Erzeugung der Wertschöpfung, auch Bruttoinlandsprodukt genannt, auf die menschliche Arbeit", und dann, auf den rechten kleinen, vom Roboter lässig hoch gehaltenen Quader, weisend: „während die Energie mit einem Kostenanteil von nur etwa fünf Prozent belastet wird." Dann erläuterte er: „Die Produktionsmacht, fachökonomisch Produktionselastizität, gibt an, wie sich die Wertschöpfung ändert, wenn sich ein Produktionsfaktor ändert, während die anderen Faktoren gleich bleiben." Erst auf die 44% unter der Steckdose und dann auf die 19% unter dem Menschlein zeigend, schloss er: „Wie Sie sehen ist die Produktionsmacht der Energie viel größer als ihr kleiner Kostenanteil, und bei der menschlichen Arbeit ist es genau umgekehrt." Nach einer kurzen Pause ergänzte er: „Die Zahlen sind zeitliche Mittelwerte für Deutschland. Ähnliches findet man für Japan und die USA. Ja, und das war's auch schon. Ich danke Ihnen für Ihre Aufmerksamkeit."

Mit „Wer hat Fragen oder Kommentare?", wandte sich Sanders ans Publikum nachdem der recht gemischte Beifall verklungen war. Dabei hatten besonders jüngere Leute kräftig geklatscht, andere hingegen demonstrativ langsam einmal die Hände ineinander fallen lassen, und die meisten höflich auf ihre Pulte geklopft. Von einem der Letzteren kam die erste Wortmeldung.

„Mein Kompliment: Sie haben nur ein Drittel der vorgesehenen Redezeit verbraucht. Und Ihr Video ist auch recht lustig. Können Sie's nochmal laufen lassen? Danke. Also, wenn ich Sie richtig verstehe, enthält Ihr Modell des Wirtschaftswachstums, von dessen Mathematik Sie uns freundlicherweise verschont haben, die Produktionsfaktoren Arbeit – das kleine Menschlein – und Energie – Roboter und Steckdose. Aber wo bleibt der Faktor Kapital?"

„Besten Dank für die Frage. Sie betrifft genau die Schwachstelle des Videos. Ich bin einfach unfähig, dreidimensionale Videos zu produzieren. Mit der Mathematik wäre alles von Anfang an klar gewesen", grinste Eschenbach entschuldigend. „Also, nur die Steckdose stellt den Produktionsfaktor Energie dar. Dieser aktiviert das Kapital, dargestellt durch den Roboter."

„Aha. Und dessen Kostenanteil und Produktionsmacht konnten Sie im Video nicht mehr unterbringen?"

„Genau. Die Zahlenwerte sind 30% und 37% und im Rahmen der Fehlergrenzen in etwa gleich. Dass Kostenanteil und Produktionsmacht gleich sein müssen, und zwar für alle Produktionsfaktoren, ist das für die Lehrbuchökonomie fundamentale Kostenanteiltheorem. Nach unseren Analysen des Wirtschaftswachstums in Industrieländern bei den bisherigen Marktpreisen von Kapital, Arbeit und Energie gilt dieses Theorem nur für das Kapital und überhaupt nicht für Arbeit und Energie. Das ist die Ketzerei, von der ich eingangs sprach."

Nunmehr kam Bewegung ins Publikum. Viele Fragen betrafen technische Details der mathematischen Analyse, und mit Vergnügen beantwortete Eschenbach sie mit Hilfe der Gleichungen und Funktionen, die vorher niemand hatte sehen wollen.

Sanders schaute auf die Uhr. „Helmut, kannst Du noch kurz den Bezug zu Greenbams Vortrag herstellen?"

„Entschuldigung. Beinahe hätte ich's vergessen. Und ich sollte noch eines nachtragen: Die menschliche Kreativität, also das, was kein lernfähiger Computer erbringen kann, prägt ganz entscheidend die wirtschaftliche Entwicklung im Laufe der Zeit. Unsere Rechnungen dazu verschicke ich gerne an alle, die's interessiert. Einfach Namen und E-Mail Adresse auf einen Zettel schreiben und mir nachher geben. Und jetzt zum Anstieg des Greenbam-Koeffizienten und der wachsenden Kluft zwischen Arm und Reich. Wie im Video dargestellt, ist die menschliche Routinearbeit teuer und von geringer Produktionsmacht, während Energie billig und von großer Produktionsmacht ist. Darum ersetzen im Zuge wachsender Automation in immer stärkerem

Maße die billige Energie und das von ihr aktivierte Kapital die teuere Arbeit. Das erklärt den Verlust vieler gut bezahlter industrieller Arbeitplätze in Europa und den USA. Im Dienstleistungssektor nehmen Beschäftigungsverhälnisse im Mindestlohnbereich zwar zu, doch unterm Strich werden die mittleren Einkommensklassen schrumpfen, die für die soziale und politische Stabilität so wichtig sind. Darum sind Greenbams Warnungen nur allzu berechtigt."

„Gibt es noch Fragen?", wollte Sanders wissen.

„Fragen habe ich keine, aber einen Kommentar", rief jemand von hinten.

„Bitte sehr."

„Mein Name ist Heinz Fahrtmann. Ich bin Redakteur der AFZ, der Allgemeinen Finanz-Zeitung. Ums kurz zu machen: Was Sie uns da erzählt haben, ist falsch. Die von Ihnen als Produktionsmächte bezeichneten Produktionselastizitäten von Kapital, Arbeit und Energie müssen den Kostenanteilen dieser Produktionsfaktoren gleichen. Sie haben das bestritten und das kokett als Ketzerei bezeichnet. Doch der Beweis dafür, dass Ihre Ketzerei nichts taugt, steht in jedem Lehrbuch der Ökonomie. Hätten Sie Recht, läge das Geld ja auf der Straße. Man müsste nur sich bücken, d.h. Arbeit durch Energie ersetzen, und es aufheben, d.h. riesige Gewinne machen. Warum tun wir das nicht?"

„Ja genau das wird doch getan", war Eschenbachs Antwort, „nur nicht auf einen Schlag. Denn wir können in einen gegebenen Maschinenpark nicht mehr Energie einspeisen, als die Auslegung der Maschinen erlaubt. Mit anderen Worten: Jagten wir mehr Energie in die Maschinen, als sie vertragen können, gingen sie kaputt. Und so braucht der Au-

tomationsfortschritt, der der Energie immer breite-
re Einsatzfelder erschließt und immer mehr Energiedienstleistungen ermöglicht, seine Zeit. Denken Sie
nur daran: Als die maschinelle Informationsverarbeitung noch per Elektronenröhre betrieben wurde,
wäre ein Rechner von der Leistungsfähigkeit Ihres
Laptops ein viele Tonnen schweres, energiehungri-
ges Monster von der Größe eines Mehrfamilienhau-
ses gewesen. Doch seit der Einführung des Transis-
tors und seiner Mikro- und Nanostrukturierung ersetzen immer mehr und immer dichter gepackte In-
formationsprozessoren im Verbund mit Wärmekraftmaschinen, den Arbeitspferden unserer Industriege-
sellschaft, des Menschen Hirn und Hand, so dass
die neuesten Automobilfabriken nahezu vollautoma-
tisch arbeiten. Sie brauchen nur noch ein paar Leute zum Drücken der Schalter, die die Energieströme
in die Maschinen leiten. Und im Bankensektor werden ganze Kreditabteilungen durch einen Angestellten am Desktop-Computer mit Evaluations-Software
ersetzt. Natürlich schreitet die Automation nicht in
allen Wirtschaftsbereichen gleich schnell voran, zu
unterschiedlich sind die Aufgaben und Anforderun-
gen, und dann gibt es da auch noch ein paar hem-
mende Sozialgesetze. Aber im Prinzip sollte es nicht
mehr lange dauern, bis die allermeisten Routinear-
beiten von energiegetriebenen Generatoren, Moto-
ren und Transistoren erledigt werden können. Jedes-
mal, wenn ein Unternehmen Fortschritte in dieser
Richtung macht und wieder einen Teil seiner Beleg-
schaft entlässt, steigt sein Kurswert an der Börse. So
wird das Geld auf der Straße immer schneller von
den großen Energiesklavenhaltern aufgehoben, die die
Verfügungsmacht über die Produktionsanlagen ha-

ben. Und alle Produktionsanlagen sind letztendlich Energieumwandlungsanlagen, in denen menschlicher Erfindergeist gespeichert ist." „Energiesklavenhalter? Was soll denn das nun wieder?", protestierte Fahrtmann.

„Verzeihung. Manchmal vergalloppiere ich mich und verwende undefinierte Begriffe. Also: Energiesklaven arbeiten in den Energieumwandlungsanlagen einer Volkswirtschaft, also den Kraftwerken, Stahlwerken, Chemie- und Fahrzeugfabriken, Transportsystemen, Computern, Datenbanken usw. usw. Deren Besitzer und Manager sind die Energiesklavenhalter. Dabei wandelt jeder Energiesklave eine Energiemenge, die dem Arbeitskalorienbedarf eines Schwerstarbeiters entspricht – das sind umgerechnet 2,9 Kilowattstunden pro Tag – in Arbeit um."

„Verstehe ich nicht", brummte Fahrtmann.

„Ich schlage vor, dass Sie die Details in der Mittagspause klären", vermittelte Sanders. „Gibt es weitere Bemerkungen?"

Zornig erregt meldete sich ein älterer Herr, der schon vorher mit Fahrtmann getuschelt hatte: „Ich bin Professor Helmfurth. Was hier als Wissenschaft verkauft wird, ist ein typischer URUR-Effekt von Computerrechnungen: Unsinn Rein, Unsinn Raus. Ihre Theorie widerspricht den Grundlagen der modernen Wirtschaftstheorie. Sind Sie gescheiter als alle Ökonomie-Nobelpreisträger zusammen? Die vielsprachigen Sprüche unter der Ankündigung 'Ökonomisches Forum' auf dem Transparent über dem Eingang ließen mich sowieso schon vermuten, dass es sich hier um eine Versammlung von – ich sag's mal lieber auf Italienisch – Sapientones handelt. Es ist für Wirtschaftsfachleute schon sehr betrüblich, dass

immer mehr Individuen aus anderen Fächern daher-
kommen, mit selbst gebastelten, völlig inadäquaten
Instrumenten auf dem weiten Feld der Ökonomie her-
umackern und apodiktische Urteile über eine Wissenschaft fällen, von der sie nichts verstehen. Wer glauben Sie, wer Sie sind, Sie – Herr?!" Und damit stürm-
te er aus dem Saal.

„Das war deutlich", stellte Sanders fest. „Möchte
noch jemand in dieselbe Kerbe schlagen?"

Nach ein par Sekunden meldete sich Frederick
Greenbam, der bis dahin geschwiegen hatte. „Nicht
in dieselbe Kerbe, im Gegenteil. Wenn es richtig ist,
was Helmut Eschenbach vorgetragen hat, wenn also Energie wirklich der mächtigste Produktionsfaktor
ist, dann würde ich verstehen, warum Karl Marx mit
seiner Verelendungstheorie nicht Recht behalten hat
und der Kapitalismus den Sozialismus besiegen konnte: In den letzten hundert Jahren hätte der Kapitalismus dann nicht so sehr Menschen, sondern Energiequellen ausgebeutet und eine ganze Menge des daraus
geschöpften Mehrwerts breiten Bevölkerungsschichten zukommen lassen. Deshalb wurde er für die Menschen im Ostblock immer attraktiver, bei denen die
Bürokraten der Nomenklatura alles vermasselt haben. Aber wie wird's in Zukunft weitergehen? Erklärt
nicht Ihre Begründung für die wachsende Automation auch meine Beobachtungen wachsender Ungleichheit? Könnten wir etwas dagegen tun, indem wir an
der Energiepreis-Schraube drehen?"

Jetzt konnte Sanders den Diskussionswillen des
Auditoriums nur mit dem Hinweis brechen, dass es
eine – leider oft begangene – Todsünde von Konferen-
zen sei, die Küche mit dem Essen warten zu lassen.
Angesichts des ausgezeichneten Rufs der Petersber-

ger Küche würden sich die Konferenzteilnehmer aber auch selbst schaden, wenn sie den Rheinischen Sauerbraten kalt werden ließen. Am Abend könne man die Diskussion im Ritterkeller ja noch fortsetzen. Mit „Der nächste Vortrag beginnt um 15 Uhr", schloss er die Sitzung.

Die Nachmittagssitzung wurde von Frederick Greenbam geleitet. Als erster Redner sprach Rochus Pflügli vom Institut für „Ressourcen, Umwelt und Wirtschaftsgeschichte" der Universität Bern über „Energie und Zivilisation".

Eine Faktensammlung zu seinem Vortrag hatte er ausgedruckt und an alle Hörer verteilt. Darin stand: „Der zivilisatorische Aufstieg der Menschheit ging mit steigendem Energiebedarf pro Kopf und Tag einher. Bei den Jägern und Sammlern vor einer Million Jahren lag dieser Bedarf bei 2 Kilowattstunden (kWh), nach der Zähmung des Feuers bei 6 kWh. Seit dem Beginn der gegenwärtigen Warmzeit vor zehntausend Jahren, als im Zuge der neolithischen Revolution Ackerbau und Viehzucht den Zugriff des Menschen auf die solaren Energieflüsse erheblich erweiterten und die von Bauern und Handwerkern getragenen agrarischen Hochkulturen entstanden, stieg er auf 14 kWh vor 7000 Jahren und auf 30 kWh im Europa des Mittelalters. Die Erfindung der Dampfmaschine im 18. Jahrhundert durch James Watt löste die industrielle Revolution aus und erschloss der Menschheit die fossilen Energieträger Kohle, Öl und Gas. Diese stellen nunmehr im Verbund mit Otto- und Dieselmotoren, Dampf- und Gasturbinen sowie Öfen und Reaktoren jedem Einwohner der reichen Industrieländer für Ernährung, Güterproduktion und Dienstleistungen 100 bis 300 kWh pro Tag zur Verfügung. Im

Weltmittel und in den Entwicklungsländern sind die Beträge deutlich kleiner." Nachdem Pflügli die Zahlen projiziert und kommentiert hatte, fuhr er fort: „Rechnet man den Energieverbrauch pro Kopf und Tag in die Zahl der von Eschenbach definierten Energiesklaven um, dann arbeiten für jeden Deutschen etwa 45 und für jeden US-Amerikaner etwa 90 Energiesklaven, während einem Menschen in den Enwicklungsländern durchschnittlich nur 6 Energiesklaven dienen. Darum haben wir eine so große Ungleichheit in der globalen Wohlstandsverteilung. Sie wurde auch nicht gemildert durch die Entdeckung der riesigen Lagerstätten von Erdöl und Erdgas im nahen und mittleren Osten, Indonesien und den Amerikas während der ersten Hälfte des 20. Jahrhunderts. Als deren Folge fiel der Weltmarktpreis eines Barrels Rohöl zwischen 1950 und 1970 von etwa 20 auf 12 US\$$_{2014}$. Am meisten profitierten davon die hochindustrialisierten Marktwirtschaften, einschließlich – und gerade auch – die des im 2. Weltkrieg schwer zerstörten Westeuropas. Deren Wirtschaft wuchs um bis zu sieben Prozent jährlich. Und damit kamen die Umweltprobleme."

Pflügli blickte zu Greenbam und bemerkte: „Zum Problem von Energie, Wirtschaftswachstum und Umwelt läuft an meinem Institut seit einem Jahr ein Forschungsprojekt. Zwischenergebnisse könnte ich berichten." Als Greenbam nicht reagierte, fuhr er fort: „Aber ich glaube, mein Nachredner hat dazu Tiefschürfenderes zu sagen. Drum mache ich hier Schluss und danke für Ihre Aufmerksamkeit."

Greenbam dankte unter Beifall für die klaren Ausführungen und erkundigte sich nach dringenden Fragen, die man unbedingt jetzt loswerden müsse und nicht bis zum Ende des nächsten Vortrags zurückstellen könne. Ein paar Leute im Publikum murmelten Sachen wie „auch im Alter immer noch Druck machen", aber niemand meldete sich.

„Sehr schön", schloss Greenbam, „dann machen wir gleich weiter mit dem Vortrag 'Natur und Wirtschaft' von Francois Vitoux, Centre des Etudes Economiques, Fontainebleau."

2.2 Emissionen

„Merci beaucoup, mesdames y messieurs", begann Vitoux und fuhr dann, leicht schmunzelnd, fort: „Früher haben französische Regierungen darauf bestanden, dass Franzosen auf internationalen Konferenzen nur französisch sprechen, sofern die öffentliche Hand ihre Konferenzkosten bezahlt. Aber diese Zeiten sind lange vorbei. Die Macht des Ökonomischen vereinheitlicht alles. Wir alle sprechen jetzt Englisch, die Sprache des ökonomisch mächtigsten Akteurs, der USA. Und gerade wegen ihrer gesellschaftlichen Macht muss die Ökonomie angepasst werden an eine über ihr stehende Macht. Diese Macht sind die Naturgesetze."

Etwas Bewegung im Publikum ließ ihn kurz innehalten. Dann fuhr er fort:

„Die bisherigen Vorträge über Energie und Wirtschaft haben uns zum Kern des übergeordneten Problems von Energie, Gesellschaft und Umwelt geführt. Gewissermaßen verborgen ist dieser Kern unter dem langweiligen Namen *Erster und Zweiter Hauptsatz der Thermodynamik*. Die meisten haben wohl schon mal von diesen Hauptsätzen gehört. Aber ihre Bedeutung für unser aller Schicksal ist mir erst mit Erschrecken nach der Lektüre der Club-of-Rome-Studie *Die Grenzen des Wachstums* klar geworden. Deretwegen habe ich im Anschluss an meine Ökonomie-Promotion noch Physik studiert und nur mit viel Glück tatsächlich auch eine Stelle in Fontainebleau bekommen. Dort ist man offener als anderwo für Interdisziplinäres.

Nunmehr zur Sache: Aus dem Ersten Hauptsatz von der Erhaltung der Energie folgt, dass nichts ohne Energieumwandlung passiert. Und der Zweite Hauptsatz sagt, salopp gesprochen: Immer wenn etwas passiert, wird Entropie produziert. Dabei ist Entropie das physikaische Maß für Unordnung, und Entropieproduktion ist verbunden mit der Emission von Teilchen und Wärme. Wer's genauer anhand der Gleichung für die Entropieproduktionsdichte verstehen will, kann das z.b. in den Publikationen von Eschenbach und van Oisterhuiz nachlesen. Von der letzten Veröffentlichung habe ich hier ein paar Sonderdrucke zum Verteilen. Sie ist auch Teil der Konferenzdokumentation."

Vitoux gab den Stapel Sonderdrucke in die erste Reihe zum Weiter-Durchgeben, nahm einen kräftigen Schluck Wasser und fuhr fort:

„Die Emissionen sind die Ausscheidungen unserer Energiesklaven. Sie belasten die Umwelt. Wollen wir weniger Umwelbelastungen, müssen wir die Zahl der Energiesklaven und damit die Wohlstandsproduktion verringern. Das ist unser Dilemma."

Konkret betonte er, dass die Emissionen von Kohlendioxid und anderen infrarot-aktiven Spurengasen infolge des von ihnen verursachten Treibhauseffekts zu höheren mittleren Temperaturen der Erdoberfläche führen. Doch selbst, wenn man diese durch z.b. CO_2-Rückhaltung und -Entsorgung und erheblichen Energieeinsatz unterbände, handele man sich erhöhte Wärmeemissionen ein. Beim etwa Zwanzigfachen des gegenwärtigen Energieumsatzes stieße man an die „Hitzemauer", jenseits derer sich das Klima auch ohne zusätzlichen Treibhauseffekt merklich ändere. Wegen der physikalisch unvermeidbaren Emissionen bei jedem Energieumwandlungsprozess gebe es also auf der Erde unüberwindbare Grenzen für das Wirtschaftswachstum, das für die Stabilität unserer Industriegesellschaften so wichtig geworden sei. Er befürchte, dass wir unruhigen Zeiten entgegengingen. Nicht verschweigen wolle er in diesem Zusammenhang allerdings, dass sehr namhafte und politisch einflussreiche Wirtschaftswissenschaftler davon ausgingen, dass von einem Klimawandel im Wesentlichen nur die Landwirtschaft betroffen sei. Daraus würden sie schließen, dass ein Einbruch der landwirtschaftlichen Produktion um 50 Prozent lediglich zu einem Verlust von maximal 1,5 Prozent des Bruttoinlandsprodukts (BIP) führen könne, da die Landwirtschaft zum BIP der Industrieländer ja nicht mehr als 3 Prozent beitrage. Diesen Verlust könne man durch Wachstum im Industrie- und Dienstleistungssektor locker wettmachen (Zwischenruf aus dem Publikum: „Statt Kartoffel-Chips essen wir dann Computer-Chips?!"), so dass man am besten den wirtschaftlichen Fortschritt nicht durch Maßnahmen zur Eindämmung des Treibhauseffekts behindern solle. Es sei ökonomischer, wenn sich die Leute an die Folgen des Treibhauseffekts anpassten [2].

Nachdem Vitoux die Empörung seiner Zuhörer

mit der wiederholten Beteuerung gedämpft hatte,
dass er nur die Meinung der sehr namhaften Ökonomen referiert habe, ohne sie zu teilen, legte er noch
dar, dass sich die moderne Ökonomie eigentlich nicht
für die physische Sphäre der Produktion sondern fast
ausschließlich für das Verhalten der ökonomischen
Akteure auf Märkten interessiere. Das Grundgesetz
des Universums, wie man die thermodynamischen
Hauptsätze von der Erhaltung der Energie und der
Zunahme der Entropie auch nenne, spielten in der
Wirtschaftswissenschaft praktisch keine Rolle. Deshalb könne sie auch so tun, als sei die Wirtschaft
ein Perpetuum Mobile, das Wertschöpfung aus dem
Nichts dank eines gütigen Phantoms, genannt „Technischer Fortschritt", schaffe. Man nenne diesen auch
„Manna vom Himmel".

„Ach, jetzt kapiere ich, wie es zu den zitierten
Ansichten der namhaften Ökonomen kommt", meinte
einer, der sich zuvor besonders aufgeregt hatte.

Es wurden noch etliche Fragen an Pflügli und
Vitoux gestellt und von diesen beantwortet. Dann
schlug Greenbam vor: „Beenden wir die Sitzung jetzt
offiziell und nutzen wir den Rest der Zeit bis zum
Abendessen für informelle Gespräche." Alle waren damit einverstanden.

Nach dem Abendessen lösten einige Konferenzteilnehmer ihre Tagungsverspannungen durch Laufen
im Petersberger Wald. Die meisten jedoch wählten
die bequemere Lockerungsmethode: den guten Rhein-
wein in der gemütlichen Atmosphäre des Ritterkel-
lers. Während die Themen des Tages in Gruppen bis
tief in die Nacht diskutiert wurden, zog sich das Organisationskomitee, bestehend aus den beiden Sanders, Francois Vitoux, Carol Hull, und Carmen, die

nach ihrer Heirat jetzt Hernandez de Mendoza hieß,
zur Auswertung und Strategiebesprechung ins Turmzimmer zurück. Helmut Eschenbach vertrat Jan van
Oisterhuiz. Er und Britta Sanders warfen nochmal
die schon früher diskutierte Frage auf, ob man nicht
doch auch ein oder zwei traditionelle Wirtschaftswis-
senschaftler als Referenten hätte einladen sollen.
„Aber was hätte das gebracht?“, hielt Francois Vitoux dagegen, „die wollen doch von dem, was wir heute diskutiert haben, überhaupt nichts wissen“, und
Gregor Sanders erinnerte an den zornigen Ausbruch
des Ökonomieprofessors, der am Vormittag die Konferenz verlassen hatte.
Doch abgesehen davon war man mit dem Engagement
der Teilnehmer sehr zufrieden. Carol Hull schlug vor,
zur Planungssitzung am nächsten Abend auch Frederick Greenbam hinzuzuziehen. Carmen Hernandez
unterstützte den Vorschlag, er wurde akzeptiert, und
das Komitee löste sich in Richtung Ritterkeller auf.

Dort war die Stimmung inzwischen locker geworden. Es standen ja auch schon genügend leere Wein-
und Bierflaschen auf den Tischen. Aus einer Ecke
schallte immer wieder Gelächter. „Da geh ich hin“,
sagte Britta, und die anderen folgten ihr.
„Die Ökonomie ist die Königin der Wissenschaften,
die alles in sich vereinigt“, erklärte gerade Greenbam.
„Nur in diesem Fach können zwei Leute gemeinsam
den Nobelpreis für Theorien bekommen, die einander
widersprechen.“
„Da wir gerade bei der Ökonomie sind“, legte der
AFZ-Redakteur nach, „kennt Ihr den Zweiten Hauptsatz der Ökonomie? Nein? So lernet denn: Nur eines
ist gefährlicher als ein Ökonom – der Amateuröko-
nom.“

„Soll das eine Anspielung auf einen der heutigen Vorträge sein?", wollte ein Kollege wissen. Der AFZ-Mann grinste nur. Da schaltete Vitoux sich ein: „Als ich in London studierte, hatte ich einen gebürtigen Inder als Lehrer. In der ersten Stunde seiner Einführung in die Volkswirtschaftslehre motivierte er seine Studenten mit einem Beispiel aus der Reinkarnationslehre: Der gute, tugendhafte Ökonom wird als Physiker wiedergeboren, der böse, schlampige als Soziologe"[3].

Britta hielt dagegen: „Neulich hing bei uns am Schwarzen Brett eine Partner-Suchanzeige: Attraktive, einfühlsame Frau sucht nach schwerer Enttäuschung zärtlichen, liebevollen, gebildeten Partner – Physiker ausgeschlossen."

Ein junger Ökonom aus Eschenbachs Arbeitsgruppe ergänzte: „Vor kurzem war ich auf einer Konferenz, die die Möglichkeiten der Zusammenarbeit von Ökonomen und Physikern ausloten sollte. Zum Schluss wurden die Konferenzteilnehmer gebeten, auf einer Pin-Wand einen Halbsatz zu ergänzen. Dieser lautete: 'Wenn Physik auf Volkswirtschaftslehre trifft, ...'. Allgemeine, fröhliche Zustimmung fand die Ergänzung: '... trifft Arroganz auf Ignoranz.' Dabei war allen klar, dass man es genauso gut auch anders herum hätte sagen können."

So ging es weiter durch die Berufe. Als es dann etwas derber wurde – so fragte ein Energietechniker: „Welchen Beruf hatte der liebe Gott bei der Erschaffung des Menschen?" und lieferte, da niemand was sagte, die Antwort: „Bauingenieur. Wer sonst legt einen Abwasserkanal durch das Vergnügungsviertel?" – zupfte Britta ihren Gregor am Arm und zeigte auf die Uhr. Der dachte an das schöne, breite Bett im großzügig eingerichteten Konferenzleiter-Zimmer, murmelte zu den anderen etwas wie „Es ist spät. Wir geh'n schon mal. Morgen gibt's viel zu tun", und verließ mit Britta den Raum. Als sie die Treppe emporstiegen, schmiegte sie sich an ihn. Seine Hand glitt über ihre Hüfte, die sich geschmeidig-fest unter dem dünnen Stoff ihres Kostüms bewegte. Kaum hatten sie die Tür ihres Zimmers hinter sich geschlossen, schlüpften sie aus den Kleidern und traten Hand in Hand ans Fenster. Unten im Tal glänzte der Rhein im Mondlicht. Dann zog ihn Britta aufs Bett: „Ven, mi amor".

2.3 Wirtschaftskrisen

Carmen Hernandez eröffnete die Morgensitzung mit: „Gestern war der Tag der Theorie. Heute wollen wir hören, wie sich wirtschaftstheoretische Vorstellungen ganz massiv auf das tägliche Leben auswirken. Als erster spricht zu uns Arthur Lion vom Energy Research Institute in Berkeley über 'Wie Kalifornien ins Dunkel stolperte: Ideologie gegen Technologie'"[4].

„Kalifornien, die sechststärkste Ökonomie der Welt, stolpert ins Dunkel, weil bei der Deregulierung des Energiemarktes in den 1990er Jahren die Wettbewerbsideologen das Sagen hatten und das Wissen der Energietechniker und Energieökonomen unberücksichtigt blieb." Mit diesen Worten begann eine brillant-polemische Abrechnung mit den Missionaren des blinden Glaubens an „die Marktkräfte", die den politischen Entscheidungsträgern Kaliforniens eingeredet hatten, dass Handel – in diesem Falle an Energiebörsen – der wichtigste Wohlstandsmotor sei und die dabei die technischen und ökonomischen Rahmenbedingungen der Stromerzeugung und -verteilung sträflich vernachlässigt hatten. So wurden Investitionen in den Kraftwerkspark und das Stromnetz unattraktiv, und das ganze technische System wurde immer brüchiger. Hinzu trat wachsender Strombedarf und absurde Energieverschwendung, z.B. durch das Klimatisieren von Garagen, die thermisch noch schlechter isoliert sind als die ohnehin miserabel wärmegedämmten Häuser. Als Folge kam und kommt es immer wieder zu großflächigen Netzzusammenbrüchen und Stromausfällen mit gewaltigen volkswirtschaftlichen Verlusten, für die am Ende der Steuerzahler aufkommen muss. „Leider", schloss Arthur Lion seinen Vortrag, „macht der Rest der Welt uns Amerikanern ja inzwischen fast alles nach. Wenn sich auch in anderen Ländern Ignoranz und Inkompetenz auf dem Energiesektor breitmachen, bekommen wir allesamt einige Probleme."

Rochus Pflügli meldete sich als Erster: „Die USA sind doch wohl deshalb der Welt größter Energieverschwender, weil dort die Energiepreise dank niedriger Energiesteuern am niedrigsten sind. Warum aber wird der, wie wir gestern gehört haben, wichtigste Produktionsfaktor nicht höher besteuert, so dass mit ihm effizient umgegangen wird, wie sich das für Produktionsfaktoren gehört?"

„Darauf gibt es zwei Antworten", erwiderte Lion. „Erstens betrachten viele einflussreiche Ökonomen Energie überhaupt nicht als einen Produktionsfaktor wie Kapital und Arbeit – und neuerdings Wissen – sondern als einen Rohstoff wie Kupfer oder Bauxit. Wenn ein Rohstoff knapp wird, so sagen sie, sorgt der technische Fortschritt und die 'unsichtbare Hand' des Marktes schon rechtzeitig für Ersatz. Nun kann man zwar innerhalb naturgegebener Grenzen Energie durch Investitionen in Wirkungsgradverbesserungen einsparen. Dass aber wegen der thermodynamischen Hauptsätze Energie grundsätzlich *nicht* komplett durch irgendetwas anderes ersetzt werden kann, hat sich in der Wirtschaftswissenschaft noch nicht besonders weit herumgesprochen. Zweitens gehören üppige Energiedienstleistungen zu unserem 'American Way of Life in the Land of the Free'. Gegen ihre Verteuerung würden wohl die meisten meiner Landsleute heftig rebellieren und behaupten, man beschnitte ihnen ihre 'Wings of Freedom'."

Britta Sanders drückte die Hand ihres Mannes. Ein Teilnehmer aus Bristol steuerte noch Pannen-Geschichten aus dem britischen Eisenbahnsystem nach dessen Deregulierung bei, dann ging es in die Kaffeepause.

Den zweiten Vortrag einleitend sagte Carmen Hernandez, dass sie gerne erzählen würde, wie die einst blühende kolumbianische Textilindustrie durch billige Textilimporte aus China ruiniert wurde, nachdem die kolumbianische Regierung auf Drängen der USA dem freien Welthandel zuliebe die Zollbarrieren gesenkt hatte, und wie die kleinen kolumbianischen Kaffeebauern nach der Aufkündigung des Weltkaffeeabkommens durch die USA und dem Verfall der Kaffeepreise in den Rauschgiftanbau oder die Guerrilla abgedrängt wurden, doch dürfe sie den folgenden Berichten nichts von ihrer wegen des Konzerts am Abend ohnehin knapper bemessenen Zeit wegnehmen. „Zudem", schloss sie „kommt Lateinamerikas Leiden unter den Kollateralschäden ökonomischer Theorien jetzt in dem Vortrag 'Wie die Chicago

School of Economics die argentinische Wirtschaft ruinierte' von Carol Hull zur Sprache. Als Mitarbeiterin des Department of Ecology der Syracuse University hat Carol mehrere Jahre mit Feldstudien in Argentinien verbracht."

Carol Hull skizzierte den Zusammenbruch der argentinischen Wirtschaft, die im Zuge einer ausschließlich an monetaristischen Prinzipien ausgerichteten Wirtschaftspolitik zuerst eine Scheinblüte nach der festen Ankopplung des Pesos an den US Dollar erlebt hatte, in der die Argentinier weit über ihre Verhältnisse gelebt hätten. „Wir leben in den USA übrigens ganz ähnlich über unsere Verhältnisse. Ich frage mich, wie lange noch der Rest der Welt uns täglich mehr als eine Milliarde Dollar schicken wird", bemerkte sie nebenbei. Nachdem die Konsumblase geplatzt war und der Staat zur Konsolidierung der Finanzen die Ersparnisse seiner Bürger praktisch konfisziert hatte, sei Armut bis weit in die früher wohlhabende argentinische Mittelschicht vorgedrungen, und keiner wisse, wann das Land wirtschaftlich wieder auf die Beine komme.

„Wenn sie einverstanden sind, verschieben wir die Diskussion und springen jetzt sofort nach Russland", schlug Carmen vor. „Pjotr Davidov vom Sibirischen Zweig der Russischen Akademie der Wissenschaften in Akademgorodok spricht über 'Privatisierung und die Erdrosselung der russischen Wissenschaft'".

Davidov begann mit einer Karte Sibiriens, auf der Akademgorodok im Bezirk Novosibirsk markiert war, und erläuterte, dass kurz vor dem Zusammenbruch der Sowjetunion in den über 50 selbständigen Instituten und Laboratorien der Wissenschaftsstadt rund 40.000 Beschäftigte gearbeitet hatten. Nachdem die staatlichen Finanzmittel drastisch zusammengestrichen worden waren, würden jetzt dort noch etwa 17.000 Angestellte teils interdisziplinär forschen und teils in Kooperation mit westlichen Konzernen Hochtechnologie-Produkte für den Weltmarkt entwickeln. Mit den Einkünften aus diesen Kooperationen hätte man bisher die verbleibende akademische Infrastruktur Akademgorodoks aufrechterhalten können. Besonders erfolgreich war die neu aufgebaute Kristallzuchtabteilung des Instituts für Halbleiterforschung, der die Herstellung zentnerschwerer, hochreiner Einkristalle für die Halbleiterproduktion gelungen war. Vor einem halben Jahr sei nun aber verfügt worden, dass das Institut aus dem akademischen Verband ausgegliedert und privatisiert werde. Einer der „neuen Russen", einer der früheren Parteikader im Wirtschaftsministerium und jetzt einer der reichsten Geschäftsleute Russlands, habe das Institut in sein Firmenkonglomerat überführt. Wegen der fehlenden Einkünfte aus diesem Institut hätten nun die Abteilungen für Systemanalyse sowie Energie- und Umweltforschung geschlossen werden müssen. Das hätten die Unternehmensberater von „Corporate Consulting" empfohlen.

„Ich erzähle Ihnen diese Geschichte so ausführlich", schloss Pjotr Davidov, „weil sie mich als Systemanalytiker direkt betrifft. Ich bin jetzt arbeitslos und werde mich hier in Deutschland nach einem Job umsehen. Dabei konnte ich noch verhältnismäßig lange in meiner Heimat bleiben. Viele, und gerade die Besten, sind schon bald ins Ausland abgewandert, nachdem Anfang der 1990er Jahre die Studienabgänger der Harvard Business School zu Wirtschaftsberatern der russischen Regierung avancierten und die schockartige Privatisierung des Staatseigentums empfohlen hatten, ohne dass die notwendigen gesetzlichen Rahmenbedingungen und Institutionen existierten. Da hat sich die alte Nomenklatura der Kommunistischen Partei sofort alles unter die Nägel gerissen. Jetzt gebärden sich diese Typen als die glühendsten Verfechter der Freien Marktwirtschaft, und das Volk hungert."

Greenbam wollte wissen: „Wieviel verdienen russische Wissenschaftler heute?"

„Promovierte erhalten etwa 100 Euro im Monat."

„Und was kann man sich dafür kaufen?"

„Wenn man mit Besuchern in das einzige abends geöffnete Lokal Akademgorodoks geht, die New York Pizza, zahlt man für einen großen Pappbecher Bier einen Euro."

„Und wie kommen die Leute zurecht?"

„Früher wurde in unseren Instituten bis spät abends und auch an Wochenenden und Feiertagen gearbeitet. Jetzt fährt jeder, sobald er kann, auf sein Gartengrundstück in den Wäldern und kümmert sich um seinen Gemüsegarten und die Hühner. Das hilft etwas."

Nach der Pause übernahm Carol Hull die Sitzungsleitung und bat Chikara Ohta um seinen Vortrag „Lektionen aus dem Platzen der japanischen Immobilienblase".

Ohta, der vom Ministerium für Technologie und Industrie in die wirtschaftsanalytische Abteilung des Kernforschungszentrums Tokay Mura 150 km nordöstlich von Tokyo entsandt worden war, schilderte, wie seine lange Zeit auf Adaption und Inno-

vation ausgerichteteten Landsleute gegen Ende der
1980er Jahre ebenfalls der Wahnvorstellung verfielen, dass alle durch den Handel an Börsen reich werden könnten. Das trieb die Immobilienpreise derartig in die Höhe, dass der Grundstückswert des Tokioter Kaiserpalastes schließlich so hoch taxiert wurde wie der des gesamten kalifornischen Staates [5].
Nach dem Platzen erst der Immobilien- und dann der Aktien-Spekulationsblase rutschte Japan in eine Stagnation, von der sich das einstige Vorbild an wirtschaftlicher Dynamik bis heute nicht erholt hat.
„Aber niemand scheint aus unserer Erfahrung gelernt zu haben", schloss Ohta seinen Bericht, „denn die EU Regierungschefs hatten noch bei ihrem Treffen in Lissabon die Erwartung geäußert, dass die Arbeitslosigkeit in der EU binnen zweier Jahre durch das Internet halbiert werden würde. Nun bin ich gespannt, wie die Europäische Union das Platzen der Internet-Blase verkraften wird."

„Damit sind wir von der Ökonomie auf die Psychologie gekommen", leitete Carol zum letzten Vortrag über, „wobei es ja heißt, dass Ökonomie zu 50 Prozent aus Psychologie besteht. Emilio Piatti vom Centro dei Studie Politici in Siena wird uns mehr dazu sagen in seinem Vortrag über 'Medien, Demokratie und Verantwortung'".

Piatti erklärte, dass er sein Thema exemplarisch am Beispiel zweier sehr unterschiedlicher Nationen abhandeln wolle, die aber im Laufe ihrer Geschichte immer wieder eng miteinander verbunden waren: Italien und Deutschland. Wie Medienmacht die italienische Demokratie umgestaltet habe, nachdem sich die Wähler von den korrupten Volksparteien und ihren Intrigen abgewandt und dem „Cavaliere" zugewandt

hätten, sei ja hinreichend bekannt. Am meisten er-
bittere ihn aber in der gegenwärtigen Situation, dass
nunmehr mit der Parlamentsmehrheit der „Casa de
la Liberta" in Italien die größte Errungenschaft de-
montiert werde, die Rom der Welt geschenkt hat: die
Herrschaft des Rechts. „Aber ich hoffe, dass wir Italiener uns bei der nächsten Wahl dagegen wehren werden und uns nicht mehr von 'Bella Figura' blenden
lassen." Interessant seien im Vergleich die Deutschen.
Während die Italiener schon lange nichts mehr vom
Staat und seiner Bürokratie erwarteten und in der
Schattenwirtschaft ganz erfolgreich an beiden vorbei
wurstelten, stellten die Deutschen immer höhere Ansprüche an den Staat, angefangen vom Konzernlen-
ker bis zum Sozialhilfeempfänger. Die Medien würden
diese Ansprüche mit großem Getöse unterstützen –
zum einen anhand von herzbewegenden Einzelbei-
spielen bedürftiger Menschen, zum anderen durch die
ausführliche Wiedergabe der Sprüche von Lobbyisten
und Verbandsfunktionären, von denen Erstere beim
Verweigern von Subventionen mit dem Verlust tau-
sender von Arbeitsplätzen drohten und Letztere das
Festschreiben neuer Rechtsansprüche der Bürger auf
staatliche Wohltaten forderten. Wie bei alledem fast
alle gesellschaftlichen Gruppen in Deutschland Steuersenkungen verlangen könnten, sei ihm schlichtweg
schleierhaft. Im übrigen sei Steuerhinterziehung in
Deutschland wohl ein ebenso beliebter Massensport
wie in Italien. Piattis Fazit: In Italien schmeicheln
die Medien dem ästhetischen Bedürfnis des Italieners
nach dem schönen Schein, in Deutschland bedienen
sie Weinerlichkeit, Selbstmitleid und Selbstgerechtig-
keit, in die sich das romantische Gemüt der Deutschen immer wieder mal verirre. Verantwortlichem

staatsbürgerlichen Handeln seien beide Medienein-
flüsse abträglich.

Die Deutschen und Italiener applaudierten
kräftig, nur der AFZ-Redakteur wandte ein: „Es ist
nicht fair, alles den Medien in die Schuhe zu schieben.
Kamingespräche funktionieren wie eh und je, und der
Golfplatz wird auch immer nützlicher. Ein Studien-
kollege in der Autobahndirektion Nürnberg erzählte
mir neulich von einer Einladung, bei der der Chef eines großen Konzerns auf den durchgehend sechsspu-
rigen Ausbau der A3 zwischen Frankfurt und Nürnberg drängte, damit innerhalb von 36 Stunden die
LKW mit in Barcelona produzierten Bauteilen Nürnberg erreichen können. Die Lagerhaltung auf der Straße haben die Unternehmen dem japanischen 'Just in
Time'- System abgeguckt und passen ohne irgendwelche Mithilfe der Medien die Verkehrs-Infrastruktur
diesem System an. Das kostet 'ne Menge Steuergel-
der – und Dieselkraftstoff."

Gregor Sanders meldete sich: „Ich habe das
Gefühl, wir driften in Richtung Chaos, und die Medi-
en sind eine treibende Kraft. Welchen Eindruck haben Sie?"

Piatti zögerte einen Augenblick, dann tastend:
„Das Chaos-Gefühl kenne ich. Aber was treibt uns
ins Chaos? Die Medien können's nicht sein: Sie sind ja
nur Medien, d.h. Mittel. Zu welchem Zweck sie eingesetzt werden, bestimmen Menschen. So weit, so trivi-
al. Was ich jetzt noch sage, hat sich beim Anhören der
Vorträge gestern und heute in meinem Kopf zusam-
mengebraut und ist noch unausgegoren. Aber wenn
Sie mich schon fragen, darf ich vielleicht ins Unreine
reden. Also:
1. Am Ende einer Periode gesellschaftlicher Stabilität

steht die Degeneration der Elite.
2. Die Degeneration zeigt sich in Verschwendung.
3. Verschwendet werden die Basisressourcen, auf die sich die Macht der Elite und die Stabilität der Gesellschaft stützen.
Beispiele:
a) In der Feudalgesellschaft Frankreichs des 17. und 18. Jahrhunderts degenerierte der Adel seit der Zeit des Sonnenkönigs, in der Frankreich zur kulturell und militärisch dominierenden Vormacht Kontinental-Europas aufgestiegen war und verschwendete die Produkte der Agrarwirtschaft in maßlosem höfischen Aufwand, den die Fürsten anderer Länder nachäfften. Am Ende stand das Chaos der Französischen Revolution, die Neuordnung Europas durch Napoleon und der Beginn des bürgerlichen Zeitalters.
b) Das Bürgertum Kontinentaleuropas übernahm im 19. Jahrhundert von England die Industrielle Revolution und den Kapitalismus. Die teils noch feudal geprägte Machtelite degenerierte zu Anfang des 20. Jahrhunderts im Militarismus und verschwendete das Kapital im Wettrüsten. Am Ende stand das Chaos der beiden Weltkriege und die Ausdehnung der demokratisch-kapitalistischen Marktwirtschaft auf alle Industrienationen außerhalb des Sowjetbereichs.
c) Die Entwicklung seit dem Zusammenbruch der sozialistischen Planwirtschaft haben Greenbam, Lion, Ohta und andere Vorredner ja schon beschrieben. Ökonomische Größe ist das Maß aller Dinge. Die Machteliten in Bürokratie, Interessenverbänden und Wirtschaft degenerieren im Wachstumsfetischismus, dem sie verschwenderisch opfern. Verschwendet wird Kreativität in der Werbung, die immer häufiger an die Stelle von sachgemäßem Handeln tritt. Ver-

schwendet wird Kapital im von Großmannsucht getriebenen Wettbewerb um einen Spitzenplatz unter den 'Global Players'. Verschwendet werden Energie und natürliche Ressourcen in Lifestyle-Trallala. Als Träger von Werbung und Vermittler virtueller Welten mit virtuellen Helden sind die Medien am wachsenden Realitätsverlust beteiligt, in dem das Chaos gedeiht. Aber sie sind nicht die treibende Kraft."

Die Frage, was er nach dem befürchteten Chaos erwarte, antwortete Piatti: „Keine Ahnung, was in 40 Jahren sein wird. Jetzt müssen wir um einen Weg in die Zukunft kämpfen, auf dem das Leiden in den Wirren des sich abzeichnenden Großen Umbruchs möglichst klein bleibt."

Es gab noch Fragen zu Marktmacht und politischer Orientierung der Medienkonzerne. Dann schloss Carol Hull die Sitzung: „Wir müssen zum Essen. Von 15 bis 17 Uhr machen wir im Plenum weiter mit freier Diskussion der noch offenen Fragen. Anschließend fahren wir mit dem Bus nach Bonn in die Beethovenhalle. Chor und Symphonieorchester des Bayerischen Rundfunks geben dort 'Die Schöpfung' von Joseph Haydn."

Nach der Rückkehr aus Bonn gegen 23 Uhr versammelte sich das Organisationskomitee noch kurz im Turmzimmer. Frederick Greenbam war mit dabei.

„Mein Eindruck ist, dass das, was wir gestern an Theorie und heute an Erfahrung gehört haben, eine gute Grundlage für die morgige Planung bildet", meinte Gregor Sanders unter allgemeiner Zustimmung.

„Morgen ist der wichtigste Tag. Sollen wir versuchen, den Gang der Dinge etwas vorzustrukturieren?", fragte Britta.

Die Runde überlegte. „Ich glaube, das ist nicht nötig", sagte schließlich Greenbam, der von Carol Hull über das Konferenzziel informiert worden war. „Wenn die Sanders morgen die Konferenz zusammenfassen und die Frage stellen: Was tun?, kommt der Vorschlag, und dann sehen wir, wie die Dinge laufen. Das entscheidende Problem wird der Nervus Rerum sein."
„Dazu mache ich mein Angebot", sagte Carmen Hernandez.
Greenbam nickte: „Dann können wir ja ruhig schlafen. Ich werde das jetzt auf jeden Fall versuchen."
Die anderen schlossen sich an.

2.4 Der Plan

„Wir müssen heute viel arbeiten. Aber Haydns Schöpfung gestern Abend hat dazu doch einen ganz guten Motivationsschub gegeben", bemerkte Gregor Sanders zur Eröffnung der Plenardiskussion unter dem Thema „Aktionen". Er fuhr fort: „Wir haben in den vergangenen zwei Tagen gehört, wie wichtig es ist, dass sich Wirtschaftspolitik an der Realität industrieller Wohlstandsproduktion und nicht an irrigen Vorstellungen über die Handlungsspielräume der ökonomischen Akteure orientiert. Aber wir sind ja hier nicht nur zusammengekommen, um etwas zu lernen."
Britta Sanders übernahm und fuhr fort: „Ich denke, uns ist allen klar, dass wir neue, dem technischen Entwicklungsstand und der globalen Dominanz der Marktwirtschaft angepasste Gesetze und Institutionen brauchen, die Wirtschaft und Gesellschaft an den auf dieser Konferenz angesprochenen sozialen

und ökologischen Instabilitäten vorbeisteuern. In der Einladung zur Konferenz haben Sie gelesen, dass wir heute darüber beraten wollen, was wir konkret tun können. Wer hat Vorschläge?" Greenbams Hand ging in die Höhe. Dann stand er auf und wandte sich aus der ersten Reihe dem Auditorium zu: „Im Flieger von Stansted nach Bonn hatte ich mir einen Vorschlag überlegt. Aber den will ich gar nicht mehr erwähnen. Vielmehr möchte ich die Frage wiederholen, die ich schon einmal im Anschluss an Helmut Eschenbachs Vortrag gestellt hatte. Sie lautet: Sollte man an der Energiepreis-Schraube drehen? Ich will sie auch gleich beantworten: Ja, man sollte. Und wenn Sie mich fragen 'Wie?', dann ist meine Antwort: Überführen wir die in allen Ländern wachsende Partei der Nichtwähler in eine Energiesteuer-Partei. Das ist mein Vorschlag." Damit setzte er sich.

Überraschtes Schweigen im Auditorium, rascher Blickwechsel im Organisationskomitee. Schließlich räusperte sich Emilio Piatti: „Dr. Greenbam, könnten Sie Ihren Vorschlag näher erläutern?"

„Ich habe mir vorgestern Abend von Helmut Eschenbach einige seiner Arbeiten geben lassen und gelesen. Ich glaube, er kann meinen Vorschlag am besten begründen."

Eschenbach ging zum Tageslichtschreiber und legte die Folie mit seiner Vortragszusammenfassung wieder auf. Er zeigte auf die Zahlen: „Ich darf kurz wiederholen. Nach unseren Analysen industrieller Volkswirtschaften hat die billige Energie eine große Produktionsmacht, während die Produktionsmacht der teuren menschlichen Arbeit gering ist. Teuer ist die Arbeit nicht nur, weil bei uns vergleichswei-

se gut verdient wird, sondern auch, weil die Gemein-
schaftsaufgaben des Staates und die sozialen Siche-
rungssysteme zum Großteil über die Belastung des
Faktors Arbeit mit Steuern und Abgaben finanziert
werden. Darum müssen die Unternehmen in Rationa-
lisierung und Automation ausweichen, oder sie verlagern die Produktion in Niedriglohn-Regionen wie
China, Indien und Mittelamerika. Die resultieren-
den Beschäftigungsverluste lassen die Bemessungsgrundlage für Steuern und Abgaben schrumpfen,
die Staatsverschuldung steigt, und die sozialen Si-
cherungssysteme brechen zusammen. Die Krise hat
inzwischen praktisch alle Industrienationen erfasst.
Aber wie jede Krise birgt sie die Chance zur Erneuerung – hier zur Modernisierung, Vereinfachung
und Harmonisierung der Steuersysteme unserer wirtschaftlich so eng verflochtenen Länder. Man muss nur
das Fundamentalprinzip einer gerechten Besteuerung,
nämlich das Prinzip der Besteuerung gemäß wirtschaftlicher Leistungsfähigkeit, von den Individuen
auf die Produktionsfaktoren übertragen und Energie
gemäß ihrer großen Produktionsmacht hoch und die
Arbeit gemäß ihrer geringen Produktionsmacht nied-
rig besteuern. Das würde viele unserer wirtschaftlichen und sozialen Probleme lösen, insbesondere auch
die mit der Umkehrung der Alterspyramide zusammenhängenden, und zudem der Umwelt nützen."

„Und", ergänzte Greenbam, „da so etwas von
Parlamenten beschlossen werden muss, bedarf es dazu einer politischen Partei. Die normalen Parteien
können wir vergessen. Die sind alle in der Hand der
etablierten Interessengruppen. Sie tönen zwar immer-
zu von Reformen, aber entweder wollen sie keine echten Veränderungen, die ihrer Klientel wehtun, oder

sie sind dazu unfähig, weil sie in den alten ökonomischen Ideen befangen sind. Die Leute merken, dass nichts mehr geht, oder wenn, dann nur zugunsten der Reichen und Mächtigen. Deshalb bleiben sie bei den Wahlen entweder daheim, oder sie wenden sich Populisten zu, die für komplexe Probleme einfache Lösungen versprechen. Auch hier sind die USA, wie in so vielem, der Vorreiter. Deshalb mein Vorschlag, in unseren Ländern eine Partei zu etablieren mit dem einen Programmpunkt: Verlagerung der Steuer- und Abgabenlast von der Arbeit auf die Energie. Gewinnen können wir die Nichtwähler für diese Partei, wenn wir sie davon überzeugen, dass dadurch die Veränderungen in Richtung eines ressourcenschonenden technischen Fortschritts und innerer, internationaler und intergenerationeller Verteilungsgerechtigkeit in Gang kommen, deren Notwendigkeit wir alle ahnen. Die erforderliche Aufklärungs- und Überzeugungsarbeit zu leisten, wird allerdings ein schweres, vielleicht sogar ein gefährliches Stück Arbeit sein."

Es war richtig gewesen, den ganzen dritten Tag der freien Aussprache zu widmen. Eine so spannende, engagierte und bei allen, durchaus auch scharfen Kontroversen faire und über weite Strecken brillante Diskussion hatten die meisten der Teilnehmer noch nicht erlebt. „Wir haben schon die richtigen Leute eingeladen", meinte Francois Vitoux in einer Pause.

Es ging im Wesentlichen um folgende Punkte.

a) Wenn es sich bei steuerlicher Energieverteuerung rentiert, in Wärmedämmungen, Energiespeicher, Anlagen der Kraft-Wärme-Kopplung, der Solarthermie, der Photovoltaik und andere Techniken der rationellen Energieverwendung und der nichtfossilen Energien zu investieren, dann würden bei

rückläufigem Energieverbrauch auch die Steuerein-
nahmen zurückgehen. Dem wurde entgegnet, dass die
Steuerlast pro Energieeinheit für Produzenten und
Verbraucher vorhersehbar so erhöht werden kann,
dass das Gesamtsteueraufkommen konstant bleibt.
Und einer Gesellschaft, in der die schweren und
gefährlichen körperlichen Arbeiten immer von energiegetriebenen Maschinen verrichtet werden, würde
niemals die Bemessungsgrundlage für Energiesteuern
abhanden kommen. Dafür sorgten die ersten beiden
Hauptsätze der Thermodynamik.

Das erledigte auch die polemische Frage: „Sollen wir
in Zukunft wieder Baugruben mit Hacke und Spa-
ten statt mit Schaufelbaggern ausheben, oder Leute
in Laufkäfige sperren, die Elektrogeneratoren antrei-
ben?"

Nur halb scherzhaft fragte ein Physiker, warum man
nicht Wasser statt Energie besteuern solle. Schließlich
könne man ohne Wasser ebensowenig leben wie ohne
Energie.

„Aber Herr Kollege", wunderte sich ein anderer, „versuchen Sie mal, Wärmekraftmaschinen und Transistoren mit Wasser zu betreiben. Wasser ist wichtig zum Kühlen und in chemischen Prozessen. Aber
grundsätzlich kann es ersetzt werden – z.b. durch
Luftkühlung oder wärmeabstrahlende Radiatoren;
und für Weltraumanwendungen hat man auch schon
wasserfreie chemische Basisprozesse entwickelt. Energie hingegen kann durch nichts ersetzt werden – Erster Hauptsatz. Auf einem ganz anderen Blatt steht,
dass das organische Leben auf der Erde neben Energie auch noch Luft und Wasser braucht: Luft für die
Energieumwandlung im Körper, Wasser ganz wesentlich zur Entropieentsorgung. Aber wenn ich die Dis-

kussion hier richtig verstehe, geht es doch nicht allgemein um die Besteuerung von allem, was wichtig ist, sondern ganz konkret um die Besteuerung von Produktionsfaktoren gemäß ihrem Beitrag zur ökonomischen Wertschöpfung." „Wie hoch müsste eigentlich eine Energiesteuer sein, damit sie richtig was bringt?" warf einer noch ein.

„Ich habe mal folgende Rechnung gelesen", erinnerte sich jemand: „Wenn sich, wie in Deutschland vor ein paar Jahren, alle Steuern und Sozialabgaben auf rund 850 Milliarden Euro belaufen und der gesamte Primärenergieverbrauch 4000 Milliarden kWh pro Jahr beträgt, würde eine Energiesteuer von ca. 21 Cent pro Kilowattstunde das gesamte Aufkommen an Steuern und Sozialabgaben abdecken"[6]. Er fügte noch hinzu: „Die maximale Leistung eines normalen Menschen liegt bei etwa 100 Watt. Um eine Kilowattstunde Arbeit zu verrichten, muss ein Mensch also 10 Stunden lang mit größter körperlicher Anstrengung arbeiten."

b) Die beiden Ölpreisexplosionen Anfang und Ende der 1970er Jahre hatten weltweit zu schweren Rezessionen geführt. Hätten Energiesteuer-Erhöhungen nicht ähnlich gravierende konjunkturdämpfende Wirkungen? Darauf wurde entgegnet, dass damals neben psychologischen Faktoren, dem Ölpreis-Schock, auch die Mittelabflüsse aus den ölimportierenden Industrieländern in die ölexportierenden Staaten eine wichtige Rolle spielten. Steuerliche, allmählich zum Tragen kommende Energiepreiserhöhungen würden sich so nicht auswirken, denn der Schock entfiele, und die Mittel, die lediglich umverteilt würden, blieben im Lande.

c) Am spannendsten war die Frage nach den Ge-

winnern und Verlierern der Steuer-Verlagerung. Als
Gewinner wurden identifiziert: Das Handwerk und
andere arbeitsintensive Wirtschaftszweige. Repara-
tur statt Neuanschaffung würde sich wieder rechnen,
die Kosten der Kranken- und Altenpflege würden
langsamer steigen, Kinderbetreuung durch Menschen
statt durch Fernseher, Spielkonsolen und Smartpho-
nes würden wieder eher die Regel, und ganz gene-
rell würde das hochflexible Hirn-Hand-System des
Menschen wieder mehr gefragt, wenn es nicht mehr
so teuer wäre. Für die mittelständischen Betriebe,
die die Techniken der rationellen Energieverwendung
und der erneuerbaren Energien produzierten, sollten
Energiesteuererhöhungen wie eine Konjunkturspit-
ze wirken. Zu den Verlierern zählte man Transport-
unternehmen, die Vieh von deutschen Bauernhöfen
in spanische Schlachthöfe oder bayerische Kartoffeln
zum Waschen nach Oberitalien karrten, die Profiteu-
re des 'Just in Time'-Systems und des Transports
von Luftfracht zwischen benachbarten Städten über
weit entfernte, zentrale Verteilungs-Terminals; auch
alle Liebhaber des Freizeitverkehrs würden jammern.
Die unverzichtbaren Produkte der Metall-, Zement-,
Chemie- und Papier-Industrie würden erheblich teurer. Doch deren höhere Preise, so meinten die meisten,
würden die Verbraucher zugunsten niedrigerer Preise für vielerlei Dienstleistungen und des Erhalts oder
der Schaffung von Arbeitsplätzen in Kauf nehmen.
Wirtschaftliche und soziale Härten könnten durch
Übergangsregelungen, Aufbesserung des Heizkosten-
zuschusses bei der Sozialhilfe und Erhöhung der Ki-
lometerpauschale für Pendler abgemildert werden.

    d) Das damit zusammenhängende Problem
der Beeinträchtigung der internationalen Wettbe-

werbsfähigkeit von Ländern mit Energiesteuern könnte durch die Einführung von Grenzausgleichsabgaben gelöst werden, die den Exporteuren die gezahlten Energiesteuern zurückerstatten und alle importierten Waren und Dienstleistungen mit Zöllen gemäß der zu ihrer Produktion und ihrem Transport benötigten Energie belegen.

„Die Details dürften ziemlich kompliziert werden", meinte einer. „Aber bestimmt einfacher als die einer Gesundheitsreform", ergänzte ein anderer. Nach drei Stunden herrschte im Plenum Konsens, dass man versuchen sollte, den Greenbam-Eschenbach Vorschlag umzusetzen. Um das „Wie?" sollte es dann am Nachmittag gehen.

Einige hatten den Saal allerdings verlassen und standen auf der Terrasse in einer kleinen Gruppe beisammen. Sie waren sichtlich unzufrieden. Das zeigten ihre Mienen, wiederholtes Kopfschütteln im Gespräch und überhaupt die ganze Körpersprache. Der AFZ-Redakteur gehörte dazu.

Beim Mittagessen setzte sich Gregor Sanders neben ihn, sie waren zusammen Studentenvertreter im Senat ihrer Hochschule gewesen, und fragte ihn: „Heinz, was stört Dich?"

„Die ganze Richtung, in die der Hase läuft. Du weißt, wie ich mich für die ökologische Steuerreform in meinen Leitartikeln eingesetzt habe. Darum hast Du mich ja wohl auch eingeladen. Aber was der Eschenbach da erzählt, das geht mir zu weit. Dazu bin ich denn doch zu sehr Ökonom. Wenn seine Theorie stimmte, wäre er ein Genie. Und wie ein Genie sieht er nicht aus."

„Aber an der Theorie ist gar nichts Geniales. Die

Mathematik ist so simpel, dass ich ihre Grundgleichungen in meiner Einführung in die Theorie partieller Differentialgleichungen als Übungsaufgabe von den Studenten herleiten lasse. Hier haben lediglich Naturwissenschaftler und ja auch gestandene Ökonomen die Produktions- und Wachstumstheorie unter einem neuen Blickwinkel betrachtet."
„Trotzdem", brummte Heinz Fahrtmann, „die Sache gefällt mir nicht. Ich reise nach dem Mittagessen ab. Ein anderer, der auch genug von all dem hier hat, nimmt mich in seinem Wagen mit."

„Wir haben erste Verluste", sagte Gregor zu Britta und Carol, als sie nach dem Mittagessen an der Kaffeemaschine beisammen standen, und berichtete über sein Gespräch mit Fahrtmann.
„Ich war gleich skeptisch, dass wir einen AFZ-Mann als Verbündeten in den Medien gewinnen können", meinte Britta, und zu Carol gewandt: „Aber Greg ist halt ein Optimist. Hoffentlich drischt Fahrtmann nicht demächst auf uns ein. Er versteht sein Geschäft, auch das der Polemik."
„Vorläufig wird er Totschweigen für das Beste halten."

Nach abgekürzter Mittagspause kam man um 14 Uhr im Plenum wieder zusammen. Als erster ergriff Rochus Pflügli das Wort: „Vor einiger Zeit lief an meiner Universität ein größeres Forschungsprojekt zu Energiesteuern. Im Abschlußbericht schrieb ein Politikwissenschaftler dass Energiesteuern ja theoretisch sinnvoll sein mögen, politisch aber nicht durchsetzbar seien. Als Gründe nannte er unter anderen: 1. Die materiellen Interessen der unmittelbar betroffenen

Branchen, Unternehmen und Arbeitnehmergruppen. 2. Die Verflechtungen der Nationalstaaten sowie der übereinander gelagerten Entscheidungs-Ebenen des politischen Systems. 3. Die Vergangenheitsprägung der mit enormen Kosten über lange Jahre hinweg entwickelten existierenden Steuersysteme. 4. Die Struktur der Parteiensysteme, die viel mehr von den historischen sozio-kulturellen Spaltungen als von den neuen Streitfragen moderner Gesellschaften geprägt sind."

Francois Vitoux sprang auf: „Aber das spricht doch alles für eine international agierende Energiesteuer-Partei. Genau sie kann das Schwert werden, das den Gordischen Knoten zerschlägt, in dem sich die Entwicklungsstränge verwickelt haben. Aber natürlich wird das Ancien Regime sich wehren."

Damit stand die Machtfrage im Raum. Außerdem wurde nochmal die Frage aufgeworfen, ob eine Partei mit einem einzigen Programmpunkt überhaupt attraktiv für die Wähler sein könnte. „Für die Nichtwähler auf jeden Fall", sagte Emilio Piatti. „Wir beobachten doch immer wieder, wie neue Parteien mit einem einzigen populistischen Programmpunkt wie 'Freiheit' oder 'Sicherheit' oder 'Ausländer raus' kurzzeitig Nichtwähler mobilisieren und mit zahlreichen Abgeordneten in die Parlamente einziehen. Dass sie dann bald wieder verschwinden, ist eine andere Sache."

„Populismus kommt nicht in Frage", rief Carmen Hernandez erregt, „der hat bei uns in Lateinamerika schon genug Länder vergiftet."

„Selbstverständlich. Ich wollte doch nur sagen: Wenn populistische Parteien mit einem einzigen

Programmpunkt es schaffen, dann können wir es vielleicht auch."

„Ach so, dann ist es gut."

Die Machtfrage und der Weg zum Wähler – das waren die beiden zentralen Themen der weiteren Diskussion. Und beide verschmolzen zu einem: Geld.

Alfred Stahl von der Werner-und-Elfriede-Holtzmann-Stiftung erklärte die Bereitschaft seiner Stiftung, zwei Assistentenstellen für je ein Jahr zu finanzieren. Eingebracht werden könnten sie in Gregor Sanders' Abteilung „Mathematik" und Britta Sanders' Abteilung „Sozialentwicklung" im Schweinfurter *Zentrum für Energie- und Umwelt-Studien* (ZEUS), das von der dortigen Fachhochschule und der Universität Würzburg gemeinsam betrieben wird. Die Stelleninhaber sollten helfen, das Energiesteuerpartei-Projekt auf den Weg zu bringen. Nach einem Jahr müssten allerdings andere Finanzquellen aufgetan werden. Die Satzung seiner Stiftung erlaube kein längeres Engagement.

„Das ist eine gute Nachricht. Damit können wir anfangen", freuten sich die Sanders mit Dank an Stahl und Stiftung. Als erste Aufgabe für die Assistenten empfahl Arthur Lion die Kontaktaufnahme mit der „George Soros Foundation for Science and Development". Andere nannten noch Namen weiterer möglicher Geldgeber.

„Das ist ja alles schön und gut", erklärte schließlich Rochus Pflügli, „aber mit den immer knappen Finanzen einiger progressiver Stiftungen kann man keine globale Partei aufziehen. Was anderes wäre es, wenn man Zugriff auf die Mittel einer der Stiftungen hätte, die in der Schweiz oder in Lichtenstein Geld bunkern.

Aber daran auch nur zu denken, ist schon naiv." Jetzt war der Augenblick für Carmen Hernandez gekommen: „Wir haben Zugang zu einem Schweizer Konto." Schlagartig wurde es still. „Sie haben sich vielleicht schon gewundert, was eine Frau aus Kolumbien hier tut. Im allgemeinen assoziiert man uns Kolumbianer ja mit anderen Dingen. Aber es gibt Verbindungen." Dann berichtete Carmen, dass sie nach ihrer Promotion an der University of Syracuse und Rückkehr nach Kolumbien vor einem Jahr Julio Hernandez geheiratet habe.

Sie hatten sich schon in jungen Jahren auf dem Colegio Aleman in Cali kennengelernt und waren einander nahe gekommen. Doch bald nach dem Abitur hatte sie jeden Kontakt zu Julio abgebrochen. Sein Vater, ursprünglich Architekturprofessor der Universität von Cali, war in das Drogengeschäft ein- und zum Chef des Cali-Kartells aufgestiegen. Nachdem Pablo Escobar vom Medellin-Kartell – nach dem Abhören eines Telefonats mit seinem in der Schweiz lebenden Sohn – von einer Spezialeinheit der Armee gestellt und in einem Feuergefecht getötet worden war, konnte das Cali-Kartell den Großteil des Kokain- und Heroin-Handels an sich reißen. Da man sich in der Regel subtilerer Methoden bediente als die Killer des Medellin-Kartells und nur die Leute umbrachte, die vor die Alternative 'Plata o Bala – Geld oder Kugel' gestellt trotz üppiger finanzieller Angebote die Kooperation verweigerten, war man mit Polizei, Justiz und Politik eigentlich ganz gut zurechtgekommen, und die Geschäfte liefen glänzend. Ein Teil der

Einnahmen wurde in den USA und Europa mit Hilfe diskreter Banken gewaschen, und Vater Hernandez deponierte große Summen auf Schweizer Nummernkonten. Allerdings hatte er nicht viel davon gehabt. Vor zwei Jahren war er auf dem Weg zu seiner Hacienda La Esperanza im Valle del Cauca in eine Sprengfalle gefahren. Ob sie von Mitgliedern des Medellin-Kartells gestellt worden war oder von Paramilitärs, konnte nie geklärt werden. Beide hatten gute Gründe. Das arg geschwächte Medellin-Kartell wollte Marktanteile zurückerobern, und die Paramilitärs verdächtigten Hernandez nicht zu Unrecht der Zusammenarbeit mit den Guerrilleros der FARC, die von einer linksrevolutionären Aufstandsbewegung zu einer Räuber- und Erpresserbande verkommen war und im südlichen Valle del Cauca den Kokainanbau kontrollierte.

Julio war der einzige Sohn und Erbe. In einem spektakulären Fernsehauftritt in Radio Caracol hatte er den Rückzug der Familie Hernandez aus allen, wie er sagte, internationalen geschäftlichen Aktivitäten bekannt gegeben und die *Fundación Isaias Duarte por Justicia y Paz* mit 10 Millionen US Dollars ausgestattet. Diese Stiftung war gegründet worden, nachdem der Erzbischof von Cali, Isaias Duarte Cancino, am Abend des 16. März 2002 im Anschluss an eine Massentrauung im Armenviertel Aguablanca vor der Kirche von zwei jugendlichen Motorrad-Attentätern erschossen worden war. Isaias Duarte hatte sich in zahlreichen Projektinitiativen an die Seite der Armen gestellt und in den Wochen vor seinem Tod die linke Guerrilla, die rechten Paramilitärs und die Korruption der Politik durch den Drogenhandel schärfstens kritisiert [7]. Nach Oscar Romero von San Salvador

und Juan Gerardi von Guatemala war er der dritte
Märtyrerbischof der lateinamerikanischen Kirche, der
sein Eintreten für Gerechtigkeit und Frieden mit dem
Leben bezahlt hatte.

Carmen Mendoza hatte nach dem Fernsehauftritt Julio Hernandez angerufen, und sie hatten sich
in einem Eiscafe am Parque del Perro getroffen. Das
war in Cali eine noch einigermaßen sichere Gegend.
Julio hatte ihr seine Motive erklärt, ihre alten Gefühle
waren mit neuer Stärke erwacht, und die Nacht hatten sie gemeinsam in einer kleinen Pension im Barrio
San Fernando verbracht. Sechs Monate später hatten
sie in kleinstem Kreise geheiratet.

Britta war per E-Mail über den Stand der Dinge
unterrichtet worden und hatte ihrereits Carmen über
die Pläne zur Petersberg-Konferenz informiert. „Wir
könnten doch Konferenzbegnungen zur Tradition
werden lassen", hatte sie Carmen geschrieben, „willst
Du nicht kommen und Lateinamerika im Organisationskomitee und auch sonst repräsentieren?" Carmen
erzählte Julio von dem Projekt der Sanders. Er fand
es interessant. „Flieg rüber", schlug er vor, „und
wenn auf der Konferenz was Gescheites rauskommt,
kannst Du unsere finanzielle Unterstützung zusagen."

Nachdem Carmen den Hintergrund ihrer Konferenzteilnahme kurz skizziert hatte, ohne auf die früheren
geschäftlichen Aktivitäten der Familie Hernandez einzugehen, schloss sie mit diesem Zitat ihres Mannes.

„Zwei Fragen". Rochus Pflügli wollte Genaueres
wissen: „Ich will niemandem zu nahe treten. Aber
wir kennen die Herkunft des Geldes nicht. Könnte
es damit Probleme geben? Und wieviel stünde zur
Verfügung?"

„Der Auslandsbesitz der Familie Hernandez um-
fasste Finanzmittel in der Schweiz und Immobilien in
europäischen und nordamerikanischen Großstädten.
Die Immobilien hatte Vater Hernandez kurz vor seinem Tode verkauft, das Geld aber in der Schweiz gelassen bzw. dorthin transferiert. Es wird dort in voller
Übereinstimmung mit den Gesetzen des Landes verwaltet und versteuert. Damit kann es keinerlei Probleme geben. Ich sage Ihnen gerne den Namen unserer
Bank, und Sie können sich selbst überzeugen. Über
den Umfang der Mittel möchte ich nur so viel sagen,
dass man damit problemlos Wahlkämpfe in Europa
und auch den USA bestreiten kann. Die Frage ist, ob
Sie meinem Mann und mir helfen wollen, das Geld
sinnvoll zu verwenden. Denn aus Gründen, auf die
ich nicht näher eingehen will, nehmen wir persönlich
davon niemals auch nur einen Centavo."

Wenn noch jemand Skrupel hatte, äußerte er
sie nicht mehr. Die Zeit war auch schon weit fortge-
schritten. Der Bus, der die Konferenzteilnehmer nach
Bonn bringen sollte, fuhr in einer halben Stunde. Man
vereinbarte, dass nach Einrichtung des Schweinfurter
Apparats die Sanders per E-Mail mit allen anderen
das weitere Vorgehen abstimmen sollten.

Gregor Sanders dankte Carmen Hernandez und
ihrem Mann für das großzügige Angebot. Alle
klatschten. Dann sagte er: „Noch ein Letztes: Wir
brauchen einen Namen."

„Wofür?"

„Für unsere Partei. Wir gewinnen doch keinen einzigen Wähler mit einem Namen wie Energiesteuer-
Partei. Wir brauchen einen Namen mit einer positiven Botschaft."

Nach kurzem Hin und Her fragte Francois Vitoux: „Greg, hast Du nicht schon was im Hinter-kopf?"

„Danke für die Frage", lachte Sanders, „in der Tat." Und dann ernst: „Denken wir an die Diskussion nach Arthur Lions Vortrag. Darin erklärte er, dass hohe Energiesteuern von seinen Landsleuten als eine Beschneidung ihrer, wie er sagte, 'Wings of Freedom' betrachtet würden. Man kann das aber auch genau anders herum sehen. Energiesteuern werden im Gegenteil befreien, nämlich von der schon unerträglich starken Abhängigkeit von den Energiesklaven, deren Besitzer zu den heimlichen Herren der Völker werden und sie in Verschwendungssucht und soziale Spannungen bis hin zu bewaffneten Konflikten treiben. Darum schlage ich in unseren verschiedenen Sprachen folgenden Parteinamen vor: *Wings of Freedom (WoF), Ailes de la Liberté (AdL), Alas de la Libertad (AdL), Schwingen der Freiheit (SdF)....*"

„Hast Du auch noch einen Vorschlag für das Parteisymbol?"

„Angesichts der Machtverteilung und des Verhaltens der Leute wird vielen unser Vorhaben als Narretei erscheinen. Demonstrieren wir, dass wir uns dessen bewusst sind. Wählen wir als Parteisymbol:
Don Quijote und Sancho Pansa – in der Darstellung von Pablo Picasso."

So wurde es beschlossen.

Kapitel 3

Syracuse

3.1 Wahlkonvent

„Wings of Freedom: Welcome to Syracuse Convention Center", grüßten Transparente über allen Einfallstraßen in Richtung Innenstadt die Autofahrer, die, wie an jedem letzten Mai-Wochenende, zum „Industry Memorial Day" nach Syracuse anreisten. Diesmal gab es noch einen weiteren Grund, die alte Industriestadt südöstlich des Ontario Sees im Staate New York aufzusuchen: den Parteigründungskongress der *Wings of Freedom.* Den Weg zum Ort der Versammlung wiesen überall Lanzen; sie ragten aus Plakaten mit einem hageren Ritter auf einem klapperdürren Gaul, neben dem ein kleiner, dicker Mann auf einem Esel hockte. An der von dem Ritter gesenkt gehaltenen, überdimensionalen Lanze hing eine Art Standarte mit der Aufschrift WoF.

„Funny people, these WoF people", sagte der Fernsehreporter vom „Educational Channel" zu seinem Kameramann, als sie mit ihrem ChryslerVan den Lanzen-Wegweisern über die hügeligen Straßen

in Richtung Syracuse Convention Center folgten. Ihr
Chef, Robert Franks, hatte die beiden nach Syracuse geschickt, um über die Parteigründung zu berichten. Wie sich herausstellen sollte, waren sie die einzigen Fernsehleute bei diesem Ereignis. Franks sollte es nicht bereuen, dass er dem Drängen seines alten Studienfreundes, Richard Hull, nachgegeben hatte, ein Team mit Übertragungswagen nach Syracuse
zu schicken. Es war sowieso schwer, Dick Hull zu wi-
derstehen, wenn der jemanden für einen Plan gewinnen wollte. Er hatte im Football-Team ihres Colleges
den Quarterback gespielt. Durchsetzen konnte er sich
auch sonst.

„Bob", hatte er gesagt, „das kann eine tolle Geschichte werden. Die Resonanz auf unsere Internet-
Werbung für die Parteigründung war überwältigend.
Engagierte Kirchenmitglieder, alte Gewerkschafter,
viele Mitglieder der American Businessmen for Sustainability sowie von Sierra Club, Greenpeace und
anderen Umweltverbänden und natürlich jede Menge Studenten und Jungakademiker haben sich angemeldet. Sogar etliche meiner Kollegen kommen. Hier
versammelt sich das Andere Amerika, das die Nase
voll hat von den Durchstechereien der vergangenen
Jahre."

Carol Hull hatte ihrem Mann gleich nach der
Rückkehr von der Petersberg-Konferenz ausführlich
berichtet. Er wäre gerne selber mit dabei gewesen,
aber seine Vorlesung über „Ecological Dynamics"
hatte so kurz nach Semesterbeginn keine Unterbrechung vertragen. Von dem Partei-Projekt *Wings of
Freedom* war er sofort begeistert. Ihm war schon lange klar, dass gute Vorlesungen und wissenschaftliche
Publikationen nicht ausreichten, die Dinge in die

richtige Richtung zu bewegen.

Drei Monate nach der Petersberg-Konferenz hatten die Sanders per Rundmail an alle gemeldet, dass die beiden von der Werner-und-Elfriede-Holtzmann-Stiftung finanzierten Assistenten ihre Arbeit aufgenommen hätten und alle Fäden bei ihnen zusammenlaufen könnten. Aber es kam nicht viel. Greenbam musste einen Abschlussbericht über die letzten fünf Jahre seines Projekts schreiben, Vitoux war mit einem Antrag an die DG XII der EU-Kommission in Brüssel mehr als ausgelastet, Pflügli steckte bis über beide Ohren in seinem neuen Kurs zur globalen Energie- und Umweltgeschichte, Piattis Centro kämpfte ums finanzielle Überleben usw. Die Sanders selbst waren auch nicht erfolgreich gewesen bei dem Versuch, den Konferenzbericht im Wissenschaftsteil einer der großen, überregionalen Tageszeitungen unterzubringen. Bis auf eine Redaktion, die als Ablehnungsgrund angab, sie habe sich dem allgemeinen Trend zur Versportung nicht länger entziehen können und ihren Wissenschaftsteil zugunsten des Sportteils stark reduziert, war den anderen Zeitungen die Sache noch nicht einmal eine Ablehnungsnotiz wert gewesen. Lediglich das „Chemie Journal" hatte eine sehr verkürzte Berichtsversion publiziert. Natürlich war der ausführliche Bericht auf der Homepage des ZEUS ins Internet gestellt worden, aber es kamen wenige Rückfragen. Deutschland war zu sehr mit dem Liebesleben eines Bundesliga-Torhüters, den Ausscheidungs-Wettkämpfen trällernder Teenager um den Einzug in die „Hall of Fame of Music", dem Rumgestolper im Reformtheater und den neuesten Geschichten aus der Filzfabrik der politischen Klasse beschäftigt.

Julio hatte geschrieben: „Zusammen mit spanischen Freunden wollen wir versuchen, *Alas de la Libertad* in Kolumbien und dem weiteren spanischsprachigen Raum zu entfalten." Doch Geld könne erst aus dem Schweizer Konto fließen, wenn es konkret für die Gründung von AdL-, WoF- und SdF-Parteien und deren Arbeit benötigt würde.

Nicht lange, nachdem der kleine Organisationsapparat in Schweinfurt eingerichtet worden war, drohte auch schon seine Auflösung mangels Aufgaben und Mitteln.

Eines Abends war Gregor aus einem Kolloquiumsvortrag angeregt-nachdenklich nach Hause gekommen. Der Leiter des Forschungszentrums Karlsruhe hatte über die neuesten Entwicklungen auf dem Gebiet der Mikromechanik berichtet, auf dem sein Institut, zusammen mit einer japanischen Gruppe, international führend war. Pumpen, Turbinen, Sonden, Fräs- und Schneidewerkzeuge mit Ausdehnungen von einem Tausendstel Millimeter und weniger versprachen große technologische Fortschritte in der Medizin- und Automationstechnik. Gefragt, ob die deutsche Industrie an der Auswertung der Patente interessiert sei, berichtete der Referent die Antwort eines führenden Managers auf eine Kooperationsanfrage: „Gehen Sie in die USA. Wenn Sie dort Erfolg haben, ziehen wir nach."

„Wir müssen mit WoF in den USA starten", hatte Gregor zu Britta gesagt, „dann können wir SdF als Kopie einer amerikanischen Bewegung in Deutschland etablieren."

Britta beriet sich mehrmals telefonisch mit Carol und Carmen über einen WoF-Gründungskongress in den USA. Carol sprach mit ihrem Mann. Der hatte eine Idee. Carol rief Carmen und Britta an: „Am letzten Mai-Wochenende haben wir traditionell den Industry Memorial Day in Syracuse – eine etwas verstaubte Veranstaltung. Aber wir könnten sie mit dem WoF-Gründungskongress beleben. Das Convention Center, das lange keine Großveranstaltung mehr hatte, hat meinem Mann günstige Sonderbedingungen angeboten. Sollen wir zugreifen?" Carmen, so gerne sie Syracuse wiedergesehen hätte, war zu der Zeit verhindert. Sie empfahl aber dringend die schnellstmögliche Parteigründung. Die Sanders konnten den Termin freiräumen, und die Hulls legten los. Per Internet schickten sie einen ausführlichen Bericht von der Petersberg-Konferenz an Freunde, Bekannte, Kollegen, Non Governmental Organizations und Kirchengruppen in den USA und nannten darin eine Reihe von Kontaktadressen für weitere Rückfragen. Im Schneeballsystem der Bürgerinitiativen wurde die WoF-Initiative schnell im ganzen Land bekannt, und nachdem sich der eintausendste Interessent hatte registrieren lassen, wurde die Parteigründung beschlossen. Sofort ging der erste Scheck aus der Schweiz nach Syracuse, und eine E-Mail aus Cali sicherte die Anschlussfinanzierung der beiden Assistenten zu. Einer der beiden war nach Syracuse geflogen, um die Verwaltungsarbeit für den Gründungsparteitag zu leiten, die vor Ort erledigt werden musste.

Mit „Soaring Up" eröffnete die Marching Band der Syracuse University die Gründungsversammlung am Samstag Morgen. Britta und Gregor saßen hinten auf der Zuschauertribüne des Convention Centers neben

der Fernsehkamera, Carol und Richard Hull hatten
vorne auf der rechten Seite des Podiums an einem
kleinen Tisch Platz genommen.

Nachdem sich die Blech-Bläser unter einem letzten Trommelwirbel ins hohe C hinaufgeschmettert
hatten und dann abrupt Stille eintrat, ergriff Carol
das Mikrophon und sagte sanft: „Danke", und an die
Versammlung gewandt: „Danke, dass Sie gekommen
sind, um die Wings of Freedom zu gründen." Dann
wurde die Tagesordnung mit ihren vielen formalen
Punkten beschlossen. „Das Parteiprogramm der WoF
und ein Vorschlag für die Satzung sind Ihnen ja allen
zugegangen. Wenn Sie einverstanden sind, arbeiten
wir zuerst die Formalia ab: Geschäftsordnung, Satzung, Wahl des Vorstands."

Einige beantragten, zunächst die konkrete politische Arbeit zu diskutieren. Schließlich müsse der zu
wählende Parteivorstand ja wissen, was die Mitglieder von ihm erwarteten. Aber die Mehrheit wusste,
dass alles immer länger dauert als man denkt und
wollte, „first things first", das Wichtigste zuerst erle-
digen.

In der Tat beanspruchten Diskussion und Ver-
abschiedung der Parteisatzung trotz sorgfältiger Vorbereitung viel Zeit. Sie enthielt wesentliche Elemente
aus Satzungen europäischer Parteien, die zumindest
noch theoretisch programmorientiert waren. Gerade
junge Leuten hegten dabei aber die Befürchtung, der
Parteivorstand könne zu mächtig werden. Am liebsten hätten sie alle wichtigen Entscheidungen in die
Verantwortung der Parteitage gegeben. Doch dagegen sprach das Effizienz-Argument. Schließlich wurde auch in den Punkten Organisationsstruktur und
Kompetenzverteilung der Satzungsentwurf nach klei-

neren redaktionellen Änderungen akzeptiert.

Hilfreich bei der ganzen Debatte waren die praktischen Ratschläge etlicher ehemaliger Mitglieder des Repräsentantenhauses, die ihre politische Heimat bei den Demokraten und Republikanern verloren hatten, nachdem beide Parteien das Mantra „Wirtschaftswachstum durch Steuersenkung" einmütig nachbeteten, das Wachstum dennoch nicht ausreichte, um neue Arbeitsplätze zu schaffen, die so gut bezahlt waren wie die wegrationalisierten, und immer mehr Leute mehr als einen Job annehmen mussten, um über die Runden zu kommen. So stießen die Abgeordneten ärmerer Gegenden in ihren Wahlkreisen nur noch auf Desinteresse und Verachtung, und wer in einen bürgerlichen Beruf zurückkehren konnte, hatte die Politik an den Nagel gehängt.

Richard Hull übernahm die Versammlungsleitung und rief den Tagesordnungspunkt „Wahl des Parteivorstands" auf.

„Na, ich bin gespannt, ob jetzt was kommt, über das sich zu berichten lohnt", sagte der Reporter zum Kameramann, der seine Apparate nach dem Abgang der Marching Band ausgeschaltet hatte und sie jetzt wieder in Betrieb nahm.

„Wir müssen den Vorsitzenden, zwei Stellvertreter und den Schatzmeister wählen. Ich bitte um Vorschläge."

Schweigen im Saale.

Schließlich rief Arthur Lion aus der kalifornischen Gruppe: „Dick, gib die Versammlungsleitung ab. Ich schlage Dich für den Vorsitz vor. Ihr habt doch die Sache bisher schon prima organisiert."

„Danke der Ehre. Aber einer wie ich würde der Partei schlecht bekommen. Ich habe zu wenig Ahnung vom politischen Geschäft. Und außerdem möchte ich meine Wissenschaft nicht an den Nagel hängen. Dasselbe gilt übrigens auch für Carol", fügte er vorsichtshalber hinzu.

Etliche der ehemaligen Kongressabgeordneten wurden vorgeschlagen. Alle winkten ab. Zu der Knochenarbeit eines Parteiaufbaus war niemand bereit. Außerdem hatten die meisten darauf vertraut, dass man sich seitens der Gründungsinitiative schon um Kandidaten kümmern würde. Die Unruhe im Saal wuchs.

Als der Kameramann den ersten Scheinwerfer wieder ausschaltete, hob Richard Hull die Hand und sagte: „Es geht schon noch weiter. Wir haben in den letzten Wochen einige Leute gefragt. Gestern Abend kam die letzte Zusage. Folgende Personen sind zur Kandidatur bereit:

Für Vorsitz oder stellvertretenden Vorsitz:

1. John Gerritsen, ehemals Vizepräsident der Vereinigten Staaten von Amerika.

2. Thomas Wheeler, Vier-Sterne-General i.R., früher Oberkommandierender der NATO in Europa.

3. Für den zweiten stellvertretenden Vorsitz: Jennifer Richards. Gewinnerin des Oscars für ihre Rolle in 'The Alaska Conspiracy'.

4. Für das Amt des Schatzmeisters: Donald DeWees. Greensboro Chapter of the American Businessmen for Sustainability."

Das schlug ein wie eine Bombe. Während die Genannten aus einer Seitentür auf das Podium traten und an dem Tisch im Zentrum Platz nahmen, hackte der Fersehreporter die Nummer seines Chefs in sein Mobiltelefon und rief, als dieser sich meldete: „Bob, schalte uns sofort auf Sendung. Wir liefern Dir den

Knüller der Woche. Und wir sind die einzige Station vor Ort."

Vom Stand der Dinge informiert, unterbrach Robert Franks die laufende Sendung des „Educational Channel" über die Kinder von El Paso und Ciudad Juarez, diesseits und jenseits der Grenze zu Mexiko, und alles Folgende wurde live übertragen – zuerst vom „Educational Channel", dann bald auch von allen anderen Fernsehstationen, die sich in die Übertragung einkauften.

Richard Hull erläuterte: „John Gerritsen und Thomas Wheeler kandidieren beide für den Parteivorsitz. Der bei der Wahl Unterlegene steht dann für eines der beiden Stellvertreterämter zur Verfügung. Auch wenn aus der Versammlung keine Vorschläge mehr gekommen sind, die eine echte Wahl zu allen Ämtern erlaubt hätten, sollen doch alle Kandidaten eine kurze Wahlrede halten. Als erster spricht zu uns John Gerritsen, danach General Wheeler. Dann wählen wir, und anschließend hören wir die anderen Kandidaten. Übrigens, wahlberechtigt sind alle, die sich in die Gründungsliste eingetragen haben."

Damit übergab Richard Hull das Wort an John Gerritsen. Dieser ging an das Rednerpult links vorne auf dem Podium und begründete seine Bewerbung: „Aus welchem Grund tritt ein Kerl wie Gerritsen aus dem alten Parteien-Establishment hier auf? werden Sie sich fragen. Hier ist meine Antwort: Aus gekränkter Eitelkeit." Pause. Dann: „Dabei geht es nicht um die Eitelkeit des Politikers, der eine Präsidentschaftswahl verlor, obwohl er mehr Stimmen als sein Gegner bekam. Es geht um intellektuelle Eitelkeit. Meine erträgt es nicht mehr, dass Sie und ich und alle Amerikaner zusammen von den Ökonomen, die unse-

re Regierungen beraten, – verzeihen Sie – verarscht
werden." Er nahm einen Schluck Wasser und fuhr fort:
„Lassen Sie mich das erläutern, indem ich aus einem Interview George Hobbards, eines auch heute
noch höchst einflussreichen ehemaligen Wirtschafts-
beraters der früheren Regierung, zitiere und an die
Fakten erinnere, die wir alle aus den Zeitungen kennen. Das Interview wurde vor einiger Zeit im Ausland publiziert [8] und dann bei uns nachgedruckt.
Es ging darin um den Kern der von Hobbard durch-
gesetzten Steuerreform, der Senkung der Dividendensteuer. Der Interviewer erinnerte daran, dass der
Milliardär Warren Buffet vorgerechnet hatte, dass
er dank dieser Regelung einen deutlich geringeren
Steuersatz habe als die Frau an der Rezeption seiner Fondsfirma, und dass Warren Buffet dies Klassenkampf zu Gunsten seiner Klasse nannte. – Übrigens, ich selbst habe durchaus auch von dieser Steuerreform profitiert.– Hobbards Antwort lese ich Ihnen
im Wortlaut vor: 'Die Steuersenkungen, die jetzt angeblich nur den Reichen nützen, werden uns allen in
ein paar Jahren zugute kommen. Denn wenn wir Ri-
sikokapital besteuern, und die Steuer auf Kapraler-
träge ist nichts anderes, dann besteuern wir künftige
Produktivität und Löhne. So gesehen haben wir alle
die Last der Dividendensteuer getragen.' Dieser Bur-
sche will uns also weismachen, Kapitalerträge würden
alle letztendlich zum Wohle der Allgemeinheit investiert. Dabei weiß doch inzwischen jeder: Wenn von
künftiger Produktivität die Rede ist, sind damit ar-
beitsplatzvernichtende Investitionen in Rationalisie-
rungsmaßnahmen gemeint. Und wenn Hobbard von
Löhnen spricht, geht es um die Löhne in China und

in den Maquiladoras Mittelamerikas. Dort tätigen unsere Firmen gewaltige Investitionen, zahlen den Arbeitern und Arbeiterinnen einen Bruchteil des amerikanischen Minimallohns, überschwemmen unseren Markt mit Billigimporten, und die noch im Inland produzierenden Firmen gehen Pleite. Damit verglichen ist der Protz und Luxus unserer Reichen noch das kleinste Ärgernis. Aber so richtig auf den Arm genommen fühlte ich mich an einer späteren Stelle dieses Interviews. Da sagt er: 'Gelegentliche Neuverschuldung ist nicht so besonders Besorgnis erregend. Das eigentliche Problem ist die dauerhafte Staatsverschuldung, und die wiederum hat relativ wenig mit Steuerkürzungen zu tun, sondern vielmehr mit den Versprechungen, die wir den Amerikanern gemacht haben, was die Zuschüsse zu ihrer Rente und der Krankenversicherung im Alter angeht. Diese Programme müssen reformiert werden.' Hält dieser Universitätsprofessor und Regierungsberater uns Amerikaner für so blöd, dass wir schon vergessen haben, wie in der noch nicht lange zurückliegenden Ära der 'Vodoo Economics' bei massiven Steuersenkungen und gleichzeitig drastisch steigenden Rüstungsausgaben innerhalb der Amtszeit eines einzigen Präsidenten die Neuverschuldung der USA um einen Betrag stieg, der größer war als die gesamte seit George Washington akkumulierte Staatsverschuldung?"

Gerritsen nahm wieder einen Schluck Wasser und schloss: „40 Jahre in der Politik haben mich sicher stärker deformiert als ich es selber weiß – aber ein Minimum an folgerichtigem Denken habe ich mir aus den Tagen meines Jura-Studiums noch bewahrt. Das sagt mir: Das Wirtschaftsprogramm der Wings of Freedom ist schlüssig. Und da ich am Ende meines

politischen Lebens noch einmal den aufrechten Gang
versuchen und mithelfen möchte, unser Staatsschiff
aus seinem ökonomischen Wahnsinnskurs rauszusteu-
ern, kandidiere ich für den Vorsitz der Wings of Freedom."

Nach dem Applaus trat General Wheeler ans
Rednerpult: „Ich bitte Sie, für John Gerritsen als Vorsitzenden zu stimmen. Für mich wird es eine Ehre
sein, als Stellvertreter eines politisch so erfahrenen
Mannes zu arbeiten."

Kurze Pause, dann weiter: „Nun zum Grund für mein
WoF-Engagement. Wir haben großartige Streitkräfte,
ausgerüstet mit modernster Technik. Die Sowjetunion
hatte auch großartige Streitkräfte, deren Technik der
unsrigen damals kaum nachstand. Die Sowjetunion
ist zusammengebrochen. Heute wissen wir warum: Sie
war ein militärischer Koloss auf ökonomisch töner-
nen Füßen. Sie stand auf der Ideologie des Marxismus. Und wie steht es um uns? Dank unserer
Steuersenkungs-Ideologie sind auch wir nicht mehr
weit vom Bankrott entfernt. In einer Reihe von Bun-
desstaaten fällt der Schulunterricht wegen Geldman-
gel aus, die Stromversorgung bricht immer wieder mal
zusammen, und unsere Highways verkommen, wenn
nicht Schulklassen den Müll von ihren Rändern auf-
sammeln. Seit mehreren Jahren liegen Haushalts- und
Handelsbilanzdefizit bei über 300 Milliarden Dollar
jährlich. Würde Erdöl nicht in Dollars bezahlt, würde
also unsere Währung nicht durch die Ölreserven anderer Länder gestützt, würde die Welt unsere Defizite
nicht länger hinnehmen. Darum ist es nur konsequent,
dass unsere Regierung unsere Militärmacht nunmehr
zur Sicherung unserer Ölversorgung einsetzt, auch
wenn sie andere Gründe für die neuen Präventivkrie-

ge vorgibt."
General Wheeler blickte über die Reihen im Saal.
Alle Augen waren auf ihn gerichtet. Dann fuhr er
langsam und mit großem Ernst fort: „Als Oberkommandierender der NATO in Europa hatte ich immer
wieder eine Schreckens-Vision, wenn ich in den Berichten unserer Geheimdienste vom wirtschaftlichen
Niedergang der Sowjetunion las: Ich sah die Panzer-
armeen des Warschauer Pakts durch die Norddeut-
sche Tiefebene und den Fulda-Gap nach Westeuropa durchbrechen. So würden die konventionell über-
legenen Sowjets die Fleischtöpfe der Europäischen
Gemeinschaft an sich reißen. Die NATO hätte es
nicht verhindern können – ich weiß, wovon ich rede.
Gott sei Dank ist die Führung der Sowjetunion davor
zurückgeschreckt. Sie hätte sonst trotz Marxismus
noch eine Zeit lang als dominierende Militärmacht
Eurasiens weitermachen können."

Er schirmte seine Augen gegen das Scheinwerferlicht ab und sprach direkt in Richtung der Kamera
auf der Tribüne: „Die USA sind als einzige Super-
macht übrig geblieben. Aber wie lange noch können
wir mit unserer militärischen Stärke die Welt blenden und ihre Ressourcen an uns ziehen? Ich weiß
es nicht. Der zunehmende Terror gegen uns überall zeigt jedoch unsere wachsende Verwundbarkeit,
nicht zuletzt aufgrund unserer steigenden Abhängigkeit von Ölimporten. Das können wir uns nicht länger
leisten. In unserem Land gibt es gewaltige Energie-
Einsparpotenziale. Wir müssen sie nur aktivieren und
dabei die Jobs schaffen, in denen unsere brillanten
Ingenieure und tüchtigen Arbeiter zeigen können,
was sie draufhaben. Wir haben auch riesige Lagerstätten von Ölsänden und Teerschiefer. Aber bei

niedrigen Energiepreisen lohnt sich deren technologisch aufwändige Ausbeutung und die Beseitigung der damit verbundenen Umweltschäden ganz und gar nicht. Höhere Energiesteuern hingegen helfen beim Energiesparen und der Erschließung neuer Ressourcen. Es ist wahr: Sie bedeuten eine Herausforderung für unseren American Way of Life. Doch unser Volk hat noch immer die Herausforderungen bestanden, in denen es um Unabhängigkeit und Freiheit ging. Jetzt geht es um die Unabhängigkeit vom Öl, um die Freiheit von ausländischen Ressourcen. Darum kandidiere ich für den Vorstand der Wings of Freedom."

Die Wahl verlief wie von General Wheeler vorgeschlagen: John Gerritsen Vorsitzender, Thomas Wheeler Stellvertreter. Danach ging es in die Mittagspause.

Carol Hull eröffnete die Nachmittagssitzung mit der Vorstellung von Britta und Gregor Sanders: „Auf der Tribüne hören uns Freunde aus Deutschland zu. Sie haben die Petersberg-Konferenz organisiert, mit der alles begann." Britta und Gregor erhoben sich und verneigten sich kurz vor den Versammelten, die sich zu ihnen umgedreht hatten und freundlich klatschten. Dabei hielten sie sich so dicht an der Kamera, dass keine Aufnahme von ihnen möglich war. Nachdem der Beifall verklungen war, sagte Carol Hull: „Und nun spricht zu uns die Kandidatin für den zweiten stellvertretenden Vorsitz."

Jennifer Richards trat ans Rednerpult: groß, langbeinig in Bluejeans, schlichte, locker fallende, weiße Bluse, das schmale Gesicht mit der hohen Stirn und den großen, sprechenden Augen umrahmt von den rotbraunen Wellen ihres schulterlangen Haares. Mit heller, klarer Stimme erklärte sie zu ihrer

Kandidatur: „In der Vorbereitung auf meine Rolle als Greenpeace-Aktivistin in 'The Alaska Conspiracy' habe ich mich mit unserer Ölindustrie und ihren politischen Freunden im Kongress und in der Administration beschäftigt. Ich bin dazu nochmal die Ausgaben von 'Time' und 'Newsweek' durchgegangen. Da steht ja eigentlich schon alles Wesentliche drin. Die Details, wer über welche Kontakte zu wem und mit welchen Mitteln dafür gesorgt hat, dass die Umweltschutzbestimmungen für Alaska ganz erheblich zugunsten des Baus der Alaska-Pipeline gelockert wurden, habe ich im Archiv von Greenpeace gefunden. Wie Greenpeace an die vertraulichen Dokumente herangekommen ist, weiß ich nicht, und will ich auch gar nicht wissen. Fest steht, dass die Dokumente echt sind. Nachdem die National Rifle Association und die Neo-Konservativen uns ja schon seit Jahren predigen, dass wir Bürger der Vereinigten Staaten der Regierung in Washington prinzipiell misstrauen müssen und das 'Second Amendment' zum privaten Waffenbesitz deshalb so wichtig für unsere Freiheit sei, hätte ich ja eigentlich nicht mehr überrascht sein dürfen. Ich war es aber dann doch. In welchem Ausmaß, mit welchen Methoden und zu wessen Gunsten gerade diejenigen, die immerfort von Freiheit reden, dieses Land und seine Zukunft mit Umweltbelastungen knebeln, hat mich zutiefst erschreckt. Ich will etwas dagegen tun. Es gab ja Hollywood-Kollegen, die es schon zu Gouverneur und Präsident gebracht haben. So weit geht mein Ehrgeiz nicht. Aber den Wings of Freedom möchte ich gerne dienen."

Die Wahl von Jennifer Richards erfolgte durch stehende Akklamation.

Auf gleiche Weise wurde Donald DeWees zum

Schatzmeister gewählt. Er hatte seine Bereitschaft
zur Übernahme dieses mit viel Arbeit verbundenen Amtes damit begründet, dass ihn das Sterben
der ehemals blühenden Textilindustrie in Greensboro
schon seit längerem an der Weisheit der Wirtschaftspolitik habe zweifeln lassen. Die Zusammenhänge
seien heute ja hinreichend klar dargestellt worden. Er könne sich deshalb kurz fassen. Er wolle nur soviel noch hinzufügen: Der Importdruck,
der zur Vernichtung der amerikanischen Textil-
und Unterhaltungselektronik-Industrie geführt hatte, wäre deutlich schwächer gewesen, wenn Trans-
portenergie durch global erhobene Energiesteuern
deutlich teurer wäre, oder wenn importierte Waren
gemäß der zu ihrer Produktion und Verteilung auf-
gewendeten Energie mit Zöllen belastet würden. Er
sei Unternehmer im Beratungsgeschäft und habe sich
etwas im Sozialen Arbeitskreis der First Methodist
Church of Greensboro engagiert. Dabei habe er Ein-
blicke in die Nöte der auf ständig schrumpfende Sozialhilfe angewiesenen früheren Mitarbeiter des einsti-
gen stolzen Zentrums der US-Textilindustrie gewonnen, die ihn davon überzeugt hätten: So dürfe es im
reichsten Land der Welt nicht weiter gehen.

3.2   Der Mann von La Mancha

Gegen 16 Uhr hatten die Wings of Freedom ihren
Parteivorstand. Eine Stunde lang diskutierte dieser
noch mit den Parteimitgliedern die künftige Arbeit.
Dann schloss John Gerritsen die Versammlung. Carol
Hull erinnerte daran, dass am Abend die studentische
Theatergruppe der Syracuse University hier im Con-

vention Center das Musical „The Man of La Mancha"
von Dale Wassermann und Mitch Leigh aufführen
würde. „Ich war so begeistert von dieser Einstudie-
rung, dass ich die Studenten bedrängt habe, extra
für uns zu spielen. Bitte kommen sie alle."
Und alle kamen. Keiner bereute es. Der „Educational Channel" hatte nach der Resonanz auf
die Übertragung des Gründungsparteitags auch die
Musicalübertragung in das Programm eingeschoben.
„The Man of La Mancha", erinnerte sich Robert
Franks, „das ist doch auch mal mit Peter O'Toole und
Sophia Loren verfilmt worden: Diese Geschichte von
Cervantes/Don Quijote, der im Gefängnis von Sevilla
auf seinen Prozess vor der Heiligen Inquisition wartet
und mit seinen Mitgefangenen ein Theaterstück über
die Erlösung einer geschundenen Schankdirne durch
die rein anbetende Liebe eines Narren aufführt. Eines
Narren, zu dem ein kastilischer Kleinadliger wurde,
der nach der Lektüre von zu vielen Ritterromanen das
Elend und die Ungerechtigkeit der Welt als fahrender
Ritter zu bekämpfen beschließt und von einem lächer-
lichen Abenteuer ins andere stolpert, bis er, von seiner Verwandtschaft brutal in die Wirklichkeit zurück-
geholt, zusammenbricht, doch sterbend noch erlebt,
dass er einen Menschen, die Dirne, gerettet hat. Richtig gespielt, ist das mit das Beste was Amerikas Musical zu bieten hat. Schaun wir mal, was die Studenten
draus machen."

Die Studenten machten es großartig. Was ihnen
an gesangstechnischer Routine fehlte, machten sie
durch Begeisterung und Hingabe an das Spiel wett.
Brausender Beifall nach dem Finale mit allen Dar-
stellern auf der Bühne.

„Bitte nehmen Sie das Programmheft. Auf der

letzten Seite steht Don Quijotes Lied. Wir haben es ja gerade nochmal gehört. Versuchen wir, es gemeinsam zu singen", bat Carol Hull. Pablo Picassos Bild des Ritters von der traurigen Gestalt mit hochgereckter Lanze und seinem kleinen Knappen wurde auf die Leinwand im Bühnenhintergrund projiziert, das Orchester spielte einige Takte vor, und als es erneut einsetzte, vereinigten sich erst zaghaft und dann mit anschwellender Stärke die Stimmen aller mit dem strahlenden Bariton des Manns von La Mancha in „The Quest" :

To dream the impossible dream,
to fight the unbeatable foe,
to bear the unbearable sorrow,
to run where the brave dare not go.
To right the unrightable wrong,
to love pure and chaste from afar,
to try when your arms are too weary
to reach the unreachable star:
This is my quest
to follow that star
no matter how hopeless,
no matter how far.
To fight for the right, without question of cause.
To be willing to march into hell on a heavenly course.
And I know, if I only be true to this glorious quest,
that my heart will lie peaceful and calm, when I'm laid to my rest.
And the world will be better for this,
that one man, scorned and covered with scars,
still strong with his last arms of courage
to reach the unreachable star.

Ich träum' den unmöglichen Traum,
bekämpf' unbezwingbaren Feind,
ertrag' unerträgliche Sorge
und steh, wo der Tapfere flieht.
Gerecht, wo der Hochmut frech prahlt,
und lieben, nur rein und von fern,
ausgreifen, mit schwächlichen Armen,
zum weit-unerreichbaren Stern:
Dies ist mein Ziel,
zu folgen dem Stern,
und sei's ohne Hoffnung,
und sei er zu fern.
Zu kämpfen für Recht, ohne Dank, ohne Lohn.
Und bereit durch die Hölle zu gehn bis zum himmlischen Thron.
Denn ich weiß, bleibe stark ich und treu dieser Suche voll Ruhm,
wird mein Herz, in Erfüllung und Frieden, am Ende dann ruhn.
Und die Welt wird ein besserer Ort,
weil ein Mensch, Schmach und Leiden nie fern,
doch greift, noch voll Mut, im Versinken
hinauf zum unfaßbaren Stern.

Unvergesslich blieben den Fersehzuschauern die letzten Bilder der Übertragung. Sie zeigten in Großaufnahme das Gesicht Jennifer Richards, hingebungsvoll singend, während ihre schönen Augen sich mit Tränen füllten.

3.3 Aufwind

Bei den nächsten Kongresswahlen gewannen die
Wings of Freedom auf Anhieb 49 Mandate im House
of Representatives. Zum ersten Mal war das Zweipar-
teiensystem in den USA gesprengt worden. Die Welt
hatte ihre Sensation.

John Gerritsen, Thomas Wheeler und Jennifer
Richards waren in allen Talk-Shows zu Gast. Schließlich gaben sie eine internationale Pressekonferenz in
Washington, zu der sie auch die Hulls und die Sanders eingeladen hatten. Als die Reporter von ARD
und ZDF Jennifer Richards nach der Gründungsgeschichte der *Wings of Freedom* fragten, sagte sie: „Das
können meine Freunde aus Syracuse besser beantworten. Ich darf ihnen Drs. Richard and Carol Hull vorstellen."

Die beiden traten an die Seite von Jennifer Richards und winkten Britta und Gregor zu sich. Sie
erzählten knapp von der Petersberg-Konferenz und
der WoF-Gründung in Syracuse und empfahlen die
Sanders für weitere Hintergrundgespräche. Während
diese am nächsten Vormittag in Washington statt-
fanden, hatten die „Tagesschau" und das „heute-
Journal" den Bericht von der Pressekonferenz und der
Rolle der Sanders bei der Gründung der WoF schon
groß herausgebracht.

Als diese zwei Tage später um acht Uhr morgens
dem Lufthansa-Airbus in Frankfurt am Main entstie-
gen, warteten Reporter auf sie und fragten nach weiteren Plänen. „Wir wollen versuchen, eine deutsche
Schwesterpartei, *Schwingen der Freiheit*, SdF, aufzu-
stellen. Näheres dazu finden Interessenten auf der Homepage von ZEUS, www.ZEUS.de", erklärte Britta

Sanders, während Kameras von allen Seiten auf sie
gerichtet waren. Später würde man Aufnahmen von
ihr und Jennifer Richards oft gemeinsam zeigen und
von der politischen Kraft schöner Frauen sprechen.
Dann ging alles ganz schnell. Zu der Gründungsinitiative stießen Leute der Konservativen, die die
kirchliche Soziallehre noch nicht ad acta gelegt hatten und andere, die es immer bedauert hatten, dass
der Vater der grünen politischen Bewegung einer der
ihren gewesen war, bis er an den Rand der Partei und dann hinausgedrängt worden war. Von den
Ökosozialen kamen diejenigen, die den Sozialabbau
nicht mitmachen wollten, der angeblich unvermeidlich war, weil man nun einmal den Fehler begangen
habe, die deutsche Wiedervereinigung aus den Sozialkassen statt über Steuern zu finanzieren; ferner
solche, die nicht der Ansicht waren „Ein Joint muss
durch das Land gehen" und die auch nicht einsehen
wollten, dass die Interessen aller Randgruppen einer
parlamentarischen Vertretung bedürften.

Zum Gründungsparteitag der SdF im Congress
Centrum Würzburg kamen der Parteivorstand der
WoF und die Hulls. Das Mozartfest in der Würz-
burger Residenz bot den kulturellen Rahmen. Das
vom genialen Balthasar Neumann für die Würzbur-
ger Fürstbischöfe Anfang des 18. Jahrhunderts im
italienisch-österreichischen Barock erbaute Schloss,
der vollkommenste Palastbau seiner Zeit, war bei der
fast vollständigen Zerstörung Würzburgs durch alli-
ierte Bomber am 16. März 1945 schwer beschädigt
worden. Vor dem völligen Zusammenbruch bewahrt
wurde es durch die Errichtung eines Behelfsdachs.
Diese gelang nur, weil ein junger amerikanischer
Kunstoffizier mit deutschen Handwerkern zusammen-

arbeitete, in Missachtung eines strikten Verbots jedweder Kooperation mit Deutschen. Nach ihrem Wiederaufbau war die Residenz als drittes Gebäude Deutschlands in das UNESCO-Weltkulturerbe aufgenommen worden. Die dankbare Stadt Würzburg ernannte den Kunstofffizier zu ihrem Ehrenbürger. Bei seinen späteren Besuchen in Würzburg wurde er immer wieder freudig willkommen geheißen.

Auf dem großen Platz vor der Residenz, die ganze Breite des edlen Baus überblickend, sagte Richard Hull zu seiner Frau und den Sanders: „Geschichte hat mich immer interessiert. Und immer wurde ich wütend, wenn ich von der Verschwendung der Adligen im Zeitalter des Absolutismus las. Die kleinen Leute mussten sich bis aufs Blut abrackern, damit jeder ihrer Fürsten mit einem Klein-Versailles protzen konnte. Darum sind ja auch die Besten Europas nach Amerika ausgewandert. Und doch – wenn ich diese Herrlichkeit hier sehe, kann ich mir vorstellen, dass spätere Generationen, die sich, wie wir heute, daran erfreuen, die künstlerische Prunksucht des absolutistischen Adels wesentlich milder beurteilen werden als unsere Verschwendung, mit der wir einander beeindrucken wollen. Davon werden wir unseren Nachkommen allenfalls Umweltbelastungen hinterlassen. Typische Zeichen dafür stehen ja auch hier – massenhaft." Damit wies er auf die Geländewagen, die einen Gutteil des Residenz-Parkplatzes füllten.

Die Klänge Mozarts in den schwingenden Räumen der Residenz und der gute Frankenwein beim Empfang im Toskana-Saal sorgten für gelöste Stimmung am Vorabend der Parteigründung. Nach dem Erfolg in den USA fanden sich Kandidaten für den Parteivorstand. Alle erklärten jedoch, dass sie aus Altersgründen nur für eine Legislaturperiode zur Verfügung stünden. Gewählt wurden zur Vorsitzenden Bärbel Stumpf, ehemals Sozialministerin in der bayerischen Landesregierung, als ihre beiden Stellvertreter der Umweltbeauftragte der hessischen Landeskirche Karl Ortler und der schwäbische Rechtsanwalt Winfried Hausmann; Schatzmeister wurde der Mainzer Fachhochschulprofessor für Steuerrecht Lothar Jakob.

Die Medien berichteten ausführlich, nicht nur in Deutschland, sondern auch in den Ländern der anderen Petersberg-Konferenz-Teilnehmer, die jetzt aktiv wurden, und bei der Bundestagswahl nahmen die Schwingen der Freiheit mit 6,5 % glatt die Fünfprozent-Hürde.

Britta und Gregor Sanders hatten sich so weit wie möglich im Hintergrund gehalten. Dennoch waren sie bekannter, als ihnen lieb war. Besonders Britta wurde mit Interview-Anfragen überhäuft. Aufdringlich-hartnäckig waren wie immer die Reporter der TZ, der „Trumpf Zeitung", die sich weniger für die wirtschaftspolitischen Ziele der SdF als für das Privatleben der Sanders interessierten. Als die TZ schließlich auf der ersten Seite ein Nacktfoto von Britta während eines Sonnenbads auf der Terrasse ihres Hauses veröffentlichte, ein Reporter hatte es von einem Heißluftballon aus geschossen, riefen die Sanders den Presserat an und verweigerten von da ab jedes Interview mit der TZ. Auf letzterem hatte Britta bestanden. Sie ließ sich auch nicht durch Gregor mit dem Argument umstimmen: „Also Schatz, der Fotograf hat Dich doch eigentlich ganz schön ins Bild gesetzt. Und die TZ bestimmt mit ihren Wut-Wellen immer wieder die Richtlinien der Politik. Es ist gefährlich, sie zum Gegner zu haben."

Damit sollte er nur zu sehr Recht behalten.

Kapitel 4

Prag

4.1 Verdacht

Die Türme von St. Veit leuchteten in der Morgensonne. Schlank ragten ihre gotischen Spitzen in den blauen Herbsthimmel. Auf der Karlsbrücke versammelten sich die ersten Busreisenden aus Deutschland und Österreich um ihre fähnchenschwingenden Stadtführer. Junge Rucksacktouristen aus aller Welt schlenderten einzeln oder zu zweit an den Brückenheiligen vorbei und fotografierten die überlebensgroßen Steinfiguren mit dem Hradschin im Hintergrund. Andere umstanden die Staffeleien der Straßenmaler und die Verkaufsstände mit den Kunstgewerbeartikeln.

Heinz Fahrtmann blickte aus dem Fenster seines Büros am Smetana Prospekt über Moldau und Karlsbrücke hinüber zur Prager Burg. Dort sollte übermorgen im Lobkovic Palais eine Besprechung von, wie es in der Einladung hieß, „wichtigen Persönlichkeiten aus dem internationalen Umfeld von Wirtschaft und Politik" stattfinden, zu der er in seiner Eigenschaft als Leiter der Prager Redaktion der „Trumpf

Zeitung" eingeladen worden war. Die Allgemeine Finanz-Zeitung hatte ihn entlassen. „Zu meinem größten Bedauern", hatte ihm der Chefredakteur erklärt, „müssen wir die Rubrik 'Börsenanalysen' schließen. Die Finanzdienstleister schalten immer weniger Anzeigen. Zudem zeigen die Marketingumfragen, dass sich kaum noch jemand für Börsenanalysen interessiert. Sie kennen ja selbst die Leserbriefe, in denen die Leute schreiben, dass sie inzwischen ihre Aktienportfolios mit Hilfe von Dartpfeil-Würfen auf unsere Aktienkurs-Seiten zusammenstellten und dabei besser führen, als wenn sie den Analysten-Empfehlungen folgten. Das ändert nichts daran, dass ich Ihre Analysen und Ihre scharfsinnig-scharfen Leitartikel immer geschätzt habe, auch wenn Sie sich pro Ökosteuer manchmal sehr weit aus dem Fenster gelehnt haben. Aber wir müssen an Personal sparen. Sie wissen ja: die Lohnnebenkosten. Und dem Trend zum Infotainment müssen wir auch mehr Rechnung tragen." Man trennte sich, wie es in einer gemeinsamen Erklärung hieß, im gegenseitigen Einvernehmen, weil Dr. Fahrtmann eine Auszeit nehmen und dann etwas Neues machen wolle.

Damit stand er mit 42 Jahren auf der Straße und fand an sich selbst die Richtigkeit seiner Argumente pro Ökosteuer – Umweltverschmutzung belasten, Arbeit entlasten – bestätigt. Er hatte auch kurz mit dem Gedanken gespielt, zu Gregor Sanders wieder Kontakt aufzunehmen. Bei der letzten Wahl zum Europaparlament waren die „Schwingen", wie der Zusammenschluss der AdL, SdF und WoF-Parteien kurz genannt wurde, drittstärkste Fraktion nach den Konservativen und den Ökosozialen geworden. Bisher hatten die sachkundigen und polemisch versierten eh-

renamtlichen Mitarbeiter der Nichtregierungsorgani-
sationen, die die „Schwingen" unterstützten, noch jede Pressekonferenz so effizient vorbereitet und lebhaft
gestaltet, dass schon aufgrund von deren Medienwir-
kung den „Schwingen" immer mehr, und besonders
junge Wähler, zuliefen. Dennoch würde auch diese
Parteiengruppe irgendwann nicht mehr ohne einen
mehrsprachig versierten Profi als Pressesprecher aus-
kommen. Aber als er das Energiesteuer-Programm
und seine ökonomische Begründung nochmal las, hatte der Ökonom in ihm doch wieder zu heftig rebelliert.
Da passte es, dass die TZ einen Leiter für ihre neu eröffnete Wirtschaftsredaktion in Prag such-
te. Nach dem Beitritt Tschechiens, Polens und Un-
garns zur Europäischen Union und dem Drängen der
übrigen Kandidaten auf baldige Aufnahme in die EU
hatte der TZ-Konzern durch Aufkäufe lokaler Zeitungen in Osteuropa stark expandiert und wollte nun
den dortigen „Emerging Markets" auch redaktionell
verstärkte Aufmerksamkeit widmen. Die Bewerbung
von Heinz Fahrtmann kam da gerade recht. Der ehe-
malige AFZ-Mann mit dem guten Namen konnte
auch der Seriosität der TZ etwas aufhelfen.
Nachdem die Sanders der TZ jedes Interview verweigerten und auch die SdF, im Gegensatz zu den
anderen Parteien, die jeweils wichtigen Informationen zu Personal- und Sachfragen nicht über die TZ
sondern in allgemeinen Pressemitteilungen veröffentlichte, begann die TZ eine ihrer Kampagnen. Darin war von hochmütigen Akademikern die Rede, die
dem berechtigten Informationsbedürfnis der Öffentlichkeit nicht Rechnung tragen wollten. „Was haben
die Sanders zu verbergen?", war eine Schlagzeile über
einem Photo des Sanderschen Hauses mit herabgelas-

senen Rollläden. Zwei Wochen später titelte die TZ:
„Die dunklen Geldquellen der SdF". Im Wesentlichen
stand darin, dass es den Reportern der TZ nicht gelungen war herauszufinden, wie sich die SdF finanzie-
re. Nachdem die Frage im Raum stand, griffen auch
andere Medien sie auf. Als Antwort wurde seitens der
SdF immer nur auf den Rechenschaftsbericht an den
Bundestagspräsidenten verwiesen, der nichts weiter
hergab. Vom Schweizer Konto der Hernandez waren
an Privatpersonen jeweils Summen von 10.000 Euro jährlich als Honorare für Beratertätigkeiten über-
wiesen worden. Nach ordnungsgemäßer Versteuerung
der Einnahmen ging der Rest als Spenden an die SdF.
Nichts deutete auf ihre Herkunft hin. Der größere Teil
der Parteieinkünfte stammte aus den Mitgliedsbei-
trägen und den Wahlkampfkosten-Erstattungen.

Sobald Heinz Fahrtmann in Prag mitbekam, dass
sich die TZ auf die Sanders und die SdF einschoss,
ging auch er in Stellung: mit scharfen Leitartikeln
gegen den ökonomischen Unfug eines Programms
massiver, international abgestimmter Energiesteuer-
Erhöhungen, die den bevorstehenden Wirtschafts-
aufschwung in den neuen EU-Ländern besonders
schmerzlich dämpfen würden, ohne irgend etwas zur
Lösung der wahren Probleme beitragen zu können.
Er berichtete auch von der Petersberg-Konferenz
und betonte, dass der Vorschlag zur Gründung
von Energiesteuer-Parteien zuerst von dem früher-
en Kommunisten Greenbam gemacht worden war. Er
nannte das Ganze „Klassenkampf Zweiter Art".

Besonders gut angekommen waren Fahrtmanns
Artikel bei Otmar Hankel, dem Präsidenten des Bun-
desverbandes deutscher Unternehmensberater. Dieser
hatte ihm vor fünf Tagen die Einladung zu dem Tref-

fen im Lobkovic Palais geschickt, bei dem es um die
Schwingen-Parteien gehen sollte. Natürlich würde er
hingehen. Vielleicht könnte er auch noch Interessantes von der außerordentlichen Delegiertenversammlung der SdF berichten, die vor zwei Stunden in Dresden angefangen hatte. Sie war nicht öffentlich, aber
er hatte dort einen Gewährsmann. Er wählte dessen
Handy-Nummer. Es dauerte lange, bis der andere sich
meldete und dann nur knapp sagte: „Es wird spannend. Ich muss wieder zurück in den Saal. Ich rufe
später zurück."

Im Konferenzsaal des Hotels „Königsforst", das,
im Zentrum Dresdens gelegen, noch den Plattenbau-
Charme der alten DDR verströmte aber innen
ansprechend modernisiert war und ein günstiges
Preis/Leistungs-Verhältnis bot, ging es inzwischen
hoch her.

Einberufen worden war die Delegiertenversammlung, weil zwei Mitglieder aus dem Parteivorstand der
Konservativen wegen eines künftigen Zusammengehens von SdF und Konservativen vorgefühlt hatten.
Nachdem sich die Liberalen bei den letzten Wahlen
mit Parolen wie „Selbstbewusste Frauen statt Heimchen am Herd" und dem Wirtschaftsprogramm „Privat statt Bürokrat" so lächerlich gemacht hatten,
dass es den jüngeren Wählern peinlich gewesen wäre,
ihr Kreuzchen auf dem Wahlzettel bei den Liberalen
zu machen und etliche Ehefrauen mittelständischer
Unternehmer ihr Veto gegen weitere Spenden an diese Partei eingelegt hatten, drifteten sie in die politische Bedeutungslosigkeit und fielen als Koalitionspartner aus. Bei den Konservativen hatte man sich an
Energiesteuer-Aussagen früherer, von ihnen geführter Bundesregierungen erinnert und glaubte zudem,

bei führenden Mitgliedern der „Schwingen" eine im Grunde konservative Einstellung als Motiv für das revolutionäre Steuerprogramm zu erkennen.

Bei der Diskussion eines möglichen Bündnisses von Konservativen und SdF nach der nächsten Bundestagswahl hatte Hubert Schmanz, Gründungsmitglied der SdF, die, wie er meinte, Gretchenfrage „Wie hältst Du's mit der Kernenergie?" aufgeworfen. „Überhaupt nicht", hatte Gregor Sanders gerufen und die Delegierten beschworen, sich auf keine Kernenergie-Diskussion einzulassen: „Kernenergie ist Sprengstoff – auch für soziale Beziehungen und gesellschaftspolitische Bündnisse." Jan van Oisterhuiz, der sich von seinem Herzinfarkt soweit erholt hatte und als Gast an der Versammlung teilnahm, unterstüzte die Position Sanders, dass man weiterhin die Kernenergiefrage offen lassen solle: „Wenn Energie gemäß ihrer Produktionsmacht besteuert wird, regelt der Markt den Rest. Doch vielleicht können Sie den Kernenergie-Gegnern soweit entgegenkommen, dass Sie fordern: Jedwede Energienutzung muss gegen ihre Risiken voll privatrechtlich versichert werden. Staatshaftung ab einer gewissen Obergrenze scheidet aus. Das ist konsequent marktwirtschaftlich und wird die Einführung inhärent sicherer Kernreaktoren fördern. Beim Hochtemperatur-Reaktor, z.B., kann es zu keiner Kernschmelze kommen." Doch wegen des angeblich ungelösten Problems der Endlagerung beharrte eine lautstarke Minderheit weiterhin auf einer Festlegung contra Kernenergie, bevor irgendwelche Verhandlungen mit den Konservativen aufgenommen werden dürften.

Gregor, der in einem Bündnis mit den Konservativen die Chance für die „Schwingen" sah, wurde ungeduldig. Und wenn er ungeduldig war, wurde er scharf. So hatte er schon früher Leute vor den Kopf gestoßen, und Britta hatte immer wieder gewarnt: „In Kontroversen pass auf Dich auf." Jetzt meldete er sich zur Geschäftsordnung: „Gezerre um die Kernenergie bringt uns nicht weiter. Ich beantrage Schluss der Debatte." Die leidenschaftliche Gegenrede blieb ohne Wirkung. Der Antrag wurde mit großer Mehrheit angenommen, und nach einer weiteren einstündigen Diskussion über die Vor- und Nachteile eines Zusammengehens mit den Konservativen wurde der Vorstand ermächtigt, Gespräche über ein mögliches Bündnis zu führen.

Sofort danach erklärten Schmanz und sechs weitere Kernenergie-Gegner ihren Parteiaustritt und verließen die Versammlung.

Fahrtmanns Gewährsmann, der kurz mit Prag telefoniert hatte, fing sie vor Verlassen des Hotels ab: „Dr. Fahrtmann würde sich gerne mit Ihnen unterhalten. Sie können ihn über mein Handy anrufen." Hubert Schmanz erinnerte sich an Fahrtmann von der Petersberg-Konferenz her und willigte ein. Man verabredete sich für den nächsten Tag in Prag.

Hubert Schmanz fuhr noch am selben Tag nach Prag, mietete sich am Abend im Hotel „Penta" in der Innenstadt ein und stand am anderen Morgen um 10 Uhr in der Redaktion der TZ am Moldau-Ufer.

„Ein Arbeitsplatz mit einem herrlichen Blick – könnte mir auch gefallen", bemerkte er, nachdem Fahrtmann ihn in sein Büro gebeten hatte.

„Ja, und wenn die Wirtschaftsaussichten so schön wären wie die Sicht auf den Hradschin, wäre alles noch besser", erwiderte Fahrtmann.

Damit waren sie auch schon beim Thema: den

Schwingen der Freiheit, die mit einem einzigen, wirtschaftspolitischen Thema auf dem Weg zur Macht waren. Fahrtmann schwieg zu Schmanz' Begründung für seinen Bruch mit den „Schwingen". War er doch der Ansicht, dass jede Energiequelle mit Risiken verbunden ist, die der Öffentlichkeit immer erst dann bewusst werden, wenn die Quelle einen nennenswerten Beitrag zur Energieversorgung leistet. In der Kernenergie sah er das Paradebeispiel dafür. Aber er hütete sich, irgend etwas dergleichen zu Schmanz zu sagen, sondern befragte ihn nach Strategie und Organisation der SdF. Dann kam er auf die Finanzen zu sprechen: „Wie konnten die 'Schwingen' einen so schnellen Start in mehreren Ländern finanzieren?"

„Über Einzelheiten bin ich nicht so informiert, aber auf der Petersberg-Konferenz hatte eine junge Frau aus Kolumbien, die auch eine Sitzung geleitet hatte und Carmen Sowieso hieß, Mittel aus einem Schweizer Konto zugesagt."

„Das ist ja hochinteressant", fand Fahrtmann und wollte noch Genaueres wissen. Doch Schmanz, dem Prizipien so wichtig waren wie Organisatorisches gleichgültig, konnte sich an mehr nicht erinnern.

„Ich hatte gehofft, in der SdF Verbündete gegen die Kernenergie zu finden. Das war ein Irrtum. Die Partei interessiert mich nicht mehr", erklärte er, „aber könnte die TZ ihre Leser nicht stärker auf die Gefahren hinweisen, die von den tschechischen Kernkraftwerken ausgehen?"

Da wusste Fahrtmann, dass es an der Zeit war, das Gespräch zu beenden. Er lud Schmanz noch zum Mittagessen in einen der gepflegten Bierkeller am Moldau-Ufer ein, erstattete ihm die Kosten der Dresden-Prag-Reise und schlug vor, in Fragen der

Energiepolitik in Kontakt zu bleiben.

Den Nachmittag verbrachte er im Büro. Die Füße auf den Schreibtisch gelegt schaute er sinnend über die Moldau auf die Burg und in die Parkanlagen, deren Buchen und Ahornbäume im glühenden Rot und Gelb des Herbstes leuchteten. Er hätte morgen zu dem Treffen im Lobkovic Palais auf jeden Fall eine Information beizusteuern, die alle interessieren dürfte. Er musste damit so umgehen, dass für ihn eine große Geschichte heraussprang. Jedenfalls brauchte er einen klaren Kopf. Er dachte an sein Heim, in dem normalerweise Tatjana abends lange auf ihn warten musste. Heute sollte es anders sein. Er rief sie an. „Ptitschka moja", sagte er, „morgen ist ein wichtiger Tag. Heute Abend möchte ich richtig entspannen. Ich komme in einer halben Stunde".

Tatjana erwartete ihn im grünen Hausmantel, unter dem sie nur Haut trug.

Er hatte sie während seines ersten Besuchs in Kiew kennengelernt, bei einem Bankett der ukrainischen Zeitungsverleger für eine Pressedelegation aus der EU. Zwischen den Wodka-Toasts auf Freundschaft und gute Zusammenarbeit von ukrainischen und westeuropäischen Medienmanagern war sie als Sängerin einer Volksmusik-Truppe aufgetreten. Sie hatte in der rot-weißen Volkstracht der Ukraine, deren Mieder ihren Busen prächtig hervorhob, die sehnsüchtig-temperamentvollen Lieder ihrer Heimat so mitreißend gesungen, mit strahlend grünen Augen unter goldblondem, sanft gewelltem Haar, und sich dabei so verführerisch zum Rhythmus des Gesangs in den Hüften gewiegt, dass alle Männer hingerissen waren und ein kleiner Japaner, der als Gast der deutschen Delegation an dem Treffen teilgenommen hatte, während des ganzen Abends in staunender Bewunderung neben dem kleinen Podium mit den Musikern stehen geblieben war und nur Augen für sie hatte. Als der Toast-Kommandeur bekannt gab, dass nunmehr zwischen den Toasts die Mitglieder der beiden Delegationen abwechselnd Lieder ihrer Heimat zu singen hätten, gab es für die Volksmusikanten nichts mehr zu tun. Sie verabschiedeten sich mit „Unser weites Feld", Tatjana verbeugte sich, noch einmal einen tiefen Einblick in ihr Dekolleté gewährend, und verließ den Saal durch eine Seitentür, nicht ohne einen letzten, lächelnden Blick direkt in Heinz Fahrtmanns Augen zu werfen. Deren Verlangen hatte sie während der letzten Stunde immer heißer auf ihrer Haut gespürt. Fahrtmann verließ den Saal unauffällig durch den Haupteingang und ging zum Parkplatz, auf dem er den VW-Bus der Musik-Truppe zuvor hatte stehen sehen. Wie erhofft traf er auf Tatjana und ihre Begleiter. Er lud alle für den nächsten Tag zum Mittagessen in das Restaurant seines Hotels ein: „Ich möchte mich für Ihren großartigen Auftritt noch einmal persönlich bedanken." Bei diesem Mittagessen gab er Tatjana seine Visitenkarte und bat sie, nach Prag zu kommen. Zwei Monate später war sie dort tatsächlich eingetroffen und zu ihm gezogen.

Jetzt ließ sie den Hausmantel von der Schulter gleiten und löste lächelnd Fahrtmanns Gürtel. Den Rest erledigte er selbst und drängte sich an sie.

„Noch nicht", flüsterte sie, stellte sich auf die Zehenspitzen und biss ihn zärtlich ins Ohrläppchen. Während es ihm noch prickelnd über die Haut lief, zog sie ihn ins Bad und mit sich in die große Wanne voll warmen, duftenden Wassers.

Einander Waschen, Streicheln und Umgreifen, während sie eine ukrainische Volksweise summte, zu der er sang: „Liebste, Deine Schönheit trinken, wonnevoll in Dir versinken, macht den ärmsten Mann zum Fürsten. Lass mich nicht mehr länger dürsten."

„Also", lachte sie, „raus aus der Wanne und ins Bett."

Nach dem Abendessen – es gab Artischocken, Eier, Schinken, Weißbrot und Rotwein – hieß sie ihn wieder willkommen, und während er hinter ihr, mit warmem Behagen in sie geschmiegt, einschlief, dachte er noch: „Wie reich hat sie mein Leben gemacht. Wenn der kommende Tag so gut wird wie diese Nacht..."

Am nächsten Morgen lag Nebel über der Moldau, aber beim Gang über die Karlsbrücke war die Sonne schon zu ahnen. Als Fahrtmann vor dem Veitsdom stand, hatte sie den Nebel über dem Hradschin aufgelöst, und die noch feuchten Dächer der Burggebäude glänzten im Morgenlicht. Er passierte die St. Georgs-Basilika und bog dann rechts ab in das Lobkovic Palais. Ein Wärter wies ihm den Weg in den neu eingerichteten kleinen Konferenzraum, durch dessen Ostfenster man auf die von Turmspitzen durchbrochene Nebeldecke über der Stadt blickte.

In dem mit dunklem Holz getäfelten Raum standen drei Herren und eine Dame beisammen und unterhielten sich leise. Fahrtmann erkannte Otmar Hankel, der ihn gleich zu sich winkte und seinen Gesprächspartnern vorstellte: „Dr. Heinz Fahrtmann, Leiter des Prager Büros der TZ, Kenner und kompe-

tenter Kritiker der 'Schwingen'." Dann nannte er die
Namen der anderen: „Professor Jiri Klas, Minister-
präsident a.D. der Tschechischen Republik, Señora
Juanita Sanchez, Gattin des spanischen Ministerpräsidenten, Dimitri Roerich, Vorstandsvorsitzender
der Rusneft, Moskau. Wir warten noch auf Ted Sullivan. Er musste heute früh noch einen Termin wegen der Übernahme der Prager Volkszeitung einschie-
ben."

Nach zehn Minuten betrat mit federnden Schritten der neuseeländische Medientycoon den Raum;
er kontrolliert in England die auflagenstärksten
Boulevardblätter und in den USA den schnell expan-
dierenden Fernsehsender Fix-Channel. Hinter ihm
folgten ein blonder, athletischer, ca. 1,90 m großer
Mann und eine sportlich-elegante, attraktive, dunkel-
haarige Frau, beide in den Mittdreißigern. Er stellte
sie vor als James D. Brush, Ex-Marine, und Danielle
Lepen, ehemals Mitarbeiterin der Securité, beide
jetzt in seinen persönlichen Diensten, wie er sagte.
„Wir können uns auf die Verschwiegenheit der beiden
hundertprozentig verlassen", versicherte Sullivan,
„und vielleicht benötigen wir ihre Dienste für Dinge,
die wir selbst, hm, besser nicht anfassen sollten."
Nach kurzem Zögern nickten die anderen Zustimmung. Schließlich hatte Sullivan das Treffen angeregt.

Anfangs hatte Ted Sullivan die Anhänger der „Wings
of Freedom" nicht ernst genommen und sie nur ab
und zu in seinen Medien als Spinner verspotten lassen, die lediglich in der Auswahl ihres Parteisymbols
einen gewissen Wirklichkeitssinn bewiesen hätten.
Aber nach den Erfolgen in den USA und Deutschland hatte Frederick Greenbam die Gründung der bri-

tischen WoF angestoßen und mit der Unterstützung eines früheren James-Bond-Darstellers die Linke für die neue Partei mobilisiert. Auch ältere Konservative schlossen sich an, die unter dem maroden öffentlichen Gesundheitssystem litten. Die beiden großen Parteien, die beide voll auf Steuersenkungskurs lagen, spürten schmerzlich die Konkurrenz der WoF. Da erkannte Sullivan, dass die „Schwingen" seine Interessen in Europa und den USA bedrohten und schaltete um auf Angriff. Greenbams kommunistische Vergangenheit und seine Warnungen vor wachsender Ungleichheit erschienen dafür als ideale Ausgangsbasis. „Tarnkappen-Kommunisten bedrohen Freiheit und Wohlstand", ließ er titeln, „Energie muss billig bleiben", forderten alle zu den Talk-Shows seiner Fernsehstationen eingeladenen Gäste, „Ungleichheit ist der Preis des Fortschritts", verkündeten die Ökonomen in seinen Diensten. Aber es half nichts. Die „Schwingen" blieben auch im Vereinigten Königreich auf dem Vormarsch.

Am Rande der Weltwirtschaftskonferenz in Davos war er mit Otmar Hankel zusammengetroffen und hatte ihn angepflaumt, welch schräge Typen aus Deutschland der Weltwirtschaft jetzt ein Kuckucks-Ei ins Nest legen wollten. „Wer steckt denn neben Greenbam, den Hulls und den Sanders noch hinter den 'Schwingen'?" wollte er wissen. „Vielleicht weiß der Prager Wirtschaftsredakteur der TZ mehr dazu. Der hatte an der Gründungskonferenz der 'Schwingen' zeitweise teilgenommen. Wir sollten uns vielleicht mal mit ihm zusammensetzen", hatte Hankel vorgeschlagen. „Einverstanden. Ich habe sowieso demnächst in Prag zu tun. Ich melde mich, wenn mein Termin dort

steht."
Damit hatten sie sich getrennt.

Beim Abendempfang der Kantonsregierung für
ausgewählte Konferenzteilnehmer war Sullivan dann
auf Jiri Klas gestoßen, im Gespräch mit einer Dame, Juanita Sanchez, die in Vertretung ihres Mannes, des spanischen Ministerpräsidenten, nach Davos
gekommen war. Sullivan kannte Klas schon aus dessen Zeit als Ökonomieprofessor an der Harvard Bus-
siness School. Als nach dem Wende-Jahr 1989 auch
in Prag die Kommunisten die Macht verloren hatten, war er in seine Heimat zurückgekehrt und bei
den ersten freien Wahlen als Kandidat des Bürger-
blocks ins Parlament eingezogen. Seine Verbindungen
in die USA, wiederholt kritische Äußerungen an die
deutsche Adresse, gutes Aussehen und ökonomische
Kompetenz hatten ihn schnell populär gemacht, und
bald war er Regierungschef geworden. Als solcher ver-
folgte er eine Politik der „Marktwirtschaft ohne Ad-
jektive", d.h. der ungebremsten Entfaltung unterneh-
merischer Initiative, wie er sie verstand. Dabei verarmte ein Großteil der Tschechen. Die gepflegten Restaurants am Moldau-Ufer unterhalb des Hradschin,
in denen früher viele Professoren der altehrwürdigen
Karlsuniversität verkehrt hatten, waren für diese un-
erschwinglich geworden. Dafür wurden sie vornehm-
lich von deutschen Touristen bevölkert, die sich lautstark darüber freuten, wie billig sie das gute böhmi-
sche Bier mit ihrer starken D-Mark kaufen konnten.
Die Stimmung in der Bevölkerung war gekippt, Klas
wurde abgewählt, blieb aber Mitglied des Parlaments
und war noch immer einflussreich.

„Hallo Jiri", hatte ihn Sullivan mit Schulterklop-
fen begrüßt, „willst auch Du die Weltwirtschaft ret-

ten?" Nachdem er mit Juanita Sanchez bekannt gemacht worden war, fuhr er fort: „Ich komme übrigens in diesem Jahr noch nach Prag – in eigenen
Geschäften und um etwas gegen diese Plage von
Schwingen-Parteien zu unternehmen. He, die müssten
Dir doch eigentlich auch sauer aufstoßen. Willst Du
nicht mitmachen?"
Und ob Jiri Klas das wollte. Und Juanita Sanchez,
die ganz Ohr gewesen war, fragte, ob auch sie zu dem
geplanten Treffen kommen könne – die „Alas de la Libertad" setzten der Partei ihres Mannes in Spanien
inzwischen ziemlich zu.

Ted Sullivan hatte Otmar Hankel vom Interesse Klas' und Sanchez' an einer Aktion gegen die
„Schwingen" informiert und war dann nach New York
geflogen, um den Heritage-Verlag zu kaufen. Dessen rechtspopulistische Pamphlete gegen Liberale und
Linke hatten noch vor zwei Jahren die Bestsellerlisten
angeführt, verkauften sich aber jetzt nach dem Stim-
mungsumschwung in den USA immer schlechter, so
dass der Verlag in finanzielle Schwierigkeiten geraten
und reif für eine Übernahme war.

Während sich Sullivans Prag-Reise immer wieder
verzögerte, war Otmar Hankel als Unternehmensberater von Dimitri Roerich engagiert worden. Zu Sowjetzeiten war Roerich der Sekretär des kommunistischen Jugendverbandes Komsomol gewesen. Bei der
Auflösung der Sowjetunion und der Privatisierung des
Staatseigentums hatten ihm Wendigkeit und Beziehungen, ohne die keiner in der KPdSU hatte Karrie-
re machen können, auch zu schnellem Aufstieg in der
Privatwirtschaft verholfen. Jetzt war er Mehrheitsak-
tionär und Chef der Rusneft, des größten russischen
Erdölkonzerns, und es ging um die Übernahme der si-

birischen Erdgas-Gesellschaft Gas-Wostok. Dadurch
entstand der viertgrößte Energiekonzern der Welt.
Bei den Verhandlungen hatte Hankel darauf hingewiesen, dass sich die energiewirtschaftlichen Rahmenbedingungen drastisch ändern könnten, wenn die
Schwingen-Parteien im Westen weiterhin auf Erfolgs-
kurs blieben. Roerich hatte zunächst nicht viel darauf gegeben und die Übernahme wie geplant vollzo-
gen. Dann hatte er aber doch nochmal genauer bei
Hankel nachgefragt und erkannt, dass sich die Öl-
und Gasexporte möglicherweise anders als in seinen
Planungen angenommen entwickeln könnten. Hatten
doch Systemanalysen gezeigt, dass es sich ab einer
Verdreifachung des Energiepreises rechnen sollte, die
Energie-Einsparpotenziale der Industrieländer, die in
der Größenordnung von 30 Prozent liegen, mittels der
Techniken rationeller Energieverwendung voll aus-
zuschöpfen. Als Hankel das geplante Treffen in Prag
erwähnte, hatte Roerich gebeten, ihn dazu einzuladen.

Otmar Hankel hatte sich, ohne konkreter zu
werden, mit Heinz Fahrtmann wegen einer Zusammenkunft in Verbindung gesetzt. Nachdem er
erfahren hatte, dass Fahrtmann im September und
Oktober ununterbrochen in Prag sein werde, hatte er
versucht, einen Termin in diesem Zeitraum mit den
anderen abzustimmen. Das war nicht ganz einfach
gewesen. Aber schließlich konnte er alle unter einen
Hut bringen und mit Klas' Hilfe den Konferenzraum
im Lobkovic Palais für ihre Zusammenkunft mieten.

Ted Sullivan kam wie immer direkt zur Sache:
„Die Schwingen-Parteien sind lästiges Ungeziefer. Sie
jucken. Wir müssen sie loswerden. Weiß jemand ein

Mittel der Schädlingsbekämpfung?"
Otmar Hankel erwiderte: „Wir haben unseren
Unternehmern geraten, massiv an die traditionellen
Parteien zu spenden. Aber denen laufen die Wähler
weiter weg und zu den 'Schwingen' über. Den Mei-
nungsforschern sagen die Leute, dass eine Partei mit
einem konsequenten, einfachen Steuerprogramm den
Karren auch nicht weiter in den Dreck fahren kann
als die anderen mit ihrem widersprüchlichen Herum-
geeiere. Drum sollten die 'Schwingen' eine Chance bekommen."
„Die Waffe Werbung ..." , begann Jiri Klas,
„... hat die WoF in den USA bestens genutzt", unterbrach ihn Sullivan. „Wir hatten im Fix-Channel
eine Kampagne gestartet, in der den Leuten gesagt
wurde, wie sehr der American Way of Life durch
die Energiesteuern der WoF beschädigt würde. Als
Antwort zeigten die WoF bei der Konkurrenz das
Zeichentrick-Video 'Befreiung'. Darin verwandelt eine gütige Energiesteuer-Fee mit dem Aussehen von
Jennifer Richards viele grimmige, schmutzige Energiesklaven, die das Lob der Verschwendung rappen
und brave Amerikaner herum- und in die Arme korrupter Diktatoren auf Ölfässern hetzen, in stille, saubere Diener, die emsig in Effizienzkäfigen arbeiten,
während die Menschen in blühenden Gärten einander
liebevoll umsorgen. Dazu spielt Musik aus 'The Man
of la Mancha', und auf der Informationsleiste laufen
die, wie sie behaupten, wissenschaftlichen Fakten. Eine widerliche Mischung aus emotionalem Schwachsinn und angeblicher Information. Aber sie kommt
an. Der Videoclip genießt inzwischen Kultstatus und
wird per Internet massenhaft verbreitet."
„Was sollen wir tun?", fragte Juanita Sanchez.

Hankel nickte Fahrtmann zu, aber der tat, als hätte er es nicht bemerkt. Er schaute aus dem Fenster auf die Stadt, über der sich der Nebel gelichtet hatte. Das goldene Prag glänzte in der Herbstsonne. Die anderen berieten weiter, ohne voranzukommen. Schließlich wandte sich Hankel direkt an Fahrtmann: „Sie hatten mir doch schon einmal kurz von Ihrer Teilnahme an der Petersberg-Konferenz erzählt. Da waren doch all die Leute versammelt, die die 'Schwingen' gegründet haben. Kennen Sie bei denen keine Schwachstellen, die man angreifen kann?"

Fahrtmann ließ sich Zeit bis er antwortete: „Solange ich an der Konferenz teilgenommen hatte, ging es im Wesentlichen um die wissenschaftlichen und politischen Gründe für eine Energiesteuer-Partei. Dazu kann ich Ihnen nichts sagen, was Sie nicht schon selbst von den 'Schwingen' in den Wahlkämpfen gehört haben. Nach meiner Abreise wurden dann die Organisationsfragen besprochen, die hier interessieren dürften. Persönlich habe ich davon keine Kenntnis." Er machte eine Pause und dann: „Aber ich habe recherchiert. Aus einer zuverlässigen Quelle erhielt ich kürzlich eine Information, die so, wie sie ist, schon für mindestens einen Aufmacher meiner Zeitung gut ist – von mir erwartet man übrigens bald einen Knüller, der die Kosten des Prager Büros rechtfertigt. Wenn man andererseits diese Information durch weitere Recherchen anreichert, kann man daraus wahrscheinlich einen Dauerbrenner machen, in dem die 'Schwingen' schmelzen – wie einst die vom Sohn des Ikarus."

„Ikarus – wer?" wollte Sullivan wissen.

„Vergessen Sie's, ein unwichtiger Vergleich, kam mir nur gerade so in den Sinn – von wegen überheblicher Höhenflüge", antwortete Fahrtmann und fuhr fort:

„Sie werden verstehen, dass ich auch meine Interessen im Auge haben muss. Wenn ich jetzt darauf verzichte, meine Information als Sensationsmeldung den 'Schwingen' um die Ohren zu hauen, muss ich sicher sein, dass es für weitergehende Recherchen die nötige Unterstützung gibt und dass ich für die gesamte Geschichte das exklusive Publikationsrecht habe."

Sullivan machte ein saures Gesicht. Die anderen schauten ihn fragend an. Dimitri Roerich räusperte sich: „Soweit die, wie Sie sagen, Unterstützung Geld kostet, kann ich helfen. Wie sollte die Unterstützung denn aussehen?"

„Jemand müsste sich zuerst in der Schweiz und dann, nun, im spanischsprachigen Raum umhören."

„Geht's nicht ein bisschen genauer?", knurrte Sullivan.

Fahrtmann kühl: „Gerne, wenn wir uns über die Publikationsrechte geeinigt haben."

„Wie sollen wir Ihnen diese garantieren?", wollte Jiri Klas wissen.

„Jetzt gilt's", dachte Fahrtmann, und laut: „Eine Million Euro auf ein Sperrkonto meiner Wahl und folgende unwiderrufliche Anweisung an die kontoführende Bank: Wenn eine nachweislich richtige Geschichte über bisher unbekannte Geldquellen der 'Schwingen' von einem anderen Verfasser als mir in einem nicht von mir ausgewählten Publikationsmedium erscheint, wird das Geld an mich ausgezahlt, sofern in der Geschichte zwei Ländernamen und ein Frauenname eine zentrale Rolle spielen. Die drei Namen hinterlege ich bei Kontoeröffnung in einem versiegelten Umschlag bei der Bank."

Stille. Dann lachte Sullivan los: „Fahrtmann, Sie sind ein harter Knochen. Und Sie müssen ja wirklich einen ganz großen Braten riechen. Also: Wenn Roerich das Geld hinterlegt, wird er's meinetwegen nicht verlieren."

Nach kurzem Nachdenken fragte Roerich: „Welche ist die Bank Ihrer Wahl?" „Die Swiss International", antwortete Fahrtmann. „Sie hat hier in Prag eine Dependance." „Das passt", meinte Roerich, „sie ist eine unserer Hausbanken." Er griff zum Mobiltelefon und gab auf Russisch eine Reihe von Anweisungen. Dann wandte er sich an Fahrtmann: „Morgen ist das Geld auf dem Sperrkonto. Gehen Sie morgen zur Bank, legen Sie ihren Pass vor, identifizieren Sie sich zusätzlich mit der achtstelligen Ziffer des heutigen Datums, deponieren Sie den Umschlag mit den drei Namen und unterzeichnen Sie den Vertrag mit den Auszahlungsbedingungen. Sie sind so formuliert, wie Sie es gerade gesagt haben. Jeder von uns erhält davon eine Kopie. Und jetzt erzählen Sie uns, was Sie wissen. In zwei Stunden geht mein Flieger nach Moskau."

Fahrtmann war klar, dass er nicht mehr zögern durfte. Er hatte zwar das Gefühl, sich noch nicht hundertprozentig abgesichert zu haben, aber es half nichts: Er musste jetzt die Karten auf den Tisch legen.

„Die drei Namen sind: Carmen, Kolumbien, Schweiz. Carmen ist eine junge Kolumbianerin, die, ungewöhnlich genug, eine Sitzung auf der Petersberg-Konferenz geleitet hatte. Im Konferenzprogramm wurde sie als Dr. Carmen Hernandez de Mendoza, Ökonomin an der Universität von Medellin, aufgeführt. Nachdem ich die Konferenz verlassen hatte, hat sie – so mein Gewährsmann – die Finanzierung des Aufbaus von Schwingen-Parteien aus einem

Schweizer Konto zugesagt."
„Ist das alles?", fragte Juanita Sanchez.
„Ist das nicht genug?", fragte Fahrtmann zurück. Die anderen schauten ihn groß an. Jiri Klas stand auf und ging zum Fenster, durch das die Morgensonne in den Raum flutete und die schöne, dunkle Holztäfelung erst jetzt richtig zur Geltung brachte. Abrupt drehte er sich um: „Wenn Sie das bisschen, was Sie uns eben mitgeteilt haben, für den Beginn einer Eine-Million-Euro-Geschichte halten, kann es dafür nur einen Grund geben: Sie vermuten, dass die 'Schwingen' durch Drogengeld finanziert werden."
„Selbstverständlich, zumindest teilweise. Das liegt doch auf der Hand", bestätigte Fahrtmann. „In den 1990er Jahren hatte die kolumbianische Drogenmafia den Präsidentschaftswahlkampf von Rodrigo Michelsen finanziert. Jetzt will sie in die internationale Politik einsteigen."
„Aber warum gerade über eine Energiesteuer-Partei?", wunderte sich wieder Señora Sanchez.
„Ach, das kann ich verstehen", wurde Klas lebhaft. „Wenn durch hohe Energiesteuern die Wirtschaft ruiniert wird, flüchten die Leute aus der Krise in die Drogen. Der Drogentrip ersetzt den Flug in die Karibik."
Fahrtmann nickte: „Das könnte ein Grund sein. Hinzu kommt, dass die USA an Kolumbien inzwischen mehr Militärhilfe zahlen als an Israel. Die Milliarden dienen der Bekämpfung der Drogenmafia und der mit ihnen geschäftlich verbandelten Guerrilla. Eine wirtschaftliche Schwächung der USA liegt also im vitalen Interesse der Drogenbarone."
    Sullivan kratzte sich am Kopf und brummte: „Geht uns hier nicht die Fantasie durch? Wie alle

spinnerten Idealisten sind mir die Schwingen-Leute
zwar gründlich zuwider, aber als Handlanger der Drogenmafia kann ich mir die Figuren in den WoF denn
doch nicht vorstellen."

„Und wenn sie an den Strippen mafioser Puppenspie-
ler hängen, ohne es zu wissen?", gab Hankel zu bedenken. „Ich muss gestehen, die Vorstellung, dass die
Drogenmafia einen parlamentarischen Arm in unseren Ländern bekommen könnte, hat mich eben zutiefst erschreckt. Das Risiko dürfen wir nicht eingehen."

„Sie sprachen vorhin von Recherchen in der
Schweiz und im spanischsprachigen Raum", erinnerte sich Juanita Sanchez. „Woran haben Sie dabei gedacht?"

„Gracias, Señora, für die Frage", sagte Fahrtmann
mit einer Verbeugung und schlug vor: „Eine Person
muss in der Schweiz alles über das Konto von Carmen Hernandez herausfinden: Bank und Höhe der
Mittel; Zufluss der Mittel wann und woher; Überwei-
sungen seit Kontoeröffnung an wen und aus welchen
Gründen; dazu alle Informationen, die das Finanzamt
interessieren. In Kolumbien müssen wir alles über die
Familie von Carmen Hernandez erfahren: Vermögen,
Geschäfte, soziale Stellung, verwandtschaftliche, gesellschaftliche und politische Beziehungen."

„Wer soll recherchieren?" fragte Roerich.

Sullivan hatte sich Hankels Bedenken und Fahrtmanns Vorschlag durch den Kopf gehen lassen. Jetzt
schlug er mit der flachen Hand auf den Tisch und
dröhnte: „Ok. Roerich, wenn Sie für die Spesen aufkommen, können das meine Leute machen. Danielle
Lepen übernimmt das Schweizer Konto und James
D. Brush die Hernandez in Kolumbien. Beide sind ja

schon komplett informiert. Hatte ich nicht wieder den richtigen Riecher, dass wir hier, äh, Spezialisten dabei haben sollten?"

Die Runde nickte anerkennend-belustigt. Ted Sullivan litt gewiss nicht an Minderwertigkeitskomplexen. Aber man musste zugeben: Er war ein entschlossener Mann mit Voraussicht. Verständlich, dass er es aus Neuseeland bis in die Chefetagen seiner Medienkonzerne gebracht hatte.

Lepen und Brush wurden gebeten, möglichst zweimal wöchentlich per E-Mail an alle Mitglieder der Runde zu berichten – vorzugsweise verschlüsselt über ihre Laptops mit Funkverbindung ins Internet. Als Code wurde „Schwingenstutzer" vereinbart. Sie luden die E-Mail Adressen aller Anwesenden in ihre Laptops. Roerich, der nochmal kurz telefoniert hatte, überspielte ihnen von seinem Handy die PINs und Transaktionsnummern zweier Konten, von denen sie mit dem Passwort „Schwingenstutzer" ihre Spesen abheben konnten: „Abgerechnet wird vierteljährlich. Ich erwarte Belege für alles." Dann bestellte er das Taxi zum Flughafen und verabschiedete sich.

„Gleich neben der St. Georgs-Basilika gibt es ein passables Restaurant. Wollen wir dort zu Mittag essen?", fragte Fahrtmann. Man war einverstanden. Sie packten ihre Sachen zusammen, gaben dem Wärter im Lobkovic Palais ein gutes Trinkgeld und bummelten am Burggrafenamt vorbei durchs Goldene Gässchen. Im „Goldenen Helm" war ein Nebenzimmer frei, das ihnen exklusiv überlassen wurde. Bleigefassste, hellgrüne Butzenscheiben dämpften das Sonnenlicht zu einem angenehmen Halbdunkel, in dem sich die silbergrauen Zinnkrüge auf der umlaufenden Leiste unter der Decke nur schwach von der braunen

Holzverkleidung der Wand abhoben. Bei böhmischen Knödeln, Braten und Budweiser Bier, dem echten aus Budejovice, sprachen sie über die nächsten Schritte.

„Danielle wird also in Schweizer Bankerkreisen ihren Charme entfalten", meinte Sullivan beim Nachtisch mit einem Augenzwinkern. „Die Herren sind zu beneiden."

Danielle Lepen schaute spöttisch-kühl in die Runde und fixierte dann Juanita Sanchez: „Wie stellen sich die Herrschaften denn meine Recherchiermethoden vor?"

„Huh", machte die Sanchez und wurde etwas rot, Jiri Klas hüstelte.

Ted Sullivan grinste breit: „Danielle, ich glaube die Herrschaften hier sind voll und ganz davon überzeugt, dass Sie Ihren Job mit der gebotenen Professionalität machen werden. Es bedarf keiner Einzelheiten."

Dann wandte er sich an James D. Brush: „James, Sie wissen es ja, Kolumbien gilt als eines der gefährlichsten Länder der Welt. Acht Entführungen pro Tag und 20.000 Morde pro Jahr, seit vierzig Jahren Bürgerkrieg gegen kommunistische Gangster. Und zugleich ist es eines der schönsten Länder dieses Planeten mit den schönsten Frauen Lateinamerikas. Ich war vor 15 Jahren, als die Gewalt im Lande – die Kolumbianer nennen's La Violencia – eine kurze Pause eingelegt hatte, in Cali; wollte das Lokalblatt 'El Pais' kaufen. Hab's zum Glück gelassen. Aber die Frauen dort – die reine Freude. Ich denke, Kolumbien bietet die richtigen Herausforderungen für einen Mann wie Sie. Spanisch sprechen Sie ja. Brechen Sie bald auf – und seien Sie vorsichtig."

„Was die Frauen betrifft", ergänzte Fahrtmann, „ist Ihre Zielperson, Carmen Hernandez, ein gutes

Beispiel für das, was Sullivan gerade gesagt hat. Sie sieht blendend aus. Britta Sanders war der blonde und sie der schwarze Star der Petersberg-Konferenz. Bei ihrem Aussehen und Reichtum müssten die kolumbianischen Medien schon öfter über sie berichtet haben. Probieren Sie doch mal, ihr per Internet mit Google auf die Spur zu kommen."

„Das könnten Sie doch gleich versuchen", schlug Sullivan vor. „Fahrtmann, Sie haben doch sicher in Ihrem Büro einen Internetzugang. Kann Brush da nachher mal ein bisschen surfen? Ich habe heute Nachmittag noch in Prag zu tun. Am Abend könnten wir uns dann zusammen ansehen, was im Internet steht."

Fahrtmann war einverstanden. Während Sanchez und Hankel von Klas zum Flughafenzubringer gebracht wurden, fuhr er Sullivan zum Karolinum und setzte Brush und Lepen in seinem Büro ab. Um 18 Uhr wollte man sich dort wieder treffen.

„Tatjana, kann ich Ted Sullivan und seine beiden Leute heute Abend mit nach Hause bringen?", fragte Fahrtmann, daheim angekommen. „Wir haben vorher noch in meinem Büro zu tun und werden uns vom Pizza-Service ein leichtes Abendbrot bringen lassen. Aber ein gemütlicher Ausklang bei einem Glas Wein wäre gut. Sullivan ist einer der wichtigsten Männer im Medienbetrieb. Private Kontakte helfen auch beruflich."

„Kein Problem", sagte Tatjana. „Ich sorge für's Ambiente."

4.2 Recherche

In Fahrtmanns Büro hatten sich Lepen und Brush
über ihre Notebooks ins Internet eingeloggt und „Carmen Hernandez de Mendoza, Kolumbien" in Google
eingegeben. Nach zwei Sekunden meldete die Such-
maschine sechs Treffer. Drei in „El Pais", Cali, und
je einen in „El Tiempo", „El Espectador" und Radio
Caracol, alle Bogotá. Die Internetseiten der beiden
Hauptstadt-Zeitungen und von Radio Caracol hatten
auf „Hernandez" angesprochen und zeigten Berichte
über Julios Fernsehauftritt in Radio Caracol, in dem
er den Rückzug seiner Familie aus allen internationalen Geschäften und die Spende an die „Fundación
Isaias Duarte" bekannt gegeben hatte. Es gab auch
einen Link zu einem Artikel über den Tod seines Vaters in der Sprengfalle, der Hinweise auf dessen Rolle
im Drogengeschäft enthielt.

„Na, das ist doch schon was", meinte James D.
Brush zufrieden. „Jetzt fehlt nur noch die Verbindung zu Carmen." Die wurde schnell auf der Inter-
netseite von „El Pais" sichtbar. Die Rubrik „Socie-
dad" berichtete über die Hochzeit von Carmen Mendoza und Julio Hernandez in kleinstem Kreise. Im
Gegensatz zu den übrigen Eitelkeitsmeldungen aus
der besseren Gesellschaft gab es kein Personenfoto.
Doch zwei Artikel jüngeren Datums zeigten Julio Hernandez und seine Frau Carmen bei der Eröffnung einer Sanitätsstation der „Fundación Isaias Duarte" im
Barrio Aguablanca neben der Kirche, vor der Erzbischof Duarte von den Sicarios erschossen worden war.
„Hier, auf diesem Bild ist Frau Hernandez gut zu erkennen – eine schöne Frau, in der Tat. Ich drucke die
Seite aus. Fahrtmann wird uns nachher sagen, ob sie

seine Carmen zeigt."
Brush druckte auch die Kolumbien-Chronik von
Areion Online aus und studierte die Dokumentation der endemischen Gewalt in der ältesten Demokratie Lateinamerikas: Nach der Proklamation der
Republik Groß-Kolumbien durch Simon Bolivar im
August 1819 brach 1830 der erste Bürgerkrieg aus;
seitdem hatten die beiden Oligarchen-Parteien, die
klerikalen Konservativen und die antiklerikalen Liberalen, immer wieder ihre Anhänger in blutigen
Machtkämpfen aufeinander gehetzt. Die Bevölkerung
des fruchtbaren und an Bodenschätzen, insbesondere Erdöl, Kohle und Smaragden, reichen Landes ver-
elendete, bis sich seit den 1960er-Jahren verarmte
Campesinos in kommunistischen Guerrillabewegun-
gen zusammenschlossen, die in den Savannen, Re-
genwäldern und unwegsamen Bergregionen des alle Klimazonen umfassenden Landes sichere Zuflucht
fanden und Aktionsbasen aufbauten. Sich zunehmend
durch Raubüberfälle, Entführungen und Drogen fi-
nanzierend wurden die FARC und die ELN, die beiden führenden Guerrilla-Organisationen, wirtschaftlich immer unabhängiger von ihren früheren Geldge-
bern in Moskau und Havanna und überlebten auch
den Zusammenbruch der Sowjetunion und das Ende des Kalten Krieges. Großgrundbesitzer wehrten
sich mit paramilitärischen Selbstschutzgruppen gegen die Guerrilleros. Bald mordeten die Paramilitärs
genauso, wenn nicht schlimmer, als jene und übernahmen von ihnen auch die Selbstfinanzierung durch
Entführungen und Drogenanbau. Während in den
Millionenstädten Bogotá, Cali und Medellin ein hoch-
gebildetes, weltläufiges Bürgertum in zähem Ringen
mit der korrupten politischen Kaste die Industriali-

sierung Kolumbiens voranzutreiben versuchte, brach Ende der 1990er Jahre die Gewalt stärker denn je aus den Wäldern und Bergen in die Städte ein und flutete seitdem über das ganze Land.

Kurz nach 18 Uhr erschienen Fahrtmann und Sullivan im Büro. Brush fasste die Ergebnisse seiner Internet-Recherche zusammen und zeigte das Foto aus „El Pais".

„Das ist die Carmen Hernandez der Petersberg-Konferenz", bestätigte Fahrtmann erregt. „Jetzt haben wir die 'Schwingen' am Wickel."

„Ein paar Kleinigkeiten müssen wir noch beweisen", meinte Sullivan trocken. „Danielle, Sie reisen noch heute in die Schweiz und James, Sie beantragen morgen Ihr Visum für Kolumbien."

„Nicht nötig. Seit meiner Zeit als Ausbilder kolumbianischer Offiziere im Anti-Guerrrilla-Warfare Program der School of the Americas habe ich ein Dauervisum."

„Umso besser."

Es klingelte. „Das ist der Pizza-Service", erklärte Fahrtmann. „Nur ein schnelles, einfaches Abendessen. Danach können wir noch zu mir auf ein Glas Wein gehen. Ich würde mich freuen, wenn alle mitkämen. Muss Madame Lepen wirklich schon heute aufbrechen?"

Sullivan war einverstanden: „Ok. Auf ein paar Stunden kommt es auch nicht an. Zumal wir heute schnell vorangekommen sind. Gute Idee, Fahrtmann, das mit dem Internet. Und überhaupt, Respekt vor Ihrem Riecher. Unsere kleine Intrige wird Ihnen eine tolle Geschichte liefern."

Nach der Pizza schauten sich alle nochmal die Internetseiten mit den Hernandez-Berichten an und fuhren dann mit Fahrtmann in dessen Wohnung. Tatjana empfing sie in der ukrainischen Volkstracht, in der Fahrtmann sie kennengelernt hatte.

Während man bei Krim-Wein und Weissbrot mit Kaviar plauderte, blieb Danielle Lepen Tatjanas Wirkung auf Sullivan nicht verborgen.

„Das Kleid, das Ihnen so glänzend steht – trägt man so etwas im Alltag der Ukraine?", wollte er wissen, als Tatjana begann, die Platten abzuräumen.

„Nein", lachte Tatjana, sich aufrichtend, „die alte Volkstracht wird eigentlich nur noch in Shows getragen."

„Sie waren im Showgeschäft?", fragte Sullivan.

„Na ja, ich war die Sängerin einer Musikgruppe, die hauptsächlich bei Banketten auftrat."

„Gibt es Aufnahmen von Ihren Auftritten?"

„Ein Video habe ich nach Prag mitgebracht."

„Können wir's abspielen?", wandte er sich an Fahrtmann.

Der legte das Video in den DVD-Player und schaltete den Fernseher ein. Sullivan zeigte sich echt begeistert.

Beim Abschied gab er Tatjana seine Karte und sagte: „Wenn Sie und Ihre Kollegen mal im Fix-Channel auftreten wollen – rufen Sie mich an oder schreiben Sie mir eine E-Mail. Wir suchen immer nach neuen Formaten für gute Shows. Ihre hat Klasse."

In ihrem Hotel angekommen, ließ Danielle Lepen sich aufs Bett fallen. „Der alte Bock wittert wieder junges Fleisch", dachte sie grimmig. Vor Jahren war sie Sullivans Geliebte gewesen. Doch er war kein Mann für dauerhafte Beziehungen. Er brauchte Abwechslung. Aber er war großzügig gegenüber seinen Ehemaligen und bot ihnen am Ende der Bettgemeinschaft gut bezahlte Stellungen in seinen Firmen an. Als ehemaliger Agentin der Securité, die vier Sprachen beherrschte und mit Waffen ebenso sicher umging wie mit Männern, hatte er ihr die Stelle einer Ständigen Begleiterin angeboten. Sie hatte akzeptiert und in den vergangenen Jahren ihre vielseitigen Talente für seine gesellschaftlichen und geschäftlichen Interessen durchweg erfolgreich eingesetzt. Ihre Gefühle für ihn waren dabei völlig erkaltet. Sie hatte gesehen, wie skrupellos er seine Medienmacht für seine politischen Ziele einsetzte, die wiederum nur seinen Geschäften dienten. Vor einem Jahr hatte er sie auf ein Vorstandsmitglied von Attac angesetzt. Sie sollte ihn verführen und über die Pläne der Globalisierungsgegner aushorchen. Dabei hatte sie sich in ihr „Opfer" verliebt, ihm alles erzählt, und war jetzt als Geheimmitglied von Attac das Ohr der Organisation in Sullivans Medienimperium.

Was sie im Lobkovic Palais gehört und im Internet über Carmen und Julio Hernandez gelesen hatte, ließ sie sehr daran zweifeln, dass die „Schwingen" im Dienst der Drogenmafia stünden. Sie hatte sowieso den Aufstieg der AdL-, SdF- und WoF-Parteien mit wachsender Sympathie verfolgt. Ja, sie würde in die Schweiz fahren, sich dort auch mit Bankern treffen, sie aber nur in ihren Diensträumen nach Geldern aus Kolumbien auf ihren Konten fragen. Die Antworten wusste sie natürlich schon jetzt. Sullivan müsste sich mit der Erklärung zufrieden geben, dass nach den Bankenskandalen der letzten Jahre die Herren in den Vorstandsetagen als Männer nicht mehr so zugänglich waren wie früher.

Sie loggte sich mit ihrem Laptop ins Internet ein, ging auf die Homepage der SdF und schrieb eine E-Mail an Britta Sanders.

Kapitel 5

Cali

5.1 Das Tal

„A la derecha el Nevado del Ruiz. To our right the Nevado del Ruiz", nuschelte die Stimme des Kapitäns von Flug AV 301, Bogotá – Cali, über den Bordlautsprecher. Britta Sanders schaute aus dem Fenster. Gewaltige Kumuluswolken türmten sich im Spiel von Licht und Schatten neben der Avianca-Boeing aus der Tiefe bis weit über ihre Flughöhe von 7000 Metern. „Kannst Du was sehen?", fragte Gregor und beugte sich über Britta, um auch einen Blick nach unten zu werfen. „Da, durch das Wolkenloch unter dem Triebwerk seh' ich einen Gletscher – mit einem großen Loch drin, aus dem es dampft." „Das wird der Vulkan sein", vermutete Gregor. Bewegung schwang in seiner Stimme. Er dachte daran, dass beim Ausbruch eines Seitenkraters des 5400 m hohen Nevado del Ruiz im November 1985 eine riesige Schlammlawine über 23.000 Menschen getötet hatte. Die Eruption war von Seismologen vorhergesagt worden, doch die Behörden hatten die Warnungen ignoriert. So

stand's in seinem Reiseführer „Kolumbien: Paradies
mit Katastrophen". Darin wurde auch eine Version
der Schöpfungsgeschichte zitiert, wie sie die Kolumbianer mit grimmigem Humor erzählen: „Als Gott
der Herr die Welt erschaffen hatte und sich Kolumbien anschaute, sprach Er: Zu schön ist dieses Land.
Es macht dem Himmel Konkurrenz. Es braucht eine
dunkle Seite. Und Er erschuf den Kolumbianer."
Der Jet schwenkte in eine Linkskurve und ging,
an Höhe verlierend, auf Südwestkurs. Die Wolken
blieben bald zurück und unter ihnen leuchtete das Tal
des Rio Cauca. In der Sonne schimmernd wand sich
der Fluss durch tiefgrüne Felder. Eine breite Asphalt-
straße mit regem Verkehr lief auf ihn zu und wich
dann wieder nach Osten zurück. „Das muss die Pan-
americana sein – Traumstraße der Welt", sagte Britta
mit glänzenden Augen.

Im Anflug auf Cali sank die Maschine unter
die Gipfelketten der West- und der Zentralkordillere, die bis in 4000 m Höhe ragen und das Valle del
Cauca im Westen und Osten begrenzen. Sie glitt in
der hellen Mittagssonne zwischen den in bläulichem
Dunst liegenden Gebirgszügen über das 30 km breite Tal, das Humboldt als eine der schönsten Landschaften seiner Reisen bezeichnet hatte. Man konnte jetzt Einzelheiten erkennen: Zuckerrohrplantagen, von Bambuswald-Inseln unterbrochen, wechsel-
ten ab mit Baumwollfeldern und weit ausgedehnten
Obstgärten. Orangen leuchteten aus dunkelgrünen
Baumkronen. Den Flusslauf säumten Gemüsegärten.
„La Sonrisa de Dios sobre la Tierra – Das Lächeln
Gottes über der Erde, so nennen die Vallecaucanos
ihr Tal", stand im Reiseführer. Die Sanders sahen
warum.

Aber das Lächeln lag nicht mehr überall auf dem Land. In den Hängen der Westkordillere, die jetzt zurückwichen, klafften lange, tiefe, gelb-rote Wunden: Erosions-Schrunden, dort wo der Bergwald großflächig abgeholzt worden war. Am Flußlauf konnte man dicht zusammengedrängte Holzbuden mit Blechdächern erkennen, teilweise verdeckt von hohen Bananenstauden. Auf den Schlammstraßen zwischen den Behausungen wimmelte es von Kindern.

Die Landeklappen schoben sich aus den Tragflächen. Die Maschine senkte den linken Flügel tief zum Boden, reckte den rechten der Sonne entgegen, schwenkte zurück in die Waagrechte und setzte kurz darauf mit einem leichten Stoß auf der Landepiste auf. Nachdem die Retrojets laut aufgeheult und den Flieger abgebremst hatten, rollte der langsam auf das Flughafengebäude zu, das die Ankömmlinge mit großen Lettern begrüßte: „Aéropuerto Alfonso Bonilla Aragón. Bienvenidos a Cali."

Die rot-weiße Boeing kam zum Stehen. Zwei Ausstiegstreppen wurden herangerollt, und während aus den Bordlautsprechern heiße Salsa-Rhythmen klangen, drängten die Passagiere nach draußen. Die meisten waren Geschäftsleute aus Bogotá in dunklen Maßanzügen mit glänzenden Aktenkoffern, teils in Begleitung eleganter Damen. Die Sanders in ihren hellen Knitterleinen-Jacken und Jeans hielten sich zurück und stiegen als Letzte aus. Ein Schwall feuchtwarmer Luft überfiel sie auf der Treppe. Im Mittagsglast flimmerte die heiße Luft über dem Rollfeld. Geblendet blieben sie einen Augenblick stehen und schauten sich um. Da erblickte Britta eine heftig winkende junge Frau auf der Besucherterrasse, die auf und ab hüpfte: „Brittaaa!!!".

„Carmen!", dann zu Gregor: „Jetzt sind wir in guten Händen."

Am Ausgang der Gepäckausgabe standen zwei Militärpolizisten mit Maschinenpistolen: gleichmütige, olivfarbene Gesichter unter grünen Stahlhelmen, auf denen die großen, schwarzen Buchstaben PM in weißem Feld sie als Angehörige der Policia Militar auswiesen. Die Baggage Claims wurden von einem schwarzen Flughafenangestellten sorgfältig mit den Banderolen an den Koffern verglichen. Dann traten die Sanders ins Freie, und Carmen fiel Britta um den Hals.

Gregor wurde ebenso herzlich begrüßt. Dann wandte sich Carmen nach einem schlanken, mittelgroßen Mann um: „Julio – mein Mann. Julio, das sind Britta und Gregor."

Julio beugte sich über Brittas Hand: „Encantado". Mit breitem Lachen im gebräunten Gesicht strahlte er sie an und hieß Gregor mit kräftigem Händedruck willkommen. „Wenn es recht ist, fahren wir zuerst auf unsere Hacienda La Esperanza. Dort ist es ruhiger als in Cali. Unsere Leute sorgen für Sicherheit."

Sie gingen zu einem geräumigen Jeep mit Antennenschüssel, in der GPS stand. „Über das Satelliten-Navigationssystem sieht unser Sicherheits-Chef immer, wo wir uns gerade herumtreiben", erklärte Julio. „Außerdem sind Fernando und Ernesto ausgezeichnete Schützen." Er zeigte auf die beiden Mestizen neben dem Fahrer, die Sturmgewehre lässig vor der Brust trugen. Sie stiegen ein und setzten sich auf die beiden Rückbänke. „Vámonos muchachos", rief Julio und schloss die Scheibe in der Trennwand zum Fahrerraum.

Der Jeep fuhr los und bog an der Flughafenausfahrt nach links in Richtung Palmira ab. Rechts wäre es nach Cali gegangen. Die breite, vierspurige Straße verlief schnurgerade unter dem dichten Blätterdach hellrot blühender Bäume beiderseits der Fahrbahn. Auf dem Mittelstreifen leuchteten in violetter Pracht die Sträucher der Bougainvillea.

„Gregor, Britta, es ist wunderbar, dass Ihr hier seid", freute sich Carmen und drückte Brittas Arm. „Ist das Valle nicht eine Reise wert, auch ohne den ärgerlichen Anlass?"

Britta nahm das weite, fruchtbare Tal in sich auf. Das Dunkelgrün der Zuckerrohrfelder wechselte ab mit hellgrünen Weiden, auf denen schwarz-weiß gefleckte Holsteiner und Zebu-Rinder mit Madenhackern auf dem Rücken grasten. Und überall die Herrlichkeit der Blüten und Blumen. Über die Gipfel der West-kordillere wälzten sich gleich dicken Wattebäuschen die ersten Nachmittagswolken, während die von tiefen Schluchten durchzogenen, bewaldeten Flanken der Zentralkordillere vor ihnen emporwuchsen.

„Ja", antwortete Britta und atmete tief durch. „In den letzten zwei Stunden hatte ich die Sorgen fast vergessen."

Britta hatte sofort nach dem Erhalt der E-Mail unter der mitgeteilten Mobilfunk-Nummer Danielle Lepen angerufen. Deren Handy klingelte, als sie an der Re-zeption ihres Hotels gerade auschecken und ein Ta-xi zum Flughafen bestellen wollte. „Hier Britta San-ders. Danke für Ihre Warnung. Könnten wir die Din-ge ausführlicher bei uns in Gemünden besprechen? Ich schicke Ihnen gleich die günstigste Zugverbin-dung Prag-Gemünden-Frankfurt-Zürich aufs Handy. Ist ein bisschen umständlich, aber wir wären Ihnen zu großem Dank verpflichtet. Übernachten können Sie in unserem Gästezimmer." Nach kurzer Überlegung hatte Danielle Lepen die Einladung angenommen und ihre Reise in die Schweiz für 14 Stunden bei den Sanders unterbrochen. Ihren Bericht über das Treffen im Lobkovic Palais und die Internet-Recherche beschloss sie mit dem Hinweis: „In der Schweiz kann ich die Dinge hinziehen und am Ende alles ins Leere laufen lassen. Aber James Brush wird bald in Kolumbien sein. Er hat dort gute Beziehungen zum Militär und könnte schnell gefährlich werden."

Nachdem Carmen per E-Mail über Fahrtmanns Absichten und Brushs bevorstehende Recherche in Kolumbien informiert worden war, hatte Julio bei der Iberia in Frankfurt/M. zwei Tickets für Britta und Gregor Sanders angewiesen; Lufthansa und Avianca beflogen die Strecke Fankfurt-Bogotá nicht mehr. „Wir sollten hier den Dingen gemeinsam nachgehen", hatte er Carmen vorgeschlagen. „Beim Studium der Unterlagen, wenn wir überhaupt an sie herankommen, werden gute Deutschkenntnisse nötig sein. Unsere sind doch, was Spezialausdrücke angeht, eher dürftig. Die Einzigen, die richtig Deutsch können und denen wir in dieser Sache vertrauen dürfen, sind die Sanders. Außerdem wird ihre persönliche Anwesenheit hier der ganzen Angelegenheit den nötigen Nachdruck verleihen. Und wenn wir fündig werden, sind sie die sichersten Kuriere für die sensiblen Dokumente."

Die Sanders hatten nicht lange gezögert. Erst in vier Wochen gingen die Semesterferien zu Ende. Die Kinder wollten schon immer mal für längere Zeit eine sturmfreie Bude haben und waren groß genug, um alleine zurecht zu kommen. Das Reiserisiko mussten sie eingehen. Untätigkeit barg größere Risiken.

Natürlich wäre es verantwortungsvoller gewesen, wenn nur einer von beiden gereist wäre. Aber sie hatten bisher immer alles Wichtige gemeinsam unternommen. Und nach ihrem früheren Chile-Aufenthalt wieder ins Spanisch einzutauchen, und das in einem so faszinierenden Land wie Kolumbien, reizte auch. So schlossen sie hohe Lebensversicherungen ab. Entführungsversicherungen gab es immer noch keine. Aber Carmen hatte ihnen versprochen: „Bei uns seid Ihr sicher. "

Julio strahlte in der Tat Sicherheit aus. Ruhig und klar überlegt machte er einen Vorschlag, wie man sich der Prager Clique, wie er sie nannte, erwehren könne. Er unterbrach sich, als der Jeep in die Einmündung einer Staubpiste abbog und anhielt. Er sprang aus dem Wagen und unterhielt sich kurz mit dem Bewaffneten in dem Betonunterstand neben der Piste. „Todo bien, sigamos!", rief er dem Fahrer zu und stieg wieder ein. „Alles in Ordnung." Während der Jeep eine lange, weiße Staubfahne durch die Baumwollfelder zog und ihre Augen sich nach dem angenehmen Halbdunkel der baumüberwölbten Schnellstraße an das gleißende Sonnenlicht des offenen Geländes gewöhnten, erklärte er: „Auf dieser Piste ist mein Vater in die Sprengfalle gefahren. Seitdem wird sie überwacht. Wir bezahlen unsere Streckenposten gut, und ihre Verwandten haben Arbeit in unseren Betrieben der Fundación Isaias Duarte. Das sichert Loyalität. Im übrigen beschäftigen wir die Witwen von gefallenen Paramilitärs und Guerrilleros in einer kleinen Textilfabrik. Beide Gruppen sind daran interessiert, dass das so bleibt und lassen uns in Ruhe. Den Narcos sind wir egal, seit kein Hernandez mehr mit ihnen konkurriert. So sind wir hier sicherer als in Cali, wo man ganz gewöhnlichen Kriminellen in die Hände fallen kann. Die Bewaffneten fahren nur wegen der kleinen Gangster mit, die sich gelegentlich auch mal hier, aber viel seltener als in Cali, herumtreiben." Sie passierten wieder einen Betonunterstand im Schatten zweier Bananenstauden, deren schwere, rot-lila Blüten glühten. Aus den kobaltblauen Fruchtständen wuchsen schon die gelben Krummfrüchte. Ein Schäferhund döste an der Wand. „Mit dem Pastor Aleman geht er nachts Streife", sagte Julio und winkte dem Posten zu, der in die Tür getreten war. Dergleichen Begegnungen wiederholten sich noch mehrere Male. Dann stieg die Piste nach einer Linkskurve einen Ausläufer der Zentralkordillere hinan und endete an einem großen Tor. „La Esperanza" wölbte sich in schmiedeeisernen Buchstaben über der Einfahrt. „Willkommen daheim", rief Carmen, während der Jeep langsam den Hang hinaufrollte und vor einem flachen, langgestreckten Haus anhielt. Drei hohe, schlanke Palmen ragten vor der überdachten Terrasse in der Gebäudemitte, an die sich rechts und links von je zwei Fenstern durchbrochene, weiße Wände anschlossen. Ein trapezförmiges Ziegeldach deckte das Haus, dem zwei hohe Bäume mit weit ausladenden Zweigen Schatten spendeten. Umrahmt wurde es von herrlich blühenden Büschen. Stahlblau schimmernde Kolibris mit langen, gebogenen Schnäbeln schwirrten Nektar saugend vor weit geöffneten Blütenkelchen. Sie stiegen aus und ließen den Blick über das Haus und dann zurück und hinunter in die Ebene schweifen, aus der sie gekommen waren. „Das ist ja traumhaft", sagte Gregor andächtig und legte seinen

Arm um Britta. Sonnenüberflutet strahlte die weite Ebene in allen Schattierungen des Grün, im Westen begrenzt von in Wellen emporsteigenden Bergketten. „Die Farallones de Cali", erklärte Julio, der Gregors Blick gefolgt war, und wies auf die Höhenzüge. „Und am Fuß der Farallones, unter der Dunstglocke, da liegt Cali. Morgen fahren wir hin."

„Am liebsten bliebe ich nur hier", seufzte Britta und bewunderte die Blütenpracht des Gartens. Plötzlich musste sie unwillkürlich gähnen.

„Ihr müsst ja schrecklich müde sein", rief Carmen. „Kommt ins Haus und ruht Euch aus. Ich mache uns schnell was zu Essen."

Julio bedankte sich bei den Männern im Jeep und bat sie, am nächsten Morgen um neun Uhr wieder zu kommen. Der Jeep verließ das Grundstück. „Wo fahren die hin?", wollte Gregor wissen.

„Zu ihren Häusern, rechts jenseits des Tores. Dort leben sie mit ihren Familien. Nachts gehen sie Streife ums Grundstück, im Wechsel mit noch einigen meiner Leute, die auch dort wohnen."

Sie traten ins Haus und staunten aufs Neue. Zwei klare Bäche flossen in Natursteinbetten durch einen quadratischen Innenhof und spendeten angenehme Kühle. Von den braunen Holzbalken der den Hof umlaufenden Galerie hingen große Schalen, aus denen üppige Orchideen in Weiß, Lila, Gelb und Rot quollen. Einige Türen waren zum Gang hin geöffnet und gaben den Blick frei in zwei geräumige Schlafzimmer und ein großes Wohnzimmer, alle eingerichtet im spanischen Kolonialstil, mit schönen, schmiedeeisernen Gittern vor den Fenstern. „Das linke Zimmer ist das Eure. Es hat Bad und Toilette. Wenn Ihr Euch frisch gemacht habt, können wir im Wohnzimmer essen", wies Carmen die Sanders ein, die ihre Koffer ins Zimmer legten, das Nötigste auspackten und sich dann unter die Dusche stellten. „Aah, das tut gut. Endlich raus aus den verschwitzten Klamotten und runter mit dem Dreck", freute sich Gregor.

Nach einer halben Stunde standen die Sanders im Wohnzimmer vor dem breiten Fenster nach Westen. Während sie noch auf Carmen und Julio warteten, senkte sich schnell die Nacht über das Land. Gegen halb sieben war es stockdunkel, und über die Ebene verstreut leuchteten die Lichter einzelner Häuser und Gehöfte. Die Dunstglocke über Cali glühte rötlich. Auf abgeernteten Feldern flackerten Feuer. Beim an- und abschwellenden Sirren der Zikaden huschten Fledermäuse zwischen den Bäumen hindurch ums Haus.

Carmen und Julio betraten den Raum. Jeder trug eine große Platte mit Fleisch, Früchten und Brot. „Unsere Muchacha hat heute ihren freien Tag. Drum hat es etwas länger gedauert", entschuldigten sie sich.

„Wir haben's überhaupt nicht eilig. Wir könnten hier noch lange stehn und schauen", beruhigte sie Britta.

„Whisky, Bier, Cola, Mineralwasser oder Säfte?", fragte Julio.

Gregor nahm „Cerveza Bavaria", aus einer von Bayern gegründeten Brauerei, wie Julio bemerkte. Britta probierte Lulo-Saft und war davon so begeistert, dass sie Gregor einen Schluck aufdrängte.

„Stimmt, so etwas Köstliches habe ich noch nie getrunken", musste der zugeben, und an Carmen und Julio gewandt: „Hey, wenn Ihr Kolumbianer Euer Land nicht so ruinieren würdet – was für eine Tourismus-Industrie könntet Ihr aufziehen mit all Euren Herrlichkeiten."

„Wem sagst Du das? Alle wissen wir's. Es gab auch schon hoffnungsvolle Anfänge. Aber die Narcos haben alles kaputt gebombt. Colombia-Locombia liebt La Violencia." Nach dem Abendessen besprachen sie nochmal das Vorgehen am nächsten Tag. Als sich dabei Gregors Augen immer öfter verdrehten oder einfach zufielen und Britta das Gähnen immer seltener unterdrücken konnte, sagte Carmen lachend: „Jetzt aber Schluss. Ins Bett mit Euch." Bei offenem Fenster, in der Kühle des Sereno, des Abendwindes von den Bergen, fielen sie in tiefen Schlaf. Durch die Nacht sangen die Zikaden.

5.2 Gewitter

Am nächsten Morgen waren Britta und Gregor um sechs Uhr wach. Noch lag Dunkelheit über dem Tal, doch die Gipfel der Farallones de Cali leuchteten schon in der Morgensonne. Schnell wanderte das Licht die Bergketten hinunter und erfüllte bald das ganze Tal. Nur ihr Haus lag noch im Schatten des Berges, an dessen Hang es sich schmiegte. Leise traten sie vors Haus und gingen hinunter zum Tor. „Buenos Dias. Como amanecieron?", begrüßte sie der Wächter freundlich-zuvorkommend. Offenbar war er voll über sie informiert. „Bien, pero muy bien", antworteten sie und unterhielten sich eine Weile mit dem Mann im grauen Poncho. Die Nacht war ruhig gewesen, keine besonderen Vorkommnisse. Es versprach, ein heißer Tag zu werden – vielleicht ein Gewitter am Nachmittag.

Tief atmeten sie die kühle, frische Luft ein,

als sie zurück zum Haus gingen, in dem es sich
inzwischen regte. Carmen trat in die Tür, hinter
ihr Julio: „Na, hat Euch die innere Uhr arg früh
geweckt?"

„Bis sechs Uhr haben wir prima geschlafen. Was habt
Ihr ein wunderbares Klima: Mittags Hochsommer,
abends laue Lüfte und morgens Frühlingsfrische.
Zum Auswandern schön ist es hier."

„Wartet erstmal Cali ab – da gibt es übrigens eine
große deutsche Kolonie."

Nach dem Frühstück stand der Jeep pünktlich um
Neun in der Einfahrt, mit denselben Männern wie
am Vortag, die sie mit breitem, freundlichem Lachen
begrüßten. Ohne Staubfahne rollten sie ins Tal, noch
hatte die Sonne den Tau nicht von der Piste geleckt.
Nach der Rechtskurve ging es eben durchs Tal, die
Streckenposten winkten, und dann bogen sie nach
links in die Schnellstraße ein. Sie passierten den Flughafen und fuhren noch eine Zeit lang durch das weite,
grüne, blühende Baumgewölbe. Dann kamen sie ins
Freie und überquerten den Rio Cauca auf einer hohen, weitgespannten Hängebrücke – rechts und links
Armensiedlungen am Flussufer. Denen verliehen die
vielen bunten Blumen und die langen, großflächigen
Blätter der Bananenstauden in den kleinen Gärten
der schäbigen Hütten ein fast romantisch-malerisches
Aussehen – zumindest aus größerer Entfernung.

Der Jeep durchfuhr mehrere Kreisel um Brun-
nen mit Skulpturen athletischer Figuren, aus deren Mitte hohe Wasserfontänen sprangen. Sie erreichten das Felsenbett eines kleinen Flusses. „Der
Rio Cali", erklärte Carmen. Links der Straße ragten mehrere 15- bis 20-stöckige Hochhäuser aus dem

Stadtzentrum, dazwischen ein-bis vierstöckige Wohn-
und Geschäftshäuser mit schön geschnitzten Balko-
nen und Blumen vor den Fenstern. „Vamos por la
Circumvalación", wies Julio den Fahrer an. Die breite
Umgehungsstraße stieg in den Fuß der Westkordillere,
schwang nach links gen Süden und verlief dann parallel zum Berghang. Sie hielten an einem Aussichts-
punkt: Ein gemauertes Halbrund, in dessen Mitte die
Bronzestatue eines Conquistadors stand – barhäup-
tig, im Brustharnisch, den rechten Arm ausgestreckt,
über Stadt und Ebene nach Osten auf die Zentralkordillere weisend. „Benalcázar, der Gründer Calis im
Jahre 1536", sagte Julio.

Die Straße senkte sich bergab. Im Barrio San Fernando bogen sie in eine Seitenstraße ein und hielten
vor einer Villa mit zwei Türmen. Sie war von einer
hohen, weißen Mauer umgeben, aus deren Krone die
Zacken zerschlagener Flaschen ragten. Julio stieg aus
und klingelte unter dem Auge der Überwachungska-
mera. Ein Tor schwang auf, und der Jeep rollte neben Julio in den Hof, an mehreren Männern vorbei,
die sie aufmerksam musterten. Im Hauseingang wartete ein älterer, grauhaariger Herr in dunklem An-
zug. Julio wechselte mit ihm ein paar Worte. Der andere nickte kurz, und Julio bedeutete Carmen, Britta und Gregor, ihm ins Haus zu folgen. Julio stellte
vor: „Doctores Britta y Gregor Sanders de Alemania. Doctor Hernan Gutierrez, der frühere Anwalt
meines Vaters." Dessen „Encantado" klang keines-
wegs entzückt, bestenfalls höflich-kühl. Er wies seinen Gästen vier mäßig bequeme Stühle mit hohen
Lehnen an, die vor einem großen, leeren Schreibtisch
standen, hinter dem er Platz nahm. Gedämpftes Licht
fiel durch heruntergelassene Jalousien in den sonst

spärlich möbilierten Raum.

„Dr. Gutierrez", begann Julio, „ich danke Ihnen sehr, dass Sie uns nach meinem Anruf vorgestern Abend schon heute etwas von Ihrer kostbaren Zeit schenken. Da wir uns nach der Abwicklung der Geschäfte meines Vaters nicht mehr gesprochen haben, verstehe ich Ihre, äh, Verwunderung wegen meiner Bitte um diese Unterredung. Ich glaube aber, dass, wie ich schon neulich sagte, wir Ihnen etwas mitzuteilen haben, das für Sie und Ihre Klienten wichtig ist. Und vielleicht können sie auch uns hinsichtlich einiger Informationen behilflich sein."
Gutierrez schwieg einen Augenblick. Dann sagte er nur: „Fahren Sie fort."
„Vielleicht ist es besser, die Señores Sanders erzählen direkt von einem bemerkenswerten Treffen in Prag."
Der andere nickte knapp.

Britta und Gregor berichteten kurz von der Gründungsgeschichte der Schwingen-Parteien und legten dar, was sie von Danielle Lepen gehört hatten. Danach schaute der Mann hinter dem großen Schreibtisch seine Gegenüber mit hochgezogenen Augenbrauen an: „Wieso sollten meine Klienten und mich die Schwierigkeiten interessieren, die Sie wegen Ihrer Parteienfinanzierung erwarten?" Der feindselige Unterton in seiner Stimme war jetzt unüberhörbar.

Julio erklärte ruhig und mit Nachdruck: „Wenn Brush der Nachweis gelingt, dass die Schwingen-Parteien aus dem Vermögen der Hernandez finanziert werden und die Geschichte publik wird, werden die Regierungen der USA und der EU davon ausgehen, dass die im Drogengeschäft tätigen Organisationen die politischen Institutionen ihrer Länder unterwandern wollen. Dann werden die USA in Kolumbien gnadenlos zuschlagen – und nebenbei können sie noch unsere neuen Erdölfelder besetzen. Dieser Präventivkrieg wird mehr Zustimmung finden als der vorige. Oder man muss gar nicht von Krieg reden. Wahrscheinlich können die Gringos unsere Regierung zwingen, um internationale Unterstützung im Kampf gegen den Drogenterrorismus zu bitten. Überlegen Sie, ob eine derartige Entwicklung im Interesse Ihrer Klienten ist."

Gutierrez hatte seine Augenbrauen sinken lassen. Finster starrte er Julio an. „Erst ziehen Sie sich von den Freunden Ihres Vaters zurück, dann spielen Sie im Ausland den Wohltäter, und jetzt bringen sie uns hier in Schwierigkeiten."

„Die Lage ist wie sie ist", entgegnete Julio kühl und fuhr dann freundlicher fort: „Wenn Sie uns helfen, bekommen wir die Dinge unter Kontrolle."

„Wie kann ich helfen?", entgegnete mürrisch Gutierrez, das Ich betonend.

„Wir hatten ja damals vereinbart, dass alle Akten mit den Transaktionen meines Vaters bei Ihnen unter Verschluss bleiben. In ihnen dürfte der Schlüssel zur Lösung des Problems liegen. Gewähren Sie uns Akteneinsicht."

„Das müssen Sie mir erklären."

„Soweit ich weiß, hatten mehrere deutsche und Schweizer Großbanken meinem Vater geholfen, sein Geld nach Zürich zu transferieren. Welche das waren, müsste aus den Akten hervorgehen. Kennen wir die Namen dieser Banken und die Kanäle, durch die das Geld geflossen ist, können wir wahrscheinlich in den Chefetagen der Wirtschaft so viel Druck ausüben, dass man Fahrtmann von einer Publikation seiner Kenntnisse abhalten wird."

„Das löst nicht unser Problem. Brush und seine Auftraggeber können immer noch die Regierungen informieren, die dann zu den Maßnahmen greifen, mit denen Sie gerade gedroht haben. Und was sie gegen Ihre Parteien unternehmen werden – nun, das ist Ihre Sache."

„Deshalb darf Brush nichts – oder nur die volle Wahrheit erfahren."

„Mit voller Wahrheit meinen Sie Ihren Verrat an den Freunden Ihres Vaters", grollte Gutierrez bitter.

„Dr. Gutierrez", sagte Julio und erhob sich, „wir haben niemanden verraten. Wir haben uns lediglich getrennt. Aber es ist wohl besser, wenn wir jetzt gehen." Dann versuchte er, wieder etwas Wärme in seine Stimme zu legen: „Ich wäre Ihnen zutiefst verbunden, wenn Sie mit Ihren Klienten über unser gemeinsames Problem und meine Bitte sprechen würden. Mit Ihrer Erlaubnis darf ich Sie morgen früh wieder anrufen, um Ihre Entscheidung zu erfahren." Carmen, Britta und Gregor waren ebenfalls aufgestanden. Nach kurzem Zögern erhob sich auch Gutierrez und geleitete sie zur Tür.

Auf der Heimfahrt hing jeder seinen Gedanken nach. Von der ursprünglich geplanten Besichtigung Calis hatten sie Abstand genommen. Der Verkehr in Cali war stark geworden. Überladene Busse, die schwarze Rußfahnen ausstießen, rasten von Haltestelle zu Haltestelle. Geländewagen überholten an den unübersichtlichsten Stellen. Immer wieder mussten sie offenen Kanalschächten ausweichen, deren Deckel fehlten. Aber es gab keine Unfälle. Alle fuhren hochkonzentriert und reaktionsschnell, ständig die Vorderräder der anderen Fahrzeuge und sonst keinerlei Verkehrsregel beachtend. Viele Lastwagen und Busse röhrten ohne Auspufftöpfe. Britta und Gregor sehnten sich nur noch nach der Ruhe und dem Grün von La Esperanza.

Auf der Staubpiste fiel die Klimaanlage des Jeeps aus. Die Mittagssonne heizte, und als sie schließlich auf La Esperanza ausstiegen, floss der Schweiß in Strömen. „Hinter dem Haus ist ein Schwimmbecken. Wie wär's mit einer Abkühlung? Geht Ihr mit?", fragte Carmen.

„Gern", antwortete Britta. „Nur haben wir die Badeanzüge vergessen."

„Unseretwegen braucht Ihr keine", beruhigte sie Julio. „Wir schwimmen immer ohne."

„Dann nichts wie rein", freuten sich Britta und Gregor.

Eine Frau mit indianischen Gesichtszügen kam aus der Küche. „Hola, Rosa, los Señores Sanders", stellte Carmen vor. „Das ist Rosa, unsere Haushaltshilfe." Sie bemerkte die Frage in Brittas Augen und fuhr fort: „Sie und ihr Mann, der Gärtner, sind an unser Nacktbaden gewöhnt. Sie halten's übrigens genauso – aber nur, wenn wir nicht da sind. Sie wollen auch nicht mit uns zusammen essen, obwohl wir es ihnen mehrfach angeboten haben. Die einfachen Leute sind in diesen Dingen sehr konservativ: Herrschaft und Dienstboten leben getrennt, auch unter einem Dach. So war es immer. Unser übriges Personal kommt nicht ins Haus."

Die Männer hechteten ins Wasser, die Frauen benutzten die Einstiegsleiter und überschütteten sich dann lachend mit glitzernden Wasserwänden, die sie mit ausgestreckten Armen hochpeitschten. „Das ist genau das Richtige nach dem Stress am Morgen", rief Gregor fröhlich, nachdem er schnell eine ganze

Reihe von Bahnen geschwommen war und sich neben
Julio ans Beckenende lehnte. Sie schauten hinüber
zu Carmen und Britta, denen das Wasser noch von
Brüsten und Hüften perlte, während sie nach ihrer
Wasserschlacht auf dem Rasen beieinander standen
und plauderten. Dunkelhaarig, weißhäutig, schmale
Taille zwischen vollem Busen und Po die eine – blond,
goldbraun, schlank mit straffen Formen die andere.
„Julio", sagte Gregor, „jetzt ist das Paradies vollkom-
men."
„Vorsicht, Ihr Nordländer mit der Paradiessonne",
warnte Julio. „Ihr liebt die Bräune. Wir bleiben lieber
blass, denn auf 1000 m Höhe und drei Grad nördlicher
Breite hat's die Sonne in sich." Er verzog schmerzhaft
das Gesicht.
„Was ist?", fragte Gregor.
„Ach, nur Verspannungen im Nacken und Rücken.
Kommt wohl von der Atmosphäre bei Gutierrez."

Nach dem Mittagessen und der Siesta, die sich
bei den Sanders bis in den Spätnachmittag hinzog,
trafen sich die beiden Paare wieder auf der Terrasse.
Über den Farallones de Cali waren schwere Gewitter-
wolken aufgezogen und hatten die Sonne verschluckt.
Dichte Regenvorhänge zogen übers Tal in ihre Richtung, und bald schüttelten heftige Windböen die Palmen vor dem Haus.
„Vor einem halben Jahr ist ein junges Paar in der
Hochzeitsnacht von einer Palme erschlagen worden,
die, vom Sturm entwurzelt, das Dach durchschlagen
hatte und auf ihr Bett gestürzt war. Lasst uns lieber in unser Schlafzimmer gehen. Das liegt außerhalb
der Fallweite unserer Palmen", schlug Carmen vor.
Dort streckten sie sich auf dem großen, breiten Bett
aus – die Frauen in der Mitte, die Männer rechts und

links von ihnen – und lauschten dem Regen, der jetzt eingesetzt hatte und heftig aufs Dach prasselte. Blitz und Donner folgten immer rascher aufeinander.

„Ich liebe Gewitter", sagte Britta und wollte gerade aufstehen, um am Fenster mehr von dem Naturschauspiel zu sehen, als ein greller, blendender Blitz, umhüllt von metallisch-berstendem Krachen, sie regelrecht aufs Bett zurück und in Gregors Arme warf. „Ui, so was habe ich noch nie gehört", sagte sie, leicht zitternd.

„Ja, in den Tropen ist alles eine Nummer stärker", bemerkte Carmen und zündete Kerzen an den Wänden an, denn der Strom war ausgefallen.

Im Zimmer stand noch die Mittagshitze. Wegen des Regensturms war das Fenster geschlossen geblieben. Julio lag still auf dem Rücken, mit einer tiefen Falte in der Stirn. „Sind Deine Verspannungen schlimmer geworden?", fragte Gregor.

„Ich glaube schon."

„Britta, lass Deine Massagekünste spielen", schlug Gregor vor.

„Gerne", war Britta einverstanden. „Am besten zieht sich Julio ganz aus. Wir tun's auch, damit er sich nicht allein so bloß und ausgeliefert vorkommt. Dann legt sich Julio zwischen uns, und wir bearbeiten ihn gemeinsam."

Die Drei knieten sich neben den bäuchlings ausgestreckten Julio, zwei rechts, eine links. Britta ließ ihre Hände sanft beiderseits der Wirbelsäule vom Genick bis zum Gesäß gleiten und erspürte die Verspannungen. Dann gab sie ihre Anweisungen: „Gregor, Du nimmst Dir Nacken und Schultern vor, Carmen ist für Po und abwärts zuständig, und ich massiere den Rücken. Behutsam-fest Kneten und Streicheln".

Bald begann Julio wohlig zu grunzen: „Aah, das
tut gut", und Britta spürte, wie sich die Muskeln
lockerten.
Nach einer Viertelstunde sagte Carmen: „Julio, Du
hast genug. Ich glaube, ich habe auch Verspannungen.
Jetzt brauche ich eine Massage." Dabei versuchte sie,
ziemlich erfolglos, eine Leidensmine aufzusetzen. Die
anderen lachten.
„In Ordnung, jeder kommt dran", entschied Britta.
Julio kniete sich neben Britta. Carmen übergab sich
ihm mit Kopf und Schultern, Gregor streichelte ihr Po
und Beine, und Britta massierte leicht ihren Rücken.
Bald glitten die Hände der Drei auch übereinander
und die der Männer über Brittas Brüste. Die Zärtlich-
keiten wiederholten sich, nachdem Carmen und Britta die Positionen getauscht hatten. Dann war Gregor
an der Reihe und genoss mit geschlossenen Augen,
leicht sich räkelnd, die Hände auf seinem Körper.
„Greg, hast Du noch Spannungen?", neckte ihn Britta.
„Und wie", antwortete er, rollte sich blitzschnell neben sie, zog sie vor sich und schob sich in ihren Schoß.
Freudig empfing sie ihn.
Als Julio und Carmen merkten, was sich bei den
Sanders abspielte, machten sie es genauso, und dann
lagen die beiden Paare ruhig ineinander gegossen sich
gegenüber. Die Frauen lächelten sich an und hielten
einander bei den Händen, während die Männer hinter ihnen die Köpfe in die Haare ihrer Frauen ver-
graben hatten und bisweilen wohlig brummten. Irgendwann mussten sie eingeschlafen sein. Geschirrge-
klapper aus dem Wohnzimmer weckte sie. Mit einem
letzten Streicheln lösten sie sich voneinander und zogen sich an. Der Sturm und das Rauschen des Regens

hatten nachgelassen. Der Donner verhallte in der Ferne.

Nach dem Abendessen bei Kerzenschein – der Strom war immer noch nicht zurückgekommen – besprachen sie, wie es weitergehen könnte, falls Gutierrez Schwierigkeiten machen sollte. Den Gedanken, Gutierrez damit zu drohen, seine Verbindungen zur Drogenmafia den Drogenfahndern der USA zu offenbaren, verwarf Julio schnell wieder. Sie würden das nicht lange überleben. „Warten wir ab, was er morgen sagt. Dann können wir uns immer noch den Kopf zerbrechen", meinte Carmen schließlich. „Lasst uns noch eine Weile auf die Terrasse gehen." Dort lag heller Mondschein, der das Valle in silbernes Licht tauchte. Die Wolken hatten sich verzogen, der Himmel war voller Sterne. „Sie funkeln so viel heller als bei uns", sagte Britta andächtig, an Gregor gelehnt. Der, glücklich: „Und Du, meine Sonne, strahlst auch in der Nacht."

Am nächsten Morgen rief Julio um neun Uhr bei Gutierrez an und kam erleichtert zurück: „Wir können die Bücher einsehen; wenn wir wollen, in einer Stunde."
„Verlieren wir keine Zeit", entschied Gregor, „fahren wir sofort."
Gutierrez empfing sie weniger frostig als am Vortag. Dafür schwang Sorge in seiner Stimme mit, als er sagte: „Meine Klienten sind sehr beunruhigt. Sie wollen sich um Mr. Brush kümmern, sobald er in Kolumbien eintrifft. Gibt es ein Bild von ihm?"
„Wir haben keins."
„Wie lautet sein voller Name?"

„James D. Brush".

„Na, hoffen wir, dass ihn damit einer unserer Freunde im Kontrollpersonal des Flughafens von Bogotá identifizieren kann."

Er griff zum Mobiltelefon, wählte eine Nummer, und murmelte dann schnell einige Sätze, von denen die anderen nur „James D. Brush" verstanden.

„Gehen wir ins Archiv", schlug Gutierrez dann vor und stieg mit ihnen in den Keller der Villa. Er drehte am Kombinations-Schloss einer schweren Stahltür, schwang sie auf und führte sie zu einem Tisch, auf dem unter einer grell-weiß leuchtenden Neon-Röhre zwei Aktenordner mit der Aufschrift *Hernandez* bereit standen. Er wies darauf: „Bitte bedienen Sie sich", und nahm am Tischende Platz.

Julio begann im ersten Ordner zu blättern. „Aha", rief er nach einigem Suchen, „Britta, Gregor, lest mal." Er gab ihnen ein Fax, adressiert an Dr. Gutierrez, Cali. Das Deckblatt mit dem Briefkopf der Germania-Bank, Abteilung Investment-Banking, sagte in etwas holprigem Spanisch, dass die Folgeblätter die in seinem Auftrag getätigten Transaktionen auflisten. Dort standen in der Spalte *Eingang* fortlaufende Datumsangaben und große Dollar-Summen, daneben, in der Spalte *Von*, die Namen von Banken in Miami und New York und in der Spalte *Verwendung* Namen, die offenbar Immobilien in amerikanischen und europäischen Städten bezeichneten. Ähnliche Dokumente fanden sich auch von anderen deutschen und Schweizer Großbanken. Der zweite Ordner enthielt später ausgefertigte Dokumente, aus denen der Verkauf der Immobilien und die Überweisung der erzielten Erlöse an eine Privatbank in Zürich, die an keiner der früheren Transaktionen beteiligt gewesen war, hervorging.

„Dr. Gutierrez, dürfen wir Kopien der wichtigsten Dokumente anfertigen?", bat Gregor. „Wir garantieren Ihnen, dass wir davon nur so Gebrauch machen werden, dass niemand Sie damit in Verbindung bringen kann."

„Carmen und mich können Sie als, sagen wir, Bürgen betrachten", fügte Julio hinzu. Nach kurzem Bedenken willigte Gutierrez ein und führte sie zum Kopierer.

„Que tal un trago?", fragte er, als sie sich verabschieden wollten. Angenehm überrascht nahmen sie die Einladung auf einen Drink an und folgten ihm in das Besprechungszimmer seiner Kanzlei, das sich in Eleganz und dezentem Luxus drastisch von dem abweisenden Ambiente des Raums ihrer ersten Begegnung unterschied. Nachdem sie in schweren Ledersesseln Platz genommen hatten, brachte ein schwarzer Butler mit weißen Handschuhen auf silbernem Tablett Whisky, Aguardiente, Eis und Mineralwasser. „In dem Aguardiente steckt auch Zuckerrohr unserer Hacienda", bemerkte Julio. „Probiert ihn mal, am besten mit Eis." Britta schmeckte der wasserklare Zuckerrohrschnaps, Gregor schüttelte sich innerlich – er hatte noch nie Alkohol mit Anisgeschmack gemocht. Aber es fiel ihm nicht schwer, Genuss zu heucheln. Zu froh war er über die Dokumente in seiner Aktentasche. Sie schienen am Ziel ihrer Reise.

Bevor sie in den Hof traten, in dem der Jeep auf sie wartete, nahm Gutierrez Gregor zur Seite und sagte: „Sie verfügen doch über politischen Einfluss. Wenn für mich, wie für viele andere Kolumbianer, die Situation hier unerträglich würde, könnten Sie mir helfen, falls ich politisches Asyl in Deutschland beantrage?"

Jetzt verstand Gregor den atmosphärischen Umschwung. „In diesen Dingen ist in Deutschland politischer Einfluss nur begrenzt wirksam. Aber ich werde
meinen Freunden gerne von der Unterstützung berichten, die wir heute von Ihnen erfahren haben."
Mehr konnte und wollte er nicht versprechen, aber
Gutierrez schien das auch zu genügen.
Diesmal nahmen sie sich mehr Zeit für Cali. Sie
fuhren zuerst nach Süden, zu den Sportstätten der
Panamerikanischen Spiele, der Plaza de Toros und
der modernen Ciudad Universitaria. Dann kehrten
sie zurück nach San Fernando und machten Halt
im benachbarten Parque del Acueducto, von dessen Hügeln man die nahegelegene Innenstadt gut
überblicken konnte. Der eindrucksvolle Kontrast zwischen den reich verzierten Bauten aus der Zeit des
frühen 20. Jahrhunderts und den schlanken, eleganten
Hochhäusern war auch ein Zeugnis der raschen Entwicklung Calis von einer tropischen Provinzhaupt-
stadt zu einer modernen Metropole mit einer dynami-
schen, kreativen Bevölkerung. Einen zweiten Halt legten sie ein auf der palmenbestandenen Plaza de Caice-
do im Zentrum. Durch dessen Straßenschluchten sah
man im Westen auf einem Ausläufer der Farallones de
Cali eine hohe Christusfigur mit weit ausgebreiteten
Armen stehen und im Norden auf einem Bergkegel
drei Kreuze. Darunter quollen graue Rauchfahnen an
zwei Stellen aus der Bergflanke. „Das sind seit Jahren brennende Kohlenstollen", erklärte Julio. „Keiner
kümmert sich darum."

5.3 Cumbia

Als sie eine langgestreckte, rote, gedrungene Back-
steinkirche mit heller Kuppel passierten, sagte Gregor: „Ich glaube, eine Messe würde uns am Wochenende gut tun. Wann ist denn hier Gottesdienst?"
Julio erklärte: „Also das ist die Bischofskirche, San
Francisco. Am Sonntag Morgen gibt es da zu jeder vollen Stunde eine Messe. Zu Zeiten von Erzbischof Duarte bin ich oft hierher gekommen, wenn
ich's vor meinem Vater verbergen konnte. Dem haben
natürlich Duartes Predigten gegen Drogenmafia, Korruption und Gewalt gar nicht gefallen. Mich haben sie
verändert. Aber seit der Ermordung Duartes haben
hier alle Angst und beschränken sich aufs rein Zere-
monielle. Mir liegt das nicht so. Wir gehen deshalb
meistens ins Centro Isaias Duarte. Wir haben es im
Barrio Rio Azul aufgebaut. Ursprünglich hatten wir
an Aguablanca gedacht, aber da gab es Schwierigkeiten mit den Grundstücken. Übermorgen wird im Centro eine Priesterweihe stattfinden, und wir wollten
Euch schon fragen, ob Ihr daran teilnehmen möchtet.
Aber unsere kleine Kirche dort ist natürlich nicht so
prächtig wie die Kathedrale."
„Natürlich schließen wir uns an. Prächtige Kirchen, in
die kaum jemand mehr geht, haben wir in Deutschland genug. Wer wird denn geweiht?"
„Ein Indigeno aus Silvia. Dort leben die Indianer noch
in geschlossenen Stammesgemeinschaften und wehren
sich seit längerem erfolgreich, übrigens auch mit deutscher Unterstützung, gegen die Versuche von Guerrilla und Paramilitärs, das Gebiet unter ihre Kontrolle zu bringen. Wir haben das Theologiestudium des
jungen Mannes an der Javeriana in Bogotá finanziert.

Jetzt wird er als dritter Geistlicher in der Pfarrei der Fundación im Barrio Rio Azul arbeiten. Wie ich die Leute des Barrios kenne, werden sie ein großes Fest veranstalten. Da könnt ihr authentisches Kolumbien erleben. Übrigens – wenn Euch die Bildungseinrichtungen des Centro und seine Textilfabrik interessieren, machen wir auf der Heimfahrt einen kleinen Abstecher dorthin. Ich müsste sowieso noch ein paar Dinge mit meinen Leuten dort besprechen." Die Sanders waren nur zu interessiert. Vor der Brücke über den Rio Cauca bog ihr Jeep von der Schnellstraße ab, und bald wühlten sich seine Räder durch den tiefen Schlamm, in den die Regenfälle der vergangenen Nacht die unbefestigten Straßen der Barrios Populares, wie die Armenviertel im offziellen Sprachgebrauch heißen, verwandelt hatten. Bald begannen ihnen Kinder zuzuwinken. Die Kleinsten spielten halbnackt im Dreck. „Jetzt sind wir in Rio Azul", erläuterte Carmen. „Der normale Bürger traut sich hier nicht hin. Aber wie Ihr seht, kennt man unsere Karre und uns. Wir können zu jeder Tages- und Nachtzeit hier aufkreuzen. Noch nie ist uns was passiert."

Als sie den Gebäudekomplex des Centro Isaias Duarte erreicht hatten, verstanden die Sanders das Wohlwollen, das den Hernandez von allen Seiten entgegenschlug. In einer sechsklassigen Grundschule mit je drei Parallelklassen saßen sauber gewaschene kleine Mädchen und Buben aller Hautschattierungen auf einfachen Bänken in luftigen Rohziegelbauten und folgten mit Fleiß und Hingabe dem Unterricht ihrer Lehrerinnen. „Sie bekommen hier Frühstück und Mittagessen, die Eltern zahlen dafür einen symbolischen Unkostenbeitrag", sagte Carmen.

Neben der Grundschule standen die Werkstätten und das Computerzentrum der Berufsschule. Jugendliche hobelten, feilten, frästen, schweißten oder huschten mit flinken Fingern über die Tastaturen ihrer Rechner. Julio, nicht ohne Stolz: „Wer bei uns seinen Abschluß macht, hat gute Chancen in Handwerk und Industrie."

Im Computerzentrum betraten sie einen Raum, auf dessen Tür in dicken, roten Buchstaben „Privado" stand. Vor einem großen Bildschirm saß ein junger Schwarzer mit wachen Augen. „Doña Carmen, Don Julio", strahlte er sie an. Der Bildschirm war in verschiedene Felder unterteilt. Auf einem sah man die Zufahrt zu La Esperanza, auf zwei anderen die Einmündungen zweier Straßen auf das Gelände des Centro; ein weiteres zeigte den Eingang zu einer Kirche, die so klein gar nicht war. Die andere Hälfte des Bildschirms war von einer Karte des Valle del Cauca ausgefüllt, auf der ein Punkt blinkte. „Der blinkende rote Punkt ist unser Jeep hier im Hof. Jorge ist unser Sicherheitschef. Er wechselt sich mit seinen beiden Stellvertretern ab. Jeder hat eine Schicht von acht Stunden. Wenn sie ein Problem sehen, rufen sie uns an oder die Männer von unserem Wach- und Sicherheitsdienst", erklärte Julio und fuhr fort: „Carmen, willst Du Britta und Gregor die Kirche und die Textilfabrik zeigen, während ich mit Jorge das Nötigste bespreche?"

Carmen wollte und ging mit den Sanders zuerst zu der langen, flachen Kirche, die ähnlich gebaut war wie die Schule, und dann zur Textilfabrik am Rande des Centro. Dort beugten sich in zwei hellen, luftigen Hallen etwa sechzig Frauen und Mädchen über moderne Nähmaschinen. Die meisten der Frauen sahen verhärmt aus. Aber ihre Augen leuchteten auf, als Carmen eintrat, und freundlich-neugierig musterten sie Britta und Gregor, die ihnen Carmen als „los Doctores Sanders de Alemania" vorstellte. Carmen besprach mit einer Gruppe von fünf Frauen einige Einzelheiten der Feier anläßlich der Priesterweihe. Als eine der Frauen erwähnte: „Und zum Schluss tanzen die Mädchen die Cumbia", freute sich Carmen: „Das wird unseren Freunden aus Deutschland sicher sehr gefallen."

Nach einer halben Stunde trafen sie sich wieder mit Julio am Jeep und fuhren zurück nach La Esperanza. Als sie ins Haus traten, kam ihnen gleich Rosa aus der Küche entgegen: „Dr. Gutierrez hat vor einer Stunde angerufen. Sie möchten bitte sofort zurückrufen. Es ist dringend." Julio ging ans Telefon, wählte, sagte seinen Namen und musste einen Augenblick warten. Dann hörte er aufmerksam zu, während sich seine Gesichtszüge verhärteten. Mit einem „Mil gracias, Doctor Gutierrez" legte er auf. Den Dreien, die ihn gespannt ansahen, teilte er mit: „Vor fünf Tagen ist ein James D. Brush in Bogotá eingetroffen. Zur Zeit wohnt er im Hotel Tequendama. Gutierrez lässt ihn beobachten."

Rosa brachte Fleischpasteten und starken, schwarzen Kaffee in kleinen Tassen, in die Carmen und Julio sich je zwei Kaffeelöffel voll Zucker schaufelten. „Empanadas und tinto dulce genügen uns mittags. Wenn Ihr mehr braucht, macht euch Rosa gerne eine volle Mahlzeit."

„Das reicht", entgegnete Britta. „Mir ist sowieso im Augenblick der Appetit vergangen."

„Mir auch", sagte Gregor und fuhr fort: „Eigentlich wollten wir jetzt unseren Rückflug nächste Woche besprechen. Aber ich habe das Gefühl, wir sollten Euch nicht allein lassen, solange Brush sich in Kolumbien herumtreibt."

„Also, wenn Ihr länger als geplant bleibt, hätte Mr. Brushs Ankunft wenigstens ein Positives", sagte Carmen mit Wärme.

„Allerdings", gab Julio zu bedenken, „will Brush vielleicht nicht nur schnüffeln sondern auch irgendeine Gemeinheit durchziehen. Wollt Ihr Euch dem aussetzen?"

„Im Chile Pinochets waren wir mitten drin in Gemeinheiten. Wir werden wegen Brush hier nicht schlechter schlafen als daheim. Ich würde dort jeden Tag unruhig auf E-Mails oder Anrufe von Euch warten", erwiderte Britta. Gregor nickte.

„Also gut. Caminamos juntos", schloss Julio und umarmte Britta und Gregor. „Wir müssen erfahren, mit wem Brush sich trifft. Dann können wir Gegenmaßnahmen einleiten. Solange wir nichts Neues von Gutierrez hören, bleibt nur Abwarten."

Den Nachmittag verbrachten Britta und Gregor lesend auf der Terrasse. Britta studierte die Informationsbroschüren von Fundación und Centro Isaias Duarte. Gregor las die Geschichte des Departamento del Valle, die mit vielen Bildern und Karten auch die Landschaften dieser Region zwischen Pazifik und den Gipfeln der Zentralkordillere beschrieb. „Die Flora und Fauna an der Pazifikküste um Buenaventura herum muss faszinierend sein", sagte er zu Britta und zeigte ihr eine Reihe von Bildern. „Schau mal hier, wie ulkig: Eine ganze Pelikan-Kolonie in hohen Bäumen."

Beim Abendessen schlug Julio vor, dass sie am nächsten Tag einfach auf La Esperanza entspannen sollten, während er die Zuckerrohr- und Baumwoll-

plantagen abfahren wollte, um nach dem Stand der
Ernte zu sehen. Am Samstag Nachmittag würden sie
dann gemeinsam ins Centro zur Priesterweihe fahren. „Jetzt sind wir erst zweieinhalb Tage hier, und
es kommt mir vor wie Wochen", stellte Britta fest.
„Es stimmt schon, was ein Dichter, ich glaube es war
John Steinbeck, einmal schrieb: Die Girlanden der
Zeit hängen an den Pfosten der Ereignisse. Ja, Julio. Morgen lassen wir die Zeit einfach baumeln."
Sie schliefen lang in den Freitag Morgen,
frühstückten ausgiebig mit Carmen auf der Terrasse
mit Blick auf das sonnenüberglänzte Tal, bummelten
durch den blühenden Garten und beobachteten
lange einen Heerzug von Blattschneiderameisen, die
grüne Blätterstücke von der vielfachen Größe ihres
Körpers gleich Segeln über sich zu ihrem Bau trugen.
Am Nachmittag stiegen sie auf schmalem Pfad ein
Stück weit den Berghang mit seinen gewaltigen, von
Lianen umschlungenen Bäumen hinauf und genossen
anschließend wieder Schwimmbad und Fruchtsäfte.
Britta würde diesen Tag heiteren Friedens nie
vergessen.

Am Morgen desselben Tages beugte sich James D.
Brush zusammen mit Coronel Guzman über eine Karte des Valle del Cauca und der Pazifikküste. In unre-
gelmäßigen Abständen dröhnten durch den Raum die
Gasturbinen der Helikopter, die vom nahegelegenen
Militärflugplatz in den grauen Himmel über der Sa-
bana de Bogotá aufstiegen. Nach seiner Ankunft vor
sechs Tagen hatte sich Brush sofort mit Guzman, einem seiner früheren Schüler in der School of the Americas, in Verbindung gesetzt und ihm sein Anliegen
geschildert. Guzman befehligte eine Anti-Guerrilla-

Spezialeinheit, die zur Zeit versuchte, die FARC aus dem Gebiet der Laguna de Tota nordöstlich von Bogotá zu vertreiben. Was die Paramilitärs betraf, hatte er keine Berührungsängste. Jeder Verbündete im Kampf gegen die kommunistischen Banditen, wie er sie nannte, die ein Drittel seines Landes kontrollierten, war ihm willkommen.

Guzman hatte Brush gesagt, dass nach allem, was er wisse, die Hernandez tatsächlich völlig aus dem Drogengeschäft ausgestiegen seien. Es hieße, dass sie das von Vater Hernandez im Narcotrafico gewonnene Vermögen auch außerhalb der Fundación Isaias Duarte einsetzten. Aber Einzelheiten zum Verdacht von Brushs Auftraggebern könne man wohl nur aus dem engsten Kreis der Hernandez erfahren. Er bot an, sich mit einem lokalen Kommandeur der Paramilitärs in Cali in Verbindung zu setzen. Diese versuchten zur Zeit, in den dortigen Barrios Populares Fuß zu fassen. Vielleicht könne der helfen. Der Mann hatte nämlich gestern Abend angerufen und berichtet, dass eine der Paramilitärswitwen, die in der Textilfabrik des Centro Isaias Duarte arbeitete und ihn über die Vorgänge in Rio Azul auf dem Laufenden hielt, vom Besuch zweier Alemanes mit Namen Sanders erzählt und auch erwähnt hatte, dass diese morgen, zusammen mit den Hernandez, ihren Freunden, an der Priesterweihe im Centro teilnehmen wollten. Das hatte ihn auf eine Idee gebracht, die er Brush erläuterte. Der fand die Idee ausgezeichnet, und Guzman rief seinen Informanten wieder an. Das Gespräch zog sich in die Länge. Dann sagte Guzman: „Wir müssen den Plan modifizieren. Gegen die Hernandez unternimmt im Valle kein Paramilitär etwas. Die Hinterbliebenenversorgung ist den Kämpfern zu

wichtig." Brush war mit dem modifizierten Plan einverstanden. Ja, er fand ihn sogar noch besser als den
ursprünglichen. Guzman besprach mit seinem Mann
in Cali die Änderungen. Der hatte keine Einwände
mehr. Brush verabschiedete sich von Guzman
mit „Hasta mañana. Morgen Mittag bin ich wieder
hier", und bestellte ein Taxi ins Zentrum von Bogotá.

Die Kirche war schon überfüllt, als die Hernandez und
die Sanders am Samstag Nachmittag im Centro Isaias
Duarte eintrafen. Man hatte für sie Sitze in der ersten
Reihe vor dem Altar reserviert. Der Weihekandidat
stand mit fünf Priestern im Altarraum. Er ging sofort
zu Carmen und Julio und umarmte sie: „Wir warten
noch auf den Bischof". Kurz darauf kam Bewegung
in die Menge am Eingang, und der Bischof schritt,
nach rechts und links segnend, durch den Mittelgang
zum Altar. Begleitet wurde er von seinem Sekretär,
der sich etwas ängstlich umschaute. Er begrüßte die
fünf Konzelebranten, drei von ihnen – zwei Spanier
und ein Deutscher – aus benachbarten Barrios, und
ergriff mit strahlendem, warmen Lächeln beide Hände
des Weihekandidaten. Dann führte er ihn zu einem
kleinen Schemel vor den Altar, und die Messe begann.
    Der Pfarrgemeinderatsvorsitzende, ein schmaler
Mann mit hageren Gesichtszügen, in dunkler Hose
und weißem Hemd, trug die Schriftlesung vor: „Aus
dem Buch Isaias, Kapitel 9, 11, und 42:
Das Volk, das im Dunkeln wandelt, sieht ein großes
Licht. Über den Bewohnern eines finsteren Landes
strahlt ein Lichtglanz hell auf.
Reichen Jubel schenkst Du, schaffst große Freude.
Man freut sich vor Dir, wie man sich freut bei der
Ernte.

Denn das Joch ihrer Last, den Stab auf ihrer Schulter, ihres Zwingherrn Stock zerbrichst Du. Ja, jeder Soldatenstiefel, der klirrend einherstampft, jeder Mantel, im Blute geschleift, wird verbrannt und im Feuer verzehrt. Denn ein Kind wird uns geboren, ein Sohn wird uns geschenkt, auf dessen Schultern die Herrschaft ruht. Man nennt ihn: Wunderrat, Gottheld, Ewigvater, Friedensfürst. Das geknickte Rohr zerbricht er nicht, den glimmenden Docht löscht er nicht aus. Er öffnet den Blinden die Augen und führt die Gefangenen in die Freiheit."

Der schmale Mann übergab die Heilige Schrift dem Bischof. Der öffnete sie bei Markus 9 und las: „In jener Zeit fragte Jesus seine Jünger: Worüber habt Ihr unterwegs gesprochen. Sie schwiegen, denn sie hatten unterwegs miteinander darüber gesprochen, wer von ihnen der Größte sei. Da setzte er sich, rief die Zwölf und sagte zu ihnen: Wer der Erste sein will, soll der Letzte von allen und der Diener aller sein. Und er stellte ein Kind in ihre Mitte, nahm es in seine Arme und sagte zu ihnen: Wer ein solches Kind um meinetwillen aufnimmt, der nimmt mich auf."

Der Bischof schloss das Buch, hob es mit beiden Händen hoch über seinen Kopf und sagte zum Volk: „Evangelium unseres Herrn Jesus Christus." „Lob sei Dir Christus", antwortete die Menge.

In seiner Predigt sprach der Bischof von der Hoffnung, dass die Verheißungen der Erlösung in Isaias' Liedern vom Gottesknecht sich auch irgendwann einmal für ihr armes, geschundenes Kolumbien erfüllen werden und dass mit der Weihe „unseres indigenen Bruders aus Silvia" ein neuer Knecht Gottes als Diener aller für Frieden, Gerechtigkeit und Liebe in ihrer Mitte arbeiten werde. Dann weihte er den auf die Stufen des Altars hingestreckten jungen Mann zum Priester und feierte mit den fünf Geistlichen am Altar und der ganzen Gemeinde die Eucharistie. Als beim Gang zur Kommunion die Menschen an Britta und Gregor vorbeizogen, bewunderten diese die schlichte Eleganz der in billige, aber geschmackvoll-farbenfrohe Stoffe gekleideten Mädchen und Frauen und waren bewegt von der natürlichen Würde der Bewohner des Armenviertels.

Die Menschen strömten aus der Kirche in den angrenzenden Hof. Dort hatten sich schon Männer in weiten Umhängen, auf den Köpfen große Sombreros, aufgebaut und stimmten ihre Instrumente: Gitarren, Flöten und Schlagzeug. Auf mehreren Feuerstellen standen große Töpfe, aus denen es dampfte. „Zur Feier des Tages lädt die Gemeinde alle ein zum Sancocho de Gallina, unserem Nationalgericht. Man braucht nur meistens etwas Geduld, bis die Hühner in der dicken Gemüsesuppe gar gekocht sind", erklärte Carmen. „Vorher könnt Ihr ja die Arepas und Empanadas probieren." Nachdem Gregor zwei Maisfladen gegessen und beschlossen hatte: „Die schmecken wie Pappdeckel" und sie auch nicht mit Aguardiente einweichen wollte, hielt er sich an die Fleischpasteten, während die Musik Salsas, Paseos und Merengues spielte und sich schon die ersten Paare auf dem Lehmboden der Tanzfläche drehten.

Der Bischof war noch kurz geblieben, musste dann aber zur Vorabendmesse zurück in die Kathedrale. Julio begleitete ihn zu seinem Volkswagen, der hinter der Einfahrt zum Centro geparkt war und von einem Mann des Sicherheitsdienstes bewacht wurde. Nicht weit davon standen zwei Männer, die Julio hier noch nie gesehen hatte. Er schob seine Hand in die Beintasche mit dem Revolver. Aber die Männer knieten nur nieder und baten den Bischof um seinen Segen. Danach verschwanden sie, und Julio hatte sie bald vergessen.

Die fünf Geistlichen und der Neupriester hatten sich auf eine Bank an der Kirchenwand gesetzt. Aber da blieben sie nicht lange. Eine Gruppe von Frauen und Mädchen steuerte auf sie zu und rief: „Que bailen, que bailen!" Die Priester widerstanden nur kurz der Aufforderung zum Tanz, und bald drehten sie sich fröhlich mit wechselnden Partnerinnen in der Menge.

Zwei Handglocken läuteten energisch. „Der Sancocho ist fertig", riefen zwei stämmige Köchinnen. Jeder ließ sich seinen Teller füllen, und für kurze Zeit herrschte essensandächtige Stille. Es war dunkel geworden, und Kerzen und Petroleum-Lampen wurden angezündet. Die Musiker griffen wieder zu ihren Instrumenten, die Gitarren schlugen einige Takte, und der Gruppenchef verkündete: „La Cumbia de las muchachas." „La Cumbia", jauchzte das Publikum als Antwort. Dann erklang die Cumbia, jene Weise, in denen das Herz Kolumbiens tanzt – von den tropischen Küsten über die rauschenden Ströme in die weiten, fruchtbaren Täler. Und mit den Tönen tanzten barfüßig zwölf junge Mädchen in langen, weißen, mit blauen Bändern besetzten, weit schwingenden Kleidern hinein in den Kreis der Menschen um die Tanzfläche. Sie trugen Kerzen in den Händen und schwebten im Rhythmus der Cumbia mit zauberhafter Anmut über den Lehmboden. Junge schwarze, braune und helle Gesichter

– mal ernst, mal strahlend lächelnd, schlanke Körper – aufrecht, in edler Haltung, dann sich neigend und wiegend in natürlich-vollendeter Grazie. „Diese Schönheit in der Armut" – fast ehrfürchtig staunte Gregor über die Möglichkeiten des Menschen.

„Die Fiesta dauert noch lange. Wollt Ihr bis zum Ende bleiben?", fragt Julio. „Wenn's am schönsten ist, soll man aufhören", meint Britta. Sie verabschieden sich von den Padres und den Gemeinderäten, besteigen mit Fahrer und Leibwächtern den Jeep und rollen aus dem Centro hinaus auf die vom Mond nur schwach beleuchtete Straße. Im Schatten eines Hauses spricht ein Mann in ein Mobiltelefon.

5.4 Das Licht

„Da vorne ist die Schnellstraße", sagt Julio. Im Dunst, der den Rio Cauca umlagert, schneiden Autoscheinwerfer Lichtbalken durch die Nacht. Vor ihnen liegen noch etwa 500 m auf der Schlammstraße von Rio Azul. Da schiebt sich schattenhaft aus einer dunklen Seitenstraße ein Lastwagen auf die Fahrbahn und blockiert die Weiterfahrt. Scharf bremst ihr Fahrer. Die Leibwächter reißen die Gewehre hoch, metallisch-hartes Klacken beim Entsichern.

Von der Ladefläche des Lastwagens springen dunkle Gestalten und umstellen den Jeep, Sturmgewehre im Anschlag. „Nicht schießen", ruft Julio seinen Leuten zu. Er zählt sieben Männer und drei Frauen in Kampfanzügen, mit breiten Armbinden in den gelb-blau-roten Nationalfarben Kolumbiens, auf

den Köpfen schwarze Barette mit den Kokarden der
FARC, der Fuerzas Armadas Revolucionarias de Co-
lombia – der Revolutionären Streitkräfte Kolumbiens.
Einer der Männer vertauscht sein Gewehr
mit einer Pistole, tritt zum Jeep und leuchtet mit
einer starken Stablampe ins Innere. Aufmerksam
mustert er die Insassen. Dann sagt er zu Fahrer,
Leibwächtern, Julio und Carmen: „Hände hoch und
Aussteigen", zu Gregor und Britta: „Drinbleiben."
Auf seine Kopfbewegung hin steigen drei Mann in
den Jeep, zwei nehmen Platz auf der Fahrerbank,
einer setzt sich mit entsicherter Pistole zu Britta
und Gregor auf eine Rückbank: „Vámonos!". Der
Jeep fährt los und biegt auf der Schnellstraße ab
nach Westen, Richtung Zentrum Cali. Die restlichen
Sieben gehen rückwärts zum Lastwagen, die Gewehre
auf die mit erhobenen Händen dastehende Gruppe
gerichtet, schwingen sich hinein. Der Lastwagen rollt
an, und bevor ihn noch das Dunkel von Rio Azul
verschluckt, ruft eine helle Frauenstimme: „Saludos
de la FARC!"

Das Ganze hatte nur fünf Minuten gedauert. Nach
weiteren sieben Minuten kam aus der Richtung des
Centro Isaias Duarte ein Toyota mit aufgeblendeten
Scheinwerfen auf die Gruppe zugerast und bremste
so scharf, dass er durch den aufspritzenden Schlamm
schlingerte. „Que pasó?", rief Jorge, der Sicherheits-
chef. „Ich habe auf dem Monitor gesehen, wie Euer Jeep anhielt und danach in die falsche Richtung
abbog." Nur mühsam seine Erregung beherrschend
erzählte Julio, was vorgefallen war. Carmen stand still
an ihn gelehnt – halb unter Schock, gewürgt von em-
porquellender Sorge.

„Die haben jetzt eine Viertelstunde Vorsprung. Eine Verfolgung ist zwecklos. Der Jeep ist viel schneller als der Toyota", stellte Jorge fest. „Wir fahren zurück ins Centro und beobachten die Route des Jeeps", entschied Julio. „Dabei müssen wir überlegen, ob wir das Militär einschalten wollen." Im Sicherheitsraum des Centro blinkte der Signalpunkt des Jeeps im Zentrum Calis, und auf dem Telefon neben dem Monitor leuchtete eine rote Lampe. Julio hob den Hörer ab, las die Nummer in der Anzeige – es war seine eigene auf La Esperanza – und wählte. Am anderen Ende der Leitung meldete sich Rosa: „Doctor Gutierrez hat angerufen. Er sagte, die Nachricht sei dringend. Sie lautet: Heute Mittag ist Mr. Brush aus dem Hotel Tequendama ausgezogen und hat ein Taxi zum Militärflugplatz genommen."

Der Jeep erreichte den Rio Cali und folgte der Uferstraße. Als die Häuser der Stadt zurückblieben, wurde die Straße breiter und stieg in schwingenden Kurven hinauf in die Westkordillere. Ab und zu huschten Hütten am Straßenrand im Dunkeln vorbei, streunende Köter kläfften in der Nacht. Die Entführer sprachen kein Wort. Ihr Wächter beobachtete Britta und Gregor scharf. Sie überquerten eine Passhöhe. „1800 m" las Britta im Mondlicht auf einem Straßenschild. Dann tauchte eine Ortstafel auf: „El Carmen". Langsam rollte der Jeep durch das schlafende Dorf und hielt kurz hinter dem Ortsende. Ein dunkler Mercedes stand am Straßenrand. Der Jeep bog ab in einen Feldweg und hielt nach fünf Metern. „Aussteigen!", befahl der Bewacher von Britta und Gregor, und dann, ins Dunkel zeigend: „Vorwärts!" Sie stapften mit ihren Entführern über den schlammigen Weg, der in eine lange, ansteigende Felsplatte überging. Als ihre Schuhe keine Dreckspuren mehr auf dem Fels hinterließen, befahl der Anführer: „Halt! Schuhe ausziehen, in den Händen tragen." Danach liefen sie in großem Bogen zurück zur Straße.

Der Anführer riss die Türen des Mercedes auf und leuchtete ins Wageninnere. Der Schlüssel steckte im Zündschloss. „Einsteigen!" Er schob Britta und Gregor mit der Pistole auf die Rückbank und blieb neben dem Wagen stehen. Inzwischen hatten die beiden anderen den Kofferraum geöffnet, sich die Barette von den Köpfen gerissen und ihre olivfarbenen Kampfanzüge gegen schwarze Hosen, Hemden und Kopftücher eingetauscht, die sie dem Kofferraum entnahmen. Dann übernahmen sie die Bewachung der beiden Gefangenen. Nachdem auch der Anführer sich umgezogen hatte, setzte er sich wieder als Bewacher links neben Gregor. Die beiden anderen stiegen vorne ein, der Motor sprang an, und der Wagen beschleunigte bergab.

Hohe Bäume wachsen in die Nacht. Ihre Kronen verschwinden im Nebel, der sich immer tiefer senkt. Der Fahrer geht mit hohem Tempo in die Kurven. Offenbar macht es ihm Spass, sie mit Gaspedal und Bremse zu durchschleudern. Immer häufiger kommt der Fahrbahn die Asphaltdecke abhanden. Dann rutschen sie auf Sand auch schon mal gefährlich dicht an den Rand der Schlucht neben der Straße. Gregor hält Britta auf seiner rechten Seite umschlungen und flüstert: „Die Kerle sind leichtsinnig. Vielleicht gibt uns das eine Chance. Wenn sie kommt, tu was ich sage."

Die Windschutzscheibe ist von einer dünnen Sandschicht bedeckt. Jetzt beschlägt sie auch noch mit Nebeltröpfchen. Der Fahrer betätigt den Scheibenwischer. Der zieht einen braunen Film über das Glas, gerade als der Wagen in eine Linkskurve schießt. „Mierda", ruft der Fahrer. Er kann kaum etwas sehen und tritt voll auf die Bremse. Der Wagen schleudert in die Böschung, prallt zurück, rotiert über Sand um seine Achse und prallt mit der linken Seite gegen einen Baum – dem einzigen Hindernis zwischen Straße und Abgrund. Die rechte Tür ist aufgesprungen. Gregor stößt Britta hinaus, schreit: „Lauf zurück!", und entreißt ihrem Bewacher die Pistole – der war mit dem Kopf gegen die Wagenwand geschlagen und hatte einen Augenblick benommen dagesessen. Britta verschwindet in der Dunkelheit.

Bevor Gregor ihr folgen kann, hat sich der Beifahrer vorne berappelt, dreht sich um und stößt ihm den Gewehrkolben in die Schläfe. Gregor sinkt auf den Rücksitz, sein Bewacher schiebt ihn auf die Straße und tritt ihm krachend in die Rippen.

„Julio, der Jeep steht jetzt schon seit einer Viertelstunde hinter El Carmen."
Julio schreckte auf und schaute Jorge etwas benommen an. Die Augen waren ihm zugefallen. Es war weit nach Mitternacht. Carmen hatte in einem Nebenraum lange wachgelegen, war dann aber doch eingeschlafen. „Wahrscheinlich haben sie sich zu Fuß in die Büsche geschlagen. Da oben ist FARC-Landia."
„Wenn wir jetzt das Militär informieren, kann man sie vielleicht noch abfangen, bevor sie im Kerngebiet der FARC verschwinden", überlegte Julio. „Das Batallon Pichincha verfügt über einen schallgedämpften Hubschrauber aus den USA. Wenn die Entführer damit überrascht werden, können Britta und Gregor in

der Dunkelheit vielleicht entkommen." Dann grübelte er: „Wenn ich nur wüsste, was die FARC mit der Entführung bezwecken. Wenn sie Lösegeld von uns erpressen wollten, hätten sie uns doch gleich mit einsacken können. Sollten sie darauf spekulieren, dass die deutsche Regierung wie schon bei früheren Gelegenheiten wieder ein paar Millionen Euro Lösegeld zahlt? Aber der könnte es ja durchaus passen, wenn die Sanders eine Zeit lang aus dem Verkehr gezogen werden." Er entschloss sich, weckte Carmen, die stimmte zu, und er wählte den Notruf der Militärpolizei.

Eine halbe Stunde später hörten sie ein Brummen in der Luft. Julio küsste Carmen, drückte Jorge die Hand, sprang aus der Tür und stieg in den Hubschrauber, der dicht über der Straße schwebte, sofort wieder aufstieg und nach Westen abdrehte. In seinem Inneren kauerten zehn schwer bewaffnete Soldaten.

Sie folgten der Carretera al Mar über den Pass, den „Diesyocho", wie er wegen seiner 1800 Meter Höhe genannt wird. „Da unten liegt El Carmen", sagte der Pilot. Sie gingen tiefer. „Dort steht der Jeep", rief Julio und zeigte auf den mondbeschienen Feldweg am Ortsende. Sie landeten, inspizierten den Wagen. „Keine Spuren", sagte Julio.

„Doch", widersprach der Kommandeur der Truppe, der mit zweien seiner Männer die Umgebung abgesucht hatte. „Da, weiter hinten auf der Felsplatte, laufen ganz deutliche Spuren von fünf Personen in Richtung Berge. Drei davon tragen, wie die Leute von der FARC, Gummistiefel – unverkennbar das Profil."

Sie stürmten zum Hubschrauber, der schwang sich in die Höhe und flog in Richtung der Spuren über das rasch ansteigende Gelände. Drei Soldaten blick-

ten angestrengt durch Infrarot-Nachtsichtgläser in die
Tiefe – nichts zu sehen. Nach einer halben Stunde gaben sie die Suche auf und flogen zurück nach Cali.
Zwei Soldaten hatten sie zuvor beim Jeep abgesetzt,
die ihn nach Rio Azul zurückfuhren.

Nach der Landung auf den Kasernengelände des
Batallons Pichincha im Süden Calis besprach Julio
mit dem Standort-Kommandanten, General Ortega,
die Lage. Der General war ein Cousin des ermorde-
ten Bischofs und Mitglied der Junta Directiva der
Fundación Isaias Duarte. Er befürchtete: „Ein direk-
ter Befreiungsversuch wird nun für die Alemanes zu
gefährlich. Sie stecken jetzt wahrscheinlich schon in
einem der schwer bewachten Lager in den Farallones
de Cali, in denen die FARC ihre Geiseln bunkern.
Erst vor drei Monaten wurde im Departamento Boya-
ca ein seit einem halben Jahr entführtes deutsches
Rancher-Ehepaar ermordet in einer Berghöhle gefunden, nachdem unsere Truppen das Gebiet zurückero-
bert hatten."

„Und indirekte Befreiungsversuche?", fragte Julio.

„Ja, daran denke ich gerade. Wir planen sowieso eine Offensive gegen die FARC, aber weiter südlich, im
Departamento del Cauca. Wenn wir Druck machen
und ein paar wichtige Leute fangen, wäre unsere Regierung im Interesse guter Beziehungen zu Deutschland vielleicht ausnahmsweise bereit, die FARC-
Gefangenen gegen Ihre deutschen Freunde auszutauschen."

„Wann wollen Sie losschlagen?"

„Übermorgen."

„Sollen wir über Presse und Rundfunk einen Appell
an die Entführer richten?"

„Warum nicht? Man kann ja darin andeuten, dass

sich die Sicherheitskräfte im Interesse der Geiseln hier vorläufig zurückhalten. Vielleicht gelingt dann umso besser die Überraschung im Cauca."

Julio und der General setzten den Appell auf und faxten ihn an die lokalen Rundfunkstationen und Zeitungen. Zum erstenmal wurde er um 10 Uhr morgens gesendet. Gedruckt erschien er erst in den Montagsausgaben der Zeitungen.

Julio war todmüde, als ihn der Hubschrauber im Morgengrauen zurück ins Centro flog. Carmen erwartete ihn, tiefe Ränder um die Augen. „Nichts", sagte er. „Vorläufig können wir nur warten und beten." Er schloß Carmen kurz in die Arme und ging dann in den Ruheraum des Computerzentrums. Dort fiel er nach sorgenvollem Grübeln in unruhigen Schlaf.

Die Nachricht von der Entführung hatte sich in Rio Azul mit Windeseile herumgesprochen. Nach den Zehn-Uhr-Nachrichten wusste jedermann davon. Die Sprecherin der FARC-Witwen aus der Textilfabrik trommelte ihre Compañeras zusammen: „Sind die Comandantes denn völlig übergeschnappt? Verdammte Machos – so etwas gegen die Hernandez und ihre Freunde zu unternehmen. Was wird aus uns, wenn Carmen und Julio die Textilfabrik verkaufen, um das Lösegeld aufzubringen?"

„Ich treffe mich heute nachmittag mit meinem Schwager in Siloe. Nachdem mein Mann gefallen war, hat er dessen Kommando übernommen. Soll ich ihm unsere, eh, Sorgen vortragen?", fragte eine der Frauen.

„Tu das", sagte die Sprecherin. Die anderen nickten.

Carmen und Julio fuhren am Sonntag Mittag nach La Esperanza zurück. Der Toyota mit fünf Bewaffneten begleitete den Jeep. Nach zwei Stunden unruhigen Schlafes saßen sie jetzt auf der Terrasse und sahen zu, wie die Sonne hinter die Farallones de Cali sank. „Da oben stecken jetzt irgendwo Britta und Gregor", flüsterte Carmen. Tränen liefen ihr über die Wangen. Julios Kiefer mahlten.

Das Telefon klingelt. Rosa ruft Julio.

„Wer ist dran?", fragt er.

„Ein Mann. Er will nur mit dem Senõr sprechen."

„Jetzt geht's los", bemerkt er noch zu Carmen, bevor er in den Hörer fragt: „Wer spricht?"

„Don Julio?"

„Si", bestätigt er.

„Hier spricht Comandante Espina. División Valle Sur der FARC."

Julio, kurz und scharf: „Wieviel verlangen Sie?"

Der andere, mit Betonung auf jeder Silbe: „Nada – nichts".

Julio, verblüfft: „Aber was sind Ihre Forderungen?"

„Wir haben keine".

Carmen ist mit einem Sprung am Telefon und drückt die Mithörtaste, während Julio fragt: „Ja, warum haben Sie dann unsere Freunde entführt?"

„Wir haben Ihre Freunde nicht entführt!"

Julio verschlägt es die Sprache. Gedanken schießen ihm kreuz und quer durchs Hirn. Ein schlimmer Verdacht steigt in ihm auf. Er fragt: „Können Sie das beweisen?"

Vom anderen kommt die Gegenfrage: „Wie sollen wir denn beweisen, dass wir in dieser Angelegenheit nichts getan haben? Wir haben zuerst heute früh in den Nachrichten davon gehört. Heute Mittag hat mir dann meine Schwägerin – sie arbeitet bei Ihnen – heftigste Vorwürfe gemacht, und vorhin hat mich Gutierrez angefunkt und mit ernsten Konsequenzen für un-

sere geschäftlichen Beziehungen gedroht. Darum versichere ich Ihnen nochmals: Wir haben mit der Sache absolut nichts zu tun."
Julio ist sich des Risikos dessen bewusst, was er jetzt sagt. Aber wenn sein Verdacht zutrifft, bleibt ihm keine Wahl: „Wenn die FARC mit der Entführung nichts zu tun haben, dann helfen Sie uns, unsere Freunde zu finden. Sie haben ja in den Nachrichten gehört, dass sich das Militär vorläufig zurückhalten will. Aber wenn wir nicht bald etwas von unseren Freunden hören, befürchte ich eine Großoffensive in den Farallones de Cali. Wir kennen ja alle die Politik der harten Hand unserer Regierung."
Der andere überlegt eine Zeitlang. Dann sagt er: „Sollten sich die Entführer, als FARC-Leute getarnt, mit den Geiseln in unserem Gebiet in den Bergen aufhalten, werden wir sie bald finden. Ich verspreche Ihnen, dass wir dann alles tun werden, um Ihre Freunde zu befreien und wohlbehalten zu Ihnen zurück zu bringen. Aber ich vermute eher, dass die Entführer zur Küste gefahren sind. Aus dem Gebiet von Buenaventura haben die Paramilitärs uns weitgehend verdrängt. Wenn die Entführer dort untertauchen, wird es schwierig."
„Was also werden Sie tun?", fragt Julio.
Kurze Stille am anderen Ende der Leitung, dann: „Wir werden das gesamte Gebiet zwischen Gebirge und Küste absuchen, soweit es uns zugänglich ist – unter einer Bedingung: Keine Militäroperationen im Südwesten Kolumbiens für die Dauer unserer Suche nach Ihren Freunden. Andernfalls brechen wir die Suche sofort ab. Ich halte Sie auf dem Laufenden."
Damit hängte er auf.

Britta kauerte bis zum Anbruch der Morgendämmerung hinter einem dicken Baum. Nachdem Gregor sie aus dem Wagen gestoßen hatte, war sie die Straße ein Stück weit bergauf gelaufen. Mehrmals hatte sie angehalten in der Hoffnung, dass Gregor nachkäme. Als sie ein Auto hinter sich bemerkte, hatte sie sich in die Büsche am Hang neben der Straße geschlagen – gerade noch rechtzeitig, bevor sie der Scheinwerferkegel erfassen konnte. Ziemlich lädiert auf der Fahrerseite fuhr der Mercedes langsam bergauf. Britta floh weiter in den Bergwald. Ab und zu hörte sie Motorengeräusche. Sie wagte sich nicht hinaus. So schnell würden die Entführer die Suche nach ihr nicht aufgeben.

Als es hell geworden war, schlich Britta zurück zum Straßenrand und begann, die Strecke zurück zu laufen, die sie in der Nacht gefahren waren. Zwischen der Abfahrt in El Carmen und dem Unfall hatte vielleicht eine Stunde gelegen. Und immer ging es für sie jetzt bergauf. Die Schrecken der Nacht waren der brennenden Sorge um Gregor gewichen. Sie musste so schnell wie möglich zurück in die Zivilisation, um Hilfe zu mobilisieren. Aber bald wurden ihre Schritte langsamer. Wenn nur ein Bus käme. Personenwagen wich sie weiterhin ins Gebüsch aus. Sie glaubte an die Hartnäckigkeit ihrer Entführer. Im Schatten des Blätterdachs der Urwaldriesen war es erträglich. Doch wenn die Straße bisweilen ins Freie führte, brannte die Sonne heiß. Brittas Durst wuchs. Ab und zu öffneten sich Mulden neben der Straße, in die sich aus dem Hang klare Bäche als kleine, glitzernde Wasserfälle ergossen. Doch Britta wusste: „Wenn ich jetzt trinke, habe ich morgen die Amöbenruhr."

Ein leichtes Schwindelgefühl kam als Vorwar-

nung. Britta lief weiter. Auch als ihr Ringe vor den
Augen tanzten, gab sie nicht auf. Dann wurde ihr
schwarz vor Augen.

Sie erwachte in einem kleinen, dunklen Raum,
der von einer schwachen Glühbirne spärlich erhellt
wurde. Über sie beugte sich das faltige Gesicht einer
älteren Frau in schwarzem Kopftuch. Große, dunkle
Augen schauten sie mitleidig an.

„Wo bin ich?", flüsterte Britta.

„In El Queremal", antwortete die Frau behutsam.
„Mein Sohn und ich haben Sie heute Nachmittag auf
der Fahrt nach Buenaventura gefunden. Sie lagen am
Straßenrand, zum Glück im Schatten. Was ist passiert? Hier, trinken Sie erst einmal etwas Hühnersup-
pe."

Dankbar schlürfte Britta die warme Brühe aus einem
Becher, dessen Außenwand Auskunft über viele frühere Mahlzeiten gab. Sie war sich sicher, dass sie der
Frau vertrauen durfte und erzählte ihr das Vorgefal-
lene.

„Sie sind die entführte Alemana, von der heute früh
das Radio sprach?!" rief die Frau aus. „Da müssen
wir sofort die Polizei benachrichtigen."

„Nein, bitte nicht", bat Britta. Zuviel hatte ihr Carmen schon früher von der Zusammenarbeit zwischen
miserabel bezahlten Polizisten und dem organisierten
Verbrechen erzählt. „Gibt es hier ein Telefon?"

„Ja, aber nur auf dem Polizeiposten."

„Würden Sie meine Freunde im Valle anrufen?"

„Ich würde das gerne für Sie tun, Señora. Aber die
Polizisten werden eine einfache Frau wie mich sofort
hinauswerfen. Sie müssen schon selber gehen."

„Geht heute noch ein Bus nach Cali?"

„Der letzte ist vor einer Stunde abgefahren."

„Und Ihr Sohn?"

„Der hat sich sofort wieder auf den Weg nach Buenaventura gemacht. Er will dort ein paar von unseren Hühnern im Hafen verkaufen."

Sie musste zur Polizei. Vorher stärkte sie sich noch auf Drängen der Frau mit gekochter Yuca-Wurzel und Hühnchenfleisch und trank drei Tassen Kaffee. Ihre Kräfte kehrten zurück. Sie machte sich frisch und ließ sich den Weg zum Polizeiposten zeigen. Mehrfach musste sie klopfen, bis sich einer der drei diensthabenden Polizisten von der Fernsehübertragung des lokalen Fußballduells Deportivo Cali gegen America losreißen konnte und öffnete. Ihrem Brustbeutel hatte sie zuvor eine Zehn-Dollar-Note entnommen.

„Bitte, ich muss dringend mit Cali telefonieren", sagte sie zu dem Polizisten und streckte ihm den Geldschein hin.

Der musterte sie und ihre Begleiterin nur kurz, nahm das Geld, zeigte zum Telefon an der Wand: „Bedienen Sie sich", und stellte sich in die Tür zum Fernsehraum, das Spiel und sie abwechselnd beobachtend. Britta wählte die Nummer von La Esperanza. Als sich Carmen meldete und Britta ihren Namen gesagt hatte, hörte sie einen Jubelschrei am anderen Ende der Leitung. Dann fragte Carmen nach Gregor. Brittas Antwort beendete den Jubel. Julio hörte inzwischen mit.

„Geh' mit Deiner Retterin zurück in ihr Haus. Verlass das Haus nicht, bevor Du einen Hubschrauber hörst. Dann tritt vor die Tür und schwenke eine Petroleumlampe oder eine brennende Zeitung oder sonst was Brennbares über dem Kopf. Sobald Du mich siehst, aber nicht vorher, läufst Du zum Hubschrauber. Wenn alles gut geht, sind wir innerhalb einer Stunde da.“

Während sie in der ärmlichen Hütte am Ortsrand von El Queremal auf den Hubschrauber warteten, eine brennende Petroleumlampe stand bereit, versuchte Britta, die Frau zum Mitkommen nach Cali zu bewegen. Aber die wollte ihre Hühner nicht im Stich lassen. Sie und ihr Sohn lebten davon. So gab ihr Britta den Inhalt ihres Brustbeutels und war froh, dass sie ihre alte Gewohnheit beibehalten hatte, einen Teil ihrer Reisedevisen immer am Körper zu tragen.

Sie wartete auf lautes Hubschrauber-Geknatter. Erst als ein dumpfes Brummen in der Luft zum zweiten Mal über El Queremal kreiste, eilte sie vor die Tür und schwenkte die Petroleumlampe. Der Hubschrauber schwebte zur Straße, Julio sprang heraus, Britta umarmte ihre Retterin, riss sich los und lag nach zehn Metern in Julios Armen. Sich unter die wirbelnden Rotoren duckend rannten sie zum Einstieg, zwei Soldaten halfen ihnen ins Innere. Die Maschine schoss in die Höhe und drehte ab nach Osten. Der Pass wuchs ihnen entgegen, und dann sahen sie schon fern in der Tiefe die Lichter Calis aus der Ebene herauf schimmern.

General Ortega erwartete sie am Hubschrauber-Landeplatz und führte Britta und Julio sofort in sein Büro. Julio hatte ihn nach Brittas Anruf über den Wachhabenden telefonisch auf einer Party im Kasino erreicht und wieder die erbetene Hubschrauber-Unterstützung erhalten. Jetzt war es kurz nach Mitternacht. Ortega ließ sich von Britta die Einzelheiten ihrer Entführung und Flucht berichten. Sein Adjudant nahm alles auf Tonband auf. Als Britta den Uniformwechsel in El Carmen vor der Weiterfahrt in

Richtung Buenaventura erwähnte, wusste Julio, dass
Comandante Espina von der FARC am Telefon die
Wahrheit gesagt hatte, und sein Verdacht wurde zur
Gewissheit: Die Entführer waren Paramilitärs, wahr-
scheinlich im Auftrag von James D. Brush.

Er informierte Ortega über sein Telefonat mit
Espina und seinen Verdacht. Ortega sagte lange Zeit
gar nichts und dann: „Jetzt wird es erst richtig kompliziert." Natürlich wusste er von den Kontakten zwischen Militärs und Paramilitärs. Er selber hatte sie
bisher gemieden. Sich mit den Schlächtern der Paras
einzulassen, verbot ihm seine Berufsehre. Aber Sym-
pathien für die Paras bei seinen Untergebenen waren
ihm wohlbekannt. Beim Ausspähen des Gebiets von
Buenaventura und einem späteren Angriff auf die Paras zur Befreiung ihrer Geisel konnte er sich auf seine
Truppe nicht verlassen. Außerdem war die Hälfte seines Batallons für die Offensive gegen die FARC im
Departamento del Cauca eingeplant. Morgen sollte
sie beginnen. Dann würde die FARC ihre Suche nach
den Entführten abbrechen und alle Kräfte nach Süden
werfen.

Julio hegte ähnliche Gedanken. Er räusperte
sich: „General Ortega, können Sie die Offensive morgen vorerst stoppen? Was die Entführung betrifft,
kann sie nur noch schaden."

„Sie wollen also der FARC die Suche nach Ihrem
Freund überlassen?"

„Was bleibt uns übrig? Ihnen, General, vertraue ich
voll und ganz. Wir kennen uns lange genug aus unserer Zusammenarbeit in der Junta Directiva der Fundación. Aber außer uns hat doch nur die FARC ein
echtes Interesse an einem guten Ende der Entführung.
Natürlich darf zur Erhaltung ihrer Motivation nicht

durchsickern, dass wir durch Brittas Flucht die wahren Entführer kennen. Wäre es nicht möglich....".
„Was möglich ist und was nicht überlassen Sie bitte mir", unterbrach ihn schroff Ortega. Dann wandte er sich an seinen Adjudanten: „Teniente, vielen Dank. Sie können jetzt schlafen gehen. Bitte fertigen Sie am Morgen als Erstes eine Abschrift des Tonbands an und legen sie diese auf meinen Schreibtisch. Selbstverständlich ist das alles streng vertraulich."
Der Adjudant erhob sich, salutierte und verließ den Raum.
„Bitte entschuldigen Sie die Unterbrechung und meinen Tonfall, Don Julio." Der General wandte sich wieder zu Julio und Britta. „Aber vielleicht ist schon zuviel gesagt worden. Der Adjudant ist erst seit fünf Tagen in meinen Diensten. Vorher war er bei Coronel Guzman in Bogotá. Ich weiß noch nicht, wie er denkt." Nach kurzem Nachdenken fuhr er fort: „Vielleicht kann ich den Kommandeur in Popayan zu einer Verschiebung der Offensive um einige Tage überreden. Wir erwarten diese Woche die Lieferung von drei Apache-Helikoptern aus den USA. Einmal einsatzbereit werden die unsere Schlagkraft enorm verstärken – ja, so könnte ich argumentieren. Und dem Erfolg der Offensive dient es auch. Machen Sie Espina Druck, wenn er sich meldet. Viel Zeit bleibt nicht für die FARC-Option."
Julio und Britta bedankten sich bei General Ortega. Der ließ sie noch mit dem Hubschrauber nach La Esperanza fliegen. Dort fiel Carmen Britta um den Hals. Sie saßen noch bis drei Uhr morgens beisammen, sprachen über Gregor und studierten eine Karte von Buenaventura und Umgebung.
Um sieben Uhr morgens rief der Adjudant von

seinem privaten Mobiltelefon die „Emisora del Valle" an, verlangte die Nachrichtenredaktion und sagte:
„Heute Nacht haben die Streitkräfte Kolumbiens eine
deutsche Geisel befreit." Damit legte er auf.
Eine halbe Stunde später klingelte das Telefon
auf La Esperanza. Schlaftrunken hob Julio ab und
war sofort hellwach, als der Anrufer fragte: „Können
Sie der Emisora del Valle bestätigen, dass eine deutsche Geisel in dieser Nacht befreit wurde?"
„Wer sabotiert hier?", schoss ihm als erster Gedanke
durch den Kopf. Dann wurde er plötzlich ganz ruhig
und sagte fast fröhlich ins Telefon: „Ja, das bestäti-
ge ich gerne. Sie können Ihren Hörern berichten, dass
der Frau auf der Straße nach Buenaventura westlich
von El Queremal die Flucht gelang. Sie hielt sich im
Urwald versteckt und wurde schließlich von unseren
Streitkräften gefunden und nach Cali zurückgebracht.
Wir vermuten, dass ihr Mann von den Entführern
in das Gebiet von Buenaventura verschleppt worden
ist."
Damit würden die Leute von der FARC wissen, wo
sie suchen mussten.
Für Einzelheiten, die der Mann vom Radio
noch wissen wollte, verwies ihn Julio an General
Ortega. Der speiste den Reporter mit allgemeinen
Bemerkungen zur nationalen Sicherheit ab und
schickte die Hubschrauberbesatzung als, wie er
sagte, Dank für ihren beispielhaften Einsatz für
sechs Tage in das Militär-Feriencamp in Tumaco
an der Pazifikküste. Als Vorgesetzten gab er ihnen
seinen Adjudanten mit. Damit waren die in Frage
kommenden Informanten vorläufig aus dem Verkehr
gezogen.

Gregor tauchte auf aus rotem Dunst. Sein Kopf
dröhnte. Der Boden unter ihm schaukelte leicht. Er
öffnete die Augen. Über ihm segelten drei große Vögel
mit weit ausgebreiteten Schwingen und S-förmig gebogenen Hälsen vor dunkelgrauen Wolken. „Pelikane", dachte er. „Pelikane? Wo bin ich?" Er versuchte sich aufzurichten. Ein stechender Schmerz schoss
durch die Brust und nahm ihm den Atem. Ganz flach
nur konnte er weiter atmen. Er schloss die Augen
wieder. Langsam kam die Erinnerung zurück. „Britta!" Liebe und Sorge wallten auf in ihm. Ob ihr die
Flucht geglückt war? Er lauschte. Leise gluckste Wasser. Er spürte Bewegung: leichte, kurze Beschleunigung, dann schwaches Schwanken und Gleiten. „Ein
Boot. Ich liege in einem Ruderboot", erkannte er.
Halblaut sagte eine Stimme: „Da vorne, dann rechts."
Er rührte sich nicht. Nach einiger Zeit – war sie lang,
war sie kurz, er wusste es nicht – knirschte Kies unter dem Kiel, und es gab einen kleinen Ruck. Jemand
sprang ins Wasser, dann noch jemand. Das Boot bewegte sich unter Schleifen und Knirschen ein Stück.
„Das reicht", sagte eine Stimme. Andere, halblaute
Stimmen näherten sich. Poltern auf den Bootsplan-
ken.

Gregor spürte zwei Hände unter seinen Armen,
zwei Hände an seinen Füßen. Sie hoben ihn hoch
mit einem Ruck – wieder der stechende Schmerz
in der Brust. Beinahe hätte er laut aufgeschrien.
Durchhängend zwischen seinen Trägern schwang sein
Körper im Rhythmus ihrer Schritte. Zweimal hörte
er: „Vorsicht! Genau auf dem Pfad bleiben." Ab und
zu öffnete er kurz die Augen. Seine Träger gingen
durch Schilf, vorbei an Bäumen, in denen hoch oben
Pelikane saßen. „Pelikane in Bäumen, ulkiges Bild,

kommt mir aber irgendwie bekannt vor", ging es ihm durch den Kopf.

Das Stechen in der Brust schwoll an. Mit einem Ruck blieben die Träger stehen. Stöhnen brach aus ihm heraus – da legte man ihn auf eine Decke. Seine Augen öffneten sich. Im Halbdunkel eines Zeltes stand über ihm ein großer, athletischer Mann – helle, gerötete Haut, blonde Haare. Der Mann musterte ihn aufmerksam. „Ich bedauere, dass Sie Ungelegenheiten hatten, Señor Sanders", sagte er dann mit unverkennbarem Akzent. Gregor wusste, wen er vor sich hatte. Mühsam fragte er: „Wo ist meine Frau?"

„Das erfahren Sie, wenn Sie kooperieren."

„Warum hat man uns entführt?"

„Damit Sie kooperieren."

Gregor schwieg. Das Sprechen hatte ihn angestrengt. Die Schmerzen rasten um seine eingetretenen Rippen. Er hustete, spuckte Blut. „Der lebt nicht mehr lange", hörte er jemanden hinter sich sagen. Er wurde wieder ohnmächtig.

Die Nacht ist schwül. Gregor wacht auf, schweißgebadet. Er hört nur leichten Wellenschlag vom Strand her und Schnarchen. Er will seine Beine bewegen. Sie sind an den Füßen gefesselt. Das Dröhnen im Kopf hat nachgelassen. Aber die Schmerzen in der Brust machen tieferes Atmen schier unerträglich. „So müssen Gekreuzigte gefühlt haben", denkt er unwillkürlich. „Der lebt nicht mehr lange", hallt es in ihm nach. Todesangst steigt auf. Aber das Schlimmste ist die Verzweiflung, die ihn beim Gedanken an Britta überfällt. Er kämpft mit ihr. Sie droht ihn zu überwältigen. Jetzt hilft nur noch Eines.

Er versucht zu entspannen. Zwerchfellatmung im

Rhythmus von „Loslassen, Niederlassen, Einswerden, Neuwerden" – so hatte er es vor zwanzig Jahren in einem Meditationskurs bei den Benediktinern gelernt. Seine Hirnschale sinkt in die Tiefe, in die dunkle Wolke. Zeit ist nicht mehr.

Er steht vor dem dunklen Todestor. Da – verstreut und dunkelrot erglüht Es: „Ich bin da." Er weiß: Je mehr ich loslasse, desto heller wird das Licht werden. Aber er bleibt, wo er ist. Tor und Licht versinken.

Er taucht wieder auf. Schrecken und Verzweiflung sind gewichen. Nie mehr, glaubt er, werden sie wiederkehren. Ruhe erfüllt ihn. Nur normale Angst hockt noch geduckt im Bewusstsein. Später wird Gregor zu Britta sagen: „Was geschah, und was es noch für Folgen haben wird – diese Erfahrung war es wert. Um nichts möchte ich sie missen."

Gregor gelang es einzuschlafen. Als der Morgen dämmerte, kam Bewegung in seine Umgebung. Jemand brachte ihm Kaffee und gekochten Reis mit schwarzen Bohnen. Ein Motorboot schien abzufahren und nach einiger Zeit zurückzukommen. Der blonde Mann und ein zweiter mit einer Medizinertasche, offenbar ein Arzt, betraten das Zelt. Der Arzt untersuchte Gregor: „Noch besteht keine akute Lebensgefahr, aber er muss schnellstens in ein Krankenhaus. Die gebrochenen Rippen haben Lunge und Rippenfell verletzt. Ich kann ihm im Augenblick nur ein Schmerzmittel geben. Fünf Tropfen, alle zwei Stunden. Sobald er Fieber bekommt, wird es kritisch."
Gregor schluckte die Tropfen. Der blonde Mann

nahm das Fläschchen mit dem Opiat an sich und setzte sich Gregor gegenüber. Nach einer Weile fragte er: „Können wir uns jetzt unterhalten?" Gregor nickte. Er saß jetzt, die ausgestreckten Beine immer noch gefesselt. Der andere begann: „Sie müssen schnell ins Krankenhaus. Machen wir also keine Umschweife. Mein Name ist James D. Brush. Ich bin hier im Auftrag hochgestellter Persönlichkeiten, die sich Sorgen um den Einfluss der Drogenmafia auf die Politik in Europa und den USA machen. Ich verlange von Ihnen, dass Sie Julio Hernandez anrufen und ihn auffordern, über die Fernsehsender des Landes und durch eine schriftliche Erklärung an die internationale Presse zu bekennen, dass die Schwingen-Parteien durch Drogengelder finanziert werden. Dokumente der Transaktionen, die das beweisen, sind bei der US-Botschaft in Bogotá zu hinterlegen. Sobald Bekenntnis und Dokumente vorliegen, werden Sie nach Buenaventura ins Krankenhaus gebracht und sind frei. Hier ist ein Telefon."

Gregor ignorierte die ausgestreckte Hand mit dem Mobiltelefon. Er unterdrückte seine erste Reaktion, wieder nach Britta zu fragen. Er kannte ja die Antwort. Von der Erfahrung der Nacht war ihm die große Ruhe geblieben. Kühl überlegte er seine Optionen. Je öfter Julio angerufen würde, desto eher bestand die Möglichkeit, Brushs Telefon zu lokalisieren. Nach dem, was er im Centro Isaias Duarte gesehen hatte, verfügte Julio über eine reiche elektronische Ausrüstung. Dann kam ihm noch eine Idee.
„Und wenn ich mich weigere?", fragte er Brush.
„Dann rufe eben ich an. Wenn dadurch alles länger dauert, ist das Ihr Schaden."
„Ich weigere mich."

Brush wählte. Dann sprach er seine Forderungen ins Telefon. Er lauschte kurze Zeit auf die Antwort. Als er dann sagte: „Ich will versuchen, dass er spricht", stöhnte Gregor leise auf und ließ sich zurück auf die Decke sinken. Er hörte, wie Brush sagte: „Wir melden uns wieder." Gregor blieb mit geschlossenen Augen reglos liegen. Er hörte Brush das Zelt verlassen und hob leicht die Augenlider. Er war allein. Nach einiger Zeit meldeten sich seine Rippen wieder. Brush kam zurück und sah, wie sich sein Gesicht verzog. Er stieß Gregor leicht an und sagte: „Wieder Zeit für die Tropfen." Gregor simulierte langsam-schmerzhaftes Erwachen: „Die Tropfen, ja bitte."

„Aber erst, wenn Sie Ihrem Freund bestätigen, dass Sie hier bei mir sind."

Es lief, wie geplant. Er nickte. Brush drückte die Wiederholungstaste, gab ihm das Telefon und hielt sein Ohr mit an den Hörer. Bei den Schmerzen fiel es Gregor nicht schwer, seine Stimme zu verstellen, als er nach Julios Meldung antwortete: „Hier spricht Gregor Sanders."

„Gregor, bist Du's wirklich?" – das war Brittas Stimme.

Gregor unterdrückte seinen Jubel und antwortete nur müde: „Ja, ich bin's."

Er hörte, wie Britta sagte: „Das klingt nicht nach Gregor", und dann aufschrie: „Die Kerle haben ihn umgebracht."

„Identifizieren Sie sich", herrschte Brush ihn an.

„Wie?", fragte Gregor dümmlich.

„Sagen Sie etwas, was nur Sie und Ihre Frau wissen."

„Was sage ich denn? Na ja, das könnte passen", willigte er ein und sprach wieder ins Telefon, diesmal

mit weniger verstellter Stimme: „Ich bin es wirklich.
Zwei Beweise. Erstens: Mein Lieblingslied in Valdivia
war 'Pelikane in den Bäumen'. Zweitens: Britta hat
am linken Zungenrand ein Fibrom – wie eine kleine
Warze."
„Ok", unterbrach ihn Brush, „und jetzt verlangen Sie,
dass meine Forderungen binnen 24 Stunden erfüllt
werden."
Mit wachsender Anstrengung sprach Gregor weiter:
„Was die Forderungen von James D. Brush betrifft,
so...".
Er stöhnte laut auf, ließ das Telefon fallen und
sank um. Die Verbindung war unterbrochen. Brush
stampfte wütend im Zelt herum, versuchte dann, Gregor die Tropfen einzuflößen. Aber der stellte sich so
lange ohnmächtig, bis ihn die Schmerzen zur Trop-
feneinnahme zwangen, um nicht wirklich ohnmächtig
zu werden. Brush ließ Essen und Trinken bringen.
„Stärken Sie sich jetzt", befahl er Gregor. „In zwei
Stunden rufen wir wieder an. Dann stelle ich das Ultimatum. Überlegen Sie sich gut, wie Sie Hernandez
zur schnellen Erfüllung meiner Forderung bewegen.
Vorher kommen Sie in kein Krankenhaus. Fühlen Sie
sich nicht schon fiebrig?"
     Auf La Esperanza saßen Britta, Carmen und Ju-
lio ums Telefon. Britta war erleichtert und verwirrt.
„Es war tatsächlich Julio. Seht her." Sie streckte die
Zunge heraus und zeigte auf das Fibrom. „Aber was
soll der Unsinn mit seinem Lieblingslied in Valdivia?
Wir waren nie in Valdivia. Pelikane in den Bäumen
– was wollte er damit sagen?" Plötzlich sprang sie
auf und lief zum Bücherschrank. Aufgeregt blätter-
te sie in der Geschichte des Departamento del Valle,
in der Gregor am Freitag Nachmittag gelesen hatte.

„Hier ist es", rief sie und zeigte auf das Bild mit der Pelikan-Kolonie in den Bäumen, das Gregor so ulkig gefunden hatte. Unter dem Bild stand: Peninsula de la Bocana. „Gregor weiß oder vermutet, dass er sich in der Gegend befindet, die das Bild zeigt. Das wollte er mit dem scheinbaren Unsinn sagen."

„Hoffentlich meldet sich Espina bald wieder." Julio ging unruhig auf und ab. „Jetzt wissen wir wo Julio steckt. Die FARC könnte zugreifen." Etwa eine Stunde verging, bis das Telefon wieder klingelte. Diesmal war es Espina: „Wir haben immer noch keine Spur."

„Aber wir." Julio berichtete von ihrer Vermutung, dass Gregor auf der Halbinsel Bocana nahe Buenaventura gefangengehalten würde.

„Das ist gut", rief Espina. „Nach den Nachrichten haben wir eine Abteilung, als Bauern verkleidet, in einem unserer Busse nach Buenaventura geschickt. Sie müßten bald dort sein."

„Können Sie sich mit ihnen in Verbindung setzen?"

„Klar. Die haben Sender, Empfänger, Peilgeräte – was man so braucht."

„Dann lassen Sie sie sofort mit dem Peilgerät gegenüber der Bocana in Stellung gehen. Ich rechne damit, dass die Entführer heute noch mehrmals anrufen. Vielleicht können Sie dann ihren genauen Standort feststellen."

Nach einer dreiviertel Stunde war Espina wieder am Apparat. „Ich habe unsere Leute kurz vor Buenaventura erreicht. Sie beziehen jetzt Stellung im Waldgebiet gegenüber der Bocana."

Kurz darauf rief Brush erneut an und wiederholte seine Forderungen in ultimativer Form. Julio erklärte des Langen und Breiten, dass die Drogenmafia, in deren Besitz sich alle Dokumente aus der Zeit seines

Vaters befänden, ihm zürne und es deshalb fast unmöglich sei, die geforderten Dokumente, wenn überhaupt, innerhalb von 24 Stunden zu bekommen und in der Botschaft zu hinterlegen.

„Je länger Sie brauchen, desto später kommt Ihr Freund ins Krankenhaus", herrschte Brush ihn an.

„Krankenhaus, warum?" erschrak Julio.

„Das kann er Ihnen selbst erklären", antwortete Brush und hielt Gregor das Telefon hin.

„Macht Euch keine Sorgen. Meine Entführer haben mich nur nach dem Unfall etwas hart angefasst", beruhigte Gregor. „Mein amerikanischer Freund hier versorgt mich mit Medizin." Dann erkundigte er sich nach Britta.

„Britta ist in Tränen ausgebrochen, als Du Dein Lieblingslied erwähntest. Vor Freude hat sie angefangen, es selbst zu singen: Wenn die Jäger aufgebrochen, Pelikane in den Bäumen..."

„Schluss mit den Sentimentalitäten", unterbrach Brush. „Erfüllen Sie schleunigst mein Ultimatum. Ihrem Freund geht es nicht besonders gut."

Damit unterbrach er die Verbindung. Gregor hatte verstanden.

„Die Peilung weist in das Schilfgebiet hinter den Bäumen am Strand, neben den Ferienhäusern", stellte der Anführer des FARC-Kommandos am Waldrand gegenüber der Bocana fest. „Den direkten Weg über die Bucht können wir nicht nehmen. Boote zu beschaffen, dauert zu lange. Außerdem werden die Paras Wasser und Strand überwachen. Wie lange werden wir brauchen, um uns auf dem Landweg von hinten anzuschleichen?"

Einer seiner Kämpfer, ein Schwarzer aus Buenaventura, rechnete mit fünf Stunden. „Wir müssen vorsichtig sein. Die Leute erzählen, die Paras hätten angefangen, im Schilf am Strand entlang Minen zu verlegen. Ob sie auch schon den Landzugang vermint haben, weiß man nicht. Es ist eher unwahrscheinlich, weil kaum jemand durch den Dschungel kommt. Aber man kann nie wissen."

„Gut. Achtet auf Eure Schritte. Vor Einbruch der Dunkelheit müssen wir hinter den Ferienhäusern sein."

Der Anführer skizzierte auf einer Karte von Buenaventura und Umgebung ihren Weg. Drei Mann blieben mit einem Mörser an Ort und Stelle. „Wenn Ihr zwei Leuchtkugeln über dem Wasser seht, fangt Ihr an, den Strand zu beschießen. Aber nur den Strand. Lasst die Einschläge vom Wasser aufs Land wandern. Hoffentlich hat's dann noch genug Licht."

Den Tag über aß und trank Gregor alles, was ihm angeboten wurde. Es tat weh genug, aber er kam etwas zu Kräften. Brush gegenüber simulierte er zunehmende Schwäche und bettelte immer häufiger um das Schmerzmittel. „Meine Füße, meine Füße", stöhnte er. „Das Blut staut sich unter den Fesseln." Schließlich ließ Brush ihm die Fesseln abnehmen. Bis zur Abgabe der Erklärung und Übergabe der Dokumente brauchte er ihn lebend.

Eine halbe Stunde vor Anbruch der Dunkelheit war das FARC-Kommando bei den Ferienhäusern angekommen. Alle standen leer. Viele sahen heruntergekommen aus. Vor zehn Jahren hatte das zarte Pflänzchen Tourismus hier noch zaghaft geblüht. Inzwischen war es im Klima der Gewalt erstickt. Am Rande der Ferienhaussiedlung, bevor das Schilf begann, stand der Hubschrauber, mit dem Brush aus Bogotá gekommen war. Dahinter führte ein Pfad ins Schilf. Zwei Männer in schwarzen Uniformen bewachten den Hubschrauber, gelangweilt Karten spielend. Der FARC-Anführer überlegte: „Anschleichen und Kehle durchschneiden oder mit Schalldämpfer umlegen?" Beides barg Risiken, wenn die Beiden noch zum Schreien kamen. Er entschied sich für den Überraschungseffekt und schickte einen Mann mit der Leuchtpistole zur Spitze der Halbinsel: „Von dort, parallel zum Strand, über das Wasser schießen!"

Zweimal macht es „Blop" hoch über dem Strand, und zwei rote Leuchtkugeln schweben in der Dämmerung nach unten. Die beiden Wächter am Hubschrauber sind aufgesprungen und starren über das Schilf in Richtung Meer. Von fern ein Wummern, dann aufplatschendes Wasser, gefolgt von einer dumpfen Detonation. Die Wächter rennen los, verschwinden auf dem Pfad im Schilf. Die nächste Explosion kracht hart auf dem Strand. „Adelante!" Der FARC-Anführer betritt den Pfad ins Schilf, gefolgt von seinen Kämpfern. Sie pirschen sich vor, während vor ihnen vom Strand her immer neue Detonationen dröhnen. Eine Lichtung öffnet sich. James D. Brush steht neben dem Zelteingang, Pistole in der Hand, den Rücken ihnen zugekehrt. Er ist allein, die anderen sind zum Strand gestürmt. Der Anführer springt Brush von hinten an, schlägt ihm die Pistole aus der Hand und würgt ihn. Brush lässt sich zu Boden fallen, rollt ab, befreit sich mit einem Handkantenschlag, springt auf und blickt in drei Gewehrmündungen. Blitzschnell hechtet er seitwärts ins Schilf und rennt in Richtung Strand. Eine Explosion zerreißt die Luft. „Eine Landmine", stellt der Anführer sachlich fest und reibt sich den Nacken.

Gregor steht mit erhobenen Händen im Zelteingang. „El Aleman?" fragt einer. „Si, soy Gregor Sanders." Kurze Kontrolle. Dann der Befehl: „Rückzug!" Zwei Mann stützen Gregor. Am Strand rattern jetzt Maschinenwaffen zwischen den Explosionen der Mörsergranaten. „Die Idioten erwarten immer noch einen Angriff vom Wasser her", meint der Anführer und grinst zufrieden.

Bei den Ferienhäusern stößt der Leuchtkugelschütze zu ihnen. Gemeinsam verschwinden sie im Dschungel. An einem Bach machen sie halt. Der Anführer telefoniert mit der Mörsergruppe: „Feuer einstellen. Alles bestens. Waffen im Wasser versenken. Wir sickern einzeln in Buenaventura ein und treffen uns am Bus." Dann ruft er Espina an: „Comandante, wir haben den Aleman. Aber er kann nicht mehr weit gehen. Er braucht bald einen Arzt. Nein, bei der Befreiung ist ihm nichts passiert. Wir hatten nur eine Feindberührung. Mit einem Gringo. Und der erzählt nichts mehr. Sonst hat uns niemand gesehen. Wo wir jetzt sind? An einem Bach. Moment." Er leuchtet mit der Taschenlampe auf die Karte. „Es müßte die Quebrada Tortuga sein. Ja, im Wald. Aber nur etwa 1000 Meter Luftlinie von den Ferienhäusern entfernt. Ihn dort allein zurücklassen? Nein, das kann man nicht machen. Die Paras werden ihn suchen, wahrscheinlich nur im Schilf, aber man kann nie wissen." Er hört Espina eine Weile zu. Dann schließt er ab: „Gut, die anderen sollen sich in Sicherheit bringen. Ich bleibe bei dem Aleman, vielleicht mit noch einem Freiwilligen. Wenn die Helfer in der Nähe sind, sollen sie meine Nummer anrufen – die Nummer an sie durchgeben. Das

Mobiltelefon gebe ich dem Aleman. Dann setzen wir
uns ab."

So wurde es gemacht. Der Leuchtkugelschütze blieb
noch mit bei Gregor. Die anderen FARC-Kämpfer
verschwanden zwischen den Bäumen. Wenn der
Nachtwind auffrischte, trug er Stimmen vom Lager
der Paramilitärs herüber. Eine Zeitlang stöberte auch
ein Suchtrupp in und zwischen den Ferienhäusern
herum. Dann ratterten Maschinenpistolen. „Die sind
richtig schön frustriert", freute sich der Anführer,
nachdem alles wieder ruhig geworden war. Plötzlich
heulte die Hubschrauberturbine auf. „In den Wald!"
Aber ein Blick nach oben beruhigte sie. Das Blätterdach war auch über dem Bachlauf so dicht, dass kein
Suchscheinwerfer es durchdringen konnte. Sie hörten,
wie der Hubschrauber aufstieg. Dann verklang sein
Knattern.

Der Hubschrauber flog ins Landesinnere, am Steu-
erknüppel ein Offizier aus dem Stabe Guzmans in
Bogotá. Hinter ihm lag die Leiche von James D.
Brush. Die Mine hatte einen Unterschenkel abgeris-
sen. Er war noch im Schilf verblutet. Er wurde später
auf dem Heldenfriedhof in Arlington beigesetzt. Auf
seinem Grabstein steht: „Gefallen im Kampf gegen
den internationalen Terrorismus."

Gegen Mitternacht brummte und knatterte es in der
Luft, und das Mobiltelefon dudelte seine Salsa. Gregor meldete sich. „Julio – Gott sei Dank! Ihr kommt
durch die Luft? Am besten landet ein Hubschrauber
bei den Ferienhäusern und der andere hält die Paramilitärs im Schilfgebiet in Schach. Aber Vorsicht. Sie

sind schießfreudig. Wenn Ihr gelandet seid, ruf nochmal an. Ich schieße dann Leuchkugeln ab. Ich hoffe, sie durchschlagen das Blätterdach über der Quebrada Tortuga." Dann drängte er seine Befreier zum Aufbruch: „Mil gracias. Dios les acompañe. Kommen Sie nach La Esperanza. Wir möchten Ihnen und Ihren Kameraden mit mehr als Worten danken." Als das Brummen verstummte und das Telefon wieder dudelte, schoss Gregor eine und dann noch eine Leuchtkugel ab. Die FARC-Kämpfer verschwanden im Urwald.

Bald hörte er Julio rufen: „Greeegor, Greeegor." Er antwortete. Dann erschienen Julio und vier Soldaten am Bach. Julio kniete neben Gregor nieder, nahm seinen Kopf in beide Hände und weinte.

Die Soldaten hoben Gregor auf und trugen ihn zum Hubschrauber bei den Ferienhäusern. Die andere Maschine knatterte über dem Rand des Schilfgebiets. Wiederholt tönte aus einem Megaphon an Bord die Warnung: „Ejercito Colombiano. Kein Widerstand! Oder es regnet Clusterbomben." Die Paramilitärs hatten genug und blieben ruhig.

Zum Auftanken mussten sie einmal in Buenaventura zwischenlanden. Dann wurde Gregor direkt in die Klinik der Universidad del Valle geflogen, eine der besten des Landes. Die Operation dauerte drei Stunden. Der Morgen dämmerte, als man das Bett mit Gregor in das Krankenzimmer rollte, in dem Britta, Carmen und Julio warteten. Gregor war kurz zuvor aus der Narkose erwacht. Britta beugte sich über ihn, Sorge und Hoffnung im Gesicht, überstrahlt von der Liebe in ihren Augen. Er lächelte schwach und flüsterte: „Meine Sonne."

„Er wird genesen – aber wir mussten ein Viertel der Lunge entfernen", erklärte später der Ope-

rateur. „Die Rippenbrüche sollten in den nächsten
Wochen verheilen. Welche Vernarbungen zurückblei-
ben, können wir noch nicht übersehen. Sie müssen
damit rechnen, dass in höherem Alter Probleme auftreten. Auf jeden Fall empfehle ich regelmäßige ärzt-
liche Kontrolle, etwa jedes halbe Jahr."
Am Wochenende fand ein Dankgottesdienst im
Centro Isaias Duarte statt. Für die anschließende Fiesta hatten Carmen und Julio köstliche Speisen bestellt, wie sie sonst nur bei den Feiern der Oberschicht
gereicht werden. Alle Mitarbeiter des Centro waren
mit ihren Angehörigen zu Gast. In der großen Menge fiel eine Gruppe von Männern nicht weiter auf,
die man hier noch nie gesehen hatte. Julio hatte Comandante Espina und Gregors Befreier eingeladen.
Sie waren gekommen. General Ortega, der nach Espinas Mitteilung an Julio: „Ihr Freund ist befreit und
erwartet auf der Bocana seinen Heimtransport nach
Cali. Seine Telefonnummer ist..." die Hubschrauber
nach Buenaventura geschickt hatte, war auch eingeladen worden. Vielleicht, hatte Julio gehofft, könnte eine erste Begegnung ohne Kenntnis der Identität
in einer Atmosphäre der Freude und des Dankes für
spätere Friedensgespräche hilfreich sein. Aber Ortega
war am Vortag mit der Hälfte seines Batallons nach
Puerto Tejada im nördlichen Departamento del Cauca, unweit der Grenze zum Valle, gefahren. In diesen
Stunden begann dort die Offensive gegen die FARC.
Noch in derselben Nacht brachen auch Espinas Truppen unter dem Kommando seines Stellvertreters ins
Kampfgebiet auf. Sie wurden völlig aufgerieben.
Der Kurier mit der Nachricht vom Abmarsch sei-
ner Truppen erreichte Espina im Centro am nächsten
Morgen, zusammen mit den ersten Rundfunkmel-

dungen über den vernichtenden Überraschungsschlag gegen die FARC im Cauca. Die Hernandez boten Espina und Gregors Befreiern gut dotierte Stellen in ihren Betrieben und im Sicherheitsdienst an. Die akzeptierten. Espina und Ortega würden bei späteren Friedensverhandlungen eine wichtige Rolle spielen.

Rechtsanwalt Winfried Hausmann und Professor Lothar Jakob, Stellvertretender Vorsitzender und Schatzmeister der Schwingen der Freiheit, warteten schon länger als eine halbe Stunde im Vorzimmer des Vorstandssprechers der Germania-Bank. „Wir waren für 11 Uhr verabredet. Wenn Herr Brinkmann keine Zeit für uns hat, haben wir Zeit für die Presse." Sie erhoben sich. „Einen Moment, bitte, meine Herren." Die Sekretärin drückte eine Telefontaste und sprach in den Apparat. Dann bat sie: „Haben Sie bitte noch einen Moment Geduld. Herr Dr. Brinkmann wird Sie gleich empfangen. Ein wichtiges Ferngespräch mit New York hat ihn aufgehalten."
„Von wegen New York. Das Spielchen kenne ich: Immer erst mal warten lassen", zürnte Hausmann innerlich und blieb am Ausgang stehen. Aber kurz darauf ging die Tür zum Chefzimmer auf, und Brinkmann bat sie in sein Büro: „Entschuldigen Sie, aber es ging um eine Großinvestition in den USA."
„Na, wenigstens bist Du jetzt für uns bis zur Tür gegangen", dachte Hausmann mit Blick auf den zehn Meter entfernten, riesigen Schreibtisch vor dem breiten Fenster mit edlen Gardinen. Brinkmann wies auf eine Sitzgruppe: „Bitte, nehmen Sie Platz." Sie setzten sich.
„Herr Dr. Brinkmann", begann Hausmann ohne

weitere Umschweife, „Ihre Zeit ist kostbar und unsere auch. Wie Sie wissen, stehen wir zur Zeit in
Koalitionsverhandlungen." Er schaute demonstrativ
auf die Uhr. „Als ich Ihnen über Ihre Sekretärin den
Vorschlag zu diesem Treffen unterbreitete, erwähnte
ich Dokumente, die Sie und Ihre Kollegen interessieren dürften. Hier sind sie." Er überreichte Brinkmann
einen Aktenordner mit den Kopien, die Gregor in Gutierrez Archiv gezogen hatte: „Die Originale stammen
aus der Zeit Ihres Vorgängers."

Brinkmann studierte eine Zeitlang die Unterlagen, in denen der Name Gutierrez überall geschwärzt
war. Dann fragte er: „Was wollen Sie?" Jakob antwortete: „Es handelt sich hier zweifelsfrei um steuer-
und strafrechtlich relevante Tatbestände. Wir haben
das sorgfältig geprüft. Die Frage ist, wie man damit
umgehen soll."

Nach längerem Schweigen sagte Brinkmann: „Sie sind
ja sicher nicht hierher gekommen, um mit mir ganz
allgemein juristische Fragen zu erörtern. Legen Sie die
Karten auf den Tisch."

Hausmann: „Gerne. Sie kennen wahrscheinlich die
Kampagne der TZ gegen unsere Partei. Wir haben
nun Grund zu der Annahme, dass der Wirtschaftsredakteur der TZ in Prag, Heinz Fahrtmann, unter
Berufung auf dubiose Quellen eine neue Schmutzkam-
pagne gegen die SdF starten will. Das kann unseren
gegenwärtigen Koalitionsverhandlungen schaden. Die
Kredite Ihres Hauses und anderer Institute an die TZ
sind bekannt, seitdem auch der TZ das Anzeigen-
geschäft weggebrochen ist. Sie könnten die Kredite
kurzfristig kündigen, wenn man bei der TZ nicht auf,
sagen wir, Ratschläge Ihrerseits eingeht. Raten Sie
der TZ, keine weiteren Artikel Fahrtmanns gegen die

SdF zu publizieren und ihm auch Angriffe in anderen
Medien zu untersagen. Dann können wir diese Dokumente als gegenstandslos betrachten." Brinkmann
unterdrückte ein empörtes „Das ist Erpressung." Seine Gegenüber waren im politischen Geschäft hart geworden. Auf seinen Protest hätten sie nur mit spötti-
scher Verwunderung reagiert. Schließlich erklärte er:
„Ich will sehen, was ich tun kann."
„Das ist sehr schön. Wir danken Ihnen", sagte Hausmann und Jakob fügte hinzu: „Wir überlassen Ihnen
die Dokumente. Wir haben genug Kopien, die man
der Presse zuspielen wird, falls die Sache mit Fahrtmann schief läuft. Übrigens, Sie ersehen daraus ja
auch, wie einige Ihrer Konkurrenten in der Vergangenheit gearbeitet haben."
Bei aller Wut – das war ein Aspekt, den Brinkmann nützlich fand. Man schied förmlich-höflich
voneinander.

Heinz Fahrtmann saß in seinem Büro und blickte zum
Hradschin. Sein Gehirn registrierte kaum, was die Augen sahen. „Was ist geschehen? Was ist geschehen?",
mahlten die Gedanken. Vor ihm lag der Brief des Her-
ausgebers der TZ. Es war ungewöhnlich genug, dass
der Herausgeber selbst eine Titelgeschichte ablehn-
te. Und noch ungewöhnlicher war die Begründung:
Nicht hinreichend gründlich recherchiert. Er hatte
die bei dem Treffen im Lobkovic Palais zusammen-
getragenen Verdachtsmomente gegen die Schwingen-
Finanzierung, in Verbindung mit einem von Hubert
Schmanz autorisierten Interview über die Vorgänge
auf der Petersberg-Konferenz, in einem, wie es ihm
schien, überzeugenden Artikel präsentiert, der die
sich hinziehenden Koalitionsverhandlungen gesprengt

hätte. Die TZ hatte schon mit viel schwächeren Artikeln die Stimmung im Lande angeheizt.

Nachdem Danielle Lepen nur Misserfolge aus der Schweiz meldete und ein Fax aus Sullivans Büro ihn vom Tode des James D. Brush unterrichtet hatte, hatte er beschlossen, aus den vorhandenen Informationen die Geschichte zu produzieren, die er schon längst hätte publizieren sollen. Und nun diese Ablehnung, verbunden mit dem Hinweis, dass die TZ von allen ihren fest angestellten Mitarbeitern in diesen schwierigen Zeiten selbstverständlich erwarte, dass sie sich ausschließlich in der TZ journalistisch äußerten. Kündigen und anderswo schreiben war keine Option bei dem leergefegten Stellenmarkt in Europa. Ja, zu Sullivan in die USA gehen und dort die Geschichte hochkochen, das wäre was gewesen. Aber Sullivan hatte Tatjana und ihre Kiewer Musik-Truppe in die USA eingeladen und sie mit einem Fünf-Jahres-Vertrag beim Fix-Channel an sich gebunden. Tatjana hatte Fahrtmann geschrieben, dass sie diese Chance für sich und ihre Freunde ergreifen müsse und ihn gebeten, ihre Sachen an Sullivans Privatadresse zu schicken. Mit Grauen dachte er an seine einsame Wohnung und griff zur Wodka-Flasche.

Die Sanders hatten aus Cali ihre Kinder und die Institutsleitung vom ZEUS angerufen und mitgeteilt, dass sich wegen eines Unfalls die Rückkehr um einige Wochen verzögern würde. Nun war die Familie in Gemünden wieder vereint. Es war Abend, und sie betrachteten gemeinsam die Dias, die sie auf La Esperanza, im Barrio Rio Azul und in Cali aufgenommen hatten. „Der Unfall, ja der passierte wegen des Leichtsinns des Fahrers bei einem Ausflug nach

Buenaventura. Der wollte unbedingt den Rennfahrer Pablo Montoya imitieren", war ihre Erklärung für Gregors Verletzungen. Er hatte sich davon schneller als erwartet erholt und wollte in einer Woche seinen Dienst wieder antreten. Zum Glück hatte die deutsche Presse von der Entführung, wie von vielen anderen Ereignissen in Kolumbien, keine Notiz genommen. Als sie den Dia-Projektor wegpackten, sagte Gregor zu Britta: „Vielleicht schreibe ich die ganze Geschichte mal auf – als Rentner."

Die Koalitionsverhandlungen dauerten fünf Monate. Die SdF konnte ihre Forderung *Verlagerung der Steuer- und Abgabenlast von der Arbeit auf die Energie* nur gegen den großen Widerstand der Vorsitzenden der Konservativen durchsetzen. Und die Ökosozialen waren nur bereit, mit den Konservativen und den Schwingen eine Koalition einzugehen, wenn ihr Vorsitzender nach der Hälfte der Legislaturperiode die Kanzlerschaft übernähme. Doch schlussendlich hatte Deutschland eine Regierung, die erste mit einer Schwingen-Partei. Bärbel Stumpf legte ihren Vorsitz der Schwingen nieder und übernahm das Umweltministerium. Das Ministerium für Wirtschaft und Energie fiel an Lothar Jakob.

Kapitel 6

Novosibirsk

6.1 Das Birkenrindenmuseum

Der Bus mit dem Schild „Akademgorodok Conference" hinter der Frontscheibe bog von der breiten Magistrale in die Ulitza Gorkogo ein und hielt vor einem einstöckigen Gebäude. Aus fünf hohen Fenstern mit weißen Holzläden schaute das Haus auf die schmale, baumbestandene Straße. Sein von einer Gaupe mit vorgelagertem weißen Balkon unterbrochenes Dach endete in schönen Holzschnitzereien.

Die Reisegruppenleiterin, eine schlanke Frau in den Zwanzigern – apartes, ovales Gesicht mit hohen Wangenknochen und lebhaften, leicht mandelförmigen, braunen Augen – stieg als Erste aus und führte ihre Gruppe zur Eingangstreppe neben dem Haus.

„Nachdem wir vorhin die alte Eisenbahnbrücke über den Ob besichtigt haben, möchte ich Ihnen jetzt noch ein ganz anderes Zeugnis russisch-sibirischer Kultur zeigen", erklärte sie in bestem amerikanischen Ostküsten-Englisch, „nämlich das Birkenrindenmuseum."

Die Gruppe folgte ihr durch den schmalen Eingang zur Kasse in eine Art Wohnzimmer, an das sich die weiteren, ebenfalls wohnzimmergroßen Museumsräume anschlossen. Zwei Herren und eine Dame standen freundlich lächelnd in den Durchgängen – bereit, Fragen der Besucher, offenbar der ersten an diesem Tage, zu beantworten. Einen der Herren bat die Reiseleiterin um eine kurze Einführung in das Museum. Sie übersetzte seine russischen Erklärungen. Nur noch an wenigen Orten Russlands würde die alte Kunst gepflegt, aus hauchdünner Birkenrinde, zu Schichten von 40 bis 60 Lagen zusammengepresst, Figuren, Bilder und Gegenstände herzustellen, wie dieses Museum sie zeige. Hier in Novosibirsk sei diese Kunst in den letzten Jahren wieder aufgeblüht. Auch in der Ukraine gäbe es noch einige Künstler, die diese besondere, mühevolle Art der Formgebung beherrschten. „Schauen Sie sich in Ruhe um. Viele der Kunstwerke können Sie auch käuflich erwerben. Sie sagen viel aus über die Kultur und Geschichte Mittelsibiriens.“

Die Besucher wanderten umher und waren fasziniert von der Vielfalt und Ausdruckskraft der Dinge, die aus millimeterdicken Birkenrinden-Lagen gefertigt waren. Von den Wänden schauten markante Gesichter, in dunklen Linien und Flächen aus gelbbraunem Untergrund hervorgehoben, Ikonen gleich auf den Betrachter. Reich verzierte Gefäße, ihre Muster mit feinem Stift aus der Birkenrinde herausgearbeitet, standen auf Tischen und Regalen neben Fabelwesen und Haustieren, zusammengesetzt aus kegeligen Formen, zu denen die Birkenrinde gerollt worden war. 30 bis 60 cm hohe, zylindrische bis kugelige Figuren stellten teils deftige Bauernszenen dar:

Männer und Frauen Erntegeräte voll Lebensfreude
schwingend, oder mit hochgeschlagenen Röcken und
heruntergelassenen Hosen fröhlich kopulierend, oder
zu sechst, teils übereinander, auf einem Besen reitend.
Im letzten Zimmer blieben die Besucher lange
vor Reliefarbeiten mit starker erotischer Ausstrah-
lung stehen. Sie zeigten in verschiedenen Variationen
dasselbe Thema: Ein sich tief in den Hintergrund ver-
lierender Wald, im Gras des Vordergrunds ein nack-
tes Paar in Liebesvereinigung, er sehnig-muskulös, sie
stramm und prall; im Mittelgrund nähern sich einander unbekleidete Frauen und Männer zwischen den
Bäumen. Die Reiseleiterin übersetzte die Erklärung
des Museumsführers: „Als in den Wäldern Sibiriens
die Urbevölkerung in kleinen Stammesgemeinschaften weit verstreut über das dünnbesiedelte Gebiet
lebte, trafen sich benachbarte Stämme einmal im
Jahr, um sich auszutauschen – auf verschiedene Art
und Weise. Am zweiten Tag des sommerlichen Treffens wurden die Frauen des einen und die Männer
des anderen Stamms in ein großes Waldgebiet geschickt, von entgegengesetzten Enden aus. Sie gingen
nackt, und wenn sie sich begegneten und einander
gefielen, paarten sie sich. Am dritten Tag waren die
beiden anderen Gruppen an der Reihe. Die bei diesen Begegnungen gezeugten Kinder wurden von den
Ehemännern ihrer Mütter als vollwertige Mitglieder
der eigenen Familie anerkannt. Auf diese Weise frisch-
ten die Stämme ihr Blut auf und vermieden Inzucht.“
    Am Ende des eineinhalbstündigen Museums-
rundgangs wurden einige kleinere Exponate gekauft.
Dann stiegen alle wieder in den Bus, in dem die Reiseleiterin zum letzten Mal das Mikrophon ergriff: „Wir
fahren jetzt zurück ins Stadtzentrum. Dort endet un-

sere Rundfahrt. Ich darf mich schon jetzt von Ihnen verabschieden. Für die 40 km bis Akademgorodok brauchen Sie vielleicht etwas länger als heute früh bei der Hinfahrt. Lassen Sie dabei unseren weiten Himmel auf sich wirken. Doswidanja."

Während der Bus über die schnurgerade Krasnyi Avenue rollte, fragte einer noch die junge Frau, die ihnen seit dem Morgen die Sehenswürdigkeiten von Novosibirsk mit so viel Liebe zu ihrer Heimat gezeigt hatte: „Wo in den USA haben Sie Ihr perfektes Englisch gelernt?"

Sie antwortete: „Ich war nie in den USA. Ich will auch gar nicht dorthin. Ich habe da so meine Vorbehalte."

„Aber Ihr Englisch...?"

„Das habe ich während meines Studiums für das Lehrfach Englisch von den Tonbändern des Sprachlabors der Universität von Novosibirsk gelernt."

„Ach, Sie sind Lehrerin?"

„Ich war. Aber davon kann man hier nicht mehr leben. Jetzt helfe ich gelegentlich im deutschen Generalkonsulat von Novosibirsk aus und betreue für das Reisebüro Altai ausländische Besuchergruppen."

Nachdem der Bus Novosibirsk hinter sich gelassen hatte, fuhren sie durch weites, flaches Land, unterbrochen von dichten Kiefern- und lichten Birkenwäldern.

„Die Wälder als Mittler der genetischen Verjüngung in der sibirischen Urbevölkerung – das war doch eine interessante Lektion im Birkenrindenmuseum", sagte Danielle Lepen zu Heinz Fahrtmann an ihrer Seite.

„Ja", lachte der leise, „und wahrscheinlich haben die an der Blut-Auffrischung Beteiligten den jährlichen Stammenstreffen stets besonders erwartungsvoll entgegengesehen. Abwechslung vom heimischen Erotik-Menu zum Wohle der Gemeinschaft – eine durchaus reizvolle Vorstellung."

Amüsiert betrachtete Danielle ihren Nachbarn aus den Augenwinkeln und bemerkte leichthin: „Aber Ihrerseits besteht ja wohl kein Bedürfnis nach Abwechslung – wenn ich an unsere bezaubernde Gastgeberin damals in Ihrer Prager Wohnung denke."

Fahrtmanns Miene verdüsterte sich. „Da Sie Prag schon ansprechen", begann er nach kurzem Schweigen, „sollten wir uns vielleicht erzählen, wieso ausgerechnet wir beiden mit Schwingen-Delegierten hierher gekommen sind. Ich muss schon gestehen, dass ich mehr als überrascht war, Sie bei dem Eröffnungsempfang neben Francois Vitoux zu sehen. Wie ging es denn Ihnen, als er Helmut Eschenbach und mich Ihnen vorstellte?"

Danielle Lepen lächelte ein wenig und antwortete: „Meine Überraschung war nicht ganz so groß, weil mir Vitoux schon auf dem Flug von Paris nach Novosibirsk die Liste der Konferenzteilnehmer gezeigt hatte. Ich habe mir dann so meine Gedanken gemacht."

„Welche?"

„Darüber sollten wir nicht jetzt und nicht hier sprechen."

„Sondern wann und wo?"

„Wie es sich ergibt."

6.2 Austausch

Der Bus überquerte den gewaltigen Ob. Der Wald bedeckte jetzt alles Land. Dann wurde er lichter, und immer mehr Straßenschneisen durchschnitten ihn. Da ergriff Pjotr Davidov vorne neben dem Fahrer das Mikrofon und wandte sich an die Reisegruppe: „Bald sind wir wieder in Akademgorodok. Ich schlage vor, dass wir uns nach dem Abendessen noch einmal für vielleicht eine Stunde im Auditorium des Wissenschaftshauses zusammensetzen, um die Pläne für morgen zu besprechen. Die Frage ist: Wollen wir noch weiter die technischen Probleme des Last- und Systemmanagements eines westeuropäisch–russischen Stromnetz-Verbundes diskutieren, oder wollen wir uns den damit zusammenhängenden wirtschaftspolitischen Fragen zuwenden? Wenn wir das geklärt haben, ist der Rest des Abends frei für den privaten Austausch."

Der Chef von „Euro Solar-Nuklear", der Schwede Olaf Bergson, schlug vor, mit der Diskussion der wirtschaftspolitischen Probleme zu beginnen. „Für die technischen Probleme gibt es Lösungen. Das haben ja die Vorträge und Diskussionen der letzten beiden Tage gezeigt. Der Teufel steckt in den politischen Details. Darum sollten wir uns jetzt vorrangig kümmern." Das fand allgemeine Zustimmung.

Akademgorodok erreichten sie auf dem Lavrentev Prospect. Diese breite Allee war einst ins Guiness-Buch der Rekorde als die wissenschaftlichste Straße der Welt aufgenommen worden, mit der größten Dichte an mathematisch-naturwissenschaftlichen und ingenieurwissenschaftlichen Forschungsinstituten. Diese waren nach der Gründung Akademgorodoks im Jahre 1957 vom Sibirischen Zweig der Akademie der Wissenschaften in einer lichten Parklandschaft aus Birken, Fichten und Kiefern angesiedelt worden.

Vom Morsky Prospect bog der Bus rechts ab in

die Il'jcha Straße. Kurz darauf hielt er vor dem Hotel
„Golden Valley", einem achtstöckigen, langgestreckten Bau, und entließ seine Passagiere. Diese begaben
sich auf ihre Zimmer im sechsten und siebten Stock
mit weitem Blick auf die Akademgorodok umgeben-
den Wälder, machten sich frisch und bummelten dann
auf gewundenen Parkwegen durch teils dichtere, teils
lichtere Baumgruppen zum Wissenschaftshaus. Nach
dem Abendessen versammelten sich alle im Auditorium.

Pjotr Davidov, Carol Hull, Frederick Greenbam,
Francois Vitoux und Helmut Eschenbach nahmen auf
dem Podium Platz. Pjotr Davidov ergriff das Wort:
„Nach den anstrengenden technischen Diskussionen
vorgestern und gestern hat unsere heutige Exkursion nach Novosibirsk Ihnen hoffentlich etwas Entspan-
nung geschenkt, so dass wir morgen mit frischer Kraft
weitermachen können. Ich sollte vielleicht sagen, dass
uns die heutige Exkursion vom Akademgorodok-Fond
spendiert wurde. Diesen Fond verdanken wir übrigens einer glücklichen Fügung. Unserem Institut für
Geologie, Geophysik und Mineralogie war bei seiner
Gründung ein großes Areal in Nordsibirien für Feld-
forschungen übereignet worden. Dort hat man kürzlich ergiebige Erdöl-Lagerstätten entdeckt. Die ersten Förderanlagen arbeiten. Bei der unvermeidlichen
Privatisierung ist es der Institutsleitung dank guter
politischer Kontakte gelungen, die Eigentumsrechte
an dem Ölfeld auf den eigens zu diesem Zweck gegründeten Akademgorodok-Fond zu übertragen. Dessen Träger und Nutznießer sind alle Institute Akademgorodoks. Das hat die wirtschaftliche Situation
hier deutlich verbessert. Natürlich muss der Fond
sparsam wirtschaften und kann mit der Exkursion

nur einen eher symbolischen Beitrag zu dieser Konferenz leisten. Ich bin aber von der Fonds-Leitung ausdrücklich gebeten worden, heute Abend noch einmal den Stiftungen der Schwingen-Parteien, insbesondere der amerikanischen und englischen WoF, der französischen AdL und der deutschen SdF, für die Ausrichtung dieser Konferenz hier in Akademgorodok zu danken. Diesen Dank gebe ich gerne an die wissenschaftlichen Vorstandsmitglieder dieser Stiftungen weiter, die hier neben mir auf dem Podium sitzen. Es sind übrigens gute Bekannte von der Petersberg-Konferenz, mit der vor Jahren der ökonomische Umschwung im Westen eingeleitet worden war."

Olaf Bergson meldete sich: „Im Bus hatten wir uns vorhin ja schon darauf geeinigt, dass wir morgen die wirtschaftspolitischen Bedingungen für einen westeuropäisch-russischen Stromnetz-Verbund diskutieren wollen. Nun kann die Wirtschaft mit vielem leben, nur nicht mit häufig wechselnden Rahmenbedingungen. Wir haben uns in Westeuropa inzwischen auf Energiesteuern mit vorhersehbarer Entwicklung bei insgesamt gleichbleibender Steuerquote eingestellt und kommen auch im internationalen Wettbewerb zurecht, nachdem der Streit mit den USA über Grenzausgleichsabgaben beigelegt werden konnte. Wie aber werden sich die energiewirtschaftlichen Rahmenbedingungen in Russland entwickeln? Solange da nicht mehr Klarheit herrscht, sehe ich große Probleme für den Stromverbund. Ich schlage deshalb vor, dass sich morgen als erstes unsere russischen Kollegen dazu äußern."

„Und konkret würde ich gerne von den Vertretern der russischen Energiewirtschaft hören, welches marktwirtschaftliche System sie unter Langzeitper-

spektiven persönlich bevorzugen: das traditionelle,
wie es noch in den USA existiert, oder das reformier-
te Westeuropas. Oder sollte Russland vielleicht einen
dritten Weg suchen?", ergänzte der Chef der Mittel-
deutschen Elektrizitätswerke.

„Dann", legte auch noch der stellvertretende
Energiekommissar der Europäischen Union nach,
„sollten wir auch darüber reden, wie man hierzulan-
de einen möglichen Beitritt Russlands zur Euro-Zone
des Öl- und Gasmarktes beurteilt."

„Damit liegt der Ball morgen im russischen
Spielfeld", schloss Pjotr Davidov. „Wir Russen
müssen uns also noch Gedanken machen, am besten
in Gruppen. Das gilt jedenfalls für das lokale Organisationskomitee. Den anderen wünsche ich einen
entspannenden Abend."

„Setzen wir uns noch etwas in der Altrussischen Teestube zusammen, die Davidov vorgestern empfohlen
hatte?", fragte Francois Vitoux beim Verlassen des
Auditoriums Hull, Greenbam und Eschenbach. Die
waren sofort einverstanden.

Nachdem ihnen die Kellnerin aus silbernem Sa-
mowar echt russischen Tee eingeschenkt hatte – sein
Aroma war so viel reicher als das des Lipton-Tea,
Made in China, den sie sich morgens zum Frühstück
in Aufgussbeuteln überbrühten – sagte Vitoux: „Über
den Hintergrundgesprächen mit den Leuten aus Wirtschaft und Politik an den vergangenen zwei Abenden
ist das Persönliche bisher zu kurz gekommen. Erzählt
doch mal, wie die Dinge bei Euch so laufen. Und
was wisst Ihr von den anderen aus dem Petersberg-
Organisationskomitee? Mit den Sanders habe ich bisweilen lediglich formalen Kontakt in ihrer Eigenschaft

als Treuhänder des Schweizer Kontos – aber viel Unterstützung mussten unsere Ailes de la Liberté in den
letzten Jahren nicht mehr beantragen – und von Carmen Hernandez weiss ich rein gar nichts."

„Ein bisschen kann ich dazu was sagen", bot
Eschenbach an. „Übrigens, nach meiner Berufung an
die Ökonomieabteilung des Dresdner Max-Planck-
Instituts für Energie und Umwelt kam ich in Kontakt zu einem russischen Kollegen. Der hat dafür
gesorgt, dass Pjotr Davidov nach Akademgorodok
zurückkehren konnte. Ja, und die Sanders habe ich
neulich in Gemünden besucht. Beide sind weiterhin
im Schweinfurter Zentrum für Energie- und Umwelt-
Studien tätig, haben jedoch ihre Arbeitsbelastung reduziert und teilen sich jetzt eine Stelle. Britta Sanders
ist ganz die alte, doch Gregor Sanders macht einen etwas angeschlagenen Eindruck. Offiziell heißt es, dass
er in Kolumbien einen Unfall hatte, als er und Britta bei den Hernandez organisatorische Probleme mit
dem Schweizer Konto klären wollten. Es gibt aber
auch Gerüchte, dass der Unfall bei einer Entführung
passierte. Ich habe Gregor direkt darauf angesprochen, aber der hat nur abgewinkt und gesagt: 'Später
vielleicht einmal'. Von den Sanders erfuhr ich, dass
Carmen Hernandez und ihr Mann sich sehr um den
Fortgang der Friedensgespräche zwischen der Guerrilla und der kolumbianischen Regierung kümmern. Sie
arbeiten auch im Reformflügel der konservativen Partei mit und versuchen dort, unser Steuerprogramm
einzuführen."

„Das klingt gut, wenn man von Sanders absieht",
meinte Greenbam, dem man sein hohes Alter immer
noch nicht anmerkte. „Besonders freut es mich, dass
die internationale Kooperation immer besser in Gang

kommt. Ohne sie und das dafür notwendige Minimum an Vertrauen sind die Probleme von Energie und Wirtschaft, bei denen alles mit allem zusammenhängt, langfristig ja auch nicht lösbar."

„Wenn das nur endlich mehr meiner Landsleute kapierten", seufzte Carol Hull. „Die meisten wählen immer noch die Politiker, die sich einbilden, sie könnten der Welt befehlen, wo es langgehen soll. Die WoF hat jetzt zwar 56 Sitze im Repräsentantenhaus und wir stellen auch drei Senatoren, je einen aus Maine, New Hampshire und Vermont. Aber bei unserem Mehrheitswahlrecht bringen wir es so schnell nicht zu entscheidendem politischen Einfluss. Dafür sind unsere Anhänger zu weit über das ganze Land verstreut. Bei den Haushaltsabstimmungen haben wir immer die Mehrheit der beiden traditionellen Parteien gegen uns, unser Präsidialsystem ist auf Koalitionen nicht angewiesen, und den Präsidenten werden wir wohl noch lange nicht stellen können. Ein bisschen Misstrauen bleibt bei den Wählern auch von der ständigen Hetze des Fix-Channels gegen die WoF hängen, obwohl wir alle Prozesse gegen Ted Sullivan bisher gewonnen haben. Gerade neulich wurden uns nach drei Prozessjahren zehn Millionen Dollar Entschädigung zugesprochen. Davon hat unser Anwalt drei Millionen kassiert, aber immerhin. Sullivan hatte wiederholt behaupten lassen, die Schwingen-Parteien finanzierten sich aus Drogengeldern. Nichts konnte er beweisen, nun muss er zahlen. Aber deshalb verliert sein Kanal keine Zuschauer, im Gegenteil. Seine Shows mit osteuropäischen Künstlern sind enorm populär, und mit seinem Programm 'East Art' geriert er sich neuerdings als menschenfreundlicher Förderer junger Talente aus Osteuropa. Darüber vergessen die Leute seine Lügen. In England hatten die kriminellen Praktiken seiner Boulevard Blätter, besonders der 'Global News', seinem Ansehen und Geschäft schwer geschadet. Aber leider hat er sich in den Fix-Channel retten können. Damit vergiftet er das politische Klima in unserem Land und treibt die Einnahmen des Senders aus Werbung für überflüssiges Zeug in die Höhe."

„Tja, Carol", meinte Eschenbach, „da muss sich jetzt das alte Europa auf seine Weise bei den Vereinigten Staaten dafür bedanken, dass sie ihm geholfen haben, Militarismus, Faschismus und Kommunismus zu überwinden."

„Aha, wie denn?"

„Indem wir der Verschwendungswirtschaft, in die Euer Kapitalismus entartet ist, das Wasser, oder richtiger: das Öl, abgraben und zeigen, dass eine Soziale Marktwirtschaft auch unter den Bedingungen der Globalisierung nachhaltig funktionieren kann. Dann sollten Eure Wings of Freedom ihre Chance bekommen und die USA wieder an die Spitze des wirtschaftlichen und zivilisatorischen Fortschritts führen können. Zuvor aber wird es weh tun – hat es in Europa ja auch getan."

„Spielst Du an auf die Verhandlungen mit den Öl und Gas exportierenden Staaten über die Bezahlung der Energielieferungen in Euros statt Dollars?"

„Klar. Du weißt ja, dass die Konferenz hier die Dinge Russland gegenüber sondieren soll. Hinter der wissenschaftlichen Fassade verbergen sich knallharte ökonomische Absichten. Der stellvertretende Energiekommissar der EU ist nicht der einzige Vertreter der Exekutive. Die anderen halten sich nur bedeckt. Wenn Energie auf dem Weltmarkt nicht mehr in Dollars gehandelt wird, wird der Dollar nicht mehr durch die Energiereserven anderer Länder gedeckt, und die USA können nicht mehr wie bisher die Güter und Ressourcen der ganzen Welt ansaugen und verschwenden. Darauf soll doch auch General Wheeler beim Gründungskongress der Wings of Freedom hingewiesen haben. Und die Summen, um die es dabei geht, hast Du ja auf der Petersberg-Konferenz selbst genannt."

Carol lachte: „Wenn das jetzt Ted Sullivan hören könnte, wüsste er, wie er die WoF angreifen müsste: Als eine Bande von Vaterlandsverrätern im Dienste von – ja im Dienste von wem?"

„Im Dienste der Vernunft", antwortete trocken Francois Vitoux, und dann, mit nur halb gespieltem Pathos: „Vive la raison!" Er nahm sich gleich zurück: „Verzeihung, aber schließlich hat Frankreich einmal im Namen der Dame Vernunft eine Revolution gemacht."

„Aber mach Dir keine Sorgen, Carol", sagte Eschenbach, scherzhaft beruhigend. „Wenn die Sondierungen hier erfolgreich verlaufen und Russland tatsächlich auf Euro-Kurs einschwenkt, wird Dir keiner aus der Konferenzteilnahme einen Strick drehen. Schließlich geht es hier offiziell nur um Wissenschaft, und Wissenschaft jenseits des militärisch Nützlichen ist Eurer derzeitigen Machtelite doch herzlich gleichgültig. Die werden erst durch Schaden klug. Je früher, desto besser."

Jetzt war Carol Hull etwas irritiert: „Seit wann bist Du denn unter die Zyniker gegangen? Den Schaden haben doch alle Amerikaner, auch wir von der WoF."

„Aber der Schaden wird Eure politische Chance sein. Und wenn's bei den Hulls Schwierigkeiten mit den Jobs gibt – kommt nach Dresden. Wir haben gut dotierte Gaststellen am Institut."

Greenbam schmunzelte: „Das nenn' ich Dialektik. So ähnlich haben wir früher in der KP auch argumentiert: Erst muss alles zusammenbrechen, dann wird alles besser. Sind wir vielleicht doch alle heimliche Kommunisten und wissen es nur nicht?"

Daraufhin meinte Vitoux: „Bevor wir weiter enttarnt werden, sollten wir lieber zu Bett gehen."

Das taten sie dann auch.

Auf dem Weg zum Hotel sagte Greenbam noch zu Eschenbach: „Als junger Mann wäre ich zu gerne nach Akademgorodok, dem Wissenschaftszentrum des Sozialismus, gegangen, um im Institut für Politische Ökonomie zu arbeiten. Aber daraus wurde nichts. Nun gibt es das Institut nicht mehr, und den Sozialismus auch nicht. Doch dank der Wings of Freedom bin ich wenigstens noch nach Akademgorodok gekommen. Und vielleicht kommt es ja auch noch zum globalen gesellschaftlichen Wandel, wenn auch anders, als ich es mir in meinen Marx- und Engels-Träumen vorgestellt hatte."

Heinz Fahrtmann hatte Danielle Lepen am Ausgang des Auditoriums abgefangen. „Darf ich Madame auf einen Becher Bier in die New-York Pizza einladen, s'il vous plaît?", fragte er mit gespielter Förmlichkeit und fuhr dann normal fort: „Neben der Altrussischen Teestube, die Vitoux und seine Freunde gerade ansteuern, ist sie das einzige Lokal, das hier abends geöffnet hat. Ich war gestern mal dort. Das Mobilar ist hart, das Licht grell, die Musik laut, das Bier kalt – und wir sind unter uns."

Sie zögerte nur kurz. Der Abend war warm, ein kühles Bier würde gut tun, und außerdem war sie neugierig, ob sie die Melancholie in Fahrtmanns schönen, braunen Augen richtig deutete. „Einverstanden", willigte sie ein.

Fahrtmann hatte die New-York Pizza korrekt beschrieben. Nur der Musik-Automat spielte noch lauter als am Vortag, so dass eine Unterhaltung fast unmöglich war. Sie tranken jeder einen Becher Bier und unterfütterten ihn mit Pommes Frittes, die sie gemeinsam aus einer Tüte fischten. Dabei berührten sich ihre Finger manchmal wie zufällig. Aber bald klagte sie über beginnende Kopfschmerzen und bat um Entschuldigung: „Der Schalldruck ist zu groß für eine alte Frau wie mich."

Er protestierte galant gegen „alte Frau" und bot den Balkon vor seinem Hotelzimmer im siebten Stock als ruhigeren Gesprächsort und den Sekt aus der Minibar als Alternative zum Bier an.

Ihr Miene verriet kaum, dass sie sich eine Frage beantwortete. Dann sagte sie einfach: „Ja, gehen wir." Auf den schmalen Parkwegen zum Hotel streiften sich ihre Arme immer wieder einmal. Schließlich hängte sie sich wortlos bei ihm ein.

Zwei Stühle und ein Tischchen waren schnell aus Fahrtmanns Zimmer auf den Balkon geräumt. Er schoss den Korken der Krimsektflasche in den Nachthimmel. Den Sekt goss er ihr in das einzige Weinglas der Minibar und sich in sein Zahnputzglas ein. Als sie sich zuprosteten, sagte sie: „Ich bin die Danielle". „Und ich der Heinz"– seine Freude war unüberhörbar.

„Danielle, verraten Sie mir jetzt Ihre Gedanken, die Sie im Bus erwähnt hatten?"

„'Danielle' und 'Sie' – er wahrt noch Abstand,

nicht unsympathisch", dachte sie und antwortete laut: „Tadeln Sie mich, wenn ich zu direkt bin und daneben liege, aber ich denke: Ted Sullivan hat Ihnen Ihre – wie hieß sie noch? Ja, richtig: – Tatjana ausgespannt, und dann haben Sie die Seiten gewechselt."

„Stimmt", bekannte er mit verlegenem Lächeln. „Sie haben wohl von Tatjanas Auftritten im Fix-Channel und ihrer Übersiedlung in die USA gehört. Aber die Zusammenhänge sind noch etwas komplizierter."

„Mag sein, aber ich wusste jedenfalls schon in Prag, dass Sie Tatjana an Sullivan verlieren würden. Schließlich kenne ich ihn als Mann nur zu gut."

„Haben etwa auch Sie wegen Tatjana...?"

„Oh nein", lachte Danielle. „Mit Sullivan war ich schon lange vor Prag fertig. Ich war damals nur noch seine Angestellte."

„Und jetzt?"

„Wie wäre es, Heinz, wenn erst einmal Sie Ihre Geschichte erzählten und dann erzähle ich die meine?" Dabei legte sie ihre Hand auf die seine und schaute ihn voll an. Zum ersten Mal, seit Tatjana ihn verlassen hatte, fühlte er wieder die alten Kräfte.

Dann berichtete er, wie er nach der privaten Katastrophe auch beruflich in die Sackgasse geraten war. Die unverständliche Ablehnung seines Artikels über die Finanzierung der Schwingen-Parteien durch den Herausgeber der TZ und der gleichzeitige Aufstieg eines modischen Schwätzers zum Chef-Kolumnisten des Blattes hatten ihm viel von seinem kämpferischen Schwung genommen, der sein Markenzeichen gewesen war. Er hatte gekündigt und, im Wesentlichen von seinen Ersparnissen lebend, mit Re-

cherchen zu seinem eigentlich für den Ruhestand geplanten Buch „Geschichte des ökonomischen Den-
kens" begonnen. Dabei hatte er sich auch wieder, und
diesmal intensiv, mit der Kritik der den Schwingen-
Parteien nahestehenden Autoren an den traditionellen Theorien von Produktion, Wachstum und Verteilung beschäftigt. Diesmal sah er ihre Berechtigung
und die produktionstheoretischen Gründe für das
Energiesteuer-Programm der Schwingen ein. Dessen
Erfolge bei der Eindämmung der gesellschaftlichen
Erosionsprozesse in Europa, die ja inzwischen allent-
halben sichtbar waren, hatten schließlich den Ausschlag dafür gegeben, dass er an Gregor Sanders geschrieben, seine früheren Angriffe auf die Schwingen
bedauert und um eine Zusammenkunft gebeten hatte.
Nach geraumer Zeit hatte Sanders relativ zurückhal-
tend geantwortet und ihn für persönliche Kontakte
an Helmut Eschenbach verwiesen. Er, Sanders, müsse
aus Gründen, die er nicht näher erläutern könne,
leider darauf verzichten. Nach mehreren Gesprächen
mit Eschenbach in Dresden hatte dieser Fahrtmanns
Einstellung als Referent bei der SdF-Stiftung mit dem
Argument durchgesetzt: „Einen besseren Mitarbeiter
können wir nicht gewinnen als einen Saulus, der zum
Paulus geworden ist."

Er schaute über die dunklen Wälder. Der Nachtwind rauschte in den Bäumen. Sein Blick wanderte
zurück zu Danielle, die ihn aufmerksam ansah.

„Und nun begegne ich auf meiner ersten Dienst-
reise als SdF-Referent der Frau, mit deren Hilfe ich
die SdF vernichten wollte."

„Und deren Schuld es ist, dass dies nicht gelang",
ergänzte sie leise.

In Fahrtmanns Überraschung hinein erklärte sie

geradeheraus, warum und wie sie als „Doppelagentin" in den Diensten von Ted Sullivan und Attac den Plan des Prager Treffens an die Sanders verraten und die Recherchen in der Schweiz sabotiert hatte. „Ich nehme an, dass die Reise der Sanders nach Kolumbien Material zu Tage gefördert hat, das einflussreiche Kreise in Deutschland veranlasste, auf eine Einstellung der Attacken gegen die SdF zu drängen. Jedenfalls hat Francois Vitoux einmal eine Andeutung in diese Richtung gemacht. – Können Sie mir verzeihen?"

Sein Herz schlug schneller. Die kaum merkliche Besorgnis in ihrer Stimme erregte ihn fast noch mehr als die vorangegangenen Berührungen.

„Das Vorstandsmitglied von Attac, dessentwegen Sie die Seiten gewechselt haben ...?"

„Hat inzwischen eine Jüngere."

„Und Vitoux?"

„Ist mein Chef in der AdL-Stiftung und glücklich verheiratet."

Jetzt sprachen nur noch ihre Augen. Als er langsam aufstand, erhob auch sie sich und kam ihm entgegen. Er legte seine Arme um sie. Mit leicht geöffneten Lippen erwartete sie seinen Mund. In ihrem Kuss versank die Zeit. Nachdem sie zurückgekehrt war, gingen sie vom Balkon zurück ins Zimmer, und Fahrtmann verschloss die Tür.

6.3   Währungswechsel

Zur gleichen Zeit saß Pjotr Davidov mit den weiteren vier Mitgliedern des lokalen Organisationskomitees auf seinem Zimmer. Sie aßen Schwarzbrot mit rotem

Kaviar aus der Büchse und tranken dazu Wodka und Mineralwasser. Der Kollege aus seinem Institut für Systemanalyse war Experte für elektrische Netzwerke. Der Leiter des Instituts für Geologie kannte sich bestens mit den Öl- und Gasvorkommen Russlands aus. Er hatte empfohlen, seinen Studienfreund Juryi Semendjajew, jetzt Abteilungsleiter im Finanzministerium der Russischen Föderation, zu bitten, an der Konferenz mitzuwirken. Dieser war maßgeblich am Zustandekommen des Akademgorodok-Fonds beteiligt gewesen. Der vierte Gast auf Davidovs Zimmer, Ilya Felsenstein, war der Nachfolger von Dimitri Roerich im Vorstand der Rusneft. Roerich hatte sich nach massiven Problemen mit der Steuerpolizei und einer Durchsuchung seiner Büros und Privaträume durch Spezialtruppen des Innenministeriums nach Prag abgesetzt.

Allen war klar, dass man morgen zum Kern der Sache kommen würde. Die Konferenz hatte eine ähnliche Funktion wie die chinesisch-amerikanische Ping-Pong Diplomatie in den siebziger Jahren des vergangenen Jahrhunderts: Über binationale Tischtennis-Wettkämpfe sondierten damals die beiden Mächte, ob man miteinander ins Gespräch kommen könnte. Wären die Sondierungen schlecht gelaufen, hätte man es ohne weiteren Schaden oder Gesichtsverlust bei der bisherigen Sprachlosigkeit belassen können. Nunmehr hatte die Europäische Union den russischen Wunsch nach einer Integration der westeuropäischen und russischen Stromnetze zum Anlass genommen, Sondierungen für eine viel weitergehende Verkopplung der Energiewirtschaften vorzuschlagen: Die Bezahlung der russischen Energieexporte zumindest nach Westeuropa in Euros statt Dollars.

Da ein Energie-Währungswechsel die Interessen der USA tangieren würde, sollten die Dinge möglichst unauffällig eingefädelt werden. Die Einrichtung einer Eurozone des Energiemarktes mit Russland als Mitglied würden die USA wahrscheinlich mit einigem Nachdruck zu verhindern suchen. Dabei konnten sie sich auf eine zwar kleiner gewordene, aber immer noch einflussreiche Riege ehemaliger Kader der KPdSU stützen, die zu den Gewinnern der Privatisierung nach dem Zusammenbruch der Sowjetunion zählten und in der russischen Regierung mit dem Eifer von Konvertiten für die in den USA praktizierte Form der Marktwirtschaft eintraten.

Pjotr Davidov sprach gleich den zentralen Punkt an: „Gemäß dem offiziell rein wissenschaftlichen Charakter dieser Konferenz geben alle Äußerungen nur fachliche Überzeugungen oder ganz persönliche Einschätzungen wider. Aber natürlich hat das, was wir morgen sagen, bei entsprechender beruflicher Position auch politisches Gewicht. Und wir wollen ja auch nach Möglichkeit dem Sondierungszweck der Konferenz dienen."

Damit war klar, dass Juryi Semendjajew, der Mann aus dem Finanzministerium, zu der für die Westeuropäer wichtigsten Frage, der Lieferung von russischem Öl und Gas gegen Euros, Stellung nehmen musste. Er wollte in dieser Angelegenheit gleich nochmal mit seinem Minister telefonieren. Zu den Fragen nach den energiewirtschaftlichen Rahmenbedingungen und der Präferenz für US- oder EU-Marktwirtschaft beschloss man, nichts weiter abzusprechen. Da waren die Dinge in Russland noch zu sehr im Fluss. Vielleicht wollten sich ja auch einige der anderen russischen Teilnehmer dazu äußern. Außerdem sollten die Mitglieder der EU-Delegation erst einmal ihre eigene Beurteilung der westeuropäischen Wirtschaftsreformen vortragen. Abschließend meinte Davidov: „Wichtig ist nur, dass wir die richtigen Signale aussenden, die die Dinge in unserem Sinne offenhalten." Damit trennte sich die Runde.

Das Telefonat mit dem Finanzminister dauerte lange. Der Minister befürwortete eine enge Zusammenarbeit mit der Europäischen Union und seine Stellung im Kabinett war stark, aber es stand ihm nicht zu, wirtschaftspolitische Entscheidungen mit weitreichenden außenpolitischen Konsequenzen anzuschieben. Er musste sich aufs Fiskalische beschränken. Da kam Semendjajew eine Idee: „Ich könnte doch morgen ganz spontan Folgendes laut ins Unreine denken: Wenn der Dollar an Wert verliert, entwertet das auch unsere in Dollar bezahlten Energielieferungen. Ein Wechsel der Währung von Dollar zu Euro für den Fall, dass der Dollar unter die Dollar-Euro-Parität sinkt, könnte unsere Energielieferungen gegen Dollar-Entwertungen absichern. Sinkt umgekehrt der Euro unter das Paritätsniveau, wird wieder in Dollar abgerechnet. Das klingt doch ganz fiskalisch und ist politisch neutral." Der Minister fand diesen Vorschlag diskussionswürdig, sogar gleich für die nächste Kabinettssitzung, und er hatte gar nichts dagegen, dass sein Abteilungsleiter damit auf eigene Verantwortung in der Öffentlichkeit einen Versuchsballon startete.

„Wir werden ja bald sehen, wie die Märkte und Regierungen reagieren. Wenn's brenzlig wird, habe ich von Ihrer Idee absolut nichts gewusst, und Sie müssen sehen, wie Sie zurecht kommen; und natürlich hat dieses Telefonat nie stattgefunden. Wenn's gut geht, werde ich Sie zum Staatssekretär für Energie- und Währungsfragen vorschlagen."

Am nächsten Morgen trug Juryi Semendjajew seine Idee als „Gedanken nach dem Genuss einiger Gläser Wodka" vor. „Vielleicht ist es ja wirklich nur eine Schnapsidee, aber ich wollte sie wenigstens mal rein theoretisch zur Diskussion stellen."

Der stellvertretende EU-Kommissar sprang sofort an: „Wie soll das denn technisch funktionieren, z.b. wenn Dollar und Euro um die Paritätsmarke herum fluktuieren? Soll dann heute in Dollar und morgen in Euro abgerechnet werden? Da spielen die Märkte doch verrückt."

„Das ist eine gute Frage", antwortete Semendjajew und dachte nach.

Der Systemanalytiker meldete sich: „Man könnte doch eine Bandbreite der Fluktuationen vereinbaren, z.b. plus/minus drei Cent ums Paritätsniveau herum. Innerhalb dieser Bandbreite wird in der Währung abgerechnet, die vor dem Eintauchen in die Bandbreite oberhalb derselben lag. Erst wenn ihr Wert unter die Bandbreiten-Untergrenze rutscht, findet ein Währungswechsel statt."

Es gab noch ein langes Hin und Her über die Vor- und Nachteile des Paritätskriteriums, wie man den Vorschlag kurz nannte. „Auf jeden Fall lohnt es sich, weiter darüber nachzudenken", meinte zum Schluss der stellvertretende EU-Kommissar, der das Signal aus dem russischen Finanzministerium sehr wohl verstanden hatte. „Wichtig scheint mir eine Analyse der positiven und negativen Rückkopplungseffekte in einem solchen Mechanismus zu sein. Ich werde der Kommission der EU vorschlagen, einen entsprechenden Forschungsauftrag auszuschreiben und empfehle dem hiesigen Institut für Systemanalyse, sich um den Auftrag zu bewerben."

„Das mit den Signalen hat geklappt", dachte Davidov zufrieden. Dann fragte er seine Landsleute, wer auf die beiden anderen der gestern gestellten Fragen, nach den energiewirtschaftlichen Rahmenbedingungen und Systempräferenzen, antworten möchte. Die Resonanz war verhalten. Beide Fragen hingen ja zusammen, wurde mehrfach gesagt, und in Russland würde man bis auf Weiteres sehr sorgfältig beobachten, welches der beiden Systeme sich besser entwickele. Deshalb bitte man um Verständnis, dass die russische Seite die systemtheoretischen Fragen noch unbeantwortet lassen möchte. Dankbar wäre man allerdings den EU-Delegierten, wenn sie noch etwas zur Energiesteuerpraxis sagen könnten.

Ilya Felsenstein fragte konkret: „Sind Energiesteuern nicht mit viel Bürokratie verbunden? Jedenfalls wurde das doch früher häufig von deutschen Unternehmern befürchtet."

„Ganz im Gegenteil", war die Antwort des stellvertretenden EU-Kommissars. „Unser Steuer- und Abgabensystem wurde radikal vereinfacht. Lohnnebenkosten sind für die Unternehmen kein Thema mehr. Bürokratie wuchert, wenn der Staat mit immer neuen Stellschrauben den Missbrauch von Sonder- und Ausnahmeregelungen zu verhindern sucht. Diese sind fast alle abgeschafft. Bei den niedrigen persönlichen Steuern und Sozialabgaben haben die Bürger das auch glatt akzeptiert, abgesehen von den Steuer-Spar-Modellierern und Steuer-Schlupfloch-Bohrern. Und nichts ist einfacher zu erheben als eine Energiesteuer, weil Energieflüsse so leicht zu messen sind. Weniger stark abgebaut wurde die Sozialbürokratie, die auch für den Ausgleich sozialer Härten beim häuslichen Energiebedarf sorgt."

„Und wie steht's mit dem Energieschmuggel?", wollte noch jemand wissen.

„Da gibt es ein gewisses Problem beim Kraftverkehr an den Außengrenzen der EU", räumte er ein. „Aber die Tankfüllungen, die sich Pkw und Lkw aus dem Grenzbereich, z.b. in der Ukraine, besorgen, kann der Fiskus verkraften. Natürlich wird die Zahl der Grenzübertritte jedes Wagens registriert. Ansonsten ist es ja schwer bis unmöglich, Öl und Gas, oder auch Kohle und Nuklearbrennstoffe, in Pipelines oder Tank-, Last- und Eisenbahnwagen zu schmuggeln."

„Vielleicht darf ich noch etwas Spekulatives pro Energiesteuern ergänzen", ließ Eschenbach sich vernehmen. „Zu den Zeiten billiger Energie war in der Wirtschaft ein Managertyp nach oben gekommen, der mit der Parole 'Speed, Speed, Speed' seine Mitarbeiter zu immer größerer Eile bei der Eroberung von Märkten antrieb. Die Manager und Ingenieure alten Schlages, die für Sorgfalt bei der Arbeit eintraten, wurden als zu wenig dynamisch aus den Betrieben gedrängt. Darunter litt die Seriosität der technischen und wirtschaftlichen Planung und die Qualität der Produkte. Es kam zu spektakulären Pannen bei Großprojekten und Imageproblemen früherer Nobelmarken, die sich in Verlusten an Marktanteilen niederschlugen. Das Ganze war vorherzusehen, denn was der Zweite Hauptsatz der Thermodynamik sagt, weiß auch der Volksmund: 'Haste makes waste – Eile mit Weile'. Nachdem infolge der Energieverteuerung Kostenminimierung nur durch langfristige, systematische und systemanalytische Planung zu erreichen war, kamen wieder mehr Frauen und Männer in höchste Führungspositionen, denen Seriosität und Qualität wichtiger waren als eine Nummer in der Rangliste der 'Global Players'. Man mag bezweifeln, dass diese Entwicklung eine unmittelbare Folge der Energieverteuerung ist, aber jedenfalls ist sie eine wohltuende Begleiterscheinung."

Die Konferenz endete am frühen Nachmittag. Es war heiß geworden. Der Bus, der die auswärtigen Konferenzteilnehmer zum Novosibirsker Flughafen bringen sollte, war für fünf Uhr am nächsten Morgen bestellt. „Wir können noch mit Privatwagen zum Baden an den Ob-See fahren und/oder in den Sibirischen Botanischen Garten", bot Pjotr Davidov an. Man bildete zwei Gruppen. Die eine bewunderte die Fülle exotischer Pflanzen, die mitten in Sibirien anzusiedeln dem Botanischen Garten gelungen war. Die andere genoss den breiten Sandstrand und das frische Wasser des riesigen Sees, zu dem der Ob nahe Akademgorodok aufgestaut ist.

Als Helmut Eschenbach Danielle Lepen und Heinz Fahrtmann Hand in Hand in den See stürmen sah, schoss er mit seiner Digitalkamera mehrere Fotos von ihnen. „Die schicke ich noch heute Abend Gregor auf seinen Rechner. Dann wird er endgültig davon überzeugt sein, dass Fahrtmann mit Verstand *und* Herz bei den Schwingen angekommen ist."

Am Abend bildeten sich mehrere informelle Gruppen, die Resümees für die politischen Stiftungen entwarfen. Die Amerikaner um Carol Hull diskutierten auch, ob es opportun sei, in den USA die Perspektiven eines Energie-Währungswechsels offen anzusprechen. Sie baten Davidov, Eschenbach, Greenbam und Vitoux zu ihren Beratungen. Man kam zu dem Schluss, dass im Interesse weiterhin guter Beziehungen zwischen der EU, Russland und den USA über geeignete Kanäle politische Entscheider informiert werden sollten. Damit würden die Wings of Freedom ja auch ihren Patriotismus beweisen. „Wann sehen wir uns wieder?", fragte Helmut Eschenbach beim Abschied Pjotr Davidov. „Ich hoffe bald", war die Antwort, „wenn die Zeit reif ist für die Gründung russischer Schwingen der Freiheit – *Kryilya Swobodyi.*"

General Wheeler starrte aus dem Fenster seines Büros im Think Tank „Security and Progress" auf den Potomac Park mit Washington-Obelisk und Lincoln-Memorial. „Amerikanische Tugenden, amerikanische Größe", sinnierte er, „schwindet diese mit jenen?" Der telefonische Bericht Carol Hulls über die akademischen Erörterungen in Akademgorodok zum Thema Energie-Währungswechsel hatte ihn alarmiert. Etwas Derartiges hatte er schon lange befürchtet. Und er wusste, dass Regierung und Kongressmehrheit dies Problem ebenso wenig richtig einordnen und angehen würden wie die Fragen internationaler Kooperation.

Er rief den National Security Advisor Gus Kinnock an, den er seit ihrer gemeinsamen Ausbildung an der West-Point Militärakademie kannte. Sein Bericht über die Pläne eines Energie-Währungswechsels beunruhigten diesen noch mehr als ihn selbst, denn dadurch würden nicht nur die Wirtschaft sondern auch der globale politische Einfluss, und damit die Sicherheit der USA, erheblich geschwächt werden. Auf Betreiben Gus Kinnocks wurde der US-Botschafter in Moskau beim russischen Finanzminister vorstellig.

Dieser teilte ihm mit, man wisse von den akademischen Erörterungen, aber konkrete Gesetzesvorhaben gäbe es nicht. Doch sei man selbstverständlich an einer offiziellen Stellungnahme der US-Regierung zur Bedeutung von Energie-Währungen für den internationalen Handel und die bilateralen Beziehungen interessiert.

„Scheinheilige Bastards", schnaubte der National Security Advisor, nachdem er den Bericht des Botschafters gelesen hatte. „Erklären wir die Energie-Währungsfrage für wichtig, wissen die Russen, wo sie am längeren Hebel sitzen. Spielen wir die Frage herunter, ist sie für die Beziehungen zu uns ohne Belang, und sie brauchen keine politischen Rücksichten zu nehmen."

Bei der nächsten Kabinettssitzung brachte er das Problem zur Sprache. Doch der Vizepräsident und der Verteidigungsminister, die beide aus der Rüstungsindustrie kamen, dominierten die Beratungen mit Vorschlägen für neue Waffensysteme. Diese würden den USA eine derartige militärische Stärke verleihen, dass sie trotz der Rückschläge im Kampf gegen den Terrorismus ihre internationale Führungsrolle weiterhin unangefochten ausüben könnten und keine Rücksichten auf irgendwelche Währungsspielchen des Auslands zu nehmen bräuchten. Damit war das Thema erledigt.

Nachdem Russland mit der Europäischen Union den Währungswechsel für Energielieferungen so vereinbart hatte, wie er in Akademgorodok in groben Zügen skizziert worden war, trat der National Security Advisor von seinem Amt zurück.

6.4   Der Oligarch

Der Brief aus dem Kreml war Elena Davidova am Morgen gegen Empfangsbestätigung ausgehändigt worden. Jetzt beobachtete sie ihren Mann bei der Lektüre. Dessen zuerst angespannte Miene lockerte sich zusehends. Er ließ den Brief sinken und blickte mit leichtem Lächeln auf die von der Abendsonne beschienene Birke vor dem Fenster ihres Apartments in der Ulitza Voevodsky am Ortsrand von Akademgorodok.

„Die Dinge kommen in Gang", sagte Pjotr Davidov zu seiner Frau. „Der Brief ist vom neuen Staatssekretär für Energie- und Währungsfragen Juryi Semendjajew. Er hatte an unserer Konferenz über den russisch-westeuropäischen Stromverbund teilgenommen, die zum Energie-Währungswechsel führte. Er schreibt, dass unser Präsident nach einer Partei sucht, die junge Wähler und Nichtwähler mobilisieren kann und die dem seine Wiederwahl unterstützenden Parteienbündnis beitreten würde. Nach den Erfahrungen im Westen denkt er dabei an russische 'Schwingen der Freiheit' und lässt anfragen, ob ich bereit wäre, einen Parteigründungskongress zu organisieren. Wie man so etwas mache, wisse ich ja sicher durch meine Freunde in den westlichen Schwingen-Parteien."

„Und – willst Du Dich vor einen politischen Karren spannen lassen?", fragte Elena. „In unserem Land ist das schon vielen schlecht bekommen."

„Ja, aber die Verhältnisse ändern sich. Unser Land nähert sich wirtschaftlich Westeuropa immer stärker an. Eine russische Partei mit Verbindungen zu einer einflussreichen, westeuropäischen Parteiengruppe kann dabei wichtig werden, besonders wenn

sie zum Machterhalt des Präsidenten beiträgt."
„Und Du hast keine Angst, Dich dabei politisch
zu prostituieren – oder den nützlichen Idioten zu spielen?" Davidovs Frau wurde es bei dem Gedanken an
politische Aktivitäten ihres Mannes immer mulmiger.
„Natürlich muss man aufpassen, da hast Du
schon Recht", gab er zu. „Aber da bietet sich die
Chance, etwas zu bewegen. Darf man die verstreichen lassen – selbst wenn sie nur klein ist und Risiken birgt? Immerhin ist Don Quijote das Symbol der
Schwingen-Parteien."
„Bevor Du Deinen Gaul sattelst, denk gut
darüber nach, ob Du Dich zum Narren machen lassen
willst."
Eines war Davidov klar: In Russland durfte
man die Energienutzung der Bevölkerung nicht wie
im Westen verteuern, zumindest nicht ohne energietechnische Modernisierung des Gebäudebestands. Die
Winter sind kalt, die Wärmedämmung der Gebäude
ist schlecht, und die Heizungen arbeiten ineffizient.
In vielen ans Fernwärmenetz angeschlossenen Wohnungen wird noch immer die Raumtemperatur durch
das Öffnen und Schließen der Fenster über heißen
Heizkörpern ohne Absperrventile oder Thermostate
geregelt. Als Erstes müssten die Gebäude und Heizungssysteme wärmetechnisch saniert werden. Dann
konnte man weitersehen. Aber woher die Investitionsmittel nehmen? Der Durchschnittsbürger konnte in
der Regel seine im Vergleich zum Westen lächerlich
niedrige Energierechnung bezahlen, aber für irgendwelche Modernisierungsmaßnahmen hatten die Wenigsten das Geld.
Wie immer, wenn er mit einem Problem nicht
klar kam, hoffte Davidov auf Rat von seiner Frau.

Sie leitete die halbstaatliche Weltraumtourismus-Agentur *Interkosmos* in Novosibirsk.

Nachdem die USA ihr Space-Shuttle-Programm mit dem letzten Flug der Raumfähre *Atlantis* beendet hatten, kauften sie für den Transport ihrer Astronauten zur Internationalen Raumstation *ISS* Sitzplätze in den russischen Sojus-Raumschiffen für 50 Mio. US$ pro Passagier. Desgleichen waren andere Betreiberländer der *ISS*, wie Deutschland, Frankreich, Japan, Kanada, vollständig auf russische Raumschiffe angewiesen. Während die Zukunft der *ISS* – Weiterbetrieb oder kontrollierter Absturz – noch unklar war, begannen Milliardäre verschiedener Länder, Flüge zur *ISS* und Kurzzeitaufenthalte dortselbst für je etwa 20 Millionen US$ zu kaufen. Da ohne russische Raketen nichts ging, konnten die Russen Novosibirsk als Standort der internationalen Agentur für Weltraumtourismus und sonstige nicht-staatlich finanzierte Raumfahrtunternehmungen durchsetzen. Dort hatte Davidov seine Frau kennengelernt, nicht lange nachdem er nach Akademgorodok zurückgekehrt war. Er grollte: „Es ist schon absurd: der normale Russe lebt in wärmetechnisch primitivst versorgten Behausungen während wir für Superreiche den Weltraum erschließen."

„Was schaust Du mich so zornig an? Ich kann doch nichts dafür", erwiderte Elena Davidova.

„Entschuldigung! Ich gucke doch immer so blöd, wenn ich nicht weiter weiß." Dann, entspannter: „Hättest Du nicht eine Idee, wie man Reiche dazu bringen kann, ihr Geld für was Nützliches anzulegen? Du hast doch inzwischen einige Erfahrungen mit ihnen."

„Hhm ... Interkosmos hat nur wenige russische

Kunden. Die meisten kommen aus dem Ausland. Unsere Oligarchen bunkern ihr Geld lieber in englischen Banken, oder investieren es in westeuropäische Fußballklubs, denen sie die teuersten Spieler aus der ganzen Welt zusammenkaufen."

„Man müsste sie zwingen, ihre Vermögen nach Russland zurückzuholen und in die energetische Sanierung des Landes zu investieren."

„Und wie?"

„Ja, wie?"

Während sie Tee tranken, stöberte Davidov in der Novaja Gaseta, einer der wenigen unabhängigen Tageszeitungen. Eine ihrer Schlagzeilen meldete: „Finanzpolizei verhaftet Igor Gruschkin."

„Grushkin verhaftet. Elena, hatte der sich nicht vor zwei Jahren alle Rechte an den Methaneisvorkommen im russischen Teil des Polarmeers gesichert?"

„Kann sein. Und wenn, dann wird er bestochen haben und ist nun aufgeflogen. Unter dem neuen Präsidenten funktionieren die alten Seilschaften nicht mehr so wie früher. – Ach, könnte man nicht mit Hilfe der Finanzpolizei unsere Oligarchen zwingen, ihre Mittel in Russland zu investieren?"

„Das allein wird nicht genügen. Der neue Präsident setzt auf Rechtsstaatlichkeit, und viele Oligarchen besitzen zweite Staatsbürgerschaften, verliehen von armen EU-Ländern, in denen sie größere Investitionen getätigt haben. Jedenfalls müsste man neben Drohungen mit der Steuer- und Finanzpolizei auch positive Anreize geben – aber welche?"

Im Hirn der Davidova machte es Klick. Zwei Sphären ihrer Weltvorstellungen hatten aneinander angedockt: Die alte, gewohnte Sphäre polizeistaatlichen Zwangs und ihre jetzige, neue, berufliche Sphäre

des Aufbruchs in die Weite des Weltraums. „Pjotr,
was hältst Du davon: Die positiven Anreize sind Anteile an *Interkosmos*?"

„Äh – und wie ginge das im Detail?"

„Also, mit den altbewährten Mitteln wird unseren Oligarchen, sagen wir, nahegelegt, ihr gesamtes
Auslandsvermögen nach Russland zurückzuholen und
in einen Fonds einzubringen. Aus diesem Fonds werden die wärmetechnische Sanierung Russlands und
die Weiterentwicklung unserer Raumfahrt finanziert.
Gemäß ihren Einlagen in den Fonds werden die Mit-
telgeber an den Ausschüttungen des russischen An-
teils an *Interkosmos* beteiligt."

„Und mit diesen Ausschüttungen sollen sich die
Oligarchen zufrieden geben?"

Elena Davidova zögerte etwas, dann: „Ich rede
jetzt über ungelegte Eier, und Du behältst bitte alles, was ich jetzt sage, für Dich. Amerikanische Unternehmen der Luft- und Raumfahrt sind an uns heran-
getreten, ob wir ihnen behilflich sein könnten, einen
von ihnen für den Weltraumtourismus entwickelten
wiederverwendbaren Zwei-Personen-Raumgleiter mit
russischen Raketen auf etwa 500 km hohe Umlaufbahnen zu bringen. Für exklusive, etwa zehnmalige
Erdumkreisungen, würden eine ganze Menge Leute
tief in die Tasche greifen."

„Wird das genug abwerfen?"

„Das ist noch nicht alles. Die USA planen zwar
Missionen zum Mars, aber abgesehen von Telekom-
munikationssatelliten interessieren sich die staatlichen Institutionen nur noch wenig für den erdnahen
Weltraum. Nun wollen einige Internet-Milliardäre,
denen Zweifel an der Sinnhaftigkeit ihres bisherigen
Tuns gekommen sind, einen Großteil ihres Vermögens

in die Industrialisierung des Weltraums und die Erschließung neuer Lebensmöglichkeiten im Raumbereich zwischen Erde und Mond investieren. Ihre Hoffnung ist, so die Grenzen des Wachstums zu überwinden."

„Greifen die etwa die alten Pläne zum Bau von Satelliten-Sonnenkraftwerken und Habitats für Tausende von Menschen auf? Die hatten in den 1970er-und 1980er-Jahren in den USA und anderen westlichen Ländern großes Interesse gefunden, das dann aber mit dem Ende des Kalten Krieges erlosch."

„Ach, Du kennst die? Ja, darum dürfte es gehen."

„Und Du meinst, wofür sich amerikanische Milliardäre begeistern, sollte man auch russische Oligarchen gewinnen können?"

„Ja, auch diese sind doch noch stolz auf den Sputnik, Juri Gagarin, den ersten Weltraumspaziergang und andere russische Pioniertaten des 20. Jahrhunderts. Und wenn *Interkosmos* an der Weltraumindustrialisierung beteiligt sein wird, dürften sie mit den Ausschüttungen gemäß ihrer Anteile zufrieden sein."

„Dem Präsidenten wäre also mitzuteilen: Eine Partei mit einem Energiesteuerprogramm wie das der westlichen Schwingen der Freiheit, die seine Wiederwahl unterstützt, dürfte nur Erfolg haben, wenn die wichtigsten russischen Oligarchen ihr Vermögen repatriieren und in den – nennen wir ihn – *Interkosmos Fonds* einbringen."

„Genau!"

Davidov hatte schon früher darüber nachgedacht, wie das Programm russischer Schwingen der Freiheit aussehen müsste. Er besprach seine Vorstellungen mit Kollegen aus der Akademie der Wissenschaften in Akademgorodok und bat per E-Mail Eschenbach, Greenbam, Hull, Lion und Vitoux um ihre Meinungen.

Als Staatssekretär Juryi Semendjajew auf eine Entscheidung zur Gründung von *Kryilya Swobodyi* drängte, bestand Davidov auf einer Stellungnahme des Präsidenten zu dem Parteiprogramm, wie es ihm vorschwebte: „Eine Partei kann ja für den Präsidenten nicht mit einem Programm werben, das dieser ablehnt."

„Ok. Schicken Sie mir ein Memorandum. Ich werde es dem Präsidenten vorlegen. Dann rufe ich Sie an."

Der Anruf kam acht Tage später: „Pjotr Nikolajewitsch, der Präsident findet Ihr Programm durchaus interessant. Aber es könnte Probleme mit den Herren der Energiewirtschaft geben. Er schlägt vor, dass Sie die Sache einmal mit unserem gemeinsamen Bekannten Ilya Semjonowitsch Felsenstein durchsprechen. Ich habe bei dem schon vorgefühlt, mit präsidialer Empfehlung, und ihm auch Ihr Memorandum geschickt. Er hat verstanden, dass es wichtig ist und lädt Sie nach Moskau ein. Können Sie am Freitag fliegen?" Davidov konnte und bat seine Frau mitzukommen: „Pass auf mich auf, damit ich mich nicht zum Narren mache."

„Sie meinen also, dass auch Russland die in Akademgorodok schon mal erwähnten Energiesteuern einführen sollte, und zwar bald", eröffnete Ilya Felsenstein das Gespräch mit Davidov.

Er hatte Pjotr und Elena mit seiner gepanzerten Mercedes-Limousine am Vorabend vom Flughafen

Domodedowo abholen und auf seine Datscha vor den Toren Moskaus bringen lassen. Als Partner im Organisationskomitee der Akademgorodok-Konferenz hatte er Davidov zwar professionell kennengelernt. Aber wenn es um wichtige geschäftliche Interessen ging, war es immer nützlich, sich auch persönlich näher kennen zu lernen.

„Also, ich glaube, ich könnte mich an ein Oligarchendasein gewöhnen", hatte Elena Davidova am Morgen zu ihrem Mann gesagt, nachdem sie den geschmackvollen Luxus ihrer Unterkunft auf sich hatte wirken lassen. Jetzt saßen sich Davidov und Felsenstein im Kaminzimmer an einem runden Tisch gegenüber. Rechts und links von Felsenstein hatten zwei jüngere Herren Platz genommen, die er als seine Berater vorgestellt hatte.

„Ja, das russische Volk muss endlich von den naturgegebenen Reichtümern unseres Landes profitieren. Dann können auch diejenigen, die diese Reichtümer erschließen und vermarkten, in einer stabilen Gesellschaft die schönen Früchte ihrer Arbeit ungestört genießen", antwortete Davidov auf Felsensteins Feststellung und ergänzte: „Übrigens, meine Frau ist ganz begeistert von der behaglichen Eleganz Ihrer Datscha. Wir wissen Ihre Gastfreundschaft sehr zu schätzen, Ilya Semjonowitsch."

„Es freut mich, dass Sie sich in meiner Hütte wohlfühlen", sagte Felsenstein schmunzelnd. „Und Sie meinen, wenn Ihr Vorschlag meine Einkünfte aus Rusneft schmälert, könnte ich immer noch ganz gut leben."

„Ja", entgegnete Davidov einfach und dachte zufrieden: „Felsenstein bringt die Sache schnell auf den

Punkt. Das schafft Klarheit."

„Sehen wir mal von mir und den Gewinnerwartungen meiner Kollegen und Konkurrenten im Energiegeschäft ab", fuhr Felsenstein fort. „Führte Russland Ihr Energiesteuersystem ein, würde es sich in der Gemeinschaft der energieexportierenden Nationen isolieren. Sorgfältig gepflegte Geschäftskontakte und -absprachen würden erheblich gestört. Und ich befürchte auch Turbulenzen an den Börsen."

„Gewiss kann man kurzfristige Verwerfungen am Aktienmarkt nicht ausschließen", räumte Davidov ein. „Aber ich bin sicher, dass sich diese bald wieder glätten, wenn sonst alles richtig läuft. Stellen wir uns einmal den Idealfall vor. Wir gründen *Kryilya Swobodyi*. Ilya Semjonowitsch Felsenstein unterstützt diese Partei, ihr Programm und die Wiederwahl des Präsidenten. Als Folge muss Russland wohl den Club der Energie-Exporteure verlassen und kann nicht mehr von deren Absprachen profitieren. Doch seine internationale Stellung hängt im Wesentlichen doch von seiner Marktmacht ab. Die wird jedenfalls angesichts der andernorts schwindenden Reserven von billig zu förderndem Öl und Gas in naher Zukunft auch wieder wachsen. Und lange werden die USA die teure, ihre Umwelt ruinierende Gewinnung von Öl und Gas aus unkonventionellen Quellen wie Ölsänden und Teerschiefer nicht durchhalten können. Zudem könnten Sie mit Ihrer Firma einsteigen in das Geschäft mit der energetischen Sanierung des Landes im Zuge der Einführung modernster Energiespartechnologien. Und wenn sich der Interkosmos Fonds so entwickelt, wie es gemäß dem Ihnen ja bekannten Memorandum für den Präsidenten möglich wäre, dürften seine Ausschüttungen auch interessant werden."

Davidov machte eine kurze Pause. Dann fuhr er
entschlossen fort: „Und werden die staatlichen Einnahmen aus den Energiesteuern gezielt für die Ver-
besserung der wirtschaftlichen Verhältnisse breiter
Bevölkerungsschichten eingesetzt, insbesondere zur
Senkung der Steuern und Abgaben und Erhöhung
der Renten, wird im Land der Zorn auf die Oligarchen schwinden. Hat der Staat mehr Geld für die Bildung, können wir unsere Nobelpreisträger aus dem
Ausland zurückholen und das riesige Intelligenzpo-
tenzial unserer Jugend erschließen. So werden wir
Hochtechnologie-Produkte entwickeln und den Weltmarkt damit bedienen. In Rüstung und Raumfahrt
haben unsere Wissenschaftler und Ingenieure ihre
Weltklasse schon längst bewiesen. Sie können das
auch in den anderen Wirtschaftssektoren, wenn man
sie lässt. Dann werden wir nicht mehr fast ausschließlich von Rohstoffexporten abhängen. Russland er-
steht wieder als Weltmacht, diesmal aber wirtschaftlich, zivil und stabil."

Davidov hatte sich regelrecht in Begeisterung geredet, während ihm Felsenstein zuerst leicht amüsiert,
dann aber nachdenklicher werdend zugehört hatte.

„Und wenn die Energiesteuer-Einnahmen, so wie
die bisherigen Staatseinnahmen, mehr oder weniger in den Taschen korrupter Bürokraten verschwinden?", verwies einer der Berater auf die Realität,
während Felsenstein nachdrücklich nickte. „Das Einzige, was in unserem Lande funktioniert, ist doch der
Privatsektor. Das sieht man gerade an der Ölindustrie: verrottet zu Sowjetzeiten, jetzt technologisch
und ökonomisch auf Weltniveau."

„Ilya Semjonowitsch", wandte sich daraufhin Davidov mit Wärme an Felsenstein, „darüber haben

wir in Akademgorodok lange diskutiert, bis uns jemand darauf hinwies, dass Sie selbst die Lösung dieses Problems kennen und auch schon erfolgreich an-
gewendet haben." Felsenstein, verwundert: „Jetzt bin ich aber gespannt."

„Ich trete Ihnen hoffentlich nicht zu nahe, wenn
ich an Ihre Rolle in der 'Itzach Rabin Foundation for
Reconciliation' erinnere", sagte Davidov. „Diese internationale Stiftung hat entscheidend zur Stärkung
der auf Versöhnung und Ausgleich bedachten Kräfte
in Palästina gegen die nationalistischen und religiösen
Fanatiker in beiden Konfliktparteien beigetragen. Ilya Felsenstein hat nicht nur dafür gespendet, sondern
die Stiftungsmittel auch mehrere Jahre lang verwaltet. Er weiß, wie man korrupte Langfinger fernhält.
Die Einnahmen aus den Energiesteuern gehören in
eine öffentliche Stiftung, die nach den Kriterien der
Itzach Rabin Foundation verwaltet und kontrolliert
wird. Diese Forderung wird Teil des Programms russischer Schwingen der Freiheit."

Ilya Felsenstein schwieg lange. Er dachte an die
Progrome im alten Russland, an die Ermordung seiner Großeltern durch die Deutschen in Babi Yar,
an die Anti-Oligarchenbewegung mit antisemitischen
Untertönen im neuen Russland, die Undankbarkeit,
die George Soros für seine Unterstützung der russischen Wissenschaft durch die „George Soros Foundation for Science and Development" unmittelbar nach
dem Zusammenbruch der Sowjetunion geerntet hatte
und was es für ihn für Folgen haben könnte, wenn er
sich auf ein Abenteuer wie die *Kryilya Swobodyi* ein-
ließe. Den Ausschlag gab der Gedanke an die Stärke
des derzeitigen Präsidenten und der Reiz, ihn sich

mittels einer neuen Partei zu verpflichten. Und wenn der Neid im Volk gemildert würde, sollte ihm auch eine Minderung seiner Einkünfte Recht sein.

„Ich werde gut bedenken, was Sie gesagt haben, Pjotr Nikolajewitsch", beschloss Felsenstein die Unterredung. „Ich werde mit Juryi Semendjajew sprechen. Vielleicht sehen wir uns in Zukunft häufiger. Mein Wagen kann Sie heute Nachmittag wieder nach Domodedowo bringen."

Elena Davidovas Sorgen waren überflüssig gewesen. Ihr Mann brauchte sich politisch nicht zu exponieren. Ilya Felsenstein übernahm die Gründung der Partei Kryilya Swobodyi und organisierte den Wahlkampf zur Unterstützung des Präsidenten. Dieser bekam 52% der abgegebenen Stimmen, sein Rivale aus dem nationalistischen Lager 31%, und der Rest entfiel auf Kandidaten von Splittergruppen. Die Wahlbeteiligung war auf 76% gestiegen. Das Wahlkampfmotto des Präsidenten, „Russlands Reichtum den Russen", unterstützt vom Steuerreform-Programm der Kryilya Swobodyi, hatte die Wähler mobilisiert und überzeugt. Entscheidend gewesen war für viele das Engagement von Ilya Felsenstein, der während des Wahlkampfs mehreren Anschlägen nur knapp entging. Als deren Drahtzieher vermutete man allgemein eine Oligarchengruppe, die zu spät und vergeblich eine rüde Medienkampagne gegen die Kryilya Swobodyi gestartet hatte. Aber beweisen konnte man natürlich nichts.

Während sich in den Folgejahren die Zusammenarbeit zwischen Russland und Westeuropa vertiefte und die Weltwirtschaft wuchs, nahmen die Emissionen von Kohlendixoxid zu, und die mittlere Temperatur der Erdoberfläche stieg infolge des Treibhauseffekts. Extreme Wetterereignisse häuften sich auf allen Kontinenten. Die am Interkosmos Fond beteiligten privaten Raumfahrtunternehmen mit Standorten in der Europäischen Union, Russland und den USA suchten in Kooperation mit den staatlichen Raumfahrtagenturen Westeuropas, Russlands, Japans und Chinas die Unterstützung der Schwingen-Parteien für den Plan, Satelliten-Sonnenkraftwerke zur Versorgung der Erde mit sauberer Energie zu bauen. Daran mitzuwirken hatte die US-Regierung der National Aeronautics and Space Administration (NASA) wegen der Beteiligung Chinas untersagt.

Kapitel 7

Berlin

7.1 Kontroverse

Der Herbstwind zerrte an den weißen Fahnen mit der Aufschrift „SdF – Bewährtes behalten, die Zukunft gestalten" vor der Kongresshalle zwischen Spree und John-Foster-Dulles-Allee in Berlin. „Schwingen der Freiheit. Parteitag" verkündete das Transparent über dem Eingang zur Halle.

Im Konferenzsaal standen die Delegierten in kleinen Gruppen diskutierend beisammen. Reporter versuchten, dieser oder jenem eine Stellungnahme zu den Kontroversen zu entlocken, die aus dem Parteivorstand in die Öffentlichkeit gedrungen waren. Doch die meisten verwiesen auf die späteren Pressegespräche. An dem Tisch auf dem Podium hatten bereits die beiden Ko-Vorsitzenden der SdF, Ulrike Meier-Dorndorf und Helmut Eschenbach, sowie der Schatzmeister Lothar Jakob Platz genommen. Um Punkt 9 Uhr kam Bärbel Stumpf und ging zum Rednerpult.

„Liebe Schwingen, meine Damen und Herren", begann sie, und während sie freundlich lächelnd ihren Blick von den ersten Reihen im Saal bis in den Hintergrund wandern ließ, kam sie gleich zur Sache: „Wie Sie wissen, gibt es in unserer Partei Probleme, die sich aus der Regierungsarbeit in der zweiten Koalition mit den Konservativen und den Ökosozialen ergeben haben. In der ersten Koalition hatte ich ja als Umweltministerin die Zwänge zu Kompromissen kennengelernt und habe es dann nach der letzten Bundestagswahl vorgezogen, sowohl im Vorstand der SdF als auch in der folgenden Bundesregierung meinen Platz für Jüngere, genauer, für Ulrike Meier-Dorndorf, unsere UMD, zu räumen. Nun hält mich der Parteivorstand für so neutral, dass man mir zutraut, diesen Parteitag mit der gebotenen Objektivität zu leiten. Ich danke dem Vorstand für dieses Vertrauen und Ihnen allen im Voraus für faire Diskussionen." Kurzes Räuspern, dann fuhr sie fort: „Die Tagesordnung ist Ihnen ja allen zugegangen. TOP 1: Bericht über die Arbeit in der Koalition. Berichterstatter: Helmut Eschenbach. TOP 2: Diskussion der bisherigen Regierungsarbeit. TOP 3: Parteifinanzen. Berichte des Schatzmeisters Lothar Jakob und der Kassenprüfer. TOP 4: Entlastung des Vorstands. TOP 5: Neuwahl des Vorstands. TOP 6: Anregungen für die weitere Koalitionsarbeit. – Wer wünscht Änderungen der Tagesordnung? Niemand. Dann ist die Tagesordnung, so wie sie Ihnen vorliegt, angenommen. Ich danke Ihnen. Wie vorgesehen, beginnen wir mit TOP 1 um 9:15 Uhr, bis dahin kurze Pause."

„Flott durchgezogen, die Eröffnung" bemerkte Eschenbach schmunzelnd zu Bärbel Stumpf.

„Ich hatte nicht erwartet, dass die Tagesordnung so glatt durchgeht", meinte diese.

„Du hast ja auch den üblichen Bedenkenträgern

keine Zeit für Einwände gelassen."

„Passt doch so, oder? Im vorigen Kabinett hatte meine Präferenz für straffe Diskussionen und zügige Beschlüsse, insbesondere meine Anträge auf Schluss der Debatte, wenn alles gesagt war, einige geärgert. 'Man merkt es Ihnen schon an, dass Sie früher Lehrerin waren', gehörte noch zu den weniger spitzen Bemerkungen. Auch das ist ein Grund dafür, dass ich gerne wieder nur einfache Abgeordnete bin. Wie erlebst denn Du das Kabinett?"

„Nun, am Anfang ist mir die Umstellung vom akademischen Leben in Dresden auf den Politikbetrieb in Berlin nicht leicht gefallen. Aber Lothar Jakob hat lieber das Amt des Schatzmeisters in den SdF nochmal übernommen, als das Ministerium für Wirtschaft und Energie weiter zu führen. Seine Hochschule hätte ihn wohl auch nicht länger beurlaubt. Drum war ich bei den letzten Koalitionsverhandlungen zur Übernahme des Ministeriums bereit. Und ich muss gestehen, inzwischen beginnt mir die Umsetzung von Theorie in Praxis – und auch die Ausübung von Macht, in der Tat – Spaß zu machen, trotz aller unumgänglichen Winkelzüge. Aber die unterscheiden sich ja gar nicht so sehr von denen in Akademia."

„Aber die Probleme mit Deiner Ko-Vorsitzenden, meiner Nachfolgerin im Umweltministerium?"

„Werden angesprochen in meinem Bericht." Und dann förmlich, nach einem Blick auf die Uhr: „Frau Tagungsleiterin, ich glaube Sie sollten mir jetzt dazu das Wort erteilen." Sie ergriff eines der Handmikrofone, die auf verschiedenen Tischen in den Saalgängen bereit lagen und kündigte an: „TOP 1: Bericht von Helmut Eschenbach."

„Liebe Freunde, verehrte Gäste", begann dieser vom Rednerpult aus, „ich möchte meinen Bericht über die Regierungsarbeit während der zweiten Legislaturperiode mit Schwingenbeteiligung an der Bundesregierung auf zwei Problemfelder konzentrieren: Erstens den Konjunktureinbruch. Zweitens den Kohleausstieg."

„Und der Krach in unserer Doppelspitze?" rief jemand von hinten. „Wird unter Zweitens abgehandelt. Ich weiß, Krach hat das größere Unterhaltungspotential. Aber ich darf doch um Geduld und Ihre Aufmerksamkeit für die Analyse unserer gegenwärtigen wirtschaftlichen Probleme bitten, auch wenn Sie glauben, aus der Presse und den elektronischen Medien schon hinreichend informiert worden zu sein."

„Darf ich einen Vorschlag machen?", unterbrach Bärbel Stumpf, die inzwischen mit ihrem Mikrofon aufs Podium gegangen war. Eschenbach: „Bitte".

„Behandele den Konjunktureinbruch so knapp wie möglich – Du kannst ja klärende Zwischenfragen zulassen. Dann können wir auf die sachlichen Differenzen im Vorstand umso ausführlicher eingehen. Wir sollten schnellstmöglich zur Diskussion der Regierungsarbeit kommen und darin versuchen, die Differenzen zu klären und Kompromisse zu finden."

„Na gut, wenn wir so schneller zu Potte kommen", brummte Eschenbach, legte sein Redemanuskript zur Seite und fasste zusammen: „Im dritten Jahr unserer zweiten Koalitionsregierung mit den Konservativen und den Ökosozialen ist die Konjunktur in Deutschland erneut eingebrochen. Ich darf kurz an die Ursachen erinnern. Zur Stützung des schwachen Wirtschaftswachstums in einigen südeu-

ropäischen Ländern hatte die Europäische Zentralbank die Leitzinsen auf Null und sogar darunter
gesenkt. Dann kam die Große Pandemie, und die
Wirtschaft stürzte überall ab. Zu ihrer Wiederankur-
belung legten alle Regierungen große Hilfsprogram-
me auf, unter Inkaufnahme stark steigender Staats-
verschuldungen. Inflation war die Folge. Zu ihrer
Bekämpfung hat die Europäische Zentralbank die
Leitzinsen kräftig angehoben. Darauf hin haben die
Leute ihren in den Zeiten des billigen Geldes üppigen
Konsum reduziert und sich wieder aufs Sparen beson-
nen. Auch der Staat muss kräftig erhöhte Zinsen für
seine Schulden zahlen und hat seine Investitionspro-
gramme zusammengestrichen. Das alles dämpfte und
dämpft die Binnennachfrage. Auch der Exportmotor
ist ins Stottern geraten, denn China verdrängt in zunehmenden Maße Deutschland aus dem Geschäft mit
der Industrialisierung der Entwicklungsländer. Hatten doch die Chinesen in den Zeiten der Joint Ventu-
res mit westlichen Unternehmen und durch die Übernahme deutscher und US-amerikanischer Hochtech-
nologiefirmen sich auf den technologischen Wissens-
standard der führenden Industrieländer gebracht und
liefern jetzt aller Welt in guter Qualität, und billiger als wir, Werkzeugmaschinen, Industrieanlagen
und Transportsysteme. Zahlreiche Arbeitsplätze sind
dadurch in Deutschland verloren gegangen. Auch das
schwächt die Kaufkraft der Bevölkerung. Und obwohl ohne die von uns durchgesetzte Verlagerung der
Steuer- und Abgabenlast von der Arbeit auf die Energie die Finanzminister noch klammer und die Reserven der Sozialkassen noch geringer wären als sie es
ohnehin sind, verlangen jetzt die Rechts- und Links-
populisten die Rückgängigmachung unserer ökologi-

schen Steuerreform." Natürlich verschweigen sie, dass
dann Lohn- und Einkommenssteuer sowie Sozialabgaben mindestens auf das frühere Niveau wieder angehoben werden müssten und der größte Teil der
Bevölkerung viel schlechter dran wäre als heutzutage.
Das ist die Situation, vor der wir jetzt stehen."

„Ja warum klärt denn die Regierung die Bevölkerung nicht über diese Zusammenhänge auf?", rief einer.

„Wir tun unser Bestes in Zeitungsartikeln und
-anzeigen, Parteifreunde gehen in Talkshows und Po-
diumsdiskussionen. Aber komplexe Sachthemen kann
man den Leuten heute noch weniger zumuten als vor,
sagen wir, 15 Jahren."

„Und die Chancen des Internets und der sozialen
Netzwerke wurden verschlafen", behauptete eine junge Frau, die als Bloggerin mit einer größeren Zahl von
Followern bei Netzaktivisten eine gewisse Prominenz
genoss.

Am rechten Ende der vierten Reihe schoss ein
Arm in die Höhe. Daran hing Gregor Sanders. Bärbel
Stumpf nahm ihn zum ersten Mal wahr und kam dem
nächsten Zwischenrufer zuvor: „Bitte, erst Wortmeldung per Handzeichen, dann reden, wenn ein Saalmikrofon übergeben worden ist. Die erste Hand sehe ich
hier vorne rechts. Sie gehört Gregor Sanders, einem
unserer Gründungsmitglieder. Bitte ein Mikrofon zu
ihm."

Nachdem Sanders, von einem Saalordner unterstützt, mit der Mikrofonbedienung klar gekommen
war, erklärte er: „Bei den letzten Parteitagen konnte ich nicht dabei sein. Drum sollte und wollte ich
heute erst mal nur zuhören. Aber wenn von Internet
und Digitalisierung alles Heil erwartet wird, kann ich

meinen Mund nicht halten und sage schon jetzt, und nicht erst beim Kohleausstieg, etwas zur Energiewende, und zwar als Beispiel für Information und Meinungsbildung im Internet. Also: Nachdem die Bundesregierung 2010 die Laufzeitverlängerung der deutschen Kernkraftwerke durchgesetzt hatte mit der Begründung, ohne Kernenergie könnten die deutschen Ziele der Emissionsminderung von Treibhausgasen nicht erreicht werden, vollzog sie 2011 eine abrupte Kehrtwendung – wegen der Fukushima-Katastrophe. Der Bundestag folgte ihrem Antrag, acht Kernkraftwerke sofort und die verbleibenden neun bis 2022 für immer abzuschalten, und zwar wegen eines angeblich unterschätzten Restrisikos der deutschen Kernkraftwerke. Damit begann die deutsche Energiewende, die jahrelang so chaotisch gemanagt wurde wie der Bau des neuen Berliner Großflughafens. Dessen ungeachtet bejubelten die deutschen Medien lange Zeit die ökologische Großtat der Bundesregierung. Da habe ich für eine Zeitung einen Gastbeitrag geschrieben. Darin wurde dargelegt, dass in Fukushima kein unterschätztes Restrisiko realisiert worden war, sondern ein wohlbekanntes, in Kauf genommenes Risiko, und dass in Deutschland die Wahrscheinlichkeit für einen GAU wie in Fukushima so groß ist, wie die Wahrscheinlichkeit, dass in Deutschland ein schweres Erdbeben vier Kernkraftwerke vom Stromnetz trennt *und* dass anschließend ein Tsunami deren Notstromgeneratoren unter Wasser setzt. Bei der herrschenden Stimmung im Lande hatte ich erwartet, im Internetforum der Zeitung angegriffen zu werden. Doch kein Gedanke daran, und keinerlei Auseinandersetzung mit den im Artikel dargelegten sicherheitstechnischen Argumenten. Vielmehr beschimpften sich in

wirren Pros und Kontras die Autoren zahlreicher Beiträge auf das Heftigste. Worum es ihnen dabei ging,
verstehe ich bis heute nicht. Das Zeug steht immer
noch im Internet und kann nachgelesen werden. 'Da
haben Sie ja eine Menge Trolle eingefangen' meinte
ein Umweltexperte. – Im Übrigen hat die Regierung
auf den Konkjunktureinbruch meiner Meinung nach
bestmöglich reagiert."

Dazu Stumpf: „Das war zwar keine Zwischenfra-
ge zum Konjunktureinbruch, sondern ein Kommentar. Aber vielleicht ist er ja die passende Überlei-
tung zur Kohleaustiegskontroverse. Wenn keine unbedingt notwendigen Sachfragen zum Konjunktureinbruch mehr vorliegen – das ist nicht der Fall – können
wir zum Kohleausstieg übergehen."

Während Bärbel Stumpf noch redete, hatten
Eschenbach und Meier-Dorndorf kurz die Köpfe zu-
sammengesteckt und dann genickt. Eschenbach trat
ans Rednerpult und wies auf sein Manuskript: „Den
Bericht über die Regierungsarbeit haben Frau Meier-
Dorndorf und ich natürlich sorgfältig abgesprochen.
Dazu gehört auch und besonders die Kontroverse zwischen uns über den Kohleausstieg, soweit sie sich im
Kabinett abgespielt hat. Ich könnte das jetzt einfach
verlesen. Aber nachdem Gregor Sanders mit der Energiewende ein ähnlich heikles Thema wie den Kohleausstieg angesprochen hat, das gerade jetzt erneut für
Diskussionen sorgt, sind wir auch zu Folgendem bereit: Statt meines Verlesens des Berichts führen wir
unter Leitung von Frau Stumpf eine Podiumsdiskussion, deren Gegenstände die einzelnen Punkte des Berichts zum Kohleausstieg sind. Bärbel, wenn Du damit einverstanden bist – sie nickt – hier hast Du mein
Manuskript zur Strukturierung der Diskussion."

Stumpf überflog das Manuskript und schlug dann vor: „Wir sollten jetzt eine Pause von, sagen wir, 15 Minuten machen. Dann sind wir, wenn wir von der Podiumsdiskussion direkt in den TOP 2 geraten, was ich erwarte, hoffentlich noch fit."

„So, und wer fängt nun an?", fragte Stumpf nach dem Ende der Pause.

„Frau Meier-Dorndorf, ich habe erstmal genug geredet", erklärte Eschenbach, und seine Ko-Vorsitzende begann.

„Herr Eschenbach und ich haben nicht vor, unsere Sachdifferenzen als persönlichen Krach zu inszenieren. Wer das erwartet, wird hoffentlich enttäuscht. Wir respektieren einander. Was uns trennt, ist: Ich glaube an grünes Wachstum, Herr Eschenbach nicht."

Eschenbach nickte mit Nachdruck.

„Sie sehen", fuhr UMD fort, „darin sind wir uns einig. Und einig sind wir uns auch darin, dass die Schadstoffemissionen, besonders die Emissionen von Kohlendioxid und anderen Treibhausgasen, schnellstens, und mit allen zur Verfügung stehenden Mitteln, im Rahmen des Möglichen reduziert werden müssen. Unsere Differenzen bestehen in der Beurteilung der uns zur Verfügung stehenden Mittel und des Rahmens des Möglichen. Herr Eschenbach, habe ich das richtig dargestellt?"

„Frau Ko-Vorsitzende, so perfekt wie Sie hätte ich es nicht gekonnt", gab sich Eschenbach galant.

„Wollen Sie jetzt weiter machen?"

„Warum? So lange es nur um die Fakten geht, höre ich Ihnen gerne zu."

UMD, leicht spöttisch: „Und hoffen, dass ich ermüdet bin, wenn wir uns dann über die Bewertung der Fakten streiten müssen."

„Solche Hoffnung zu hegen wäre töricht, Frau Umweltministerin. Dafür habe ich zu oft die Schärfe, Verzeihung: Prägnanz, ihrer Rede in tiefnächtlichen Kabinettssitzungen erlebt. Aber eigentlich sind die Punkte, in denen wir differieren, nunmehr klar. Warum sagen Sie jetzt nicht, wie in Deutschland grünes Wirtschaftswachstum und Kohleausstieg gehen sollen?"

Nach kurzem Blick zu Stumpf, die nickte, erklärte UMD: „Grünes Wachstum wird getragen von Effizienzsteigerung und Strukturwandel und anderen Elementen eines ressourcenschonenden technischen Fortschritts, ganz besonders den durch Digitalisierung. Die Kohle ersetzen wir durch erneuerbare Energien und Erdgas."

„So allgemein sagen es auch die Ökosozialen", bemerkte Eschenbach in Richtung Publikum, „aber Sie, liebe Frau Meier-Dorndorf, kennen ja meine Einwände, wenn man vom Allgemeinen ins Detail geht, in dem bekanntlich der Teufel steckt. Wie wär's, wenn Sie meine Einwände bezüglich der Details auch noch darlegten und gleich zu entkräften versuchten?"

„Nein, Herr Eschenbach", lachte UMD. „Die Darlegung besorgen Sie bitte selber. Die Entkräftung erledige ich anschließend."

„Wie Sie wünschen. Dann diskutieren wir jetzt Punkt für Punkt: 1. Effizienzsteigerung, 2. Strukturwandel, 3. Digitalisierung und 4. die Substitution der Kohle. Zu jedem Punkt sage ich Kritisches, und Sie widersprechen sofort meiner Kritik. Einverstanden?" UMD nickte und Eschenbach fuhr fort: „Zu 1.: Aus unseren früheren Diskussionen weiß ich, dass Sie unter Effizienzsteigerungen die Steigerung der Ener-

gieeffizienz im Sinne von Bruttoinlandsprodukt pro
jährlichen Primärenergieverbrauch verstehen, und Sie
nehmen an, dass diese Effizienz jährlich um 2,3 bis
2,5 Prozent steigen wird. Meine Kritik: Diese Annahme ist naiv – Verzeihung – ich wollte sagen: Diese
Annahme wird von der Erfahrung widerlegt werden.
Und das wird schmerzlich werden."

„Sie weigern sich also, die offizielle Wirtschafts-
statistik zur Kenntnis zu nehmen. Die zeigt doch,
dass bisher bei abnehmendem Energieeinsatz das
deutsche Bruttoinlandsprodukt gestiegen ist. Oder
zweifeln Sie an der Seriosität der Publikationen des
Statistischen Bundesamtes und der Arbeitsgemein-
schaft Energiebilanzen?"

„Mitnichten! Ganz im Gegenteil. Doch nur eine Statistik herauspicken und ihre Trends einfach
in die Zukunft verlängern, führt in die Irre. Haben Sie sich mal die Statistiken angeschaut, die zeigen, wie sich die Anteile der Wirtschaftssektoren
an Wertschöpfung und Beschäftigung mit der Zeit
verändert haben? Damit komme ich zu Punkt 2,
Strukturwandel, und darf daran erinnern, dass in
den Jahren, in denen bei fallendem Energieeinsatz
das BIP um bis zu 2,5% pro Jahr stieg, ein Gutteil
der energieintensiven deutschen Industrie ins Ausland
verlagert worden ist: Der Anteil des industriellen Sek-
tors an der Schaffung des Bruttoinlandsprodukts der
BRD hat sich zwischen 1970 – da betrug er rund 52
Prozent – und heute in etwa halbiert. Gleichzeitig
entstanden viele Arbeitsplätze im Dienstleistungssektor. Darin sind jetzt mehr als 70% aller Beschäftigten
tätig, und in Deutschland wird relativ gut verdient.
Darum ist der Beitrag des weniger energieintensiven
Dienstleistungssektors zum BIP von ca. 45% in 1970

auf knapp 80% heutzutage gestiegen. Das steht hinter
dem, was Sie Effizienzsteigerung nennen. Aber damit
ist bald Schluss!"

„Ach ja – in welcher Kristallkugel lesen Sie denn
die Zukunft?"

„In der von Adam Riese: Wenn die gesamte ener-
gieintensive Industrie ins Ausland verlagert worden
sein wird, ist keine Effizienzsteigerung durch Verlagerung dieser Industrie mehr möglich."

„Aber der Dienstleistungssektor kann doch weiter wachsen!"

„Das hieße erstens: Wir produzieren und kon-
sumieren immer mehr Konzertbesuche, Theater-
aufführungen, medizinische Behandlungen, Kinderbetreuung, Altenpflege, Reinigungsarbeiten, Hand-
werkertätigkeiten, Architekturentwürfe, Infrastruk-
turpläne, Transportleistungen, Verwaltungstätigkei-
ten usw., usw.. Von den Erlösen des Exports eines
Teils dieser Dienstleistungen kaufen wir uns all die
Industriegüter, die wir bisher selber produziert haben. Und es hieße zweitens: Der Dienstleistungssektor
könnte ständig schneller wachsen als sein Energiebedarf. Glauben Sie all das wirklich?"

UMD wandte sich ans Publikum: „Hier haben
wir ein typisches Beispiel für die Konflikte zwischen
Herrn Eschenbach und mir. Ich bin zukunftsoptimi-
stisch. Ich glaube an die Kreativität und die An-
passungsfähigkeit der Menschen. Herr Eschenbach ist
zukunftspessimistisch und begründet das mit allen
möglichen Detailbeispielen. Das schreckt die Leute
ab. So gewinnt man heutzutage keine Wahlen mehr.
Man muss doch das Große und Ganze sehen. Wir
brauchen positive Botschaften."
Etliche Leute klatschten.

„Jetzt, liebe Parteifreunde", wandte sich Eschenbach ans Publikum, „jetzt sind wir genau an dem
Punkt angekommen, wo es zwischen mir und meiner sehr geschätzten Ko-Vorsitzenden und Kabinetts-
kollegin knirscht. Denn das Große und Ganze, das
man sehen muss, um nicht in den ökonomischen
und ökologischen Abgrund zu stürzen – verzeihen Sie
das Pathos –, sind die beiden thermodynamischen
Hauptsätze von der Erhaltung der Energie und der
Zunahme der Entropie. Sie, das Grundgesetz des Universums, haben doch in den Überlegungen, die zur
Gründung unserer Partei geführt hatten, die entscheidende Rolle gespielt. Mehr als einmal habe ich versucht, Frau Meyer-Dorndorf das klar zu machen – ver-
gebens. Aber vielleicht bin ich inzwischen zu vertrot-
telt. Drum habe ich sie gebeten, das sehr ausführliche
Protokoll unserer Parteigründung und die darin auf-
geführten wissenschaftlichen Arbeiten zu lesen, die
die thermodynamischen Hauptsätze auf die Ökonomie anwenden. Denen zufolge kann nichts passieren,
auch nicht die industrielle Produktion unseres Wohlstands, ohne Energieumwandlung und Entropieproduktion. Und Entropieproduktion ist verbunden mit
der Emission von Teilchen und Wärme. Daher kommen doch unsere Umweltprobleme. Aber erst kürzlich
sagte sie mir wieder, dass sie für abstrakte Theorien
keine Zeit habe, stimmt's?"

So angesprochen, antwortete UMD: „Wie Sie alle
wissen, kämpfe ich für den immer stärkeren Einsatz
vorhandener umweltfreundlicher Technologien und
Energien. Ich will ganz konkret hier und jetzt den
Umweltschutz verbessern. Was soll ich mich da mit
Thermodynamik herumschlagen, zumal mir neulich
ein Physiker sagte, dass er mit Entropie auch nichts

anfangen könne?"

Wieder klatschten einige im Publikum. Doch viele begannen zu tuscheln. Lothar Jakob meldete sich: „Vielleicht sollten wir die Dinge im Augenblick so stehen lassen. Möglicherweise entspannt sich die Situation, wenn Helmut Eschenbachs Ausführungen durch eine positive Botschaft ergänzt werden." „Und wann kommt diese positive Botschaft?", wollte UMD wissen. „Heute früh hörte ich, dass TOP 6 interessant werden könnte."

Bärbel Stumpf schaute sich im Saal um: „Wer ist dagegen, dass wir an dieser Stelle die Diskussion über grünes Wachstum beenden und uns voll dem Kohleausstieg zuwenden? Ich sehe nur wenige Hände – also Themenwechsel. Ich schlage vor, das Frau Meier-Dorndorf uns erklärt, warum sie im Kabinett gegen Eschenbachs Votum den sehr ehrgeizigen Ausstiegsplan durchgesetzt hat."

„Hmm", zögerte die so Angesprochene. Dann fuhr sie, etwas unwillig, fort: „Angesichts des Klimawandels erwartet ja wohl niemand noch Gründe für einen Kohleausstieg. Sofern es nur um die Beschleunigung des Ausstiegs und die Arbeitsplätze im Braunkohlebergbau geht – da wird uns die Digitalisierung, zu der Herr Eschenbach noch gar nichts gesagt hat, sehr helfen."

„Na ja", schaltete sich Eschenbach ein, „dann erklären Sie uns doch bitte im Detail, wie wir mithilfe der Digitalisierung die Anteile der Energieträger an der Stromerzeugung und am Primärenergieverbrauch so drastisch und schnell wie beschlossen ändern können. Schließlich geht es nicht nur

um die Braunkohle, sondern Deutschland importiert
auch Steinkohle, Mineralöl und Erdgas. Die Kohlen-
dioxidemissionen bei der Verbrennung dieser Energieträger verhalten sich mengenmäßig wie etwa 80 zu 70
zu 60 zu 50 – das nur zur Erinnerung." Meier-Dorndorf schüttelte den Kopf: „Jetzt kommen Sie wieder mit Ihrem Herumgestochere in De-
tailfragen. Ihre Zahlen sagen's doch klar: Braunkohle
ist der schmutzigste und Erdgas der relativ sauber-
ste der fossilen Energieträger. Darum müssen wir in
der Stromerzeugung jetzt schnellstens die Braunkohle durch Erdgas und die erneuerbaren Energien ersetzen."

„Wobei viele moderne Gaskraftwerke stillgelegt
worden sind, weil sie wegen der Vorfahrt für grünen
Strom bei den mittäglichen Nachfragespitzen nicht
mehr wie früher gutes Geld verdienen können und
unwirtschaftlich geworden sind. Und die erneuerbaren Energien haben auch so ihre Umweltprobleme",
antwortete Eschenbach.

„Aber doch nur kleine."

„Wie man's nimmt. Erneuerbare-Energie-
Anlagen haben inzwischen zwar eine größere
Kapazität zur Erzeugung elektrischer Energie als
konventionelle Kraftwerke, liefern aber weniger als
die Hälfte des benötigten Stroms. Einen derartig
kleinen Auslastungsgrad kann sich kein normales
Unternehmen leisten. Außerdem haben sie mit
dem NIMBY (Not In My Back Yard)-Effekt zu
kämpfen: Niemand will Windräder in der Nähe
haben und ebensowenig Höchstspannungsleitungen,
die Windstrom aus dem windreichen Norden in den
windärmeren Süden Deutschlands transportieren.
Außerdem jammern viele Leute, dass die Windräder

die Landschaft verschandeln und Vögel schreddern. Betrachten wir Biomasse: Stammt sie nicht aus nachhaltiger Waldwirtschaft, ist sie ökologisch eine Katastrophe. Und dann die CO_2-Bilanzen: Die Kohlendioxid-Lebenszyklusemissionen pro Kilowattstunde erzeugter Elektroenergie lagen bisher für Solarzellen bei mehr als einem Zehntel derer von Kohlekraftwerken, und die von Windparks sind etwa so groß wie die von Kernkraftwerken. "

„Ist das nicht dreist, Windräder und Atomkraftwerke ökologisch auf eine Stufe zu stellen?", wandte sich UMD ans Publikum.

Eschenbach grinste: „Werte Frau Kollegin, jetzt haben Sie dankenswerter Weise den Knackpunkt unseres Konflikts offengelegt: Ich vergleiche quantitativ, Sie bewerten moralisch."

„Und was ist falsch an moralischer Bewertung?"

„Nichts, wenn sie alle quantitativen Aspekte eines Problems berücksichtigt – alles, wenn sie die harten Beschränkungen ignoriert, die in einer industriellen Volkswirtschaft existieren."

UMD, herausfordernd: „Nennen Sie ein Beispiel fürs Ignorieren harter Beschränkungen meinerseits."

„Gern. Seit dem sukzessiven Abschalten der Kernkraftwerke und dem beschleunigten Ausbau der Windparks und Fotovoltaik-Anlagen mit ihren zeitlich schwankenden Stromeinspeisungen haben die Netzbetreiber wegen fehlender neuer Stromleitungen immer häufiger Noteingriffe zur Frequenzstablisierung des Stromnetzes durchführen müssen – ohne diese wären unsere Computer schon einige Male abgestürzt. Das kostet, und zwar jährlich bis zu einer Milliarde Euro. Früher haben die Ökosozialen gesagt, der Atomstrom blockiere die Leitungen. Jetzt, wo es um die Kernenergie still geworden ist und die deutschen CO_2-Emissionen steigen, stürzt sich unsere Umweltministerin auf die Kohle und behauptet, der schmutzige Kohlestrom verstopfe das Stromnetz, so dass ein Teil der Windräder abgeregelt werden muss und der Strom des anderen Teils, zusammen mit Fotovoltaikstrom, in österreichische und norwegische Pumpspeicherkraftwerke zu negativen Kosten exportiert werden muss. Oft wird bald danach Strom aus diesen Pumpspeicherkraftwerken zu den Spitzenpreisen für Ökostrom nach Deutschland reimportiert. All das hat den deutschen Strom zum teuersten Europas gemacht. Solange wir nicht gewaltige Stromspeicher installiert haben werden, können wir auf den Grundlaststrom aus Kohlekraftwerken nicht verzichten. Viele Industrie- und Schwellenländer decken einen Gutteil ihres Grundlaststroms aus Kernkraftwerken. Aber die gelten ja in Deutschland als Teufelszeug. Die Unverzichtbarkeit von Grundlaststrom in einem Land mit wenigen Energiespeichern ist die Beschränkung, die der Umbau der deutschen Energiewirtschaft zu beachten hat. Leider sieht Frau Meier-Dorndorf das anders."

„Was soll das heißen: Sieht das anders?", kam die Replik. „Ich bin sicher: Nachdem der Beschluss zum Kohleausstieg gefasst ist, werden deutsche Industrie und deutsche Ingenieurskunst zeigen, was sie können, wenn sie müssen. Das war schon immer so. Ich erinnere nur an die Entstickung und Entschwefelung der deutschen Kohlekraftwerke, nachdem sie in den 1980er-Jahren gesetzlich vorgeschrieben worden war. Während des Gesetzgebungsverfahrens wurde der Untergang der deutschen Industrie beschworen. Kaum waren die Gesetze beschlossen, wurden die Anlagen zur Entstickung und Entschwefelung der Rauchgase installiert und die Grenzwerte für die Schadstoffe nach wenigen Jahren weit unterschritten."

„Und woher nehmen Sie den Optimismus, dass in Deutschland nach dem Kohleausstiegsbeschluss genügend Energiespeicher schnell zur Verfügung stehen werden?"

„Methangas aus Bioreaktoren, die mit lokal angebautem Mais beschickt werden, ist ein exzellenter Energiespeicher, um nur ein Beispiel zu nennen. Damit kommen wir dem Ziel einer dezentralen Energieversorgung ein gutes Stück näher, und helfen zudem unseren bäuerlichen Betrieben."

„Gerade Mais ist das Paradebeispiel für die vorhin schon angesprochenen schlimmen Aspekte von energetischer Biomassenutzung: Er laugt die Böden aus, macht der Biodiversität kaputt, verbraucht wegen des Einsatzes von Maschinen und Dünger fast so viel Energie wie man aus der Verbrennung von Mais-Methan gewinnt, und was das Schlimmste ist: Immer wieder kommt es bei den Bioreaktoren zu Leckagen und Unfällen, bisweilen sogar tödlichen. Das dabei in die Atmosphäre entweichende Methan hat ein Treibhauspotenzial, das 25 mal größer ist als das von Kohlendioxid. Nur eine Spezies gedeiht prächtig dank unserer riesigen Maisfelder: die Wildschweine."

Ein paar Leute lachten, was UMD kurz zu verunsichern schien. Dann hatte sie sich wieder gefangen: „Sie stützen Ihre Kritik auf eine Sorte von Studien. Es gibt auch andere Studien. Und im Übrigen gibt es noch viele andere Energiespeicher. Ich habe Ihnen doch erst kürzlich Links zu einer Reihe innovativer Stromspeicherungstechnologien gemailt. Haben

Sie sich die mal angeschaut?"

„Aber gewiss doch."

„Und?"

„Die Kilowattstunde elektrischer Energie aus den, wie Sie sagen, innovativen Stromspeichern wird ein Vielfaches des jetzigen Kilowattstundenpreises kosten."

„Kosten! Wie immer enden unsere Diskussionen bei den Kosten. Was sollen schon Kosten, wenn die Welt vor der Klimakatastrophe gerettet werden muss?!"

„Ihre Gesinnungsethik in Ehren, liebe Frau Meier-Dorndorf. Aber mit dem Kohleausstieg kann Deutschland den überstürzten Ausstieg aus der Kernenergie nicht wieder gut machen. Zudem liegt Deutschlands Anteil an den globalen CO_2-Emissionen bei etwa zwei Prozent. Bei fortschreitender Industrialisierung der Entwicklungs- und Schwellenländer wird dieser Anteil noch geringer. Würde Deutschland alle Verbrennungsmotoren verbieten, alle fossilen Kraftwerke abschalten, die Wohnungswirtschaft auf Passivhausstandard bringen und das Produzierende Gewerbe CO_2-frei machen, und würden alle übrigen Länder ihre Emissionen konstant halten, sänken die globalen CO_2-Emissionen um lediglich zwei Prozent."

„Aber unsere Vorbildfunktion für andere Länder?!"

Eschenbach trumpfte auf: „Der Rest der Welt sieht Klimaschutz inzwischen anders als Deutschland – zu abschreckend wirkt unsere Energiewende-Stümperei. Die Schweizer Bürger haben in ihrem Volksentscheid beschlossen, keine neuen Kernkraftwerke mehr zu bauen, doch die bestehenden so lange laufen zu lassen, wie sie den Sicherheitsanforderungen genügen. Die Vereinten Nationen empfehlen zur Minderung der CO_2-Emissionen die Ersetzung der fossilen Energieträger durch erneuerbare Energien und Kernenergie. Und weltweit werden circa 80 Kernkraftwerke in sieben Ländern mit einer Nettokapazität von fast 90.000 MW neu geplant. Ein Beitrag Deutschlands zu einer signifikanten Reduktion der globalen CO_2-Emissionen kann nur darin bestehen, dass unser Land einen technisch *und* ökonomisch vorbildlichen Weg zu diesem Ziel beschreitet, so dass auch andere Länder diesen Weg zu gehen bereit und in der Lage sind."

„Reiten Sie doch nicht immer auf dem Ökonomischen herum. Der Kapitalismus hat uns viele der Probleme eingebrockt, mit denen wir uns jetzt herumschlagen. Wir müssen das alte Denken überwinden. Wir brauchen junge Ideen, neue Visionen. Die brechen sich Bahn, wenn wir mutig voranschreitend das Alte hinter uns lassen. Und das Alte ist hier und jetzt die schmutzige, umweltzerstörende Kohle!"

Hoch aufgerichtet, mit blitzenden Augen hatte UMD die letzten Sätze in den Saal geschmettert. Aufgenommen wurden sie mit dem stehenden Beifall etwa eines Drittels der Delegierten und vereinzelten „Bravo" Rufen.

Nachdem es wieder ruhig geworden war, fragte Ulrike Stumpf: „Helmut, möchtest Du noch was sagen?"

Der, nach kurzer Überlegung: „Der Appell für junge Ideen, neue Visionen und mutiges Voranschreiten wäre ein schönes Schlusswort – am Ende des Parteitags. Doch eben streiten wir über den deutschen Kohleausstieg, auch wenn der den Klimawandel nur wenig mindert. Aber er soll wohl uns Deutsche als moralisches Vorbild für die Welt erweisen. Am besten kann man die Diskussionsbeiträge unserer charismatischen Ko-Vorsitzenden zusammenfassen mit einem Wort, das der Dichter Emanuel Geibel gegen Ende des 19. Jahrhunderts sprach: 'Und es mag am deutschen Wesen einmal noch die Welt genesen'." Kurze Stille im Saal. Dann wurde es lebhaft: „Was soll der Schmarrn?", rief ein junger Mann. „Ist doch klar: die alte deutsche Überheblichkeit", antwortete eine ältere Dame. „Wie denn, was ist denn mit der alten deutschen Überheblichkeit?" wollte lautstark ein Mittvierziger wissen. Einer, der bald doppelt so alt aussah, hatte sich ein Mikrofon gegriffen und übertönte damit alle: „Als am deutschen Wesen einmal noch die Welt genesen sollte, ist Europa in den ersten Weltkrieg gestolpert!" Mit Rufen wie „Opa, das ist mehr als hundert Jahre her" und Gegenrufen wie „Nix aus der Geschichte gelernt" wurde der Tumult immer größer. Schließlich ließ Bärbel Stumpf die Saalglocke durchs Mikrofon dröhnen, begleitet von „Bitte Ruhe!"-Aufforderungen, bis der Lärm sich gelegt hatte. Dann verkündete sie: „Ich glaube, wir sind jetzt alle über die Kontroverse im Parteivorstand hinreichend informiert. Gönnen wir uns eine Pause von 20 Minuten. Danach werde ich vorschlagen, zu TOP 2 überzugehen. Ich bin gespannt, wieviel Bedarf an Diskussionen über die Regierungsarbeit noch vorhanden ist."

Dann winkte sie die beiden Ko-Vorsitzenden zu sich: „Ihr habt's Euch ja gut gegeben und die Leute kräftig angeregt. Was bleibt jetzt noch für die Diskussion der Regierungsarbeit übrig?"

„Frag die Leute, was sie diskutieren wollen", brummelte Eschenbach. „Ich kann und will erstmal nichts mehr sagen. Denn nach Debatten, die emotional geworden sind, sag ich mir selbst fast immer: Eschenbach, Du hättest rechtzeitig die Klappe halten sollen." „Sieh an, der Eschenbach ein Sensibelchen", dachte UMD. Laut sprach sie: „Warum fragen wir die Delegierten nicht einfach, welche Probleme vor den TOPs Parteifinanzen, Entlastung des Vorstands und Neuwahl des Vorstands unbedingt noch besprochen werden müssen und schlagen vor, alle anderen Fragen, die nicht für Entlastung und Neuwahl wichtig sind, schriftlich zu stellen, mit dem Versprechen schnellstmöglicher Beantwortung?" „Gute Idee", stimmte Eschenbach zu, und auch Stumpf war einverstanden. Entsprechend bat UMD nach der Pause um die dringendsten Fragen, nicht ohne zu betonen, dass sie und Eschenbach in allen anderen als den gerade diskutierten Punkten voll einvernehmlich und harmonisch in der Regierung zusammengearbeitet hätten. Kurz vor der Mittagspause wollten die meisten ihre Tischreservierungen in den nächstgelegenen Restaurants nicht verfalllen lassen, und so wurden nur noch einige technische Fragen zur Abarbeitung des Koalitionsvertrags gestellt. Die waren schnell beantwortet. Mit „Guten Appetit. Um 14 Uhr geht's weiter mit TOP 3, Parteifinanzen", schloss Stumpf die Sitzung.

„Gehen wir in die Bundestagskantine?", fragte sie die beiden Diskutanten. Eschenbach winkte Sanders herbei, der etwas entfernt auf ihn wartete: „Gern, wenn ich Gregor Sanders mitnehmen kann. Frau Meyer-Dorndorf, darf ich Sie noch förmlich mit Herrn Sanders bekannt machen?"„Es freut mich sehr, Sie persönlich kennenzulernen, Herr Sanders", antwortete diese und reichte Sanders die Hand, der mit „Ganz meinerseits" und einem verschmitzten Lächeln einen Handkuss andeutete. „Nach Deiner Intervention zu Digitalisierung und Energiewende sendest Du jetzt wohl Entspannungssignale?", flachste Stumpf. „Derer bedarf es unter Schwingen doch nicht", grinste Sanders. „Miteinander kräftig streiten und dann gut zusammen essen gehört zur Tradition unseres Verein, oder?"„Jedenfalls können wir versuchen, sie weiter zu pflegen, und zwar sofort. Ich habe Hunger und wenig Zeit", sagte Stumpf, hängte sich bei Sanders ein und zog los. Eschenbach und UMD folgten.

Nach der Mittagspause berichteten unter TOP 3 der Schatzmeister und die Kassenprüfer über die Parteifinanzen. Angesichts der erfreulichen Entwicklung gab es nur wenige Fragen. Mitgliedsbeiträge, staatliche Zuwendungen gemäß Wählerstimmen und Spenden von Unternehmen hatten zu einem Parteivermögen geführt, das dem der Ökosozialen vergleichbar war. „Wenn ich an unsere Turbulenzen in der Anfangszeit denke...", sinnierte Sanders halblaut neben Eschenbach. „Und", fuhr der fort, „jetzt sind wir fast schon eine normale Partei, besonders wenn ich an die Zuwendungen aus der Wirtschaft denke. Man hat dort eingesehen, dass unsere Energiesteuern das System stabilisiert haben. Aber vielleicht ist es mit der Normalität bald wieder vorbei."

„Warum?"

„Warte TOP 6 ab."

Nach einigen Rückfragen zu den Finanzen und deren Beantwortung rief Bärbel Stumpf TOP 4 auf, blickte in die Runde, und als niemand gleich aktiv wurde, sagte sie: „Ich beantrage die Entlastung des Vorstands." Diese wurde mit vier Enthaltungen gewährt. Als sie zügig mit TOP 5, Neuwahl des Vorstands, fortfahren wollte und um Kandidatenvorschläge bat, meldete sich die Bloggerin, die zuvor mangelnde Netzaktivität kritisiert hatte, zur Geschäftsordnung: „Ich beantrage, dass der Parteivorstand erst nach der Behandlung von TOP 6, Verschiedenes, gewählt wird."

Unruhe im Saal. Eschenbach raunt Sanders zu: „Ende der Normalität." Stumpf schaut zu Eschenbach. Der zuckt die Achseln. Stumpf schaut zu Meier-Dorndorf. Die erhebt sich und erklärt: „Ich unterstütze den Antrag."

„Ja warum wurde das denn nicht gleich bei der Abstimmung über die Tagesordnung beantragt?", will ein älterer Herr wissen.

„Da wusste ich noch nicht, was ich jetzt weiß", erwidert UMD.

„Und das ist?"

„Vorhin, auf dem Weg zum Mittagessen, kreuzten zwei Herren unsern Weg, die mir Helmut Eschenbach als Arthur Lion und Pjotr Davidov, Gründungs-mitglieder der internationalen Schwingenbewegung, vorstellte. Sie nähmen als Gäste an unserem Par-teitag teil und hätten unter Punkt 'Verschiedenes' einen interessanten Vorschlag für uns. Er beträfe eine neue Technik der Gewinnung von Solarenergie. Da habe ich nach dem Essen mal gegoogelt. Also, Davidov ist der Ehemann von Elena Davidova. Sie leitet die Weltraumtourismus-Agentur *Interkosmos* in Novosibirsk. Und Arthur Lion ist ein Experte für Energietechnologien. Solarenergie, dezentral ge-wonnen, ist natürlich gut. Aber möglicherweise geht es unseren beiden Gästen, die ich hiermit offiziell und sehr herzlich begrüße, um Großtechnologie, die über das bisher Bekannte weit hinausgeht. Wenn so etwas auf einem Parteitag angesprochen wird, dann wahrscheinlich mit der Bitte um politische Unterstützung. Und um diese muss sich zuallererst der Parteivorstand kümmern. Die Parteitagsdelegierten sollten deshalb wissen, um was es genau geht und wie die Kandidatinnen und Kandidaten für den Parteivorstand dazu stehen. Darum habe ich den Antrag zur Änderung der Tagesordnung angeregt und unterstütze ihn mit Nachdruck."

„Über den Antrag zur Geschäftsordnung müssen wir abstimmen", erklärt Stumpf. „Will jemand dagegen sprechen?" UMD blickt herausfordernd zu Eschenbach. Der räkelt sich auf seinem Stuhl und bleibt stumm. Noch kurzes Warten, dann stellt Stumpf fest: „Keine Gegenrede. Also stimmen wir ab."

Für den Antrag stimmten alle, die bei den Debattenbeiträgen von UMD stets geklatscht hatten, und etwa die Hälfte der anderen Delegierten. Der Rest enthielt sich. Gegenstimmen gab es keine. „Hat jemand etwas dagegen, wenn wir uns nunmehr zuerst anhören, was Pjotr Davidov und Arthur Lion sagen wollen?", fragte Stumpf, und da sich keine Hand erhob, winkte sie die beiden aus dem Hintergrund aufs Podium und erteilte ihnen das Wort: „Legt los. Das ist jetzt Eure Show."

7.2 Auflösung

„Ich bin der Pjotr, Dobre Den", sagte der eine, nahm sich ein Mikrofon vom Podiumstisch, und ging nach links. "I am Arthur, good afternoon", sagte der andere und ging mit einem zweiten Mikrofon nach rechts. „Liebe Freunde aus der Parteienfamilie der Schwingen", begann Davidov, „nach der Petersberg-Konferenz, die zu unserem Parteienbündnis führte, hatte ich lange genug in Ihrem schönen, gastlichen Land gelebt, um auf Deutsch zu Ihnen sprechen zu können. Mein Freund Arthur aus den USA hat nicht dieses Privileg genossen und ist auch sonst benachteiligt, weil alle Welt Englisch spricht und er deshalb nie einen Grund hatte, irgendeine Fremdsprache zu lernen. Wir möchten Ihnen deshalb unsere Informationen und Vorschläge in einem auf Englisch geführten Dialog vortragen. Bitte unterbrechen Sie uns, wenn etwas sprachlich oder technisch unverständlich ist. Ich werde dann versuchen, es auf Deutsch zu erklären. Können wir so verfahren?"

Nach allgemeinem zustimmenden Nicken und Klopfen im Saal fuhr er (auf Englisch) fort: „Arthur, warum hattest Du Kontakt zu meiner Frau aufgenommen?"

„Weil mich die Webseite von Interkosmos, geziert mit dem Bild Deiner schönen Frau, fasziniert hat."

„Aber Du bist doch verheiratet!"

„Mich interessiert ja auch nicht Deine Frau. Es geht um ihre Raketen."

„Ganz schön scharfe Kurve vom Menschlichen zum Technischen", grinste Eschenbach zu Sanders, während ein leises Murmeln durch den Saal lief.

„Ach, dann bin ich ja beruhigt", gab sich Davidov

erleichtert. „Und warum interessieren Dich die international verfügbaren Raketentransportsysteme, deren Nutzung für den Weltraumtourismus die Agentur meiner Frau koordiniert?"

„Weil wir sie für viel Wichtigeres nutzen können, ja müssen, nämlich für die Industrialisierung des erdnahen Weltraums, beginnend mit Satelliten-Sonnenkraftwerken – SSKW – zur umweltschonenden Versorgung der Erdbevölkerung mit elektrischer Energie in Fülle."[9]

„Jetzt ist's heraus", flüsterte Eschenbach zu Sanders. „Die beiden wählen den direkten Weg. Ich bin gespannt, wie's ankommt."

Ulrike Meyer-Dorndorf ließ nicht auf sich warten: „Dachte ich mir doch beinahe so was. Ich nehme an, dass wir uns jetzt im Weiteren mit den Details dieser Sciencefiction beschäftigen sollen. Bevor wir uns darauf einlassen, müssen wir etwas Grundsätzliches klären. Bisher hatte ich als gemeinsames Ziel der Schwingen-Parteien verstanden, dass die Nutzung aller auf der Erde verfügbaren Energiesklaven mittels der Verlagerung der Steuern und Abgaben vom Faktor Arbeit auf den Faktor Energie unter Minimierung ihrer Emissionen breitesten Bevölkerungsschichten zugute kommen soll. Was uns vermutlich jetzt als weiteres oder anderes Ziel vorgeschlagen werden soll, ist die Schaffung neuer, extraterrestrischer Energiesklaven. Das ist ein Spurwechsel, der uns Mutter Erde entfremdet!"

Sanders hob die Hand, stand auf und erklärte: „Also – das verstehe ich nicht. Mutter Erde stöhnt doch unter der Last der Menschenkinder. Die wollen Wirtschaftswachstum und heizen die Biosphäre auf. Viele Menschen der Entwicklungsländer suchen

ein besseres Leben in den Industrieländern. Diese sind
mit der Integration der Neuankömmlinge überfordert.
Der Migrationsdruck bedroht ihre innere Stabilität.
International können Verteilungkämpfe zwischen armen und reichen Ländern unsere Mutter Erde ruinieren. Um sie zu bewahren, muss den armen Ländern
die Industrialisierung ermöglicht werden. Dazu brauchen wir reichlich fließende, emissionsarme Energie.
Nun geht es unseren Gästen offenbar um eine neue
Energiequelle, die Mutter Erde schont. Das ist doch
hochinteressant."

Die Bloggerin hielt leidenschaftlich dagegen:
„Wir müssen unsere Probleme auf der Erde lösen und
dafür all unsere Mittel einsetzen, nicht für irgendwelche Weltraumabenteuer. Technische Irrwege wurden
schon oft genug beschritten. Jetzt müssen wir um-
schwenken auf den Weg wahrer Menschlichkeit. Fangen wir damit an, indem wir den armen Menschen,
die aus den Entwicklungsländern zu uns kommen, unsere Herzen und Häuser öffnen. Lasst uns von ihnen
lernen, bescheiden zu leben. Dann wird das ausstrah-
len in die Welt und sie retten."

Beifall aus dem Lager von UMD, die übrigen Delegierten schauten etwas ratlos drein.

Da meldete sich Lothar Jakob: „In unserer Bi-
bliothek fand ich neulich eine schon etwas ältere aber
wohl immer noch aktuelle Studie des Berlin-Instituts
für Bevölkerung und Entwicklung. Ein Online
Medium berichtete darüber unter der Schlagzeile:
'Armutsmigration nach Europa ist ein Mythos' [10].
Die Studie fasst ihre empirischen Erhebungen in
einer 'Migrationsbuckel' genannten Grafik zusammen. Diese zeigt den Zusammenhang zwischen dem
Bruttoinlandsprodukt, dem BIP, pro Kopf und der

Migrationswahrscheinlichkeit in der Bevölkerung eines Landes. Die größte Wahrscheinlichkeit für Migration, fast 20%, liegt bei einem BIP pro Kopf zwischen 8000 und 13.000 kaufkraftbereinigten Dollars. In ganz armen Ländern mit einem BIP pro Kopf unter 2000 Dollar liegt die Migrationswarscheinlichkeit bei nur 5%, denn die meisten Menschen können sich die Kosten für Schlepper, Transport und Dokumente nicht leisten. Jenseits ihres Maximums fällt die Migrationswahrscheinlichkeit in Richtung wachsenden Wohlstands bis auf 7% bei 100.000 Dollar. Der Grund ist klar: In reichen Ländern bleibt man auch gerne in der Heimat. Nur eine Industrialisierung der Entwicklungsländer, die sie über den Migrationsbuckel in den Wohlstandsbereich schiebt, kann langfristig den Migrationsdruck auf die Industrieländer abschwächen. Zuvor wird die Migration allerdings zunehmen – da gibt es noch reichlich Gelegenheit, die Herzen und Häuser zu öffnen. Erst wenn die Kluft zwischen Arm und Reich global deutlich kleiner sein wird als heute, dürfte Migration sich auf die Ströme beschränken, die wir innerhalb der Europäischen Union kennen. Wir können die Kluft auf zwei Weisen verkleinern: a) wir senken unser Wohlstandsniveau ab, b) wir helfen den Entwicklungsländern auf unser Niveau. Für b) braucht man saubere, billige Energie, die problemlos Ländern ohne große, dichte Stromnetze in die aufzubauenden industriellen Zentren geliefert werden kann. Das dürften Satelliten-Sonnenkraftwerke besser als jede andere Energietechnik leisten."

„Option a), bescheidener leben, kommt für Sie offenbar nicht in Frage. Statt dessen lieber Monstertechnik", rief UMD zornig.

„Na, dann probieren Sie doch mal, die Wähler in
der Europäischen Union für ein Wahlprogramm zur
Absenkung des EU Lebensstandards auf den von,
sagen wir, Albanien zu gewinnen", rief Jakob zurück.
„So eine billige Polemik", empörte sich die Bloggerin,
und legte gleich nach: „Die Alternative ist doch nicht
Verarmung sondern Nullwachstum. Darüber haben
wir noch gar nicht geredet, sollten es aber bevor wir
unsere Zeit mit Erdflucht-Träumereien vertun."
Lärmende Zustimmung aus dem UMD-Lager.

Davidov und Lion schauen fragend zu Bärbel Stumpf.
Die denkt: „Die Sache läuft aus dem Ruder", zögert
aber einzugreifen. Da meldet sich Eschenbach und
sagt ins Mikrofon: „Vielleicht helfen uns ein paar
technische Informationen zurück auf die sachliche
Ebene. Und da hätte ich eine Frage: Warum liefern
gerade SSKW problemloser als andere Energietechni-
ken saubere Energie in die aufzubauenden industriellen Zentren der Entwicklungsländer?"

„Danke für die Frage", ergreift Davidov sofort
die Gelegenheit, sein Projekt weiter zu präsentieren.
„Wie Sie wissen, sind große Teile Sibiriens industriell
noch wenig erschlossen. Gleiches gilt für viele Enwick-
lungsländer. Mit Hilfe von SSKW könnte man Produktionsanlagen und Städte in der Taiga, in Savannen, Steppen und Wüstenrandzonen unter minima-
len Eingriffen in die Ökosysteme mit Elektroenergie
versorgen. Und in den Industrieländern könnten bisher für Energiegewinnung und -umwandlung benötigte Flächen renaturiert werden."

UMD meldet sich: „Das ist ja blendend, und das
meine ich jetzt wörtlich. Auch wenn ich riskiere, dass
unser Parteitag zu viel Zeit an diese Fantasie ver-

schwendet, möchte ich nach ein paar Details fragen,
in denen ja bekanntlich der Teufel steckt. Ich bitte um
kurze Anworten. Also erstens: Wie kommt die Elektroenergie vom Satelliten auf die Erde?"
Lion antwortet: „Als Mikrowellen."
UMD: „Kenne ich aus der Küche. Aber wie lösen die
unsere Probleme?"
Lion: „Dann gestatten Sie mir ein paar Sätze. Also: Mikrowellengeneratoren der Satelliten auf geostationärer Umlaufbahn würden die fotovoltaisch
durch Solarpaneele oder thermoelektrisch durch Spiegel, Gaserhitzer und Turbinen gewonnene elektrische
Energie in Mikrowellen mit Frequenzen von 2 bis 3
GHz umwandeln. Diese würden von Sendeantennen
der Satelliten terrestrischen Empfangsantennen zuge-
strahlt, die sie in elektrische Energie zurückwandeln.
Dass so was praktisch funktioniert, wurde schon in
den 1970er-Jahren experimentell nachgewiesen."
„Und wie viel würde das bringen?", ruft einer aus
dem Publikum.
„Satelliten auf geostationärer Umlaufbahn, die je
nach Bauart 34.000 bis 86.000 Tonnen wögen, würden
nahezu ohne Unterbrechung 5.000 bis 10.000 Mega-
watt je Satellit ins Energieversorgungsnetz der Erde einspeisen. Bei einem 10.000 Megawatt-Satelliten
ergäbe das pro Jahr rund 88 Terawattstunden."
„Die Zahl sagt mir nichts. Kann man sie mit etwas
Bekanntem vergleichen?"
Nach kurzem Rechnen meldet sich Eschenbach: „Das
sind etwa 14 Prozent der deutschen Elektroenergie-
Erzeugung und 2,4 Prozent des Primärenergiebedarfs
Deutschlands im Jahr 2016, gemäß einem älteren
Buch, das ich gerade zur Hand habe."
„Und der Flächenbedarf der Antennen?", will jemand

wissen.

Lion: „Die Durchmesser der Sendeantenne des Satelliten und der Empfangsantenne auf der Erde sind rund 1 km und 10 km."

UMD schaltet sich wieder ein: „Die Sonnenenergie können wir doch viel einfacher mit Sonnenfarmen, z.B. in der Sahara, ernten. Dafür gibt es doch schon seit langem Pläne. Warum in den Weltraum schweifen, die Sahara liegt so nah!"

„Und warum wurden die Pläne nicht umgesetzt?", ruft Eschenbach dagegen und gibt gleich die Antwort: „Weil niemand viele Hundert Milliarden Euro in den Sand der politisch instabilen Sahara-Länder setzen will."

„Außerdem", fährt Lion fort, „ist einem Kraftwerks-Satelliten vier- bis elfmal so viel Sonnenenergie zugänglich wie den sonnenscheinreichsten Gebieten der Erde, und diese Energie steht ihm mit Ausnahme kurzer Beschattungsperioden durch die Erde fast ununterbrochen zur Verfügung. Im Jahresmittel reduzieren die Beschattungen die Energieausbeute um 1% des Betrags, der gewonnen würde, wenn das Satellitenkraftwerk dauernd der Sonnenbestrahlung ausgesetzt wäre. Umgekehrt erreicht der Kernschatten eines 10.000 MW Satelliten die Erde nicht. Im Übrigen durchdringen die Mikrowellen im 3 GHz-Bereich die Atmosphäre und Wolken mit nur geringfügigen Verlusten und werden in der Empfangsantenne mit einem Wirkungsgrad von 90 Prozent in elektrische Energie umgewandelt. Und ein entscheidender Vorteil ist folgender: Da sich ein Satellit auf geostationärer Umlaufbahn relativ zur Erde nicht bewegt, kann der scharf gebündelte Mikrowellenstrahl in die Nähe der großen Energieverbraucher gerichtet werden, so dass

man keine langen Leitungen braucht und Übertragungsverluste in diesen vermieden werden."
UMD trumpft auf: „Und bei Bedarf benutzt man den Mikrowellenstrahl als Waffe. So weit kommt's noch! Kein Mensch in diesem Saal wird doch der Militarisierung des Weltraums das Wort reden wollen. Ich beantrage sofortigen Schluss der Debatte und Ablehnung der geschilderten Pläne."
„Eine kleine Information dazu", ruft Eschenbach: „Die höchste Energieintensität des Mikrowellenstrahls in seinem Zentrum beträgt etwa die Hälfte der Intensität des Sonnenlichts. Darum sind die Satelliten-Sonnenkraftwerke als Waffe völlig unbrauchbar und würden auch keine Vögel braten, die den Mikrowellenstrahl durchfliegen."
Ein paar Leute lachen. UMD reckt beide Arme mit ausgestreckten Zeigefingern in die Höhe und ruft: „Zur Geschäftsordnung! Ich wiederhole meinen Antrag auf Schluss der Debatte und Ablehnung jeglicher Unterstützung von Satelliten-Kraftwerken. Begründung: Energietechnologien sind Dual-Use-Technologien. Sie können zu friedlichen und kriegerischen Zwecken verwendet werden. Erinnern wir uns an die Kernenergie. Es dürfte nicht schwer sein, am Satelliten Vorkehrungen zu treffen, die in Konfliktfällen seine Strahlungsintensität kurzzeitig so steigern, dass sie Gegner am Boden oder in der Luft vernichtet. Mit Waffen ham wir nix zu schaffen!"
„Will jemand gegen den Antrag sprechen?", fragt Bärbel Stumpf.
Mehrere Hände gehen hoch. Eine junge Frau erhält das Saalmikrofon und sagt: „Ich wüsste gerne noch Genaueres über die Kosten und die Umweltbelastungen durch die Raketenstarts zum Bau der SSKW."

„Genau!", stimmen viele zu. Der Antrag auf Schluss der Debatte wird abgelehnt. Bärbel Stumpf schlägt zehn Minuten Pause vor.

Kurz vor dem Ende der Pause winkt sie, sichtlich betroffen, Eschenbach, Jakob, Sanders, Davidov und Lion zu sich: „Ulrike Meyer-Dorndorf hat mir soeben einen Zettel mit folgender Erklärung überreicht: 'Der Trend in den Schwingen geht unter dem Einfluss verdienter Gründungsmitglieder unserer Partei weg vom Kampf um gesellschaftliche Reformen für ökologische und soziale Gerechtigkeit hin zur Unterstützung großtechnischer Projekte, die den Zwang zu persönlichen und sozialen Veränderungen abschwächen sollen. Diesem Trend kann und will ich nicht folgen. Darum erkläre ich hiermit meinen sofortigen Austritt aus der Partei Die Schwingen Freiheit.' Und danach", fährt Stumpf fort, „hat sie sofort den Saal verlassen."

Sprachlosigkeit. Dann Eschenbach: „Das ist ja'n Hammer. – Und wie geht es jetzt weiter?"

Gesammeltes Nachdenken. Schließlich meint Bärbel Stumpf: „Einerseits können wir alle noch offenen Fragen von Noam und Pjotr beantworten lassen, dann den Vorstand wählen und den Parteitag beenden."

„Und andererseits?", fragt Jakob.

„Zweifele ich, dass wir noch eine Vorstands-Doppelspitze zusammen bekommen."

„Fragen wir die Delegierten", schlägt Jakob vor.

So wurde es gemacht. Nach dem Ende der Pause wiederholte Stumpf für alle die Mitteilung, die sie gerade den Fünfen gemacht hatte, und fuhr fort: „Heute früh hatten sich Meyer-Dorndorf und Eschenbach mir gegenüber bereit erklärt, erneut für den Vorsitz zu kandidieren. Aber das hat sich ja nun erledigt, zumindest teilweise. Wenn wir jetzt noch alle offenen Fragen zusammen mit Davidov und Lion diskutierten, um erstmal einigermaßen informiert zu sein, und dann den Vorstand wählten – wer stünde denn zur Verfügung?" Die Leute sprachen mehr oder weniger laut durcheinander. Aber keine Hand rührte sich. Schließlich rief einer: „Helmut Eschenbach sollte auf jeden Fall weitermachen". Eschenbach schüttelte den Kopf: „Ich bin noch zu verdattert, um irgendwas zu entscheiden." „Und wenn Gregor Sanders den Ko-Vorsitz übernimmt?" so ein Gründungsmitglied von der Petersberg-Konferenz. „Danke, Erich. Sehr freundlich, aber dann kriege ich Ärger mit meiner Frau. Die Schwingen haben bei uns schon einiges durcheinander gewirbelt. Deshalb wollte sie auch nicht zum Parteitag mitkommen. Sie hat mir verboten, irgendein Parteiamt anzunehmen – unter Androhung von Liebesentzug." Das Letzte sagte er verlegen entschuldigend. Seine Weigerung wurde akzeptiert. Die meisten wussten, dass er gesundheitlich nicht ganz auf der Höhe war.

Gemäß ihrer Satzung musste die SdF innerhalb des nächsten halben Jahres einen neuen Vorstand wählen oder sich auflösen. Die Bundestagsabgeordneten der SdF, von denen etwa drei Viertel anwesend waren, wurden gefragt, wie sie ihre Zukunft und die der Partei sähen. Die einen, der kleinere Teil, sagten, dass sie Meyer-Dorndorf folgen und um Aufnahme in die Fraktion der Ökosozialen bitten würden. Die anderen erklärten, dass unter diesen Umständen auch keiner von ihnen den Parteivorsitz übernehmen wolle und könne. Man solle rechtzeitig einen letzten Partei-

tag einberufen, um die Partei satzungsgemäß abzu-
wickeln. Bis zum Ende der Legislaturperiode wollten
sie dem Parlament als Unabhängige angehören. Dann
würden sie weiter sehen.

Mit Zustimmung der Delegierten schloss Bärbel
Stumpf den Parteitag und stellte sich draußen den
Fragen der Reporter.

Pjotr Davidov, Arthur Lion, Helmut Eschenbach, Lothar Jakob und Gregor Sanders waren im
Konferenzsaal geblieben und standen beieinander.

„Das war ein Knall" stellte Davidov fest. „Sehr
erschüttert, Helmut?"

„Ja. Die Meyer-Dorndorf ist schon eine Granate."

„Was wirst Du tun?".

„Versuchen, an mein Institut zurückzukehren."

„Wenn das nicht klappt, komm zu uns nach Novosibirsk."

„Gute Idee. Danke."

„Und Du Gregor?" fragte Lion.

„Bin überrascht und sauer."

„Beruflich bist Du aber nicht betroffen, oder?"

„Da gibt's Gott sei Dank keine Probleme. Ich kann
mich jetzt zu meinen Differentialgleichungen in den
akademischen Elfenbeinturm zurückziehen. Dennoch,
Sch....!"

„Ganz große", stimmte Jakob zu.

Nach zehn Minuten kam Bärbel Stumpf von ihrer Pressebesprechung zurück.

„Na, wie war's?" wollten alle wissen.

Sie winkte ab. „Guckt die Spätnachrichten oder morgen in die Zeitung. Helmut, man erwartet, dass auch
Du Dich der Presse stellst."

„Das fehlte mir grad noch. Verlassen wir lieber diesen Bau durch die Tiefgarage und fahren mit Bärbels

und meinem Wagen zu meiner Wohnung." Nach kurzer Stärkung mit Bier, Wein, Kaffee und ein paar Schinkenbrötchen informierte Stumpf die anderen, dass sie zu den Konservativen wechseln wolle. „Die politische Arbeit macht mir trotz allem noch Spaß. Und die Beobachtung meiner Nachfolgerin im Umweltministerium aus der Nähe ist vielleicht auch nützlich. – Übrigens, um eines sollten wir uns jedenfalls schnell kümmern: die Verwendung des Parteivermögens."

Jakob angelte die Satzung aus seiner Konferenztasche und las vor: „Schlussbestimmung: Die Auflösung der Partei kann durch einen Parteitag mit Zweidrittelmehrheit der anwesenden Parteimitglieder erfolgen. Zu diesem Parteitag ist unter Mitteilung der Beschlussvorlage mit zweimonatiger Ladefrist vom amtierenden Vorstand einzuladen. Nach der Auflösung der Partei fällt ihr Vermögen an die *Europäische Stiftung für Umweltschutz und globale Gerechtigkeit*." Er fügte hinzu: „Nachdem Meyer-Dorndorf ausgetreten ist, hast Du, Helmut, allein das Vergnügen, zum Abwickelparteitag einzuladen. Und wer kümmert sich um den Transfer des Parteivermögens an die Stiftung?"

„Du und Helmut können das doch machen", schlug Stumpf vor.

Davidov: „Darf ich fragen, wie groß das derzeitige Vermögen der SdF ist?"

Jakob: „Rund 1,5 Millionen Euro; davon etwa 80.000 in Bareinlagen und der Rest in kurz- und langfristigen Staatsanleihen."

„Und wer verwaltet die Stiftung, an die es nach der Parteiauflösung fließen soll?"

„Den Stiftungsvorstand bilden Danielle Lepen und

Britta Sanders. In den Stiftungsrat berufen die anonymen Spender des Grundkapitals der Stiftung bis zu fünf Vertreter der europäischen Zivilgesellschaft."
„Und das funktioniert?"
„Bisher habe ich nichts Negatives gehört."

Die Runde sinnierte vor sich hin. Schließlich sagte Bärbel Stumpf: „Nach dem düsteren Ende unseres Parteitags sehe ich vielleicht einen Silberstreif am Horizont: Könnte die Stiftung nicht den Kontakt zwischen den Hinterbliebenen der SdF und den anderen Schwingen-Parteien fördern, und ebenso die Zusammenarbeit zwischen ESA, NASA, amerikanischen privaten Raumfahrtunternehmen und Elena Davidovas *Interkosmos?*"
Alle meinten, das sei eine gute Frage, um die man sich weiter kümmern sollte.

Kapitel 8

Tokay Mura

8.1 Anreise

„Zum dritten Male bin ich jetzt hier und immer das gleiche Bild", sagte Gregor Sanders und wies auf die vielen Herren in weißen Hemden und schwarzen Hosen, die in Doppelreihen an langen Tischen des Tokyoter Hauptbahnhof-Restaurants saßen. Vor den meisten standen große Glaskrüge mit gold-gelbem Bier, auf dem die weißen Blumen des Schaums dahinwelkten; die Reklametafeln hinter dem Tresen priesen Asahi- und Kirin-Bier an. Bisweilen wurde laut gelacht, dann besprach man wieder ernsthaft Firmenangelegenheiten, wie es sich für japanische Angestellte nach Dienstschluss gehört. Nur ganz wenige Frauen, offenbar Touristinnen, lockerten das Bild der den Firmen-Korpsgeist in ihrer Freizeit pflegenden Männerwelt auf.

Die Zeiger der großen Bahnhofsuhr in der Mitte des Restaurants standen auf Zehn nach Acht. „Um 20:30 Uhr kommt der Shinkansen aus Osaka an. Wollen wir auf Arthur Lion und Pjotr Davidov noch warten oder mit dem Essen anfangen?", fragte Jan van Oisterhuiz. „Also, ich habe Hunger. Suchen wir uns schon mal was aus", schlug Sanders vor, winkte dem Kellner und schleppte ihn, sich durch Gestik und Mimik entschuldigend, nach draußen vor das Schaufenster des Restaurants, in dem die auf der Speisekarte japanisch beschriebenen Tellergerichte auch optisch, appetitlich aus Plastik modelliert, angeboten wurden. Die beiden zeigten auf zwei der ausgestellten Speisen: „This one – and this one", und fügten höflich ein bittendes „Dozo" an.

„Hai, hai", bestätigte der Kellner heftig nickend die Bestellung, die um zwei Asahi-Biere noch ergänzt wurde.

„Warum ist eigentlich Deine Frau nicht mitgekommen?", fragte van Oisterhuiz, während sie auf ihr Essen warteten.

„Sie war schon zweimal in Japan und wollte sich jetzt lieber um unser neues Apartment kümmern."

„Hat es ihr in Japan denn nicht gefallen?"

„Ganz im Gegenteil, sie war von Land und Leuten begeistert. Beim letzten Mal hat uns besonders die Hilfsbereitschaft und Freundlichkeit einfacher Leute beeindruckt. Wir erzählen immer wieder gerne davon. Willst Du's auch hören?"

„Ja, natürlich. Aber erst einmal Prost."

Das kühle Bier, das der Kellner inzwischen auf ihren Tisch gestellt hatte, schmeckte großartig. „Sehr gut, aber auch teuer", bemerkte Gregor und begann dann seine Geschichte.

„Im Auftrag unseres Zentrums für Energie- und Umweltstudien hatten wir an einer Konferenz über die Rückhaltung und Entsorgung von CO_2 in Kyoto teilgenommen. Bei einem zehntägigen Mindestaufenthalt in Japan kostete der Flug nur ein Viertel des regulären Preises. Wir nutzten die freie Zeit, um uns noch etwas in der alten Kaiserstadt Nara, 40 km südlich von Kyoto, und in Hikone am Biwa-See umzusehen. Beide Städte mit ihren Parks, Tempel- und Burganlagen sind mehr als eine Reise wert. Nur war meine Erlebnisfähigkeit etwas eingeschränkt. Als ich in Nara unsere schweren Koffer im engen Hotelzimmer aufs Bett wuchtete, bekam ich einen Hexenschuss. Am Anfang war er noch erträglich, und beim Umsteigen in Kyoto auf der Fahrt von Nara nach Hikone konnte ich meine Koffer noch selber tragen. Während wir eine lange Treppe emporstiegen, schob sich auf einmal eine Hand sanft an Brittas Koffergriff und half beim Tragen. Sie gehörte einer älteren Frau, die deutlich kleiner als Britta war und wortlos darauf bestand, ihr zu helfen. Als wir oben in der Bahnhofshalle angekommen waren und fragend 'Hikone, Ticket?' sagten, führte sie uns auf langen Wegen zum richtigen Fahrkartenschalter. Dann verschwand sie mit einem feinen Lächeln.

In Hikone regnete es in Strömen. Nach der Burgbesichtigung waren wir klatschnass, und beim heißen Bad im Hotel schoss mir die Hexe zum zweitenmal ins Kreuz, und diesmal richtig. Erst gegen 22 Uhr konnte ich wieder, wenn auch ziemlich krumm, laufen und wir machten einen Streifzug durch ein noch geöffnetes aber fast leeres Kaufhaus. Im obersten Stockwerk bewunderten wir in der Kimono-Abteilung die ausgestellten Gewänder. Schließlich näherte sich uns eine Verkäuferin, eine Dame um die Fünfzig. Sie reichte uns ein aus kostbarem Stoff gefertigtes Täschchen und bat uns, es als Geschenk anzunehmen. Wir erklärten ihr, dass wir nur schauen und gar nichts kaufen wollten. Das mache nichts, versicherte sie uns. Das Täschchen sei eines von mehreren, die sie aus ihrem Hochzeitskimono gefertigt habe. Sie möchte es Menschen schenken, die das vielleicht zu schätzen wüssten. Auf der Rückreise nach Kyoto oblag Britta der Transport unserer vier schweren Koffer. Ich konnte mich gerade nur selbst aufrecht halten. Der Kyoter Bahnhof wurde damals umgebaut, und das Gedränge auf den langen Wegen war enorm. Ich blieb bei jeweils zwei Koffern stehen, während Britta die beiden anderen so weit schleppte, wie wir uns sehen konnten. Dann tauschten wir die Plätze, unsere abgestellten Koffer immer im Auge behaltend, und Britta holte die zurückgelassenen nach. So arbeiteten wir uns langsam voran in Richtung Ausgang. Als Britta gerade zwei Koffer an einem Büro-Container vorbeitrug, trat ein elegant livrierter Gepäckträger heraus und fragte sie auf Englisch, ob sie allein sei und er ihr helfen könne. 'Ich bin zwar nicht allein, da hinten steht mein Mann, aber der hat's im Kreuz und kann nichts tragen', antwortete sie. 'Wo wollen Sie denn hin?' wollte er wissen. 'Ins Hotel Royal. Es muss ganz in der Nähe des Bahnhofs sein.' 'Einen Augenblick, Madame', bat er. 'Ich hole einen Kollegen und frage unseren Chef. Eigentlich sind wir hier nur für den neuen SuperExpress zum neuen Flughafen von Osaka zuständig, aber mein Chef wird uns schon erlauben, Ihnen zu helfen.' Und dann schleppten die beiden kleinen Japaner unsere großen Koffer über ca. 500 Meter durch dichtes Verkehrsgewühl zum Hotel, während wir unbeschwert neben ihnen her liefen und ich mir richtig erbärmlich vorkam. Als ich zu ihnen sagte, wie Leid es mir tue, dass sie sich so plagen müssten, ohne dass ich mit anpacken könne, gab mir der Gepäckträger, der die Hilfe angeboten hatte, die unvergessliche Antwort: 'Don't worry. It's free of charge.' Im Hotel angekommen gelang es uns dann doch, den Stolz der beiden zu überwinden – in Japan sind Trinkgelder verpönt – und uns mit einem angemessenen Betrag für ihre spontane Hilfe zu bedanken. Angeblich", schloss Gregor seine Erzählung, „verachten die Japaner im Grunde ihres Herzens alle Ausländer. Ich aber bin in diesem Lande nur hilfsbereiter Menschlichkeit begegnet."

Ihr Essen wurde serviert. Auf den Tabletts lagen Messer, Gabeln und Ess-Stäbchen. „Ich probiere es wieder mit den Stäbchen", gab Gregor den erfahrenen Japan-Reisenden und beförderte damit mehr schlecht als recht den Reis und Fisch in seinen Mund. Amüsiert beobachtete ihn vom Nachbartisch her ein japanisches Touristen-Ehepaar. „Die haben gut lachen", brummte er. „Die üben seit Kindertagen." Bald darauf bekamen die beiden Japaner ihr Essen – und verspeisten es zügig mit Messer und Gabel.

„Da schauen sich zwei Ausländer im Eingang suchend um", sagte plötzlich van Oisterhuiz. Sanders blickte auf: „Das sind Arthur Lion und Pjotr Davidov." Er winkte heftig, die beiden erkannten ihn und kamen an den Tisch. Gregor machte sie mit Jan van Oisterhuiz bekannt. „Wir haben schon viel von Ihnen gehört", sagte Lion. „Wie schön, dass Sie wieder ganz auf den Beinen sind."

„Na ja, ich muss schon etwas aufpassen, wie Gregor übrigens auch, aber diese Gelegenheit, meinen Jugendtraum Gestalt annehmen zu sehen, konnte ich mir doch nicht entgehen lassen."

Die Neuankömmlinge nahmen an dem Vierertisch Platz und bestellten der Einfachheit halber nochmal die bereits servierten Gerichte. Dann wurden die Reise-Erlebnisse ausgetauscht. Sanders und van Oisterhuiz hatten nicht viel zu berichten. Der Direktflug Frankfurt/M. → Tokyo/Narita im mit 580 Passagieren vollbesetzten SuperAirbus war ereignislos gewesen. Sie hatten auf voneinander weit entfernten Plätzen gesessen und zwischen Schlafeinlagen ihre Unterlagen durchgearbeitet. Abwechslungsreicher war es bei Lion und Davidov zugegangen, die keinen Flug mehr nach Tokyo hatten buchen können. Um diese Jahreszeit füllten die heimkehrenden japanischen Auslandstouristen die Flieger. Für beide war nur noch eine Verbindung über Seoul nach Osaka zu haben gewesen. „Aber die Fahrt im Shinkansen von Osaka über Kyoto und Nagoya nach Tokyo war den Umweg wert. Und vorhin der Kegel des Mount Fuji im Schein des Vollmonds – einfach zauberhaft", schwärmte Lion.

„Wollen wir uns die Nacht hier um die Ohren schlagen oder noch versuchen, eine Hotelunterkunft zu finden?", fragte Gregor. „Chikara Ohta erwartet uns morgen früh in Mito, um uns in seinem Wagen nach Tokay Mura zu bringen. Ich habe ihm geschrieben, dass wir mit dem Zug kommen, der hier im Hauptbahnhof um sechs Uhr abfährt. Diesen Zug dürfen wir nicht verpassen und sollten deshalb in Bahnhofsnähe bleiben. Allerdings sind die Hotels hier im Marunouchi-Viertel meist ausgebucht." Jan van Oisterhuiz hatte keine Lust, mit seinem schweren Koffer auf Zimmersuche durchs nächtliche Tokyo zu ziehen, zumal es zu nieseln angefangen hatte. Lion und Davidov hatten einmal in Seoul übernachtet und fühlten sich gut ausgeruht. „Bleiben wir hier. Eine Nacht im Tokyoter Hauptbahnhof ist ja auch mal was Besonderes", schlug Davidov vor, und die anderen waren einverstanden.

In einem Nebenzimmer des Restaurants dösten sie eine Weile in bequemen Ledersesseln vor sich hin, wurden wieder wach, bestellten sich erst grünen Tee, dann Bier, und besprachen Privates und die Entwicklungen der letzten Jahre, die sie hier zusammengeführt hatten.

Gregor Sanders machte den Anfang, nachdem Lion und Davidov nach Britta gefragt hatten: „Sie versucht zur Zeit, unser Apartment in Cali zu renovieren und neu einzurichten."

„Ihr wohnt in Cali? Seit wann denn das?"

„Unser erster Wohnsitz ist immer noch Gemünden. Aber wir hatten vor zehn Jahren einmal sechs Monate in Cali gelebt, um auf Bitten von Carmen Hernandez die Friedensverhandlungen zwischen der Guerrilla und der kolumbianischen Regierung, an denen sie und ihr Mann maßgeblich beteiligt waren, im Personenschutzprogramm der Internationalen Friedensbrigaden zu begleiten. Die Immobilienpreise Calis waren damals im Keller, und wir konnten sehr günstig ein schönes Drei-Zimmer-Apartment in einem gut bewachten Hochhaus in der Nähe der Universitätsklinik erwerben, in der ich nach meinem Unfall etliche Jahre zuvor wiederhergestellt worden war. Gewohnt haben wir in dem Apartment mit unseren Schutzbefohlenen, dem General Ortega als Regierungsvertreter und dem FARC-Kommandanten Espina als Verhandlungsführer der Aufständischen. Auf beide hatten die Paramilitärs schon einige fehlgeschlagene Attentate verübt. Auch in Kolumbien hat sich wieder die Strategie der Friedensbrigaden bewährt, gefährdete Friedensunterhändler permanent von Ausländern

begleiten zu lassen und die Weltöffentlichkeit über
jeden Schritt des Friedensprozesses zu informieren.
Das hatte eine wohltuend abschreckende Wirkung
auf die Hintermänner der Paramilitärs in den reakti-
onären Kreisen der Oligarchie und des Militärs. Und
nach dem zumindest offiziellen Ende des Bürgerkrie-
ges ist der Wert unseres Apartments enorm gestiegen. Aber wir verkaufen nicht. Vor islamistischen Terroristen ist man in Kolumbien sicherer als in Europa. Den Winter verbringen wir jetzt meist im sonnigen Cali mit seiner herrlichen Umgebung, geben Fe-
rienkurse an der Universidad del Valle und pflegen
die Verbindungen zu den kolumbianischen Alas de
la Libertad und deren venezolanischer Schwesterpartei. Die venezolanischen AdL waren nach der Vertrei-
bung der korrupten Populistenclique, die das Land
heruntergewirtschaftet hatte, an die Macht gekommen. – Und überdies, nach der Auflösung der deutschen 'Schwingen der Freiheit', über deren Folgen
wir uns ja per Video-Schaltkonferenzen genug ausgetauscht haben, können wir uns in Kolumbien nützlicher machen als in Deutschland, dem 'Wir-wissen-
alles-besser'-Land.".
„Siehe da", schmunzelte van Oisterhuiz , „man meint
hier spricht ein Niederländer."
„Ach es ist doch wahr, und im Grunde ein Jam-
mer. Nach den Verbrechen der Nazi-Zeit wollen wir
Deutschen uns ein- für allemal als Vorreiter in Sachen
Umweltschutz und Mitmenschlichkeit profilieren. Dabei übernehmen wir uns und fallen, wie schon öfter
in unserer Geschichte, von einem Extrem ins andere. Unsere Energie-, Wirtschafts- und Klimapolitik
ist voller Widersprüche. Gleiches gilt für den deutschen Umgang mit dem Migrationsproblem. Marx

oder Hegel würden unsere abrupten Kehrtwenden wohl als Deutsche Dialektik deuten. Nur dass dabei keine höhere Synthese sondern ein immer größeres Durcheinander herauskommt."

„Na, na", unterbrach Davidov, „immerhin hat auch Deutschland die Kapitalfluchtbremse eingeführt. Das internationale Sanktionsabkommen gegen die Kapitalfluchthelfer im globalen Bankendschungel hat die Wirtschaftsbeziehungen in der Welt doch besser geordnet und die Migrationsströme stark und human gedrosselt."

„Schon", gab Sanders zu. „Aber erst mussten Eure Schwingen-Parteien immer wieder darauf hinweisen, dass jährlich mehr als 60 Milliarden Dollar allein aus Afrika auf Steueroasen und Banken der Industrieländer fließen und Druck zu Gegenmaßnahmen aufbauen, bis auch Deutschland das Kapitalfluchtbremse-Abkommen ratifizierte. Und nachdem die reichen Eliten der Entwicklungsländer jetzt ihr Kapital bei sich selbst investieren müssen, eigene industrielle Produktionsanlagen aufbauen und diese mit Kohle und – huch – Kernenergie betreiben, wird darüber bei uns ökomoralisch gezetert. Ansonsten fluten wir alle Kommunikationskanäle mit pathetischen Erklärungen zu den ethischen Verpflichtungen, denen die Politik, der Westen oder die internationale Gemeinschaft nur mangelhaft genügten. Damit gehen wir dem Rest der Welt immer mehr auf die Nerven, und Deutschland verliert schleichend technische Kompetenz, wirtschaftliche Stärke und gesellschaftlichen Zusammenhalt. Na ja, lassen wir das. Beim Thema Deutschland verliere ich mich zu gerne in Tiraden. Tut mir Leid."

„Braucht es nicht", beruhigte ihn van Oisterhuiz.

„Denken noch mehr Deiner Landsleute wie Du?"

„Nö, oder nur wenige. Deshalb ist es ja gut, Kontakte nach außen zu haben, besonders die zu den internationalen Schwingen. So wurde mir durch Danielle Lepen von der Stiftung Umweltschutz und globale Gerechtigkeit und den französischen Ailes de la Liberté die Reise hierher als ein Repräsentant der EU finanziell ermöglicht. Britta hatte sich bei der Abstimmung im Stiftungsvorstand natürlich der Stimme enthalten."

„Ihr Sanders scheint ja immer ganz geschickt Beziehungen zu nutzen und das Angenehme mit dem Nützlichen zu verbinden".

„Gewiss. Wer nicht genießt wird ungenießbar", entgegnete Sanders und schaute, wieder ruhig geworden, versonnen vor sich hin.

Dann fragte er: „Jan, warum warst Du eigentlich sofort bereit, als Delegierter der europäischen Schwingen nach Tokay Mura zu reisen? Du wolltest Dir doch nach Deinem Herzinfarkt keine Langstrecken-Flüge mehr antun. Und was meintest Du vorhin mit 'Jugendtraum'?"

Ein wenig verlegen erklärte van Oisterhuiz: „Als Zwölfjähriger hatte ich beschlossen, Physik zu studieren und davon geträumt, an der Eroberung des Weltraums teilzunehmen. Gelandet bin ich in der Physikalischen Chemie, und da gab es so viel Spannendes zu tun, dass für den Traum kein Raum blieb. Aber jetzt, da der Aufbruch der Menschheit in den Weltraum ernsthaft beginnt, bin ich dankbar dafür, wenigstens Augen- und Ohrenzeuge in einem Zentrum des Geschehens zu sein."

„Es ist aber schon schade, dass das gesamte Sakashima-Archipel zum militärischen Sperrgebiet erklärt werden musste", bedauerte Arthur Lion die vor einer Woche vom eurasischen *Solar Power Satellite Consortium* (SPSC) getroffene Entscheidung, die südlichste Inselgruppe Japans am 25. Breitengrad, 400 km östlich von Taiwan, für alle Besucher zu sperren, die nicht unmittelbar mit dem Start der Energia III–Rakete befasst waren. Zusammen mit der Ariane 7, deren Start eine Woche später von Kourou in Französisch Guyana aus vorgesehen war, sollte sie auf einer niedrigen Erdumlaufbahn die ersten Module des Raumtransporters absetzen, dem eine Schlüsselrolle beim Aufbau eines Systems von Satelliten-Sonnenkraftwerken zukam.

Elena Davidovas Agentur *Interkosmos* hatte die Kooperation der Raumfahrtagenturen der Europäischen Union, Russlands, Chinas und Japans mit den privaten Raumfahrtunternehmen angelsächsischer Milliardäre organisiert. Das deutsche Parlament wurde mit dem Projekt nicht befasst. Doch die Konservativen sorgten für eine kräftige Erhöhung der deutschen Beiträge zur ESA, der European Space Agency. Bärbel Stumpf hatte im Hintergrund, unter Verweis auf die Vorteile von Public Private Partnership, einige Strippen gezogen.

„Ich hätte gerne, wie früher auf Cape Kennedy, den Start auf Ishigaki aus nächster Nähe beobachtet", nölte Lion noch etwas.

„Aber im Kontrollzentrum Tokay Mura können wir nicht nur den Start sondern auch den ganzen Flug mitverfolgen. Wir sind dort eigentlich optimal platziert", meinte Pjotr Davidov. „Mit Chikara Ohta als unserem Mann in Tokay Mura hat sich doch manches glücklich gefügt."

„Ja, es ist schon erstaunlich, wie sich die Dinge entwickelt haben", sinnierte Sanders. „Ein portugiesisches Sprichwort, Paul Claudel hat es seinem Drama 'Der Seidene Schuh' vorangestellt, sagt: 'Deus escreve direito per linhas tortas – Gott schreibt gerade auch auf krummen Linien'. Passt das nicht gut auf die Ereignisse der letzten Jahre?" Arthur Lion widersprach: „Lassen wir die Metaphysik aus dem Spiel. Und selbst wenn Jemand im Durcheinander gerade schriebe, könnte ich das Ergebnis kaum als eine Geschichte bewerten, die mir gefiele."

„Also, Arthur, das wundert mich", sagte Davidov. „Du hast doch jahrelang für Satelliten-Sonnenkraftwerke [13] getrommelt."

„Ja schon" , gab Lion zu. „Natürlich ist der Anlass unserer Reise nach Tokay Mura an und für sich erfreulich. Aber als Amerikaner mit etwas Patriotismus bedrückt mich der Zustand, in den mein Land bei alledem geraten ist. Selbstverständlich liegt die Schuld daran bei uns selbst, selbst ohne die Episode mit dem durchgeknallten Egomanen im Weißen Haus. Nach der Konferenz in Akademgorodok waren wir ja gewarnt worden. Carol Hull hat mir alles erzählt. Fast alle Energie-Exporte werden inzwischen in Euros abgewickelt. Unsere wirtschaftliche Einfluss-Sphäre endet in Panama, und unsere militärische Übermacht, in die wir so viele Ressourcen investiert haben, sorgt zwar für Frieden zwischen den Staaten, aber auf dem eigentlichen Konfliktfeld der Auseinandersetzung zwischen Arm und Reich ist sie völlig wirkungslos und bringt uns nichts ein. Wir schenken der Welt die Pax Americana, und die Welt bedankt sich bei uns mit technisch-ökonomischen Kooperationen, bei denen wir außen vor bleiben."

„Ooch, armer Arthur", bedauerte ihn Davidov mit

gutmütigem Spott. „Als einer der Mahner und War-
ner in Euren Wings of Freedom hast Du das doch alles
vorhergesagt, und nun bist Du traurig, weil Du Recht
behalten hast. Fühlst Du Dich nicht wenigstens in
Deiner intellektuellen Eitelkeit etwas geschmeichelt?
Oder fehlt die bei Dir?"

„Auf jeden Fall ist sie nicht so stark, als dass mich das
drastische Absinken des Lebensstandards in meinem
Land nicht berühren würde."

„Aber das ändert sich ja vielleicht. Darum bist Du
schließlich mit von der Partie. Trinken wir auf einen
Erfolg Deiner Verhandlungen mit dem Solar Power
Satellite Consortium, dem SPSC."

Sie erhoben ihre Gläser und ließen sie zusammen-
scheppern.

Plötzlich musste Sanders gähnen und steckte die
anderen an. Da stellte van Oisterhuiz seinen Reise-
wecker auf fünf Uhr und auf den Tisch, zog einen
Stuhl vor seinen Sessel, legte die Füße drauf und fing
bald leise an zu schnarchen. Sanders folgte seinem
Beispiel. Lion und Davidov lasen und nickten dabei
immer wieder mal ein.

Um Viertel vor Sechs standen sie auf dem Bahnsteig. Kurz danach wurde der Japan-Rail-Express
nach Sendai über Mito und Iwaki bereitgestellt. Die
Waggons kamen mit ihren Einstiegen exakt an den
auf dem Bahnsteig markierten Stellen zum Stehen.
Bevor die vier leicht Übernächtigten auf ihren reser-
vierten Sitzen rechts und links des Gangs Platz nehmen konnten, wurden die Rückenlehnen von flinken
Bahnbediensteten so geklappt, dass alle Passagiere in
Fahrtrichtung schauten. Auch sonst war das Bahn-
personal während der Fahrt durch das flache Land
zwischen Tokyo und Mito um größte Zuvorkommen-

heit gegenüber den Passagieren bemüht. Wann immer der Schaffner oder der Mann mit dem Speise- und Getränkekarren den Waggon betraten, verneigten sie sich tief an der Tür und erklärten in schneller, eintöniger Rede den Zweck ihres Auftritts vor den verehrten Fahrgästen.

Auf dem Bahnsteig in Mito war kein Chikara Ohta zu sehen. Sie warteten fünf Minuten, stiegen dann über Treppen zur Gleisüberführung hinauf und zum Bahnhofsausgang hinab und schauten sich vergeblich um. Gregor kehrte sicherheitshalber nochmal auf den Bahnsteig zurück – und da stand Ohta, aufgeregt umherblickend. Er hatte sich etwas verspätet und sie beim Abstieg zum Bahnsteig über die Treppen einer zweiten Überführung verfehlt. Froh, in der Provinz nicht sprachunkundig gestrandet zu sein, begrüßten die Ankömmlinge Ohta. Jan van Oisterhuiz führte sich mit Nennung seines Namens und vier auswendig gelernten Floskeln aus seinem Mini-Sprachführer ein: „Konnichiwa. Ii o-tenki desu. Tetsudatte kudasai. Wakarimasen", wobei einige umstehende Japaner kicherten, denn „Guten Tag. Schönes Wetter heute" passte nicht so recht auf den regnerischen Morgen; dafür war das abschließende „Helfen Sie mir bitte. Ich verstehe nichts" umso überzeugender.

Während der halbstündigen Autofahrt zum Forschungszentrum Tokay Mura direkt an der Pazifikküste fragte Chikara Ohta die Vier nach ihrem persönlichen Befinden. Sie erzählten kurz von sich. Dann gedachten sie Greenbams und seines tödlichen Schlaganfalls. Der Kampf um den Verbleib Großbritanniens in der ESA trotz Brexit hatte ihn zu sehr aufgeregt.

„Aufregend genug war ja auch der Zusammenbruch der SdF in Deutschland", ergänzte Sanders. „Zum Glück konnte Eschenbach nach einem Jahr bei Interkosmos wieder an sein Institut in Dresden zurückkehren. Und in dem Jahr hat er die guten Verbindungen zwischen Novosibirsk und Tokay Mura geknüpft, von denen wir jetzt profitieren."

„Wie ist denn die aktuelle Lage hier?" wollte Davidov von Ohta wissen.

Der berichtete: „Die Montagehalle für die Energia III auf Ishigaki ist mit ihren 140 Metern leider unübersehbar. Nachdem die Komponenten der ersten beiden Stufen aus Russland und die dritte, chinesisch-japanische Stufe angeliefert worden waren, haben sowohl der chinesische als auch unser Geheimdienst eine Zunahme der Schiffsbewegungen in den Gewässern der Sakashima Inseln festgestellt. Auffallend viele Schiffe kamen aus den Staaten der Islamischen Arabischen Union. Diese hatten ja schon kurz nach dem Bekanntwerden der ersten Pläne zum Bau von Satelliten-Kraftwerken durch die Europäische Union, Russland, China und Japan den Weltraum über ihrem Territorium zum nationalen Hoheitsgebiet und alle Flug- und Umlaufbahnen durch diesen Raumsektor für illegal erklärt; angeblich, weil von dort zersetzende Propaganda und Pornographie abgestrahlt werden könne, in Wirklichkeit, weil sie durch Satelliten-Kraftwerke ihre Vormachtstellung auf dem Welt-Energiemarkt bedroht sehen. Das jedenfalls ist die Ansicht der Sicherheitsanalytiker vom Solar Power Satellite Consortium. Besonders erbittert protestiert der Revolutionäre Wahhabiten-Rat Saudi-Arabiens dagegen, dass der Raumtransporter auf seiner Montagebahn auch immer wieder mal Mekka überfliegen wird. Und weil es anscheinend Hinweise auf Sabotagepläne gibt, haben die chinesische und japanische Marine auf Bitten des SPSC trotz aller Proteste aus Riad, Katar und Bagdad die Sakashima Inseln und ihre Umgebung bis zur Küste Taiwans für allen Schiffs- und Flugverkehr gesperrt."

„Hat man denn eine Vorstellung von den sabotagetechnischen Möglichkeiten der Islamisten?", fragte van Oisterhuiz.

„Nichts Genaues weiß man nicht", antwortete Davidov. „Als die Fundamentalisten das saudische Königshaus verjagten, haben die Amerikaner angeblich alle Waffensysteme von ihren Basen in Saudi-Arabien abgezogen. Aber eine Kontaktperson im irakischen militärischen Abschirmdienst hat einem Mitarbeiter des russischen Nachrichtendienstes berichtet, dass nach dem Zusammenschluss des Iraks, Kuwaits, Katars, der Vereinigten Arabischen Emirate, Omans und Saudi-Arabiens zur *Islamischen Arabischen Union* deren Spitzenmilitärs ein Lager mit Hochtechnologie-Waffen gezeigt worden sei, das die Amerikaner nicht mehr rechtzeitig hatten räumen können."

„Na großartig", kommentierte Lion sarkastisch. „Das wäre dann noch ein besonders eindrucksvolles Ergebnis der weitsichtigen Globalpolitik unserer Superstrategen in Washington."

Mit den Worten: „Das Startgebiet wird im Umkreis von mehr als 500 km sorgfältig überwacht. Hoffen wir, dass alles gut geht", beendete Ohta das Gespräch. Ihr Wagen hielt am Eingangstor zum Forschungszentrum Tokay Mura, und sie stiegen aus.

Ihre Papiere und Gepäckstücke wurden von zwei ausgesucht höflichen Sicherheitsbeamten mit größter Sorgfalt kontrolliert. Zur Leibesvisitation bat man die Ausländer in einen kleinen Bau neben der Einfahrt, in dessen Eingangshalle noch der alte Name der Forschungsstätte, „Nuclear Research Center Tokay Mura", über der Tür stand. Durch das „Nuclear" hatte man ein schwarzes Klebeband gezogen. Ohta, der seine Gäste begleitet und den verwunderten Blick von Lion auf das überklebte „Nuclear" bemerkt hatte, erklärte: „Nicht Wenige hier hoffen darauf, dass das Forschungszentrum seinen alten Schwerpunkt und Namen wiederbekommt und demonstrieren das mit derartigen nur provisorischen Namensänderungen. Aber ich glaube nicht daran. Zu sehr haben die kerntechnischen Schlampereien, die im Lande passiert sind, die japanische Öffentlichkeit aufgebracht. Wie auch sonstwo werden grobe Fehler, die ein Management mit geringer technischer Kompetenz zu verantworten hat, der Technik selbst angelastet. Wir waren mit der Weiterentwicklung des in Jülich konzipierten aber von der deutschen Energiewirtschaft nicht gewollten Hochtemperatur-Reaktors so schön vorangekommen, aber man hat uns umgepolt. Persönlich habe ich allerdings gar nichts gegen die neuen Aufgabenstellungen, im Gegenteil. Die Wirtschaftsanalysen zur Abkopplung der OECD-Länder von den Energiequellen des Mittleren Ostens mit Hilfe der Satelliten-Sonnenkraftwerke waren eine faszinierende Aufgabe." Und artig schloss er: „Dass ich in diesem Zusammenhang gute, alte Bekannte aus der Gründungszeit der Schwingen-Parteien hier begrüßen kann, freut mich natürlich besonders."

8.2 Vision

Nachdem sie die Kontrollen ohne Beanstandung durchlaufen hatten, brachte Ohta sie zum Gästehaus des Forschungszentrums, wo sie die nächsten drei Tage verbringen sollten. Bevor sie sich trennten, um sich auf ihren Zimmern etwas frisch zu machen, schlug er als weiteren Tagesablauf vor: „Wenn es recht ist, treffen wir uns in einer halben Stunde hier im Foyer. Dann würde ich Sie gerne zuerst in unsere Cinerama-Show *The Industrialization of Space and Space Colonies* führen, mit der demnächst die Bevölkerung der am Solar Power Satellite Consortium beteiligten Länder über die langfristigen Chancen zur Industrialisierung und Besiedlung des Weltraums informiert werden soll. Seitens des SPSC wäre man Ihnen sehr dankbar, wenn Sie eine Evaluation der Show hinsichtlich ihrer voraussichtlichen Wirkung auf die Wähler in Ihren Ländern vornehmen könnten. Schließlich besitzen Sie ja durch Ihre Arbeit in den Schwingen-Parteien reiche Erfahrung, wie man Wähler für ein neues Projekt gewinnt. Wegen der Hoffnung auf Ihre Mitwirkung bei den Werbekampagnen für die weiterführenden Projekte der Weltraum-Industrialisierung wurden Sie als politisch erfahrene internationale Energieexperten eingeladen, den Energia III–Start hier zu beobachten. Ich habe dabei ein bisschen Pate gestanden. Der Aufbruch in den Weltraum erfordert gewaltige Anfangsinvestitionen. Wir müssen die Wähler davon überzeugen, dass diese Investitionen sich lohnen."

„Und für wann ist mein Treffen mit dem SPSC vorgesehen?", wollte Lion wissen.

„Ich soll Sie fragen, ob 15 Uhr genehm ist. Mit den anderen würde ich während Ihrer Besprechung einen Rundgang durch das Forschungszentrum machen. Um 17 Uhr findet dann im Kontrollzentrum eine Pressekonferenz mit einer Direktschaltung nach Ishigaki statt. Die dürfte ganz interessant werden."

Von der Stirnseite der Cinerama-Kuppel hinter der gläsernen Eingangshalle lächelte aus einem zwei mal drei Meter großen Bild ein Mann mit jugendlichen, markanten Gesichtszügen unter einer Pilz-Frisur. Darunter stand: *Gerard K. O'Neill, 1927–1992*. Chikara Ohta telefonierte kurz. „In fünf Minuten kommt der Filmvorführer", sagte er zu seinen Gästen. „Wir können schon Platz nehmen." Sie betraten den Kuppel-Raum mit seinen im Halbrund steil ansteigenden Sitzreihen durch die Tür unter dem Bild O'Neills und setzten sich im oberen Drittel in die Mitte. „Das Theater fasst 250 Besucher. In zwei Wochen wollen wir damit beginnen, die Show, die wir gleich sehen werden, vor Schulklassen des Bezirks Ibaraki, Studenten ausgewählter Universitäten und Mitarbeitern großer Firmen zu zeigen. Die Zuschauer werden dann gebeten, einen Fragebogen zur Bewertung der Show und des darin vorgestellten Projekts auszufüllen. Ihnen ersparen wir die Fragebögen. Dafür bitten wir Sie um eine frei formulierte Beurteilung. Die Vorstellung dauert 55 Minuten. Meines Wissens zeigt sie den ersten dreidimensionalen Film in holographischer Computeranimation."

Die Lichter im Raum erloschen. Sanft erklang ein Akkord und schwebte im Raum, aus dessen Mitte ein goldenes Schrift-Feld in den Hintergrund lief. Sie lasen: „Durchbruch ins All. Die Industrialisierung und Besiedlung des erdnahen Raums. Planung: Gerard K. O'Neill, Space Studies Institute, Princeton. Ausführung: Solar Power Satellite Consortium. Europäische Union, Russische Föderation, Vereinte Republik China, Kaiserreich Japan." Das Schriftfeld war im Hintergrund verschwunden. Der Klang tiefer Bässe schwebte, anfangs kaum hörbar, dann mit zunehmender Intensität, durch das Dunkel. Drei lang-gezogene Trompetentöne stiegen übereinander und mündeten in eine strahlende Orchester-Fanfare, bekräftigt durch dröhnende Paukenschläge. Noch zweimal wiederholten sich die Tonfolgen, anschwellend in Stärke und Glanz, während in der Tiefe des Raums ein weißer Lichtpunkt aufglühte, größer wurde und Konturen annahm. Als am Ende der C-dur-Kadenz aus der Sonnenaufgangsmusik von Richard Strauss die Orgel brauste und dann verklang, drehte sich mitten im Raum eine silbern glänzende Kugel um eine lange, metallische Achse, an deren beiden Enden kreuzförmige Radiatoren rötlich leuchteten. Aus dem Nord- und dem Südpol der Kugel wuchsen aus Ringen zusammengesetzte Zylinder. Kreisförmig über dem Kugeläquator schwebende Spiegel reflektierten Sonnenlicht über zwei weitere, an den Übergängen zwischen Kugel und Zylindern angebrachte Spiegelsysteme durch umlaufende Fenster in das Kugelinnere. Auf den inneren Spiegeln ahnte man die Abbilder von Bäumen und Häusern.

Eine warme Frauenstimme sprach: „Dies ist Insel Eins: Ein Habitat für 10.000 Menschen auf einer Bahn um den Lagrange-Punkt L5, der mit der Erde und dem Mond ein gleichschenkliges Dreieck bildet." Über den Zylindern erschien die Schrift „Landwirtschaftliche Produktionsanlagen", und dann folgte ei-

ne Tour durch das Innere der Kugel.
Häuser und Gärten konzentrieren sich in der Umgebung des Äquators. Dort herrscht dank der Rotation nahezu Erdschwere, während in der Nähe der Rotationsachse die Menschen fast schwerelos von einem Sprungturm in ein Schwimmbecken schweben oder sich in Hängegleitern von mit Fußpedalen betriebenen Propellern durch die Luft ziehen lassen.

Dabei lief ein Schriftband durch den Raum mit den Informationen: „Kugelradius: 230 m, Fläche pro Person: 45 m^2, Rotationsfrequenz: 1,97 Umdrehungen pro Minute, Strukturmasse: 170.000 Tonnen (150.000 t Aluminium, 20.000 t Glas), Masse von Boden und Gebäuden im Kugelinneren: 400.000 t, Masse der Strahlenschutzhülle (nicht gezeigt und nicht mit rotierend): 3.000.000 t. Massenquelle: Eine quadratische Mondgrube von 4 m Tiefe und 750 m Kantenlänge.“

Insel Eins sank schnell in den Hintergrund, während sich der Mond von rechts in die Cinerama-Kuppel schob und sie bald ganz ausfüllte. Seine Oberfläche wuchs den Zuschauern entgegen. Nunmehr konnte man Einzelheiten erkennen.

Halbkugelige und halbzylindrische Wohncontainer umgeben eine quadratische, flache Grube, in der zwei Bulldozer Material schürfen und zu einer langgestreckten Anlage transportieren. Diese besteht aus einer bis ans Ende der Mondebene reichenden Röhre, verbunden mit einer Rücklaufschiene, über die auf der Vorderseite offene Tonnen in eine Füllstation gleiten und von dort in der Röhre verschwinden. Sie schießen aus dem fernen Röhren-Ende heraus, werden abgebremst und entlassen das Mondmaterial auf eine Trajektorie, die über die Mondberge am Horizont in die Tiefe des Weltraums führt. Zu beiden Seiten der Anlage erstrecken sich weit ausgedehnte Solarzellen-Areale.

Das eingeblendete Informations-Schriftband sagte: „Mondbasis zur Materialgewinnung. Elektromagnetische Material-Schleuder (elektromagnetischer Linearmotor) beschleunigt auf einer Länge von 587 m mit dem Fünfhundertfachen der Erdbeschleunigung Mondmaterial auf die Fluchtgeschwindigkeit des Mondes von 2,4 km/s. Das Material wird im 63.000 km entfernten Librationspunkt L2 eingefangen und in Produktionsanlagen nahe Insel Eins zu Satelliten-Sonnenkraftwerken und weiteren Habitats verarbeitet."

Der Mond wich zurück, und links tauchte eine blau schimmernde Kugel auf. Während sie größer wurde, erkannte man unter Wolkenbändern die Kontinente und Ozeane der Erde, die langsam über die Kugeloberfläche wanderten. Mit ihnen wanderte ein hoch über dem Erd-Äquator schwebender, rechteckiger, flacher Satellit.

Rechts und links einer roten Scheibe in seinem Zentrum erstrecken sich zwei quadratische Flächen. Stahlblau im Sonnenlicht glänzend erwecken sie den Eindruck von Schwingen eines riesigen Falters in Betrachtung der Erde. Aus der roten Scheibe wächst, nur ganz schwach sichtbar, ein schlanker Strahlenkegel, dessen Spitze in Zentralsibirien ruht.

Das Informationsband verkündete: „Satelliten-Sonnenkraftwerk in geostationärer Umlaufbahn 36.000 km über der Erde. Gesamtgewicht: 42.000 Tonnen. Solarzellenfläche: 2 mal 60 km². Energieübertragung zur Erde durch Mikrowellen mit einer Frequenz von 2,8 GHz. Durchmesser der Sen-

deantenne am Satelliten und der Empfangsantenne
auf der Erde: 1 km und 10 km. Energie-Einspeisung
in das terrestrische Elektrizitätsnetz: Zehntausend
Megawatt."

Die warme Frauenstimme sagte: „Das ist die Zukunft: Saubere Energie für die Erde – Wohnen und
Produzieren im All – mit Material vom Mond und
Energie von der Sonne." Nach einer Pause, während
der der Satellit hinter den Köpfen der Zuschauer
verschwand und ihnen die rotierende Erde entgegen-
wuchs bis sie die untere Hälfte der Cinerama-Kuppel
völlig ausfüllte, fuhr die Stimme fort: „Und jetzt sehen Sie, wie in unseren Tagen alles beginnt."

Über dem nur noch leicht gekrümmten Horizont
der hell leuchtenden Erde schwebt vor der Schwärze
des Alls eine lange, golden glänzende Doppelröhre.
Über ihre volle Länge erstreckt sich in ca. 10 m Abstand ein von Metallstangen gehaltenes Solarzellen-
Areal, an dem sich mehrere Astronauten zu schaffen
machen. An einem mit der Doppelröhre verbundenen, zylindrischen Wohnmodul hat ein Raumgleiter
angedockt.

Im Informationsband war zu lesen: „Montage des solar getriebenen Raumtransporters *Moonship 1* in niedriger Erdumlaufbahn. Elektromagnetische Material-Schleuder als Raketenmotor. Masse:
170 Tonnen. Beschleunigung der Reaktionsmasse auf
10.000 m/s. Transport von 1300 t Nutzlast in 200 Tagen auf eine Mondumlaufbahn. Die pro Reise benötigte Reaktionsmasse von 2100 t wird aus den externen
Tanks der Energia III- und Ariane 7-Raketen gewonnen. Landung der Nutzlast auf dem Mond mittels
chemischer Raketen. Bau der Mondbasis, der Raum-
Kolonien und der Satelliten-Sonnenkraftwerke."

Die Erde wich zurück, der Raumtransporter wurde kleiner bis zur Unsichtbarkeit, und dann hing der Planet der Menschen in der vollen Schönheit seiner blauen Meere und grünen, gelben und braunen Kontinente unter strahlend weißen Wolken mitten im Raum. Eine Schrift erschien: „If you love the Earth, leave it!" und klein darunter: „L5 Society". Dann erloschen die Projektoren, und das Licht ging an.

Die Gruppe diskutierte eine Zeit lang Verbesserungen der Show. Sanders plädierte dafür, die Emotionen der Zuschauer noch stärker anzusprechen, während Lion sich mehr technisch-wissenschaftliche Detailinformationen gewünscht hätte. Davidov vermisste Hinweise auf Risiken, einschließlich der des Weltraumschrotts aus Raketen- und Satellitenteilen auf den verschiedenen Erd-Umlaufbahnen, und van Oisterhuiz schlug die Einbeziehung von Kosten-Nutzen Analysen vor. Zum Schluss sagte Ohta: „Bitte geben Sie mir Ihre Verbesserungsvorschläge schriftlich. Wir werden versuchen, sie so weit wie möglich in die Show einzubauen. Was nicht hinein passt, können wir ja vielleicht auf Informationsblättern zusammenfassen, die mit Hinweisen auf die Originalpublikationen an die Zuschauer ausgegeben werden."

8.3 Orbit Queen

Arthur Lion war, trübsinnig den Kopf in die Hand gestützt, in seinem Sessel versunken.

„Was ist los, Arthur?" fragte Davidov. „So schlecht war die Show doch nun auch wieder nicht."

„Gewiss. Mich deprimiert nur wieder das Versagen

der politischen Elite meines Landes", antwortete Lion.

„Du meinst, dass in den USA O'Neills Pläne ad acta gelegt und nahezu vergessen worden waren, bis andere sie wieder ausgruben und nunmehr umsetzen?"

„Natürlich. Wenn ich daran denke, welche Begeisterung in den 1970er und 80er Jahren herrschte: Die L5 Society warb in den USA und weltweit für die Industrialisierung des Weltraums. Wissenschaftler vieler Länder kamen zu den alle zwei Jahre stattfindenden *Princeton Conferences on Space Manufacturing Facilities*, die Creme der amerikanischen Industrie organisierte im *Council on Power from Space* die Lobby-Arbeit für den Bau von Satelliten-Sonnenkraftwerken, und die beiden Häuser des Kongresses behandelten eine gemeinsame Resolution, die Ressourcen des Weltraums zum Nutzen der Menschheit zu erschließen [11]. Doch dann bekamen wir Regierungen mit der 'Private Business'-Ideologie, die alles der Privatwirtschaft überlassen wollten."

„Na und? Jetzt greift die Privatwirtschaft doch zu", so Davidov.

„Ja schon. Vor zehn Jahren hätte ich es mir noch nicht träumen lassen, dass Leute mit zuviel Geld, wenn ihre besten Jahre fast vorüber sind, in den Weltraum wollen."

„Das ist eben der letzte Kick, wenn Du schon alles gehabt hast und merkst, dass die Spannkraft der Jugend schwindet. Meine Frau hat mit *Interkosmos* schon den richtigen Riecher für ein Geschäftsmodell mit Langzeitperspektive gehabt."

„Und O'Neill hat sich finanziell und gesundheitlich ruiniert. Es geht nicht gerecht zu in der Welt."

„Hauptsache, es geht weiter", lachte van Oisterhuiz,

der hinzugetreten war, und knuffte Lion in die Seite. „Nachdem Eure Privatwirtschaft aufgewacht ist, kann sie die NASA vielleicht jetzt doch noch in unser eurasisches Projekt hineinziehen. Als Berater des SPSC habe ich mitbekommen, dass man in diesem Gremium von dem neuen Plasma-Antrieb sehr beeindruckt ist. Ich wünsche Dir für Deine Verhandlungen heute Nachmittag den besten Erfolg."

Dann ging's zum Mittagessen. „Unsere Kantine hat eine ganz ordentliche Küche. Probieren Sie Tempura", empfahl Ohta, und alle genossen die in Teig getauchten und in Pflanzenöl ausgebackenen Garnelen-, Fisch- und Gemüsehäppchen.

Zum anschließenden Verdauungsspaziergang stiegen sie über die niedrigen Sanddünen und wanderten den Pazifikstrand entlang gen Süden. Auf dem Dünenkamm sahen sie in regelmäßigen Abständen pfeilförmige Hinweisschilder, auf denen neben einer sich aufsteilenden Welle auf Japanisch und Englisch „Tsunami Shelter" stand. Dieses Zeichen bemerkten sie dann auch auf diversen Gebäuden während ihres Besichtigungsrundgangs durch die Labors des Forschungszentrums.

Lion hatte sich von der Gruppe abgesetzt. Im Besprechungszimmer des Kontrollzentrums beugte er sich gemeinsam mit zwei Herren und einer Dame vom Solar Power Satellite Consortium über einen Tisch, der von Konstruktionsplänen bedeckt war.

Auf allen stand: „Orbit Queen. Aerospike Technology". Sie zeigten eine wiederverwendbare, aeroballistische Rakete, die den Verbrennungs-Sauerstoff nicht am Boden tankt sondern der Erdatmosphäre entnimmt und die Kosten für den Transport von Nutzlasten auf niedrige Erdumlaufbahn gegenüber denen der Energia III und Ariane 7 Wegwerfraketen um einen Faktor 10 reduzieren würde. Als der erste Prototyp gebaut werden sollte, hatte die US-Regierung die vorgesehenen Mittel gestrichen. Sie wurden für die Entwicklung und Produktion von Tiefenbunker brechenden Kernwaffen benötigt. Nunmehr jedoch hatten der Wechsel vom Dollar zum Euro im Energiehandel und die Verknappungspolitik der Islamischen Arabischen Union die Energiepreise in den USA auf zuvor nie dagewesene Höhen getrieben. Die Fracking Industrie, die Boden und Luft in den USA schwer geschädigt hatte, war in der Großen Pandemie und der davon ausgelösten Wirtschaftskrise mit dem Absturz des Ölpreises zusammengebrochen. Ihre Förderanlagen verrotteten. Umweltschützer hatten staatliche Hilfen für deren Erneuerung verhindert. Da endlich griffen die Medien die schon seit langem von den Wings of Freedom erhobene Forderung nach einer Beteiligung der USA am eurasischen Satelliten-Sonnenkraftwerks-Programm auf und machten Druck. Dabei fehlte nie der Hinweis, dass es sich letztendlich um die Realisierung von Plänen amerikanischer Wissenschaftler handele.

Der Chief Executive Officer (CEO) von *Astronautics Enterprises* hatte sämtliche Patente der *Orbit Queen Corporation* nach deren Konkurs aufgekauft. In der Konkursmasse hatte er auch weit fortgeschrittene Studien zur Entwicklung eines nuklearelektrischen Antriebs gefunden, mit dem Raumschiffe aus dem erdnahen Weltraum bis zu den Planeten und dem Asteroidengürtel mit seinen gewaltigen Materialressourcen vorstoßen könnten. Dabei würde die Kernspaltungsenergie in elektrische Energie umgewandelt. Damit würde zum einen aus einem Gas ein Plasma erzeugt, das aus einem Gemenge elektrisch positiv geladener Ionen und negativer Elektronen besteht und zum anderen die Teilchen dieses Plasmas elektrisch beschleunigt. Der resultierende Raketenschub wäre weitaus größer als der jeder chemisch angetriebenen Rakete.[12] Der CEO machte sich beim Vorsitzenden des Senatsausschusses „Aerospace Technologies" für die Entsendung eines prominenten Mitglieds der WoF zu Verhandlungen mit dem SPSC stark. Bekanntlich genoss diese Partei, die sich konsequent gegen Unilateralismus und für internationale Kooperation eingesetzt hatte, im Ausland noch das meiste Vertrauen. Die Orbit Queen und die Pläne für den nuklear-elektrischen Antrieb wurden dem Solar Power Satellite Consortium gewissermaßen als Aufnahmegebühr angeboten.

Über die Grundlagen einer künftigen Zusammenarbeit verhandelte Arthur Lion einhalb Stunden lang mit seinen Gegenüber vom SPSC. Dann war man sich in den wesentlichen Punkten einig. „Wenn auch die Entscheidungsgremien unseren Entwurf eines Grundlagenvertrags akzeptieren, sitzen wir endlich alle in einem Boot", freute sich Jerome Picard, der Vorsitzende des SPSC, und erkundigte sich noch bei Lion, ob er Einwände gegen eine Erwähnung der Einigung auf der gleich beginnenden Pressekonferenz habe. Das war nicht der Fall.

Sie gingen zum Fahrstuhl, der aus dem oberirdischen Flachbau des Kontrollzentrums mit seinen Besprechungszimmern und Verwaltungseinheiten zur Kommandozentrale in die Tiefe führte. „Die Kommandozentrale ist in einer elastisch gelagerten Stahlbeton-Kugel in 30 m Tiefe völlig erdbebensicher untergebracht", erklärte Ohta, der mit Davidov, Sanders und van Oisterhuiz am Fahrstuhl zu ihnen gestoßen war. Beim Betreten des Kommandoraums empfing sie Stimmengewirr. Viele Reporter drängten sich mit ihren Kameramännern auf einer Galerie, von der aus man die Monitore der Rechner am Boden und die Bildschirmwand an der gegenüberliegenden, gekrümmten Stirnseite gut überblicken konnte. Jerome Picard führte seine Begleiter zum Flugleiter und Chef der Kommandozentrale, der seinen Ehrengästen, wie er sie nannte, Plätze hinter seinem Schreibtisch in der Mitte des Raums anwies. Auf der Bildschirmwand schimmerte die Energia III-Rakete im Sonnenlicht von Ishigaki vor dem Hintergrund der blauen Weite des Pazifiks.

Der Vorsitzende des SPSC griff zum Mikrofon und begrüßte die Fernsehzuschauer in aller Welt, die der Direktübertragung eines Interviews mit den Kosmonauten 14 Stunden vor dem Start zur Montage des ersten Teils von „Moonship 1" beiwohnten. Die Raumfahrer erschienen auf den Bildschirmen: Sechs Männer, die auf der Startrampe der Energia III saßen, die Füße baumeln ließen und fröhlich in die Kamera lachten. Von den Ärmeln ihrer weißen Raumanzüge leuchteten die Flaggen Russlands, Chinas und Japans: weiß-blau-rote Streifen, rotes Feld mit einem Kreis aus sieben silbernen Sternen und rote Sonne auf weißem Feld. Sie stellten sich mit ihren Namen vor und baten um Fragen. Die Reporter im Kontrollzentrum streckten die Arme in die Höhe, und der Vorsitzende des SPSC erteilte ihnen nacheinander das Wort. Aus den Antworten der Kosmonauten entfaltete sich der Plan des Unternehmens auch für diejenigen Zuschauer, denen Einzelheiten bisher nicht zugänglich gewesen waren. Die Energia III war eine russisch-chinesisch-japanische Weiterentwicklung der Energia-Rakete, die gegen Ende der Sowjetunion konzipiert worden war. Sie kann eine Nutzlast von 50 t und den Buran II-Raumgleiter auf eine Erdumlaufbahn in 300 km Höhe befördern. Die Nutzlast umfasst etwa den vierten Teil der Baukomponenten von „Moonship 1", Werkzeug-Roboter, Verpflegung etc. Nach Brennschluss und Absprengen der unteren beiden Raketenstufen tragen Feststoffraketen deren leere Treibstofftanks aus Aluminium auf die Umlaufbahn von „Moonship 1", wo sie von Raumgleitern eingesammelt und von Werkzeug-Robotern zur Reaktionsmasse für die elektromagnetische Material-Schleuder von „Moonship 1" pulverisiert werden. Eine Woche später sollte das zweite Viertel der „Moonship 1"-Komponenten und der Zeus-Raumgleiter mit der Ariane 7 von Kourou in Französisch Guayana aus starten. Ein Bild der ebenfalls sechsköpfigen Ariane-Besatzung wurde eingeblendet. Auf ihren Ärmeln trugen die Männer die Flagge der Europäischen Union mit ESA-Ergänzung: 12 kreisförmig angeordnete, goldene Sterne auf blauem Grund und in der unteren rechten Ecke kleine Flaggensymbole des Vereinigten Königreichs und der Schweiz. Ein Astronaut trug zusätzlich die gelb-blau-roten Nationalfarben von Kolumbien und Venezuela, die mit der EU assoziiert waren.

Der Sprecher der Kosmonauten auf Ishigaki erklärte, dass die Energia- und Ariane-Systeme gleich leistungsfähig und sorgfältig aufeinander abgestimmt seien. Im übrigen habe das gemeinsame Training des Arbeitens unter den Bedingungen der Schwerelosigkeit mit den Astronauten der westlichen Hemisphäre in Unterwassertanks der Karibik großen Spaß gemacht und man freue sich schon auf die Zusammenarbeit bei der „Moonship 1"-Montage im Orbit mit der herrlichen Aussicht auf die Erde.

„Mr. Chairman", wandte sich ein Reporter direkt an den Vorsitzenden des SPSC, „das ganze Unternehmen ist doch riskant und teuer. Einer unserer Senatoren erklärte noch neulich bei einer Anhörung in Washington: 'No penny for this nutty fantasy.' Aus welchen Gründen hatte eigentlich die Europäische Union den Vorschlag der USA zurückgewiesen, gemeinsam, und notfalls mit militärischen Mitteln, die Auflösung der Islamischen Arabischen Union zu erzwingen? Man hätte doch, so war die Argumentation meiner Regierung, mit Hilfe des noch vorhandenen billigen Öls und Gases die industrielle Infrastruktur zur Kohleverflüssigung und Energiegewinnung aus Ölsänden und Teerschiefer auf- und ausbauen können. So würde das Energieproblem für die nächsten tausend Jahre gelöst. Und bis dahin stünde dann auch die kontrollierte Kernfusion als sichere und unerschöpfliche Energiequelle zur Verfügung."

„Darauf gibt es eine kurze und eine lange Antwort. Die kurze Antwort lautet: Die Hauptsätze der Thermodynamik", erwiderte Picard. „Was für Sätze?", wunderte sich der Fragesteller und wollte auch die lange Antwort wissen. Daraufhin bat ihn der Vorsitzende um etwas Geduld. Die Sendezeit für die augenblicklich laufende Übertragung ginge zu Ende, und er wolle noch einige Worte zur aktuellen Situation sagen. Anschließend könne man ausführlicher über die energie- und umweltpolitische Bedeutung des Ersten und des Zweiten Hauptsatzes der Thermodynamik sprechen.

Dann erläuterte er, dass in vier Monaten mit je einem Energia III- und Ariane 7-Start die restlichen Module von „Moonship 1" samt Ablösung der Montage-Mannschaft zur orbitalen Baustelle gebracht würden. Danach folge eine Testphase. Ginge alles gut, würde man anschließend „Moonship 1" beladen und mit einer 30-köpfigen Mannschaft auf die lange Reise längs einer Spiralbahn zum Mond schicken. Der Transport der jeweils 1300 Tonnen Nutzlast pro Mondexpedition durch Energia III- und Ariane 7-Raketen auf niedrige Erdumlaufbahn sei zwar finanziell gesichert, würde die Energiesteuer-Zahler der beteiligten Länder aber sehr beanspruchen. Darum freue er sich ganz besonders, dass heute erste Verhandlungen über einen Beitritt der Vereinigten Staaten von Amerika zum Solar Power Satellite Consortium und die gemeinsame Entwicklung eines wesentlich wirtschaftlicheren, neuen Transportsystems erfolgreich stattgefunden hätten. Spontan wandte er sich an die Zuschauer in den USA und bat sie mit warmen, eindringlichen Worten um ihre Unterstützung der geplanten Kooperation. Er schloss mit einem Dank für das Interesse an der Übertragung, die Kosmonauten auf Ishigaki verabschiedeten sich winkend von ihrem weltweiten Publikum, und der Flugleiter beendete die Sendung mit: „Sayonara. Auf Wiedersehen morgen früh beim Start."

„Über die thermodynamischen Gründe für die Weltraum-Industrialisierung sollten wir im Konferenzraum oben reden", schlug Jerome Picard vor. Während des Wartens im Gedränge vor den Aufzügen fragte er die Schwingen-Delegierten, ob jemand von ihnen den Journalisten die thermodynamischen und ökonomischen Zusammenhänge erklären könne. Die Schwingen-Parteien hätten den Wählern in der EU doch ganz erfolgreich diese spröde Materie als überlebenswichtig vermittelt. „Ich übernehme den Ersten Hauptsatz", willigte Sanders ein. „Und ich den Zweiten", schloss van Oisterhuiz sich an. Im Konferenzraum trat nur allmählich Ruhe ein. Währenddessen schrieb Sanders in großen Buchstaben an die Tafel: „Nichts kann auf der Welt geschehen ohne Energieumwandlung und Entropieproduktion." *Energieumwandlung* schrieb er grün, *Entropieproduktion* schrieb er rot. Dann sagte er zu den Reportern: „Dies ist das mächtigste Naturgesetz, dem alle Prozesse im Universum unterworfen sind – vom Entstehen und Vergehen der Sterne bis zur Produktion von Geländewagen und Talkshows. Ich darf etwas sagen zum hoffnungsvollen, grünen Teil, dem Ersten Hauptsatz der Thermodynamik. Dann spricht Jan van Oisterhuiz zum bedrohlichen, roten Teil, dem Zweiten Hauptsatz."

Dann erläuterte er, wie sich in der EU auch beim normalen Wähler die Erkenntnis durchgesetzt hatte, dass der in der Geschichte der Menschheit einmalige Massenwohlstand der Industrieländer auf der Umwandlung der chemischen Energie von Kohle, Öl und Gas in Arbeitsleistung und Informationsverarbeitung beruht, wobei in letzter Zeit auch Kernenergie und erneuerbare Energien ins Spiel gekommen waren; wie daraus die wirtschafts- und verteilungspolitische Konsequenz der Besteuerung der Energienutzung gemäß ihrem Beitrag zur Wertschöpfung gezogen wurde; und wie flankierende Maßnahmen, besonders die Unterbindung der Kapitalflucht aus den armen Ländern der Welt in die Industrieländer, als entwicklungs- und sozialpolitisch logische Konsequenz der eigenen Steuerreformen eingesehen und akzeptiert wurden. Darum habe man den Vorschlag der USA zur militärischen Erzwingung niedriger Weltmarktpreise für Primärenergieträger um der eigenen Glaubwürdigkeit willen ablehnen müssen und statt dessen die internationale Kooperation zur direkten Nutzung des Fusionsreaktors Sonne ohne die terrestrischen Flächen- und Witterungsbeschränkungen gesucht und in der eurasischen Gruppe gefunden. Jan van Oisterhuiz fuhr fort mit dem Hinweis auf die zunehmenden Umweltbelastungen. Bei unverminderter Verbrennung fossiler Energieträger würde das Klima instabil mit katastrophalen Folgen. Deren Vorboten wären ja schon immer stärker zu spüren. Er betonte, dass die mit jeder Energieumwandlung unvermeidlich verbundene Entropieproduktion in der Form von Stoff- und Wärme-Emissionen angesichts des steigenden Güterbedarfs einer immer noch wachsenden Weltbevölkerung die Verlagerung industrieller Produktionsanlagen in den Weltraum und die Nutzung extraterrestrischer Energiequellen geradezu zwingend vorschreibe; denn deren Emissionen schlucke der unendliche Raum. Die empfindliche Biosphäre der Erde bliebe davon verschont. Somit verlangten die ökonomischen Chancen, die der Erste Hauptsatz eröffnet, und die ökologischen Beschränkungen, die der Zweite Hauptsatz auferlege, die Industrialisierung des Weltraums.

„Können Sie das auch noch etwas anschaulicher zusammenfassen?", fragte ein Reporter.

Sanders und van Oisterhuiz steckten kurz die Köpfe zusammen.

Sanders: „Erzählen wir's als Kampf um Energiesklaven?"

van Oisterhuiz: „Einverstanden. Fang Du an."

Sanders: „Seit dem Beginn der Industrialisierung vor nahezu dreihundert Jahren arbeiten für immer mehr Menschen immer mehr Energiesklaven. Von diesen erbringt jeder einzelne in irgendeiner unserer Energieumwandlungsanlagen, seien es Kraftwerke, Stahlschmieden, Chemiefabriken, Transportmittel, Computer so viel Arbeitsleistung wie ein menschlicher Schwerstarbeiter. Die Zahl der Energiesklaven pro Kopf der Weltbevölkerung kann leider nicht mehr so schnell wachsen wie die Weltbevölkerung. Sie ist jetzt auf rund 20, dem Stand vor etwa 30 Jahren, zurückgefallen. Dabei haben reiche Länder bis zu 100 Energiesklaven pro Kopf ihrer Bürger und arme Länder weniger als ein Zehntel davon. Entsprechend ungleich ist der Wohlstand auf Erden verteilt – daher die internationalen Spannungen. Ich betone nochmal: Wohlstand entsteht durch Arbeitsleistung und Informationsverarbeitung. Diese müssen, gemäß dem Ersten Hauptsatz der Thermodynamik, entweder von Menschen oder von Energiesklaven erbracht werden. Fehlen Energiesklaven, sinkt der Wohlstand – es sei denn, wir verstünden Wohlstand so immateriell wie die Befürworter von Nullwachstum bei radikalen Verhaltensänderungen. Doch zu derartigen Veränderungen sind bisher nur wenige bereit. Und von den anderen wird keiner freiwillig Energiesklavenarbeit übernehmen. So nehmen die Konflikte auf der Erde zu. Letzten Endes sind sie ein Kampf um Energiesklaven."

van Oisterhuiz: „Der Rest zum Zweiten Hauptsatz ist schnell gesagt. Wie menschliche Sklaven haben auch Energiesklaven ihre Ausscheidungen: Erstere gehen aufs Klo, letztere entlassen alles in die Biosphäre der Erde. Das macht unsere Umweltprobleme und ist die Folge vom Zweiten Hauptsatz. Werden uns hingegen die Energiesklaven aus Satelliten-Sonnenkraftwerken geliefert, verschwinden die Ausscheidungen im Weltall."

„Aha, wenn man das so sehen kann, dann habe ich's verstanden", war der Reporter zufrieden.

Jerome Picard erklärte anschließend sein Bedauern darüber, dass die Regierungen der USA bisher nicht an internationaler Kooperation zur Weltraum-Industrialisierung interessiert gewesen waren, sondern versucht hatten, ihre nationalen Wirtschafts- und Sicherheitsinteressen im Alleingang zu wahren, nach der Devise: Der Starke ist am mächtigsten allein. „Aber nun stoßen die Vereinigten Staaten vielleicht doch noch zu uns", schloss er hoffnungsvoll. „Raumfahrt-technisch und ökonomisch würde uns das einen großen Schritt voranbringen."

Die Reporter hätten gerne noch Genaueres dazu erfahren, doch wegen der Vertraulichkeit der bisher geführten Verhandlungen wollte der SPSC-Vorsitzende nicht mehr sagen als: „Ich setze große Hoffnungen auf die Orbit Queen."

8.4 Tsunami

Die „Abu Sayaf" lag seit zwei Tagen in der Bucht von Aparri auf Reede. Sie fuhr unter der Flagge des Jemen. Ihr Kapitän hatte die philippinischen Behörden um die Erlaubnis ersucht, hier an der Nordküste Luzons für drei Tage vor Anker zu gehen. Der Frachter habe eine Röhrenlieferung für Korea an Bord

und wolle seine Fahrt ins Ostchinesische Meer fortsetzen, sobald die Sperre der Passage zwischen Taiwan und dem Sakishima-Archipel wieder aufgehoben
sein werde. Das sollte morgen nach dem Raketenstart
auf Ishigaki geschehen. Die „Abu Sayaf" würde schon
während des Schluss-Countdowns auslaufen. Die Lie-
gegebühren waren im Voraus bezahlt worden.
Im Gebetsraum unter Deck kniete die Mannschaft mit Gesicht gen Westen. Der Kapitän hatte
sie zusammengerufen und den weiteren Verlauf der
Versammlung in die Hände von Scheich Ahmed Ibn
Taimiya gelegt. „Ibn Taimiya" war ein Ehrenname,
der dem Scheich vom Wahhabiten-Rat für den Dschi-
had verliehen worden war und an den Hanbaliten erinnerte, dessen Lehren einst Mohammed al-Wahhab
zur reinen Form des Glaubens zurückgeführt hatten.
Der Scheich hatte den Männern soeben das Ziel ihrer Mission eröffnet. Nun wussten sie, wofür sie ihre
Bereitschaft zum Sterben vor Antritt der Reise beschworen hatten und beteten, die Stirnen am Boden,
um gutes Gelingen.
Neben der seemännischen Besatzung umfass-
te die Mannschaft zwei irakische Ingenieure, die
in München und Shanghai an den elektromagne-
tischen Linearmotoren für die deutsch-chinesischen
Magnetschwebebahnen gearbeitet hatten, einen technischen Offizier der ehemaligen irakischen Rake-
tentruppen, sowie zwei saudi-arabische Elektronik-
Techniker, die früher in Pasadena für die NASA
tätig gewesen waren. Sie, wie auch die für Sicherheit
und Disziplin zuständigen fünf „Wächter des Islam",
hörten nur auf das Kommando von Scheich Ibn Taimiya.
Nachdem sie das Gebet beendet und die See-

leute sich wieder auf ihre Stationen begeben hatten, besprach der Scheich mit seinen Männern noch einmal die „Fatwa Wahhabs", wie sie das morgige Finale ihres Unternehmens nannten. „Ich habe mit dem Kapitän vereinbart, dass morgen früh um 4:15 h sämtliche Schiffsdiesel angeworfen werden und bis 6:15 h ausschließlich für das Laden der Kondensatorbänke arbeiten. Danach werden die beiden Katapulte ausgefahren und die Tomahawks abgeschossen. Omar", dabei nickte er einem der Ingenieure zu, „hat mir versichert, dass die elektromagnetische Beschleunigung den Marschflugkörpern die benötigte hohe Anfangsgeschwindigkeit erteilt. Wenn sie dann über dem Babuyan Channel fliegen, werden Hassan und Ali ihre Bordelektronik aktivieren und die Triebwerke zünden. Wir lichten anschließend sofort die Anker und machen uns aus dem Staub."

„Was heißt hier Staub", protestierte Omar grinsend. „Der Start erfolgt ohne jedweden Partikel-Ausstoß, nur mit einem Zischen, das der Morgenwind verwehen wird. Hier merkt niemand etwas. Wenn dann die Tomahawks kurz vor dem Abheben der Energia III auf der Startrampe einschlagen, wird die Überraschung vollkommen sein. Ja, elektromagnetische Linearmotoren sind eine feine, reine Sache. Und keine werden im Weltraum fliegen – dank der unserigen und der von den Amerikanern auf der 'Prince Feisal Base' freundlicherweise zurückgelassenen Tomahawks. Inschallah."

Sehr ernst ergänzte der Scheich: „Damit unser Schlag die größtmöglichen Kreise zieht, und zum Schutz unserer Heimat, darf niemals bekannt werden, dass wir ihn geführt haben. Die Tomahawks fliegen im Bogen an, so dass sie beim Einschlag aus der

Richtung von Guam zu kommen scheinen. Dort lagern die Amerikaner Marschflugkörper. Dass sie welche an uns verloren haben, haben sie zum Glück nie zugegeben. Also wird man in der eurasischen Gruppe nicht umhinkommen, auch einen Sabotageakt seitens der USA in Betracht zu ziehen. Und wenn die Ungläubigen dann aufeinander losgingen – welche Freude wäre das für alle Gläubigen. Aber natürlich wird man wie immer auch an Moslems denken. Wir müssen damit rechnen, dass die Luft- und Seestreitkräfte Chinas, Japans und Russlands das Meer weiträumig nach den Attentätern absuchen werden. Darum werden die Katapulte und alles, was dazugehört, im Meer versenkt, sobald wir auf hoher See sind. Sollten wir dennoch verdächtigt und aufgebracht werden, werden Hassan und Ali die Sprengladungen im Schiffsrumpf zünden. Keinen von uns wird man den neuen Verhörmethoden unterziehen." Die Männer nickten stumm.

„Und wenn doch jemand an Land etwas bemerkt", sorgte sich Hassan. „Wäre es nicht sicherer, wir liefen sofort aus und starteten die Tomahawks auf hoher See?"

„Die ist zu unruhig. Der Katapultstart erfordert das ruhige Wasser der Bucht", erklärte Omar, und der Scheich schloss: „Allah segne Euren Schlaf – bis vier Uhr. Dann erstellen wir die Fatwa Wahhabs."

Seit Jahren hatten sich die Spannungen in der Erdkruste aufgebaut, während sich die pazifische unter die philippinische Platte schob. Jetzt war der Moment des Ausgleichs gekommen. Am Südende des Marianengrabens ging ein Ruck durch die tektonischen Verkantungen. Die aufgespeicherte Energie wurde freigesetzt und strömte in Wellen durch den Erdmantel und in den Ozean.

Der Seismograph des Kontrollzentrums in Tokay Mura schlug zum erstenmal nach 230 Sekunden, zum zweitenmal nach 400 Sekunden und dann noch einmal nach 790 Sekunden aus. Die letzten Ausschläge waren wild. Der Diensthabende der Nachtschicht rannte zum Rechner, in dem auch die Seismographendaten aus Nagasaki und Sapporo einliefen und ausgewertet wurden. Er erbleichte, als er auf dem Monitor las: „Epizentrum im Süden. Entfernung: 3000 km. Bebenstärke auf der Richter-Skala: 8.8." Er drückte den Alarmknopf. Sirenen heulten auf. Rote Leuchtbuchstaben schrieben am Sendemast des Forschungszentrums mit an- und abschwellender Intensität *Tsunami* in die Nacht, und in den Gängen der Gebäude wiesen grüne Leuchtstreifen den Weg zu den Tsunami-Schutzräumen.

In der Kommandozentrale zeigten die Bildschirme den planmäßigen Fortgang der Startvorbereitungen. Die Uhr über ihnen stand auf 4:14 h. Daneben verkündete die Anzeigetafel für den Schluss-Countdown: „Start in 2 h 46 min". Vor kurzem hatten die Kosmonauten im Buran-Raumgleiter über dem Frachtmodul der Energia III-Rakete ihre Plätze eingenommen, und die Betankung des Raumschiffs mit flüssigem Wasserstoff und Sauerstoff war in vollem Gange. Weiße Dampfwolken waberten im Scheinwerferlicht um den Start-Turm mit den Treibstoffschläuchen.

Sofort nach dem Alarm hatte sich der Flugleiter in einer Schnellschaltung mit den Seismologen der führenden japanischen Erdbebenwarten verbinden lassen. Er bat um ihre Einschätzung der Lage. Musste der Start der Energia III abgebrochen werden? Die Meinung war, dass der Tsunami zwischen 7:15 h und 7:30 h Ishigaki und ca. eine Stunde später Tokay Mura erreichen dürfte, wenn man davon ausginge, dass er sich als ringförmige Oberflächenwelle mit einer Fortpflanzungsgeschwindigkeit von rund 700 km pro Stunde ausbreite, wie das bei Auslösung durch Seebeben im Pazifik häufig vorkomme. „Die Energia III hebt um 7 Uhr ab. Wir hätten also genügend Luft?", hoffte der Flugleiter. „Nur, wenn die Tsunami-Geschwindigkeit nicht viel vom Mittelwert nach oben abweicht", warnten die Experten.

Der Flugleiter beriet sich mit Jerome Picard, der inzwischen eingetroffen war. Ein Abbruch des Countdowns und die Evakuierung der Kosmonauten aus der Energia III bedeutete den Verlust der Rakete. Zu einem Viertel bereits betankt, konnte sie nicht mehr in den Silo unter der Start-Plattform abgesenkt werden, in den sie während der Zeit vor Beginn der Betankung in Sicherheit hätte gebracht werden können. „Die Kosmonauten haben das letzte Wort", entschied der Vorsitzende des SPSC. „Stellen Sie bitte eine Direktverbindung zu ihnen her." Dann schilderte er den Raumfahrern die Lage. Diese berieten sich kurz. Der Kommandant teilte Picard ihren Entschluss mit: „Wir bleiben an Bord. Der Countdown läuft weiter. Nur spürt den Tsunami auf und beobachtet seine Annäherung. Kommt er zu schnell, warnt uns so rechtzeitig, dass wir die Rettungsrakete am Mannschaftsmodul zünden und uns verdrücken können. Wir bitten allerdings um baldiges Auffischen aus dem Pazifik."

„Geht in Ordnung, Jungs", versprach Picard. Sofort wies er die Hubschrauber-Staffel auf Ishigaki an, rechtzeitig zu starten und über der Insel in Rettungsbereitschaft zu gehen. Anschließend ließ er sich mit dem Kommandanten des US-Stützpunktes auf Okinawa verbinden und bat um das Aufspüren und die fliegerische Begleitung des Tsunami: „Sie verfügen als Einziger in der Region über die fliegenden Laser-Messgeräte, mit denen man flache, lange Wellenzüge identifizieren kann."

„Unsere Maschinen müssen sowieso in die Luft. Wir helfen gern", war die Antwort des schon von seinen eigenen Seismologen gewarnten Kommandanten. Er versprach, ein Tankflugzeug und fünf Jets seines Aufklärungsgeschwaders fächerförmig gen Süden zu schicken.

Nach kurzer Beratung mit dem Flugleiter verfügte Picard, dass die Übertragung des Energia III-Starts wie vorgesehen ab sechs Uhr durchgeführt würde. „Im Wettlauf mit dem Tsunami hat sie jetzt einen noch höheren Unterhaltungswert. Sollte es schief gehen, haben unsere Steuerzahler wenigstens etwas Spannendes miterlebt. Was danach aus unserem Projekt wird, dürfte nicht zuletzt von den Medien abhängen. Sichern wir uns deren Wohlwollen."

„So, jetzt können die Reporter und die übrigen Gäste kommen", verkündete der Flugleiter und gab die Fahrstühle frei. Die Reporter strömten wieder wie am Vorabend auf die Galerie des Kommandoraums. „Schön, dass unser Arbeitsplatz zugleich der sicherste Schutzraum weit und breit ist, mit bester Aussicht auf ein Drama mit Technik und Natur als Hauptdarstellern", freute sich der Mann von CNN. Mit Blick auf die Uhr, sie zeigte inzwischen 5:30 h, gähnte ein anderer, von der ARD: „Aber so früh, und dann auch noch von Sirenen geweckt zu werden, ist hart. Ich hatte so nette Gesellschaft." Die Kollegin neben ihm lächelte kaum merklich und schob ihren Fuß an seinen. Ohta, Davidov, Lion, Sanders und van Oisterhuiz hatten wieder hinter dem Schreibtisch des Flugleiters Platz genommen.

Um dieselbe Zeit arbeiteten auf der „Abu Sayaf" alle ruhig und mit höchster Konzentration. Nach dem Wecken um vier Uhr hatte Hassan noch einmal eindringlich und erfolgreich dafür plädiert, wenigstens so weit in der Bucht nach Norden zu fahren, bis sie die Hügel auf der östlichen Landzunge hinter sich gelassen hatten und niemand mehr auf ihr Deck blicken konnte. Die flachen Ausläufer der Landzunge boten immer noch genügend Schutz vor den Wellen des offenen Pazifiks. Ruhig lag das Schiff im Wasser. Nur leicht vibrierte es unter dem Stampfen seiner Dieselmotoren, die, bei abgekoppelter Schiffsschraube, die Kondensatorbänke der beiden Abschuss-Katapulte aufluden.

Plötzlich kam der Funker aufgeregt zum Kapitän auf die Brücke gerannt. „Ich habe eben eine Tsunami-Warnung aufgefangen. Sie war leider sehr undeutlich." Der Kapitän wies auf den Fernseher. Der zeigte die Kommandozentrale in Tokay Mura mit der Ankündigung: Beginn der Direktübertragung des Starts auf Ishigaki um 6 Uhr. „Dort läuft alles normal. Wahrscheinlich handelt es sich um eine Warnung für den Südpazifik."

Um sechs Uhr erschien Jerome Picard auf dem Bildschirm und sprach: „Sehr verehrte Zuschauer. Als Vorsitzender des Solar Power Satellite Consortiums begrüße ich Sie zu unserer Übertragung des Countdowns für den ersten Start zur Montage von Moonship 1. Ich darf, oder richtiger, muss Ihnen eine spannende Stunde ankündigen. Wir befinden uns im Wettlauf mit einem Tsunami, der sich uns aus dem Gebiet des Marianengrabens nähert. Zur Zeit erwarten wir sein Eintreffen auf Ishigaki kurz nach sieben Uhr und etwa eine Stunde später hier in Tokay Mura. Aufklärer der US-Navy werden versuchen, seine exakte Ausbreitungsgeschwindigkeit zu messen. Unsere Kosmonauten haben beschlossen, an Bord zu bleiben. Wir versuchen, den Start zu beschleunigen. Im Notfall wird die Besatzung von ihrer Rettungsrakete weit genug über den Pazifik getragen und nach der Wasserung von unseren Hubschraubern geborgen. Drücken Sie uns die Daumen."

Jetzt waren die sechs Kosmonauten in den Liegesesseln des Raumschiffs zu sehen. Aber der Kapitän schaute nicht mehr hin. Er rief Scheich Ibn Taimiya an: „Bitte kommen Sie schnellstens auf die Brücke. Wir haben ein Problem."

Mit zwei Wächtern und Omar erschien der Scheich: „Wo ist das Problem?"

„Auf dem Meer und vielleicht noch eine Viertelstunde entfernt."

„Was soll das heißen?"

Der Kapitän berichtete, was er gerade aus Tokay Mura gehört hatte und fügte hinzu: „Wenn uns der Tsunami hier in der Bucht erwischt, sind wir verloren. Wir müssen sofort auslaufen."

„Unmöglich. Die Diesel werden für das Aufladen der Kondensatorbänke gebraucht – jetzt erst recht", protestierte Omar. „Wenn man in Ishigaki den Start beschleunigt, müssen wir unsere Vögel schnellstens fliegen lassen. Aber sie können nur abheben, wenn die Kondensatoren zu mindestens 90 Prozent geladen sind. Bis dahin dürfen die Diesel für nichts anderes arbeiten! Und", fragte er noch „können wir dem Tsunami denn überhaupt davonfahren?"

„Du kennst wohl auch nur Deine Maschinen", dachte der Kapitän und erklärte laut: „Auf hoher See ist ein Tsunami eine ganz lange, sanfte Welle und völlig harmlos. Aber im Flachwasser der Küsten und ihrer Buchten steilt sie sich zu einer Wasserwand auf, die höher als 30 Meter werden kann, ins Landesinnere rast und alles verwüstet. Bleibt unser Schiff in der Bucht, wird sie es vernichten."

„Die Fatwa Wahhabs muss die Rakete am Boden erreichen. Alle Diesel arbeiten für die Kondensatoren! Solange bleiben wir hier", entschied der Scheich. Er erinnerte den Kapitän an seinen Schwur und ließ für alle Fälle die beiden Wächter auf der Brücke zurück.

Seit drei Minuten hatte Lieutenant Myers eine abnehmende Zahlenfolge auf der Abstandsanzeige beobachtet. Der künstliche Horizont stand exakt waagrecht, die Fluggeschwindigkeit über Boden betrug 890 km/h. „Eric", informierte er über das Bordmikrophon den Piloten vor ihm, „auf den letzten 80 km hat sich der mittlere Abstand zur Wasseroberfläche um 1,10 Meter verringert. Jetzt beginnt er wieder zu wachsen." Nach weiteren drei Minuten meldete er: „Abstand wieder wie über Normal Null – und weiter wachsend. Wir haben den Tsunami! Wellenlänge 320 km, Wellenhöhe 1,10 m, Geschwindigkeit 710 km/h – wenn unsere Flugrichtung senkrecht zur Wellenfront steht." Sie funkten die Aufklärer nordwestlich und südöstlich ihrer Maschine an und verglichen die Messdaten. In der Tat waren sie ziemlich genau auf

dem kürzesten Weg über den Wellenkamm geflogen.
„Ich wende und schalte die Nachbrenner ein", kündigte der Pilot an. „Ok. Ich sag's Dir, wenn wir wieder über dem Wellenkamm sind. Dann pass die Geschwindigkeit an. Hey, wenn wir den Mädels daheim
erzählen, dass wir einen Tsunami nach Japan geritten
haben . . . ."
   Als der Laser den Wellenkamm wieder direkt
unter ihnen anzeigte, korrigierte der Pilot Fluggeschwindigkeit und -richtung so lange, bis sie über
dem Teil der Kreiswelle flogen, der direkt auf Ishigaki
zulief. Dann gaben sie laufend Geschwindigkeit und
Position nach Okinawa und Tokay Mura durch.
Die Rechner des Kontrollzentrums verwandelten
die Daten in das Bild eines Kreises, der sich im
Philippinischen Becken aufblähte. Auf der Karte des
Westpazifiks, die als Hintergrund der Energia III
während des Countdowns in die Fernsehübertragung
eingeblendet wurde, sahen die Zuschauer in aller
Welt, wie die rote Kontur des Kreises die Philippinen
überstrich und sich Taiwan und den japanischen
Inseln näherte.

Mit wachsender Unruhe hatte der Kapitän der „Abu
Sayaf" den sich ausweitenden roten Kreis auf dem
Fernseher beobachtet. Die Ladeanzeige der Kondensatoren stand bei 88 Prozent.
„Jetzt trifft das Zentrum des Tsunamis die Südost-
flanke Luzons. Seine Ausläufer können uns jeden Augenblick erreichen. Wir müssen raus aus der Bucht.
Ich koppele den Antrieb ein", rief er dem Scheich zu,
der mit Omar und Hassan auf die Brücke zurückgekehrt war. Doch bevor er zum Schalthebel greifen
konnte, hatte ihm ein Wächter, auf einen Wink des

Scheichs hin, die Pistole an die Schläfe gedrückt.
Der Scheich befahl: „Katapulte ausfahren. Ab-
schuss bei 90 Prozent." Von der Brücke bis zum Bug
öffnete sich ein Spalt im Schiffsdeck. Während die
Stahlplatten der Laderaumabdeckung auseinander
und nach oben klappten, sprang die Ladeanzeige des
Kondensators auf 89 Prozent. Die Katapulte hoben
sich auf Deckshöhe und schwenkten die schimmern-
den Beschleuniger-Röhren mit den Tomahawks in
Richtung Nord-Nord-Ost.

Über die Landzunge schiebt sich ein Schwall Wasser. Dahinter wächst eine Wasserwand in den Mor-
genhimmel. Fasziniert-entsetzt sehen die Männer sie
höher und höher steigen. Dann bricht sie. Eine Wasserwalze rast auf sie zu, hebt und dreht die „Abu
Sayaf". „Feuern", schreit der Scheich. Omar drückt
auf den Startknopf. Die Tomahawks zischen aus den
schlingernden Katapulten, steigen steil in den Himmel. „Oh nein!" stöhnt Hassan. Während das Schiff
auf die Seite rollt und Wasser durch die Fenster der
Brücke stürzt, schießt ihm durchs Hirn: „Elektronik
und Triebwerke aktivieren. Vielleicht finden sie noch
ihr Ziel." Er kippt den Schalter des Senders an seinem
Gürtel. Die Sendeanzeige blitzt auf. Dann zündet er
die Sprengladungen im Rumpf.

Auf dem Berggipfel hinter Aparri klammern sich
zwei Hirtenjungen aneinander und starren hinunter
in die Bucht, durch die die Wasserwalze tobt. „Da,
ein gekentertes Schiff", flüstert der eine. Im nächsten
Augenblick bricht aus dem roten Boden des kieloben
in den Wassern treibenden Frachters eine riesige
Stichflamme. Noch bevor der Explosionsdonner in
ihren Ohren dröhnt, sehen die Jungen nichts mehr

von der „Abu Sayaf".

Die Computer an Bord der Tomahawks blickten mit den Augen ihrer digitalen Kameras auf die Meeres- und Inselwelt unter ihnen und verglichen, was sie sahen, mit ihrem Flugprogramm. Sie waren viel zu hoch und zu weit westlich. Sie korrigierten die Stellungen der kurzen Stummelflügel. Dann berechneten sie die Entfernung bis zum Ziel und strichen den Anflugbogen aus der Route. Nach längerem Sinkflug machten sich die Tomahawks in einer Höhe von 15 Metern über dem Meeresspiegel auf ihren Marsch nach Ishigaki.

Die westlichste Maschine der Aufklärungsstaffel flog über dem Wellenkamm des Tsunamis, der sich Taiwan näherte. „Für ein Monster ist der Tsunami aber ziemlich langweilig. Lass uns doch mal tiefer gehen und schauen, ob er aus der Nähe mehr hergibt", schlug der Beobachter dem Piloten vor. „Ok", war der einverstanden und ließ die Maschine sinken. Sie waren knapp eine Minute lang in 18 Metern Höhe über der glatten Meeresoberfläche mit der fast unsichtbaren Neigung geflogen, als auf den Radarschirmen zwei Punkte aufleuchteten. „Achtung! Annäherung zweier Objekte. Relativgeschwindigkeit ca. 180 km/h. Hochziehen!" Die Maschine stieg steil nach oben. Unter ihr kreuzten zwei schlanke, helle Zylinder dicht über dem Wasser in spitzem Winkel ihre Flugbahn. „Hinterher!" Der Pilot änderte leicht den Kurs, beschleunigte, bis sie die Zylinder erreichten und drosselte dann die Geschwindigkeit. Bei 880 km/h flogen die beiden Zylinder in konstanter Entfernung 20 Meter unter ihnen.

„Guck Dir mal die Zigarrren genauer an: ca. sechs Meter lang, einen halben Meter dick, Flügelspannweite keine drei Meter, Marschgeschwindigkeit 880 km/h. Mensch, das sind Navy Tomahawks!"

„Und mit Kurs auf Ishigaki", ergänzte der Beobachter, der gerade ihre Position und Richtung neu bestimmt hatte. Er rief Okinawa: „Tomahawks im Anflug auf Ishigaki. Ist ein Navy Commander verrückt geworden und imitiert den General im Weltuntergangsfilm 'Dr. Strangelove'?!"

Der Kommandant auf Okinawa alarmierte das Pentagon und verlangte den Secretary of the Navy. Der sagte zuerst gar nichts. Dann murmelte er: „Die verlorenen Tomahawks."

„Wie bitte, Sir? Ich verstehe Sie nur schlecht", kam es überlaut von der anderen Seite des Globus.

„Ich fürchte, da fliegen zwei der Cruise Missiles, die der Air Force in Saudi-Arabien abhanden gekommen waren", sagte der Secretary gepresst, aber deutlicher.

„Oh no!" Pause, dann: „Waren dabei auch welche mit nuklearen Gefechtsköpfen?"

„Ja, eine TLAM-N."

„Und die anderen?"

„TLAM-C."

„Was können wir tun?"

„Abschießen!"

„Unsere Aufklärer haben keine Bordwaffen."

„Dann Gnade uns Gott."

„Ich alarmiere die Japaner."

„Tun sie das!"

„Eben werden die Treibstoffschläuche gelöst. Jetzt fährt der Start-Turm zurück", kommentiert der ARD-Reporter im Kommandoraum von Tokay Mura die

Ereignisse auf der Bildschirmwand. Das Telefon auf dem Schreibtisch des Flugleiters schrillt. Der hebt ab, lauscht, erstarrt. Dann sagt er leise: „Zu spät. Wir kriegen keine Abfangjäger mehr hoch, sind alle in den Schutzräumen. Dennoch danke! Es geht los."

Kopfhörer auf den Ohren, den Blick gebannt auf die Bildschirmwand, mit keinem Gedanken bei der Kollegin, spricht der ARD-Reporter in sein Mikrophon: „Der Countdown steht bei 5 Sekunden, wurde schon wieder angehalten, ohne Angabe von Gründen. Jeden Augenblick wird der Tsunami erwartet! Jetzt läuft der Countdown wieder: 4, 3, 2, 1, 0. Feuer! Noch steht die Rakete, Flammen schlagen aus den Triebwerken. Jetzt hebt sie ab! Sie steigt. Da – Wasser strömt zur Startrampe, verdampft. Steig schneller, schnelleeeeer! Der Tsunami! Steilt sich auf. Was für eine Wand! Jetzt bricht sie! Die Wasserwalze rollt, verschlingt den Startturm...."

Alle starren auf die leeren Bildschirme – lähmendes Schweigen.

„Hallo, Erde", tönt es fröhlich aus dem Lautsprecher. „Nasse Füße bekommen? Wir sind unterwegs. Alles bestens. Im Orbit melden wir uns wieder."

Jubel bricht aus im Kommandoraum. Die Menschen liegen sich in den Armen. Der ARD-Reporter hat sich wieder an die Kollegin erinnert. Sie küssen sich und winken in die Kameras, die jetzt durch die Kommandozentrale schwenken. Die Bildschirmwand erwacht wieder zum Leben. Sie zeigt eine Animation der Energia III auf ihrer Flugbahn zum Montage-Orbit von Moonship 1.

Unberührt von der allgemeinen Freude stand der Flugleiter am Schreibtisch, das Telefon noch in der

Hand. Seine Ehrengäste drängten sich um ihn.
„Was ist los?", fragte Jerome Picard.
„Aus Okinawa kam eine Warnung, ich habe sie
gerade weitergegeben: Zwei Marschflugkörper sind
im Anflug auf Ishigaki. Offenbar von Terroristen ab-
gefeuert. Einer trägt möglicherweise einen nuklearen
Gefechtskopf."
Picard starrte ihn an. Dann stöhnte er auf: „O mein
Gott! Die Schutzräume und die Infrastruktur sind
für Erdbeben und Tsunamis ausgelegt. Doch ein
Kernwaffen-Schlag vernichtet alles. Dann können wir
unsere Pläne begraben."
„Kann man nichts tun?", fragte Ohta.
„Doch – beten", sagte Picard.

„Wenn wir einem Tomahawk die Augen zu halten, er-
kennt er Ishigaki nicht und fliegt drüber weg", sagte
der Pilot im Aufklärer über den beiden Cruise Missiles zum Beobachter. „Ich könnte unter eine Zigarre
fliegen. Dann sieht der Computer was anderes als auf
seiner Karte und gerät vielleicht durcheinander."
„Oder er denkt, wir sind die Rakete und zündet! –
Und was wird aus dem anderen Tomahawk?"
„Einer trifft, aber eben nur einer."
„Zu spät. Das da vorne muss Ishigaki sein. Weg von
den Tomahawks!"
Die Kameras der Tomahawks erspähten den
Küstenstreifen und zeigten den Bord-Computern sein
Bild. Es stimmte nicht mit den gespeicherten Bildern
überein: Keine Dünen, keine Palmen, keine Gebäude.
Der Tsunami hatte Ishigaki neu geformt. Die Elek-
tronen in den Transistor-Schaltkreisen flossen und
stoppten in rasendem Wechsel, während die Com-
puter ihre Optionen durchrechneten. Sie kamen zu

keinem eindeutigen Ergebnis. Die Informationen widersprachen sich. Das quälte sie. Sie stürzten ab. Die Tomahawks flogen mit unveränderter Geschwindigkeit in zehn Metern Höhe über die Insel. Nachdem ihr Treibstoff aufgebraucht war, versanken sie im Ostchinesischen Meer. „Die Tomahawks sind nicht auf Ishigaki niedergegangen. Sie marschieren weiter nach Norden", meldete der Beobachter des Aufklärers nach Okinawa.

„Gott sei Dank! Großartig!" freute sich der Standort-Kommandant. Er rief den Secretary of the Navy an. „Nördlich von Ishigaki ist nur freies Meer. Da können sie keinen Schaden anrichten", sagte der erleichtert und schlug vor, dem Solar Power Satellite Council gegenüber das Ganze als einen Fehlalarm darzustellen.

„Sir, ich kann nicht erklären, die besten unserer Aufklärer litten unter Halluzinationen", weigerte sich der Kommandant. Aber er versprach, den SPSC um Geheimhaltung zu bitten. Im übrigen müsse er sich jetzt um die Tsunami-Schäden auf Okinawa kümmern. Er melde sich später wieder.

„Geht in Ordnung, Commander. Unser Schweigen ist der geringste Dank für die Tsunami-Beobachtung", versprach Jerome Picard am Telefon dem Okinawa-Kommandanten und wollte noch wissen, was der Tsunami-Besuch auf Okinawa angerichtet habe.

„Die Schäden halten sich in Grenzen. Wir waren ja vorbereitet. Ich hoffe, bei Ihnen verläuft es ähnlich glimpflich", war die Antwort.

„Und ich hoffe, dass in Zukunft unsere Regierungen so gut zusammenarbeiten werden wie wir es heute getan haben", schloss Picard. Dann wandte er sich an die Menschen im Kommandoraum: „In einer halben Stunde erwarten wir den Tsunami in Tokay Mura. Bis dahin zeigen wir Ihnen den Computerfilm der numerischen Simulation eines Tsunami, der vor Jahren ein japanisches Dorf attackierte." [14]

Die japanische Tsunami-Forschung hatte sich wieder einmal bezahlt gemacht. Nach der Fukushima-Katastrophe hatte sie die weltweit strengsten Richtlinien für Tsunami-sicheres Bauen durchgesetzt, deren Befolgung von den Behörden trotz mancher Proteste aus der Wirtschaft ausnahmslos erzwungen worden war. Jetzt zeigte sich der Nutzen der „bürokratischen Gängelung", wie die Lobbyisten gezetert hatten. Die meisten Gebäude des Forschungszentrums, wie auch der anderen Küstenstädte, widerstanden dem Ansturm des Wassers. Als nach dem Ablaufen der Flut Gregor Sanders, Jan van Oisterhuiz, Pjotr Davidov und Arthur Lion mit Chikara Ohta das Kontrollzentrum verließen, um auf ihre Zimmer zu gehen und etwas Schlaf nachzuholen, meinte Sanders: „Es sieht aus, als hätte der Tsunami hier schon ziemlich geschwächelt."

„Von wegen", lachte Ohta und zeigte auf das abgerissene Rad eines Lastwagens, durch dessen Reifen ein langes, breites Brett getrieben worden war.

Um die Mittagszeit – alle hatten inzwischen ihre Angehörigen angerufen und beruhigt – traf man sich wieder im Kommandoraum. Dort zeigte die Bildschirmwand die Kosmonauten im Raumgleiter, die sich auf ihren Ausstieg und das Entladen des Frachtmoduls vorbereiteten. In einer Woche würden die Astronauten aus Kourou zu ihnen stoßen. Und auf Ishigaki würde man neue Montagehallen und eine neue Startrampe bauen. Bis der nächste Energia III-Start

fällig war, hoffte man, wieder bereit zu sein.
„Das war heute knapp", sagte Arthur Lion. „Sollte man den Tsunami in die Cinerama-Show aufneh-
men?"
„Warum nicht?", antwortete Pjotr Davidov. „Ich hatte ja sowieso dafür plädiert, auch Risiken anzusprechen. Aber ich dachte natürlich an ganz andere."
„Doch im Weltraum – wohnt man dort erst einmal in
soliden Habitats – dürfte man viel risikofreier leben
als auf unserer überfüllten, unruhigen Erde", ergänzte
Jan van Oisterhuiz. Dann schaute er seine Gefährten
nacheinander an und sprach mit glänzenden Augen:
„Dank Euch und aller Mitstreiter für den wirtschaftlichen Wandel sehe ich jetzt als alter Mann den Traum
meiner Jugend im Werden: Die Zukunft der Menschheit im Raum."

Kapitel 9

Pflegeheim

„Ja, Frau Hansen. Das ist Ihr Platz. Ja, Sie sind hier völlig richtig." Britta ergriff die Hand der alten Dame, schob deren Gehwagen neben den Stuhl und half beim Hinsetzen.

„Ich weiß wieder gar nicht, wo ich bin", klagte diese leise.

Britta beruhigte sie: „Wir sind hier im Essensraum. Gleich gibt es Kaffee. Sehen Sie, die anderen kommen auch. Alles ist gut."

Nachdem die Heimbewohner aus dem ersten Stock der Pflegeabteilung im Essensraum 2 Platz genommen hatten, brachten zwei Schwestern eine Platte mit Kuchen und den Nachmittagskaffee. „Sollen wir Ihnen auch ein Gedeck hinstellen, Frau Sanders?", fragte eine der Angestellten des Senioren- und Pflegeheims.

„Nein, vielen Dank", antwortete Britta. „Ich leiste hier nur ein bisschen Gesellschaft. Nachher trinke ich drüben mit meinen Nachbarinnen Kaffee – vor dem Kartenspielen." Dann kümmerte sie sich noch etwas um die fünf Damen und den einen Herrn an ihrem

317

Tisch. Dem Herren, er hatte schon einen Teil seines Kaffees verschüttet, führte sie die Hand mit der Tasse, und Frau Hansen legte sie ein zweites Stück Kuchen auf den Teller. Eine der Damen bat: „Ach, können Sie mir sagen, wann wieder einmal Kirche ist? Ich seh' doch so schlecht und kann den Wochenplan nicht lesen."

„Moment, ich schau gerade mal aufs Anschlagbrett", antwortete Britta und ging auf den Flur. Sie kam zurück und verkündete: „Also, am kommenden Samstag hält die Frau Gärtner aus der evangelischen Gemeinde den ökumenischen Gottesdienst. Die Frau Herrmann aus der katholischen Pfarrei wird dann 14 Tage später dran sein. Sicher helfen auch wieder Leute aus den Gemeinden beim Transport in den Gottesdienstraum."

Britta begleitete Frau Hansen noch auf ihr Zimmer. Dann begab sie sich in ihre kleine Wohnung im Nachbarhaus. Die Kaffee- und Kartenrunde mit drei Damen aus benachbarten Appartements verlief recht angeregt. Alle hatten Bilder von ihren Enkeln dabei, zwei sogar von Urenkeln, und berichteten begeistert von den neuesten Sprüchen und Streichen der Kleinen.

„Hatte ihr Mann eigentlich noch alle Ihre Enkel erlebt, Frau Sanders?", fragte eine Nachbarin.

„Den jüngsten nicht mehr", antwortete Britta. „Zwei Monate vor seiner Geburt waren wir aus Kolumbien, wo wir in Cali während des Winters wohnten, nach Deutschland zurückgekehrt. Wir wollten der Tochter ihre beiden älteren Kinder, zwei sehr lebhafte Mädchen, bis nach der Entbindung abnehmen. Aber der Wechsel aus dem sonnigen Cali ins nasskalte Franken ist Gregor auf die Lunge geschlagen, die

sowieso schon geschwächt war. Es ging dann ganz
schnell."

„Wie lange ist das jetzt her?"

„Fünf Jahre."

„Und seitdem leben Sie wieder dauerhaft in Deutschland?"

„Ja. Ich will in der Nähe des Grabes und meiner
Kinder bleiben. Unser Apartment in Cali habe ich
einer Stiftung unserer kolumbianischen Freunde
vermacht. Vor zwei Jahren hatte ich sie nochmal
besucht. Aber es war wohl das letzte Mal. Die Reise
ist einfach zu lang. Und der deutsche Winter ist ja
auch nicht mehr das, was er früher war. In unserem
Alter muss man nach vorne schauen. Drum habe ich
mich auch schon im Pflegeheim drüben angemeldet,
für den Fall, dass ich es alleine nicht mehr schaffe."

„Meine Kinder bedrängen mich immer wieder, ich
solle doch zu ihnen ziehen", bemerkte eine der
Damen.

„Meine ebenso", antwortete Britta. „Aber die jungen
Leute sollen ihr eigenes Leben führen. Solange wir
alten Schachteln noch unsern Spaß miteinander
haben – und das Schummeln beim Karteln hat's
heute doch wieder gebracht – wollen wir zufrieden
sein, oder? Prost, meine Damen!"

Die Damen hoben ihre Likörgläser, nippten daran
und lächelten sich zu.

Am Abend berichtete das Fernsehen über den Zerfall der Islamischen Arabischen Union, Migration
aus den Hurrican-Gebieten der USA ins nördliche
Südamerika, Nadelwaldbrände rund um die Arktis
und Deichbauten an der Nordseeküste. Dann folgte eine Sondersendung aus Insel 2. Die beiden Stu-

diogäste, Mitglieder der Satelliten-Wartungs-Einheit, schwebten im Senderaum, durch den die Rotationsachse des zweiten Habitats verlief, das die L5-Region „besiedelte". Sie waren gerade von geostationärer Umlaufbahn zurückgekehrt und demonstrierten für die Zuschauer auf der Erde, wie unter den Bedingungen der Schwerelosigkeit Solarzellen-Module ausgetauscht werden. Ein Meteoritenschauer hatte am 14. Satelliten-Sonnenkraftwerk einigen Schaden angerichtet. Doch innerhalb einer Woche waren die defekten Module ersetzt worden. Das war neue Rekordzeit, wie der Moderator im Studio betonte.

Die letzten Bilder der Sendung zeigten den Satelliten mit weit ausgebreiteten Solarzellen-Flügeln über der blauen Erde. Britta dachte zurück an jenen Nachmittag am Klostersee und flüsterte: „Ja Gregor, die Schwingen der Freiheit ......"

Literaturverzeichnis

[1] Nach der Grafik „Die Schieflage zwischen Arbeit und Energie" von Jens Jordan, in *Umsteuern mit Energiesteuern*, http://www.umsteuern-mit-energiesteuern.de/

[2] H. Daly, *When smart people make dumb mistakes*, Ecological Economics 34, 1-3 (2000)

[3] http://netec.mcc.ac.uk/JokEc.html

[4] N. Lior, Editorial, *Lessons from California's stumble into the dark ages: Disrespect of knowledge*, ENERGY 26, 743-746 (2001)

[5] H.-G. Hilpert et al., *Aus fremder Quelle. Japans steiniger Weg ins 21. Jahrhundert*, Zeitschrift für Japanisches Recht, Heft Nr. 6, 4. Jg., 139-156 (1998)

[6] W.v. Fabeck, *Agenda 2009*, Solarbrief 2/03, 6 (2003)

[7] Pressemitteilung der Bischöflichen Aktion „Adveniat" vom 17. März 2002; Webpage ULTIMA HORA von Radio Caracol, 17. März 2002.

[8] Der Spiegel, Nr.34, 52-53 (2003)

[9] P.E. Glaser, *Power from the sun: its future*, Science 162, 857-861 (1968)

P.E. Glaser, *Solar Power from Satellites*, Physics Today, February 1977, 30-38

[10] S. Lüdke und G. Grigat, *Armutsmigration nach Europa ist ein Mythos*, SPIEGEL Online 06.07.2019, Zugriff 26. Juli 2019

[11] House Concurrent Resolution 451, 95th Congress, 1st session, December 15, 1977; s. unten

[12] F. Chang Diaz, E. Seedhouse: To Mars and Beyond, Fast!. Springer Praxis Books, 2017

[13] N. Lior, *Power from Space*, Energy Conversion and Management 42, 1769- 1805 (2001); siehe auch:
Scott Snowden, Solar Power Stations in Space Could Supply the World with Limitless Energy; https://www.forbes.com/sites/scottsnowden/ 2019/03/12/solar-power-stations-in-space-could-supply-the-world-with-limitless-energy/ (Zugriff: 06.10.2021)

[14] http://www.geophys.washington.edu/tsunami/ general/physics/runup.html

Zusammenfassende Werke

Zu den Kapiteln 2, 7 und 8:
Ch. Pfister (Hrsg.): Das 1950er Syndrom – Der Weg in die Konsumgesellschaft. Publikation der Akademischen Kommission der Universität Bern. Verlag Paul Haupt, Bern, 1995

R. Kümmel, D. Lindenberger, N. Paech: Energie, Entropie, Kreativität – Was das Wirtschaftswachstum treibt und bremst.

Springer Spektrum, Springer, Berlin, 2018; https://www.springer.com/de/book/9783662578575

Zu den Kapiteln 7 und 8:

Gerard K. O'Neill, *The Colonization of Space*, Physics Today, September 1974, 32-40

Gerard K. O'Neill: The High Frontier, William Morrow & Co., New York, 1977

Gerard K. O'Neill, *The High Frontier*, Astronautics and Aeronautics, Special Section, March 1978; enthält [11]

Gerard K. O'Neill: Unsere Zukunft im Raum, Hallwag, Bern, Stuttgart, 1978

Jerry Grey and Lawrence A. Hamdan (Hrsg.), Space Manufacturing 4 – Proceedings of the Fifth Princeton/AIAA Conference, May 18-21, 1981, American Institute of Aeronautics and Astronautics, New York, 1981